明宮十六朝演義

（從塞外獨尊至成祖親征）

許嘯天 著

梨花無主草青青，金縷歌殘黛翠凝。魂夢蕭蕭松柏路，嵐光猶自照西陵[redacted]
千章灌木綠陰涼，樹下巍樓露粉牆。紅紫芳菲依舊在，遊人憑弔奠椒漿[redacted]

緊湊劇情發展、精彩角色描寫，融合歷史事件和虛構情節
情感、忠誠、背叛、權謀……複雜且人性的宮廷權力爭鬥史

目錄

目錄

目錄

碧水桃花魂銷勝地　濃雲膩雨夢入巫山

梨花無主草青青，金縷歌殘黛翠凝。
魂夢蕭蕭松柏路，嵐光猶自照西陵。
千章灌木綠陰涼，樹下巍樓露粉牆。
紅紫芳菲依舊在，遊人憑弔奠椒漿！

山嶂疊翠，溪水瀲灩，綠柳爭妍，桃花吐豔。那個時候，正是春風裊裊，吹得百卉都盈盈欲笑。枝頭的黃鶯兒，也撲著雙翅，婉轉悠揚地歌唱起來。又有那穿花的粉蝶，迎風飛著，紛紛亂舞，好似天女在那裡散花一般。獨有啣泥的紫燕，卻在樹林裡或是水面上，不住地掠來掠去，找尋著小的蟲魚，去哺那巢裡的雛燕。晨曦漸漸地放開光華來，把草上鮮明可愛的露珠慢慢地收拾過了，便顯出很嬌嫩的一片綠茵來。

這時，只聽得一片大廣場裡嗚嗚的角聲鳴處，兩扇大青旗忽地豎了起來。接著帳篷裡一陣鼓聲，便有幾百個壯丁，一個個弓上弦，刀出鞘，雄糾糾，氣昂昂，很整齊地列著隊伍，分四面八方排立著。大眾又吶喊一聲，頓時金鼓齊鳴，幾百個壯丁就按著部位排起陣來。但見旌旗招展，刀槍耀目，隊伍錯雜，人若魚龍，極盡五花八門的能事，把光平似鏡的綠茵，早已踐踏得足跡撩亂，連那一朵朵的野花，也被摧落不少呢。一班壯丁走著陣，變化萬端。正在起勁的當兒，猛聽得帳篷裡面，轟然的一聲信炮響，走出一個老頭兒來。那老頭兒頭戴長纓的緯帽，身穿繡花開叉袍，外罩金獅短褂，腰繫鸞帶，一旁掛著荷囊和一根旱煙袋，右手高高地擎著一面杏黃的尖角旗。打量上去，那老兒約莫有八十來歲年紀。雖是鬚髮如霜雪也似的白，卻是精神矍鑠，大有老當益壯的氣概。原來那蒙古的人民，沒有什麼城垣都邑，只挑選那土壤肥美，水草茂盛的地方，就蓋起帳篷來，聚族而居，算是村落了。

這個地方，叫做豁禿里，那老兒便是豁禿里的村長篾兒干。當下篾兒干將右手的杏黃旗輕輕一展，幾百個壯丁，一陣紛紛滾滾，已嶄齊地歸了隊伍。草地上角也不鳴，金鼓不響，霎時靜悄悄地鴉雀無聲了。篾兒干向四周瞧了一遍，對大眾獎勵了幾句，便傳下令來，叫眾壯丁較射。這令一出，便由一個小卒，去八十步外放了三個箭堆。諸事妥當，篾兒干喝聲：「射箭！」幾百個壯丁各挽強弓射去，金蔑聲連綿不絕，十矢中倒中了九枝。蒙人本來專工郊獵，弓箭是他們唯一的絕技；七八歲的童子已是矢無虛發了，何況是征戰的壯丁，自然要高人一等了。篾兒干看了不覺大喜，命取牛羊布帛，賞了一班壯丁，自己又取了一枝九節的熟銅鞭來，對眾人說道：「俺這枝銅鞭，是幼年隨金主完顏氏南征時所得。如今使得純熟，五步之內打人百發百中。俺仗著他防身，寸步不離，足有六十多年了。現在年已衰老，要這利器也沒甚用處，俺且把這鞭法傳給你們吧。」篾兒干說著，將右手握住銅鞭，左右前後慢慢地舞了起來。他舞到得勁的時候，眾人只覺得風聲呼呼，銅鞭化作萬道金光，和那陽光映成一片，篾兒干的人影子也瞧不見了，把幾百個壯丁看得瞪目結舌呆了過去。篾兒干舞了一會，才緩緩地停下來，收住了鞭，卻面不改色，氣不噓喘，兀是沒事一樣，眾人便齊齊讚了一聲。篾兒干當然十分得意，一手捋著髭鬚，帶笑說道：「鞭法既已演過，這鞭究竟傳給誰，一時卻委絕不下，俺如今把這鞭去掛在百步外的竿兒上，誰能一箭射落銅鞭，這鞭就是他的。」篋兒干說畢，小卒們已將銅鞭遠遠地掛著了。這時，幾百個壯丁和幾個頭目，大家都想得那枝銅鞭，便各顯身手，拈著弓，搭著箭，覷得親切射去。那距離不免太遠了，有的眼力不及，有的弓軟射不到，結果大家束手呆看著，沒有一個能夠射得落銅鞭的。

篋兒干眼見得這種情形，不由得嘆了一口氣。方待更換別法時，忽聽得帳篷裡面鶯聲嚦嚦地叫道：「父親，等我來射落那銅鞭吧！」鶯聲絕處，早走出一位綠衣長髻的美人兒來，正是篋兒干的愛女阿蘭姑娘。她穿著一身新綠的繡花袍兒，碧油的蠻靴，梳了長長的辮髻，兩鬢上插著鮮豔的野花，更兼她一頭烏油的青絲，越顯得她嫵媚動人了。她一手拿著金漆的雕弓，一隻魚皮的箭筒；筒裡插著幾枝鵰翎的金矢，便花枝招展似的走將出來。走到篋兒干的面前，就低低地叫了一聲：「爸爸！」篋兒干一面應著，一面回過頭去，叫小卒掇過一張皮椅來，自己坐下了。把阿蘭姑娘的粉臂拖住，一把摟住坐在膝上，一手卻撫摸著她的臉蛋兒帶笑說道：「好妮子，休射吧！沒的閃痛了腰兒，可不是玩的呢。」篋兒干說時，便低頭去親她的臉兒，阿蘭姑娘忙伸手一推，笑著說道：「爹爹臉上的髭鬚又長又堅硬，卻刺得人怪痛的！」說著，乘勢把柳腰兒一擺，已是盈盈地走下地來。篋兒干這時只嘻開著嘴兒，瞇著眼看那阿蘭姑娘。那草地上幾百壯丁，也都瞪著眼注在阿蘭姑娘一人身上。她卻好像風擺楊柳般地跑到草場中間，對懸鞭的標竿望了望，把粉頸一扭，笑對篋兒干說道：「遠得很，恐怕射不到呢！」她一面說，左手揚著雕弓，右手輕輕從箭袋裡抽出一枝金矢，舒開春筍也似的十指，搭上箭正要向那懸鞭射去。這時篋兒干已立起身來，滿心希望他的愛女射著，就是草場上的眾人，也個個伸長了脖子，在那裡希望阿蘭姑娘射中。

說時遲，那時快，阿蘭姑娘的箭還不曾發出，早聽得弓弦一響，的一聲，標竿上的銅鞭已射落在草地上了。眾人當是阿蘭姑娘射的，便不約而同暴雷也似的喝了一聲採。把個箴兒干幾乎笑得合不攏嘴來。獨有阿蘭姑娘很為詫異，想自己並沒有發箭，那鞭怎麼就會掉下來呢？莫非有人在那裡爭我的先嗎？但只見箭不見人，諒離此地一定很遠，那發箭人的技藝也足見不弱了。阿蘭姑娘正在出神，那小卒已把鞭拾了來，雙手捧給她。阿蘭姑娘待要接它，鞭究非自己射落的；如其不接呢，又捨不得這條好鞭。

她正在為難的當兒，猛聽得鸞鈴響處，蹄聲得得，罕兒山上兩匹駿馬，似風馳電掣般奔下山來。看看走得近了，騎在馬上的是兩位少年。兩人一前一後，一般地穿著獵裝，手執著硬弓，飛馬而來。前頭一個少年，騎著一匹高頭紅鬃的良駒，一種英雄的氣概，從眉宇間直現出來。再襯上他一身金黃色的獵裝，愈顯得唇紅齒白，面如冠玉了。那少年一眼瞧見小卒將銅鞭拾去，便控著怒馬，一手揚弓大叫道：「鞭是俺射落的，村長有令，誰射著的把鞭給誰，你們快把鞭來給俺。」少年說著，馬已馳到草場中間，忙跳下馬來，對箴兒干行了禮。箴兒干這才知道鞭是那少年所射落的，待要誇獎他幾句，那後面騎黑馬的少年也趕到了。箴兒干叫看過皮椅來，請那兩少年坐下。接著便笑道：「俺今天叫他們射鞭，原是徵取人材的意思，不料懸得太遠了些，竟然一個也射不中。我們村裡除了賢昆仲有這般的眼力，此外怕找不出第三個人來呢！」那起先的少年便再三遜謝。

偶然回過頭去，忽見一位千嬌百媚的美人兒，綠袍長髻，杏眼含情，桃腮帶暈，一雙玉手捧著那枝銅鞭，裊裊婷婷地走將過來。箴兒干忙從姑娘手裡取過那枝鞭來，遞給那少年道：「物自有主，咱便把來奉贈。」說時並不見那少年來接，也不見他回答。待留神看時，那少年一雙眼睛正盯著阿蘭姑娘發怔，倒把篋兒干弄得不好意思起來。還是那後來的少年，將起先少年衣襟上狠命地牽了一下。那少年正在迷惑的當兒，吃他一扯，險些傾跌下去，那種驚愕失措的樣子，自然很是好看。因此引得阿蘭姑娘格格地笑了起來。這一笑似出谷黃鶯，聲音又清脆又柔婉。那少年的魂靈兒，又幾乎隨著笑聲飛到九天雲外去哩。及至回過頭去，見篋兒干遞鞭給他，慌忙接過來，一頭不住地稱謝。篋兒干口裡謙遜著，伸手拉住阿蘭姑娘的纖手，笑對那少年道：「這就是小女阿蘭果倫。」又指著那少年，向阿蘭姑娘說道：「那個便是乞顏的公子，叫做巴延。」指著後面的少年道：「他是巴延的兄弟，喚做都忽。」篋兒干說罷，阿蘭姑娘對巴延微微地瞟了一眼，忍不住盈盈地一笑。這時的巴延，好像椅上有了刺一般，弄得坐又不好，立又不好，簡直和熱鍋上的螞蟻差不多了。因蒙古荒溟之地，所有的女子多半是粗醜不堪的，加上阿蘭姑娘的容貌，的確是生得沉魚落雁、閉月羞花，就是漢女中也挑選不出來，何況生在蒙古地方，自然要推她第一了，怎麼不叫巴延的神魂顛倒呢？

當下，篋兒干見巴延相貌出眾，技藝又高，便有心要把村長的位置讓給他。但怕眾人不服，所以躊躇了一會，自己向自己說道：有俺在這裡，怕他們什麼呢？就是眾人不服氣，放著俺不曾死，自有制服他們的法兒。篋兒干主意打定，就拱手對巴延說道：「咱有一句不中聽的話，不曉得兩位可以允許嗎？」巴延和都忽一齊躬身答道：「村長的吩咐自當聽從，絕不敢有違。」篋兒干大喜道：「那是承你們二位的推重了。」說著就順手取過那面捲著的尖角杏黃旗，遞給巴延道：「俺自掌這旗兒到現在，算起來足足已四十多年了。在那個時候，俺還是中年哩。如今是八十多歲的人了，叫做人老珠黃，卻虛擁著村長的頭銜，自己想想毫無建樹，真是慚愧！俺總想卸肩，但一時找不到能幹的人材。目下有二位在這裡，可稱得是少年英雄，又是乞顏的後裔；理應出任艱巨，那是天賜給族人們的總特，機會萬萬不可錯過！」箴兒干說罷，又從身邊掏出一顆印兒，連同旗子一併授給巴延兄弟。巴延兄弟倆不覺吃了一驚，一齊推辭道：「村長春秋雖高，精神卻很健旺，我們後輩叨教的地方正多，怎麼說出這樣的話來？那是我們兄弟倆斷斷不敢領受的。」巴延兄弟倆說畢，只低頭躬身，再也不肯接那旗印。箴兒干見巴延和都忽都不肯答應，便重複說道：「二位不要誤會了，這是俺一片的真誠。倘二位擔任村長的職司，俺能卸去只肩，將來一副老骨頭得終天年，便是二位的恩典了。」箴兒干陳辭雖是懇摯，奈巴延弟兄倆只是不答應。箴兒干知道苦勸無益，就回過身去，向阿蘭姑娘耳邊低低地說了幾句，阿蘭姑娘微笑點頭，又回眸對著巴延嫣然一笑，真所謂「一笑百媚生」。弄得巴延渾身無主，幾乎要軟癱下去，卻眼睜睜地望著阿蘭姑娘走向帳篷裡去了。巴延待瞧不見了她的影兒，才如夢初醒過來。美人雖去，那餘香猶在，那一陣陣的蘭麝香味兒，望著巴延的鼻管裡直鑽入去，似乎美人立在他身旁一般。再仔細一留神，香味是那枝銅鞭上發出來的。這是方才阿蘭姑娘曾拿過那枝鞭，因此染上了香氣。巴延暗自笑道：我那枝鞭倒好豔福啊！想著，不覺又呆呆地怔了過去。

不料帳篷裡一陣的嗚嗚畫角聲，卻把巴延驚醒了。但見那些壯丁，又齊齊地整起隊伍來，在村外的族人也紛紛地歸來了。原來蒙古的民族，除卻充丁卒的，餘下的民眾平時都在村外游牧或打獵。一遇到有事，只須村長一聲號召，他們就立刻回來齊集了聽令。今天聞得號召的角聲，曉得村裡有緊急事兒，不一刻的工夫，已都麇集在草場上了。箴兒干立起身來，先拿白旗揮了一轉，這是叫大眾肅靜的暗號。果然草場上的人雖眾多，卻連咳嗽聲音也沒有了。箴兒干才收起白旗，一手撫著頷下的銀髯，高聲對大眾說道：「俺今天邀列位聚會，可知道俺是什麼意思？」眾人聽了，面面相覷，一時摸不到頭腦，卻回答不出來。篋兒干便繼續說道：「俺因為年力俱衰，不願再擔任村長的重任，現在要想告休了。」眾人見說，齊聲答道：「村長去了，叫我們無依無靠的怎樣呢？」篋爾乾笑道：「列位不要性急，等俺慢慢地講來。須知『天下沒有無散筵席』，俺豈能永生在世上呢？這個職缺早晚要讓人的，不如趁列位齊集的當兒，俺把村長讓了別人吧！」篋兒干才說完，眾人又齊聲問道：「新村長是誰呀？」篋兒干見問，就回頭吩咐小卒把巴延擁了過來，篋兒干指著巴延向眾人說道：「這便是新村長。而且才智武藝要勝過俺十倍，你們擁戴他做了總特，日後自有無限的幸福！」篋兒干說著，又將都忽一手拉過來，也擁在眾人面前：「這是新村長的兄弟都忽，也就是你們的副總特。」眾人齊應道：「老總特的話，想是不差的。我們快來謁見新總特吧！」這句話才說畢，早聽得一聲吆喝，那許多的族人和幾百個兵丁，便是齊齊地下了半跪禮。這個禮節是蒙古人最隆重的。他們往常朋友想見，不過握握手罷了；倘逢到了什麼喜慶的事，就是遮哈達算是最客氣了。至於半跪禮呢，叫做打千，非謁見王公大臣不肯行那半跪禮的，獨對於總特卻十分信仰。總特是蒙古人統領之意，他們和乞顏一樣的尊重。乞顏就是開闢蒙古的鼻祖，所以他們特別信奉。蒙人家家供著一座神位，猶如回教的摩罕默德一般。當下，巴延給篋兒干這樣的一擺布，弄得他無可推辭，只好勉強承擔下來。這裡由篋兒干交了旗印，巴延便向眾人鼓勵了一番，自己又說了幾句謙遜的話，就傳令散隊。

篋兒干備了一席酒，請那巴延兄弟倆，算是慶賀新村長。席間，由篋兒干叫阿蘭姑娘出來，一同飲酒。那巴延本來「醉翁之意不在酒」，此時坐對佳麗，更添豪興。阿蘭姑娘是不會飲酒的，三杯之後已是面泛桃花，一雙秋水也似的眼睛只向巴延直射。原來阿蘭姑娘，今年芳齡正當一十九歲，還不曾有婆家哩。她是自幼便沒了母親，篋兒干因只有一個愛女，不願把阿蘭姑娘嫁出去。阿蘭姑娘也常常顧影自憐，誓非年貌相等的少年不嫁。箴兒干幾次要替她贅婿，都被她從中梗阻。但是，蒙古的地方，美人果然很少，要挑選那俊俏的男子更不易得了，以是直延挨到如今。現在見了巴延少年英雄，又兼他目秀眉清，臉若傅粉，在蒙古人中真可算得首屈一指了。阿蘭姑娘遇到巴延這樣的美貌郎君，怎不教她芳心如醉呢？其時巴延和阿蘭姑娘二人在席上眉目傳情，兩心相印，只礙著箴爾乾和都忽兩個人，不然他們一對曠夫怨女，早就要情不自禁了。箴兒干卻毫不覺察，自顧他一杯杯地吃著。都忽坐在一邊也不飲酒，只是默默地瞧著巴延和阿蘭姑娘那鬼戲，心上兀是暗暗好笑哩。

待到酒闌席散，已是紅日斜西。箴兒干吃得酩酊大醉，由阿蘭姑娘扶持他起身，巴延和都忽也告辭出來。小卒已牽過馬來，巴延一頭上馬，回顧阿蘭姑娘正扶著她的父親一步一挨地走入帳篷裡去。可是她那雙勾人魂魄的秋波，依然盈盈地望著巴延，把個巴延弄得走不遠了。身雖騎在馬上，那匹馬是有名的良駒，一騎到人，便噴沫豎鬃，拿嚼環咬得嘎嘎作響，只是要向前賓士。巴延卻奮力勒住了轠繩，那馬要行不能，便團團打起轉來了。巴延給馬轉得頭昏，又是酒後，幾乎墮下馬來。還虧是都忽在旁催促道：「哥哥走吧！我們回去還有事哩。」巴延被都忽一說，方才醒悟過來，這時阿蘭姑娘已走進帳篷裡去了。自有許多的族人和壯丁，來恭送新村長。巴延對他們略點一點頭，把轠繩一放，那馬奮開四蹄，如飛一般地望罕兒山奔去。

不一刻，到了自己的帳篷，自有小兵出來帶住了馬，巴延和都忽下了騎，先到裡面休息一回。巴延拿獵裝卸去，換了便服去躺在籐椅上，呆呆地一個人在那裡發怔。過了一會都忽走過來說道：「哥哥怎麼把獵裝脫去了，我們不是還要去打獵嗎？」巴延平時聽得打獵是最高興的，今天卻淡淡地答道：「我剛才多吃了幾杯酒，身上很覺不舒服，打算不出去了，你就個人去吧。」都忽心裡明白，不便多說，只得獨自一人帶了弓箭和槍械，匆匆地走了。

巴延待都忽走後，看看天色晚了下來，便慢慢地踱出帳篷去。只見一輪皓月已高懸在天空，照得那長流的碧水和明鏡一般。再看那田野裡也是靜悄悄的，只有那山谷中的猿啼，順風一聲聲地吹來，巴延不覺得長嘆一聲，想自己正在青年，卻已做到了一村的總特，百事都稱了心，只少了個美人做陪伴了。又想到日間篋兒干的女兒阿蘭姑娘，那是多麼的美啊！倘能娶得這樣一個美人兒做妻室，也不枉一生了。巴延一頭想著，腳底下卻信步往前走去。他因有事在心，不分方向，只顧往前直走。看看到一個所在，但見綠樹蔭濃，野花遍地，微風拂處，一陣陣的花香撲鼻，令人鬱勃都消。巴延那時酒也醒了，胸襟異常暢快，便贊到：「好一個去處！俺巴延生長此處，倒不曾知道有這樣一個好地方，真可算得是世外桃源了！」

巴延正在讚嘆，忽一眼瞧見花叢裡一個黑影一閃。巴延疑是歹人，忙拔出佩刀，一步步挨將攏去，只聽得噗哧一笑。巴延仔細看時，只見花枝下立著一個玉立亭亭的美人兒。那美人不是別個，正是日間席上一同飲酒的阿蘭姑娘。這一來，喜得個巴延如天上掉下一件寶貝來，不由得眉開眼笑地說道：「姑娘怎麼會到這裡來？」阿蘭姑娘見問，把粉頸一歪，輕輕地笑答道：「這個地方難道就只許你來的嗎？」這一句話，倒將巴延問住了，弄得無可回言。怔了好半天，才搭訕著說道：「這裡的景色多麼好啊！」阿蘭姑娘笑道：「咱也是愛這裡的景緻好，所以常常來玩的。你怎麼也會到這裡來？」巴延伸手指著月亮說道：「俺因為貪看月色才錯走到此，不期無巧不巧地會逢到了姑娘。今天明月美人，碰到了一起，俺巴延也算得三生有幸了！」阿蘭姑娘曉得巴延這話是調侃自己，便斜睨著秋波，抓了幾瓣花葉，向巴延的臉擲來，一手把羅巾掩著櫻唇，盈盈地一笑，那花瓣卻落了巴延一身。巴延本早已神魂飄蕩，怎經得阿蘭姑娘一笑，便胸臆迷亂情不自禁起來，一伸手捉住阿蘭姑娘的粉臂。阿蘭姑娘已笑得如風吹的花枝，身體歪來倒去的不由自主了。巴延乘勢把她一拖，阿蘭姑娘站不穩腳，一頭倒在巴延的懷裡，兀是格格地笑著。巴延這時也酥麻了半截，便一屈腿坐倒在碧草地上，雙手卻緊緊地摟住了阿蘭姑娘。那一陣似蘭非蘭的香味，只望巴延的鼻子裡鑽來。他們倆人正在溫存的當兒，猛聽得一陣的怪叫聲，從林子裡傳出來。嚇得巴延跳起身兒，去草地上尋那佩刀。阿蘭姑娘已慌得抖作一團。不知怪聲是什麼東西，且聽下回分解。

誇神箭傾城卜一笑　親美色禿馬羨雙馱

卻說巴延聽得怪叫聲，不覺吃了一驚，忙把阿蘭姑娘一推，跳起身來，向草地上去尋那把佩刀。因為他初見阿蘭姑娘影兒的時候，還當是歹人，蒙古的強盜是隨處皆有的，所以巴延便拔出刀來防備著。及至瞧清楚是阿蘭姑娘，那把刀自然而然地撂在地上了。如今聽著怪獸的叫聲，急切去找那把刀，一時又尋不著它，急得巴延眼眶的火星直冒出來。虧得月明如鏡，巴延覺得眼前白光一閃，定睛看時，那把和霜雪也似的鋼刀，分明踏在自己的腳下，因心慌了，只望著四邊亂尋，倒不曾留神到自己的腳下面，這時給月光一照便發見出來了。巴延趕忙拾刀在手，再看阿蘭姑娘，早嚇得縮做一堆。

那怪聲卻連續不斷地叫著，只見西面樹林子裡，閃出一隻異獸來。從月光中瞧過去，身體很是高大。只講那怪獸的兩隻眼睛，好像兩盞明燈似的直射過來。巴延深怕驚壞了阿蘭姑娘，便一手繞起了髮髻，拿刀整一整，大踏步迎上前去。怪獸見有人來了，也就豎起鐵梗般的尾巴，大吼一聲，望著巴延直撲過來。巴延忙借一個勢兒往旁邊一躲，翻身打個箭步，已竄在那怪獸的背後，順手一刀砍去，但聽得劈綽的一響，似斬在竹根子上，卻砍下一段東西來。那怪獸負痛，便狂叫一聲，倒在地上亂滾。巴延正待上去砍它，忽然林子裡跳出一個人來，手執著一把鋼叉，只一叉搠在那怪獸肚裡，眼見得是不能活了。巴延細看那人不是別人，正是自己的兄弟都忽。當下都忽先問道：「哥哥說不出來打獵的了，怎麼又會到這裡來呢？」巴延見問，就把玩月遇著阿蘭姑娘的事約略講了一遍。又指著死獸說道：「俺剛才似砍著一刀的。」說時俯下身去，拾起斬下來的那段東西一看，卻是半截箭竿，還有翎羽在上面哩。巴延恍然道：「怪道當時象砍在竹根子上差不多了。」都忽接著說道：「這是咱所射的藥箭，那畜生中箭之後，望這裡直竄，咱卻順著叫聲追來，它後臀那枝箭吃你截斷，箭鏃鑽入腹裡，所以那畜生熬不住痛，便倒下來了。倘使在未受創時，只怕你未必制得它住哩。」

巴延聽了，只搖一搖頭，便和都忽來看阿蘭姑娘。只見她閉緊了星眸，咬著銀牙，索索地伏在草地上發抖。巴延看了，又憐又愛，趕忙也向草地上一坐，伸手把阿蘭姑娘的粉頸扳過來，望自己的身邊一擁，再拿雙手捧住她的臉兒，向月光中瞧看。可憐，她已是花容慘淡，嬌喘吁吁，額上的香汗還不住地直滾下來。巴延便附著她耳邊輕輕地安慰她道：「姑娘不要驚慌，那孽畜已吃俺殺死的了。」阿蘭姑娘聽說，才微微睜開杏眼低低地問道：「真的嗎？幾乎把我的膽也嚇碎了。」說著便欲賺起身來。怎奈兩條腿沒有氣力，再也掙扎不起來，重行倚倒在巴延的懷裡。巴延笑著說道：「姑娘切莫性急，再安坐一會兒，等俺來扶持你回去就是了。」阿蘭姑娘一頭倚在巴延的身上，卻扭過頭來對巴延瞅了一眼，現出一種似笑非笑的媚態，似乎表示感激的意思。這時巴延大得其情趣，一個嬌滴滴柔若無骨的阿蘭姑娘，居然擁在懷裡，怎不教人骨軟筋酥，何況是初近女性的巴延，自然要弄得魂銷意醉了。只苦了個都忽，木雞似的立在旁邊，瞧到沒意思時，就盤膝坐在草地上，從腰裡取下煙袋來，低眉闔眼地吸著淡煙，以消磨他的時間。

看看斗轉星橫，明月西沉了，巴延才扶著阿蘭姑娘立起身來。可是她那樣嬌怯怯的身體，又是受了驚恐之後，怎樣能走得動呢？只得把一隻玉臂搭在巴延的肩上，巴延也拿一隻手摟住她的纖腰，二人互相緊緊地靠著，一步挨一步地向前走去。都忽也立起身來，掮了鋼叉，一手拖著那隻死獸，跟在後面。阿蘭姑娘走在路上，雖是巴延扶著她，她那雙足站不穩，香軀兒兀是搖晃不定。倘那時有人瞧見這副情狀，一定要當作一出《楊貴妃醉酒》看哩。當下，巴延扶著阿蘭姑娘，直送她到自己的帳篷裡，便有蒙古小婢出來接著，攙扶進去了。巴延才回頭來，同了都忽回去。

兩人走到了半路上，碰著了隨都忽出去打獵的小兵，牽著都忽的黑馬，迎上前來。因都忽出去的時候，本來騎馬的，後來為追那野獸，就下馬步行，恰恰地遇上了巴延。於是都忽把死獸和鋼叉交給了小兵，自己和巴延踏著露水，回到自己的帳篷裡去安息去了。

光陰流水，春盡夏初，蒙古的氣候，在七八月裡已寒冷如嚴冬了，但在初夏的時候，卻又十分酷熱。巴延自從那天送阿蘭姑娘回去之後，才知道遇見阿蘭的地方叫做馬墩。那裡風景清幽，雖沒有山明水秀那麼可愛，在蒙古沙漠地方也可算得是一處勝地了。因為阿蘭姑娘不時到馬墩來遊玩的，所以巴延也常常等候在這裡。兩人越伴越親熱，英雄美人，卻正式行起戀愛主義來，一見面就是情話纏綿，你憐我愛的，幾乎打作了一團。

一天晚上，巴延打獵回來，卸去身上的獵裝，匆匆地望著馬墩走來。及至到了那裡，卻不曾看見阿蘭姑娘，巴延便坐在草地上，一面等著阿蘭姑娘，一頭解開了胸脯納涼。這樣地過了好一會兒，仍不見阿蘭姑娘的影蹤兒。巴延心下疑惑道：她是從來不失約的，今天不來，莫非出了什麼岔了嗎？想著就立起身來，一頭繫上衣襟，信步望篾兒干家中走去。將近帳篷那裡，遠遠瞧見篾爾乾坐在門前，正在舉杯獨酌，一個小卒侍在旁邊斟酒，只不見阿蘭姑娘。巴延遙望了一會，不覺尋思道：她難道已經睡了嗎？又想：阿蘭姑娘是睡在後面的，何不到帳篷後去瞧瞧呢？巴延主意打定，也不去驚動篾兒干，卻悄悄地兜到了後帳篷來。一眼看見帳篷門兒半掩著，從門隙中望進去，只見燭影搖搖，顯見得阿蘭姑娘沒有安睡哩。巴延大著膽輕輕地把門一推，那門已呀的開了，便側身捱了進去，四面一看，寂靜得竟無一人。古時有句話叫做「色膽包天」，巴延這時也不問吉凶，轉身將門掩上了，躡手躡腳地捱到裡面，走過兩重簾幕，便是阿蘭姑娘的臥室了。

巴延走到了門口，見一個小婢，在門旁的竹椅上坐著一俯一仰地打盹，室內床前一張長桌上，高高地燃著一枝紅燭。巴延潛身躡過那小婢的面前，走近牙床，但見紗帳低垂，床沿下放著一雙淡紅色的蠻靴。巴延暗叫一聲：慚愧！原來阿蘭姑娘果然安睡了。再回頭看那小婢時，索興垂著頭呼呼地睡著了。巴延暗想這是千載難逢的機會，豈可錯過？當下便伸手去揭起紗帳來，那陣蕩人心魄的異香，卻直衝過來，早把巴延的心迷惑住了。就燈光下看阿蘭姑娘，只見她上身單繫著一條大紅的肚兜兒，下面穿著青羅的短褲，露出雪也似的玉膚來。巴延恐她醒著，用手去推了推，阿蘭姑娘動也不動，她一手託著香腮，依然朝外睡著。那睡中的一副媚態，真是紅霞泛面，星眸似凝，雙窩微暈卻帶微笑，不是極妙的一幅《海棠春睡圖》嗎？巴延看到情不自禁的時候，忍不住低頭去親阿蘭姑娘的嘴唇，覺得她鼻子裡微微有些酒香。想起篾兒干適才在門前飲酒，阿蘭姑娘不會飲的，必定喝醉了，因此這樣好睡。巴延曉得姑娘酣睡正濃，就輕輕捉起她的玉藕般的粉臂，放在鼻子上亂嗅，又解去她胸前的大紅兜兒。巴延這時真有些挨不住了，便趁勢一倒身，和阿蘭姑娘並頭睡下。正待動手，忽覺阿蘭姑娘猛然翻過身來，輕舒玉腕，把巴延緊緊地接住道：「你真的愛我嗎？」原來阿蘭自認識了巴延，每天在馬墩相會，終是情話絮絮。人非草木，孰能無情？弄得她夜夜夢魂顛倒，雲雨巫山，醒轉來時仍舊是孤衾獨宿，不由得她唉聲長嘆。此時阿蘭姑娘將巴延一摟，大約她又在那裡入夢了。她萬萬也想不到，真的會和心兒上人同衾共枕的。當時阿蘭姑娘將巴延一摟，又閉目睡著了。巴延自然乘間溫存起來。阿蘭姑娘從夢中驚醒，睡眼惺忪地向巴延瞟了一眼，便銀牙緊咬假裝著睡去，一任那巴延所為了。

過了一會，阿蘭姑娘杏眼乍啟，嫣然對巴延一笑道：「你怎的會進來？」巴延笑嘻嘻地答道：「俺等你不耐煩了，所以悄悄地掩進來的。」阿蘭姑娘拿巴延擰了一把道：「你倒會做賊呢！」兩人說說笑笑，正到得趣的當兒，突然地聽到前面帳篷裡大叫：「捉賊！」巴延吃了一驚，也顧不得阿蘭姑娘了，跳起來奪門便走。那在帳外打盹的小婢，已驚覺轉來，正打著呵欠轉身過來，恰和巴延撞了個滿懷。巴延將她一推，把小婢跌了一個觔斗，巴延忙三腳兩步飛也似的逃出去了。

其時已是四更天氣，月色西斜，寒露侵衣。蒙古的氣候在暑天的夜晚裡卻異常涼爽，一到了四五更天時，竟和深秋差不多了。巴延一腳跨出門外，不覺打了個寒噤。又怕他們追來，想自己也算是個總特身分，不幸被人當作賊捉，豈不鬧成笑話嗎？巴延心中一著急，腳底下越軟了，幾乎失足傾跌。這裡篋兒干正在醉臥，猛聽得家人們呼喊捉賊，酒也立時醒了，忙一骨碌跳下床來，就壁上抽了把寶劍，大踏步趕到前帳篷去幫同捉賊。蒙古的竊賊，本和強盜差不多，一般的帶著利器，於緊急時便預備對抗。

篋兒干跑到前門，只見十幾個家將，已拿兩個賊人圍住了在那裡動手。篋兒干正待向前，忽見外甥馬哈賚領著數十個壯丁，各執著器械弓矢，一齊趕將進來，迭二連三地喊：「有賊！」「有賊！」篋兒干聽得了，知道賊還不止兩個，要想招呼幾個壯丁，望後帳去時，馬哈賚已率領著壯丁，爭先往後面去了。因他聽說阿蘭姑娘的房裡有賊，便挺著一把鬼頭力很奮勇地奔人來。馬哈賚趕到阿蘭姑娘的房中，並沒有瞧見賊人。方待動向，那小婢一頭喘氣，用手指著門道：「賊已逃出去了！」馬哈賚聽了，把刀一揮往外便走，幾十個壯丁也蜂擁地跟了出來。

巴延正望前狂奔，聽得腦後腳聲撩亂，曉得有人追來，那條路有三里多長，卻是一片的平陽，急得沒有藏身之處。巴延沒法，只得盡力地奔逃。一口氣跑了有半里路光景，馬哈賚緊緊追趕，看看趕了一程，追不上巴延，便吩咐壯丁們放箭，幾十張弓齊齊望巴延射來。巴延遙聞得弓弦亂響，急急引身避開，後腿上早著了一箭。他仍忍痛奔跑，無奈足筋上被了創，奔走漸漸地緩了。那馬哈賚卻毫不放鬆，似旋風般在後趕著，眼見得是要趕著了。巴延一路逃走，瞧見前面已有一座大林子遮住，便暗自叫聲：「慚愧！」忙連縱帶跳地竄入樹林子裡。把牙咬一咬，恨恨地說道：「一不做，二不休，他們既苦苦地相逼，俺就和他們較量較量。」說著，便隱身在一株大樹旁，等待著他們追來。那馬哈賚和眾人趕到林子邊，已不見了賊人。眾人怕有埋伏，只遠遠地立著不敢近前。馬哈賚憤然說道：「他進退不過一個人罷了，怕他什麼呢？」說著便揚刀望林子裡直撲進去。後面的壯丁，大家一聲吶喊，紛紛隨著馬哈賚衝進林子。巴延在暗中看得清楚，認得為首的是阿蘭姑娘的表兄馬哈賚，知道是個勁敵，便乘他不防備，突然的竄將出去，飛起一腳把馬哈賚手中的刀踢去，只順手一掌打得馬哈賚一交直跌出林子去。幾十個壯丁發聲喊一擁上前，巴延卻施展出武藝，把前面幾個踢翻，奪了一口刀在手，來一個砍一個。走得較近的，便吃他拖住手腳倒擲入林子邊的深潭裡去了。這一陣子殺得那些壯丁七零八落，剩下的十幾個，早滑腳逃走了。馬哈賚吃了個大虧，更兼左肩上受了傷，也爬起身一溜煙走了。

巴延很是得意，才欲轉身走時，忽見後面有人聲和馬嘶聲，火光照成一片，卻是篋兒干領了家將壯丁，親自來追趕了。巴延著忙道：「不好了！剛才幸得月色朦朧，不曾給馬哈賚等瞧清楚。此刻篋兒干燃著了火把前來，倘吃他看了出來，如何對得起人呢？」巴延一頭想著，料來逃去是萬萬來不及的，一時情急智生，便挑選一棵大樹縱身上去，看枝葉茂盛的枒枝上騎身坐著。不一刻工夫，篋兒干追到，吩咐從人向樹林裡四下搜尋，只有幾個殺死的屍身，此外不見半個人影。那些從人回說賊已遁去了。篋兒干見殺死了許多人，不覺點頭道：「那賊的本領怕也不小，並馬哈賚也被打傷哩！」說罷，令把屍首草草掩埋了，領著壯丁等自回。

但當捉賊的時候，阿蘭姑娘不住地坐在床上發抖，又怕巴延被他們當賊捉住了。後來聽得獲住的賊有兩人，知道不是巴延。然不知馬哈賚去追巴延是怎樣，及至聽見馬哈賚受傷回來，篋兒干親自去追趕，不免又替巴延耽心。過了一會，篋兒干回來了，卻沒有追著巴延，阿蘭姑娘這才把一顆芳心放下了。

再講那巴延躲在樹上，給寒風一陣陣地吹來，腿上的箭創又非常疼痛，因此伏在丫枝上縮作一團。好容易等篋兒干搜尋過了，掩埋屍首已畢，慢慢地離去了林子，巴延始敢爬下樹來。只覺得渾身骨節痠痛起來，便一步挨一步地回到自己的帳篷裡，一倒頭就呼呼地睡著了。第二天上，巴延醒來，已是頭眩身熱，肚裡很是不舒適。這是因他幹了那風流勾當，驟然吃著驚嚇，逃出來時受了涼露侵蝕腿際，既被了箭傷，和馬哈賚等狠鬥時用力過了度，賺出一身汗來。結果去爬在樹梢上，給冷風一吹，寒氣已是入了骨了。似這般的三合六湊，四面受攻，任你巴延怎樣的英雄，到了這時怕也有些兒挨不住吧。所以巴延的病一天沉重一天。蒙古在塞外荒漠之地，除了巫師，又沒良醫，因此不上半月工夫，一個生龍活虎似的巴延便生生地給病魔纏死了。

當他臨死的當兒，叫他兄弟都忽到了床前，嘆口氣說道：「兄弟，俺如今要和你長別了……」都忽嗚咽著答道：「哥哥，保養身體要緊，怎麼說出這樣的話來？」巴延搖著頭道：「俺是不中用了。自恨一世只有虛名，身後卻一無所遺。記得俺有一把佩刀，是兩千年傳下來的寶物，現在留給你做個紀念東西吧！」說時，從枕邊取出那把刀遞給都忽。都忽一頭接著，那眼眶裡的淚珠不由得簌簌地直滾下來。巴延一眼瞧見，高聲喝道：「人誰不死，怎的作那兒女的醜態！不過俺的仇是要你報的，那仇人就是馬哈賚。」都忽聽了，方待回話，看巴延已奄然逝世了。都忽大哭了一場，便把巴延草草地埋葬了，一心一意地只想著報仇的法兒。但巴延的死耗，傳到了豁禿里村上，箆兒干等都替他嘆息。內中的阿蘭姑娘，聽著巴延的噩耗，早已哭得死去活來。豁禿里的人民以總特巴延既亡，村中不可無主，照例是應該副總特都忽升上去。他們嫌都忽年輕少威望，就公舉馬哈賚做了總特。都忽見仇人得志，這一氣非同小可，便連夜收拾了馬匹行裝，遣散了兵卒，隻身投奔赤吉利部，預備乘隙報仇，只礙著箆兒干，不便和豁禿里人民開釁。

那阿蘭姑娘自巴延死後，終是鬱鬱寡歡。大凡一個女孩兒家，在不曾破身前，倒也不過如是，倘一經近過男性，再叫她去獨宿孤眠，便休想按捺得住。阿蘭姑娘又是個愛風流的女子，因而月下花前，時時短籲長嘆。虧得她的表兄馬哈賚，常常來和她親近，阿蘭姑娘這顆芳心，就慢慢地移到馬哈賚身上去了。事有湊巧，她的父親箆兒干病篤了，遺言叫阿蘭嫁了馬哈賚。他們兩人，趁箆兒干新喪中實行結縭了。可是，阿蘭姑娘只和巴延一度春風，早已珠胎暗結，所以嫁了馬哈賚之後，不到七個月，卻生下一子來。馬哈賚見那孩子頭角崢嶸，啼聲雄壯，心裡很高興，也不暇細詰了，便替那孩子取名叫做孛端察兒。過了幾年，阿蘭姑娘又迭舉兩雄，一個叫哈搭吉，小的名古訥特。當古訥特下地的第二月上，馬哈賚卻被都忽派刺客把他刺死，總算給巴延報了仇。然從此赤吉利部民族和豁禿里村民結下了萬世不解的深仇。

韶華易老，日月如梭，阿蘭姑娘漸漸地色減容衰，他那三個兒子卻一天天地長大起來。眨眨眼孛端察兒十九歲了。阿蘭姑娘常對他說：「赤吉利部是殺父的仇人。」孛端察兒也緊緊地記著。一天，孛端察兒和哈搭吉、古訥特弟兄三個，去到呼拉河附近遊獵，只見慕爾村的人民正在烏利山下較射。村前圍著一大群男女，在那裡瞧熱鬧。山麓中插著箭堆，許多武裝的丁勇，彎弓搭矢望箭堆射去，也有中的，也有射不到的；一箭中了，第二矢便射不著了，終看不見有連中的。孛端察兒笑著對古訥特道：「你瞧他們的箭術都很平常的。」哈搭古不等他說畢，忙介面道：「那怎及得你來呢！」激得孛端察兒性起，便大叫道：「你敢和我較射麼。」哈搭吉應道：「怎麼不敢！」說時，隨手取弓拈矢，連發三箭，只聽得叮叮響著，果然齊中紅心。這時慕爾村民眾的目光都移到三人身上，還不住地喝著採。哈搭吉十分得意，瞧著孛端察兒道：「你也射給我看。」孛端察兒側著頭道：「似你那正面射，又有甚希罕？你瞧我背射也射著它哩！」哈搭吉當是取笑他，頓時大怒道：「你既這樣說，射不著時，休怪我鞭打你就是了。」古訥特知道他兩人鬥勁，又因哈搭吉生性暴躁，就去勸孛端察兒道：「自己的兄弟，何必定要較量？」孛端察兒只是微笑著，一手緩緩地去腰裡取了弓矢，真個背著身去，接連三箭，也中紅心。看得慕爾村的人民，齊聲讚著神箭。人群中有一個二十多歲的美人，一雙盈盈的秋水，瞟著孛端察兒嫣然一笑，孛端察兒也還了她一笑。這時只氣得哈搭吉暴跳如雷道：「你的箭功夫很好，我輸給你吧！」說著轉身大踏步走了。古訥特在後叫他，哈搭吉連頭也不曾回得。孛端察兒要緊瞧那美婦，也不去睬他，只叫古訥特跟著自己就是了。當下，孛端察兒在慕爾村裡走了一轉，兩眼只是向那美婦人注視，那美婦人也望著孛端察兒瞅了幾瞅，又微微地一笑掩了門走進去了。

孛端察兒戀戀不捨地在門前走了幾次，這才和古訥特去烏利山打獵去了。待到回來，經過慕爾村時，村裡已靜悄悄的寂無一人，再看那剛才的美人，正立在門前徘徊。孛端察兒大喜道：「那不是天作之緣嗎？」便令古訥特在一旁暫待，自己潛身上前，跑到那美婦人的背後，輕輕地雙手向纖腰中一抱，嚇得那婦人慌忙回顧，粉臉恰和孛端察兒的臉碰一個正著。那婦人紅著臉道：「這般囉唣，給人家瞧見算什麼呢？」孛端察兒見她可欺，便涎著臉笑道：「好嫂子，此時沒人瞧見的，還是隨著我回去吧！」那婦人把孛端察兒一推道：「怎樣好跟你走？難道你是強盜嗎？」這一句話倒將孛端察兒提醒過來，就一手牽住她的玉臂，一步步地向草地上走去。那婦人屢屢朝後退縮，孛端察兒如何肯放呢？恰巧那草地上有一匹沒鞍馬啃著青草。孛端察兒突然地向那婦人肘下一摟，翻身跳上馬背，在馬股上連擊了兩掌，這匹沒鞍轡的禿馬，便潑刺刺地疾馳著去了。不知孛端察兒逃往何處，再聽下回分解。

溫柔鄉英雄避難　脂粉計兒女留情

卻說孛端察兒挾著美婦人，跨了禿鞍的馬飛也似的望著豁禿里村便走。這裡慕爾村的人民起初瞧見孛端察兒和那美婦人說笑玩著，還疑他們是素來認識的。後來看見孛端察兒把婦人摟上馬背時，那婦人又沒叫喊，連放馬的主人也當他是摟著玩哩。不料那婦人的丈夫阿尼圖正從村外回家，一眼瞧見妻子被人抱在馬上，便來攔阻著孛端察兒道：「你將我的妻子擁著做甚，還不放手麼？」阿尼圖大聲說著，孛端察兒只當沒有聽見一般，一騎馬直衝出村外去了。那婦人在孛端察兒的懷裡，假意叫起來。阿尼圖知道這人搶他的妻子，慌忙去告訴村人，放馬的主人也忙著備馬去追。一霎時間，慕爾村上一片的鳴鑼聲和人民的呼叫聲。不一刻中，村人已多齊集，於是各執著器械，騎馬的在前，步行的在後，由慕爾村的村長杜摩下令，和頭目紇裡、馬塞巴等紛紛趕出村來。

這時古訥特還沒有曉得孛端察兒鬧出禍來，兀是呆呆地等在那裡，卻被一個眼快的村民看見，指著古訥特對杜摩道：「劫人的強盜，就是適才射箭的三個少年，他是三人中之一，也是盜黨呢！」杜摩聽了，便指揮馬塞巴來捕古訥特。古訥特見不是勢頭，要待逃走已是萬萬來不及的了。只好拔出佩刀和馬塞巴動手。村民一聲喊，將古訥特四面圍定。副頭目紇裡，卻幫著馬塞巴雙鬥古訥特。想一個古訥特有多大的本領，早吃馬塞巴一棍掃倒，紇裡便上去把他獲住，登時繩穿索綁的似捆豬般將古納特捉進村中去了。這裡村長杜摩仍領了眾人，飛騎來趕孛端察兒。孛端察兒既逃出慕爾村，巴不得那馬立時馳到豁禿里村，好和那婦人實行取樂。可恨那匹馬卻不慣禿鞍的，因此走了半裡多路，馬的後腳打起蹶來了。他愈是心急，馬卻越走不快，惱得孛端察兒性發，提起拳頭在馬股上亂打。正在這當兒，忽聽得背後鑼聲大震，馬蹄的聲音雜沓，料得是後面追到。再回頭瞧時，已遠遠地望見有四五十騎馬似旋風般疾馳而來。孛端察兒知是走不了，便把那婦人挾在左手肋下，右手拔出寶劍，倒騎了禿馬，預備且戰且走。

慕爾村民已是逐漸追近，為頭一個彪形大漢，手挺長矛一馬當先，正是那村長杜摩。後來跟著紇裡和馬塞巴。杜摩追著大叫：「強人慢走，快快下馬受縛！」說時緊一緊手中的矛，望孛端察兒刺來，孛端察兒忙仗劍相迎，才交手得數合，紇裡、馬塞巴和後面的壯丁一齊殺將上來，就使孛端察兒有三首六臂，怕也不能取勝。何況身畔還帶著一個女子，更覺得轉側不靈了。當下孛端察兒攔擋不住，只好催馬逃走。忽見村民隊裡，一個步行的丁勇，手執著蠻牌，用滾刀的絕技，奔到孛端察兒的馬前，把馬腳上砍了一刀。那馬負著痛，身軀前高後低，拿孛端察兒和婦人都掀下地來。此人是誰？便是那婦人的丈夫阿尼圖。他因為妻子的緣故，所以奮勇向前，特別出力。虧了孛端察兒手腳靈活，一到地上翻身向阿尼圖一劍，把他執蠻牌的那隻手削去了五指。阿尼圖受了傷，只得退後，村長杜摩和馬塞巴、紇裡等眾人雖然猛勇，但孛端察兒已變了步戰，他們長槍大戟反不能用力了。杜摩便大吼一聲，擲去長矛，跳下馬去，搶了一把短刀，惡狠狠地戰孛端察兒。紇裡、馬塞巴等見村長下了馬，便也紛紛下馬，一齊圍繞上來，和圍古訥特似的將孛端察兒圍在中間。孛端察兒只有獨臂用勁，又要顧著那婦人，他左突右衝，累得一身是汗，終殺不出重圍，孛端察兒心慌，欲要釋卻那婦人竭力死戰，又覺得捨不得。看看圍的越逼越近，四面都高叫著：「強盜授首！」孛端察兒仰天嘆道：「我難道今天死在此地嗎？」

正在危急萬分，猛聽得喊聲震天，慕爾村人民紛紛倒退，卻見一支生力人馬，望著西邊正面直衝殺進來，孛端察兒精神抖擻，併力殺將出去。裡外夾攻，把慕爾村民一陣殺退。孛端察兒見前面的勇士帶來百來個壯丁，殺得很為厲害。仔細一照卻不是別個，乃是自己的兄弟哈搭吉。其時，哈搭吉殺了半晌，回過頭來問孛端察兒道：「古訥特什麼地方去了？你手攙著的女子又是誰人？」孛端察兒答道：「女子是我搶來的，古訥特卻不曾看見。」哈搭吉大怒道：「你去強搶了人家的女子，闖下大禍來，將古訥特陷死了，還有顏面回家來呢！我們今天非同去尋著了古訥特，你也休想躲避得過。」哈搭吉說罷，逼著孛端察兒去尋古訥特。孛端察兒素來知道哈搭吉的脾氣，倘違拗了他勢必兩下里火並。因敷衍著他道：「兄弟！你且莫性急，古訥特是絕不會遇害的。我們休息一會兒，再去找尋不遲哩。」哈搭吉大叫道：「誰是你的兄弟？你是咱母親的私生子，又不是我們的親手足，怪道你忍心把古訥特害死了！」孛端察兒聽了，不禁臉兒一紅，大怒道：「你誣衊我是私生子，你卻是誰養的呢！」哈搭吉也怒道：「難道不成咱是私生子麼？不要多講了，你既害了古訥特，咱就先殺你的淫婦。」說罷便一刀望著那婦人砍去，那婦人急忙閃躲著，伸手來擋著刀時，已把一隻指頭砍下來；那婦人便坐倒在地。孛端察兒怒不可遏，舉起手中的劍向哈搭吉似雨點般砍來。哈搭吉叫聲來得好，也舞刀相迎，兩人一來一往，在平地上鬥了起來。

正廝拚著，忽見那邊一個人飛奔地走來，口裡高叫道：「二位哥哥不要自打自，快快殺追兵呀！」孛端察兒和哈搭吉聽了，大家停了手看時，只見古訥特氣急敗壞地奔來，後面慕爾村人飛也似地迫著。看看追到，馬塞巴一馬當先，捻著一枝鋼槍，向古訥特便刺。古訥特慌忙避過，這裡哈搭吉早大踏步上去迎戰。那面紇裡也舞起雙錘來幫助馬塞巴。孛端察兒見了，便仗刀來戰紇裡。四個人兩個騎馬，兩個步戰，似風車般的廝殺著，把慕爾村和豁禿里的人民看得呆了。這時古訥特也去找了一把刀，飛身前來助戰，五個人殺得難解難分。那邊慕爾村人民後隊已經趕到，大眾發一聲喊，一齊衝殺上來。豁禿里的壯丁正待上去，孛端察兒殺得性起，便大吼一聲，揮劍把紇裡砍落馬下。馬塞巴心慌，撥轉馬頭便走。許多民丁見主將敗走，也紛紛各自逃命。哈搭吉和古訥特領著壯丁，趁勢大殺一陣，那些慕爾村人民只恨爺娘生的腳短，逃得慢的都吃哈搭吉砍倒了。這一場的血戰，將慕爾村人民殺傷了大半。哈搭吉望著古訥特說道：「我們乘勝索性殺入村中，去擄掠他一個爽快！」古訥特應著，兄弟兩個一前一後，帶了幾十個壯丁飛奔地去了。

孛端察兒見他們去遠了，卻轉身來看那婦人，只見她坐在地上，花容失色，砍去的手指上兀是流血不止。孛端察兒趕緊替她割下一條衣襟來裹著，一面扶她起身，慢慢地望豁禿里村走去。不一刻到了自己的帳篷裡，孛端察兒扶她坐在皮椅上，去熱了一杯牛乳來叫她吃著，一面問著她的姓名。那婦人說：「小名叫做瑪玲，孃家姓雷特氏，丈夫叫做莫拉阿尼圖。」孛端察兒聽了，便把瑪玲擁在膝上，低低地用溫言安慰著她。那時哈搭吉和古訥特已飽掠了回來，百來個壯丁都扛著搶來的對象和幾個美貌女子。外面人聲嘈雜著，驚動了裡面的阿蘭姑娘，便出來瞧看。聽說兩個兒子劫了許多東西回來，不覺大喜，忙幫著他們來檢點各物。阿蘭姑娘問起孛端察兒時，哈搭吉說道：「那禍還是他一個人闖出來的，如今他大約和那婦人尋歡去了。」阿蘭姑娘見說，忙問什麼緣故。當下由古訥特將前後的事略略講了一遍。正在說著，只見孛端察兒已領了瑪玲過來拜見母親阿蘭姑娘。他一眼瞧見了哈搭吉，兀是氣憤憤地要和他廝打，經阿蘭姑娘把孛端察兒和哈搭吉勸開。可是此後慕爾村民同豁禿里的民族也結下了不解的仇怨來。

這樣，一年年地過去，阿蘭姑娘死了，孛端察兒和那個瑪玲卻生下一個兒子，取名叫做赤列兀札。赤列兀札生子邁敦，邁敦生哈不達。哈不達卻生了九子，第五個兒子密兒丹，生了三個兒子，大的名兀禿，第二個名叫拖吉亶，最小的喚作伊蘇克。三子當中，要算伊蘇克最是英雄。便由密兒丹替他娶了個妻子，叫做艾倫。那時伊蘇克東征西討。他的部族便一天盛似一天，各處的小部也紛紛地來投誠。只有那塔塔兒部不服，伊蘇克就和他開戰，一仗打下來，擒住了塔塔兒部酋長鐵木真。伊蘇克獲了一個大勝，班師歸來。恰巧他妻子艾倫生下一個兒子來。伊蘇克這一喜，真似比得著寶貝還高興。又因那兒子生得相貌魁梧，聲音洪亮，便對艾倫說道：「此子將來決非凡物，他下地時我正打大勝仗擒住鐵木真，那麼就取名叫做鐵木真，算作一個紀念吧！」又過了幾年，艾倫又生了三個兒子，一個叫忽撒，一個叫別耐勒，最小的叫做託赤臺。鐵木真到了六歲上，伊蘇克一病死了，遺下了四個孤兒，還都在幼年。伊蘇克的兩個哥子兀禿和拖吉亶又都是沒用的，因而他們的部落便年不如年地衰敗下去了。

雙丸跳躍，鐵木真已十六歲了。在這當兒，那慕爾村的民族，聯合了赤吉利部族，領兵三萬來攻豁禿里村。可憐鐵木真內沒實力外無救兵，只好同了母親艾倫和三個兄弟出外逃命。母子四人走在半途上，給亂兵一衝便各自衝散了。弄得鐵木真隻影單形，好不淒涼。但他孤身一個人要待回去，那豁禿里村早被慕爾村民蹂躪得草木無存了。當下，鐵木真痛哭了一會，忽然想起他的母親艾倫，本是弘吉剌人。現在母舅麥尼做著弘吉剌的部長，族裡十分興旺，不如去投奔了他，再圖慢慢地報仇。

鐵木真主意已定，便望著弘吉剌部那裡走去。弘吉剌的部族，本在古兒山的西面，若到古兒山去，非經過那慕爾村的外境不可。鐵木真懷著鬼胎，深怕被他們認出來，那性命就要保不住了。鐵木真心裡是這樣害怕著，然他當時給亂兵衝散，既沒有帶得乾糧，又不曾攜得一些費用。跑不上十多里路，已覺得腹中饑渴起來。鐵木真一時沒法，只好挨著餓，一步步地向前走著。

看看到了慕爾村的境，鐵木真怕被人認識，卻把衣袖掩著臉，匆匆地望古兒山前進。走了半裡多路，前面有一條小河橫著，鐵木真口渴極了，便走到河旁，蹲下身去，用手掬著水狂飲。吃了半晌，覺得肚裡很是膨脹，就立起身來不吃了。及至回過身來，背後立著一個女郎，手裡提了一隻木桶，桶裡盛著滿滿的一桶馬乳。看她年紀約莫十六七歲，卻笑吟吟滿面春風地瞧著鐵木真吃河水。鐵木真見她桶中的馬乳，便已饞涎欲滴。他原餓得慌了，見那女郎很和藹，就做出似笑非笑的樣兒，向那女郎央告道：「姐姐，你桶裡的馬乳可能賜一點給我充饑嗎？」那女郎見說，把頭頸一扭，微笑著說道：「這是生馬乳，我家有熟的在那裡，你就跟著我回去吃吧！」鐵木真忙謝道：「只是勞及姐姐了。」說時那女郎嫣然一笑，便引著鐵木真慢慢地望著家中走去。

不一會到了一個大帳篷裡，那女郎卻鶯聲嚦嚦地叫道：「爸爸，有客來了。」那帳篷裡面，早走出一個老人來，一頭應著，一面問道：「是誰來了？」一眼瞧見鐵木真，不覺呆了一呆。那女郎便對老人附著耳朵說了幾句，老人點點頭，轉身引鐵木真到了帳篷裡面，那女郎已捧了一大碗馬乳出來，放在鐵木真的面前。鐵木真也老實不客氣，就捧著碗一連幾喝了一個乾淨。那老人等鐵木真吃好了，便很慈祥地向道：「你不是伊蘇克的兒子鐵木真嗎？」鐵木真見說，頓時吃了一驚，知道他是慕爾村人，和自己是對頭寃家，正要拿話去掩飾，那老人笑道：「你切莫疑心，我和你的父親也有一面之交，我看見你的時候，你還只得五六歲哩。當你進來時，我看了覺得有點相像，現在越看越對了。」鐵木真忙向老人行了一個禮道：「小子此次是逃難出來的，望老丈包涵則個。」那老人還禮道：「你既到了我的家裡，我絕不洩漏出去。如今外面捕你的人很多，且在我家裡住上幾天再說吧！」說著叫他兒子齊拉、女兒玉玲出來和鐵木真想見。鐵木真才曉得剛才的女郎，是老人的女兒玉玲，那老人的名字呼作杜里寧。

其時大家方談得起勁，忽聽得外面人聲嘈雜，齊拉出去看了看，慌忙地跑進來，亂搖著兩手道：「快躲過了！村長綿爽領著民兵來我家搜人哩！」鐵木真聽了，嚇得往草堆裡直鑽，那老人也慌做一團。轉是玉玲說道：「且不要著急，後面的草料棚夾板底下倒可以躲人的，不如令他去蹲在下面吧！」那老人聽了，趕緊叫玉玲引著鐵木真去躲藏，自己便去迎接那村長綿爽。

那綿爽穿著一身的武裝，佩刀懸弓，露出一臉的驕傲氣概。一走進門，便向四面望了望道：「你們家藏著豁禿里人嗎？快把他送出來，讓我們帶去！」杜里寧躬著身答道：「村長不要錯疑了，我們和豁禿里人是世仇，怎敢藏著他不報呢？」綿爽冷笑一聲道：「明明有人瞧見一個豁禿里人同了你女兒回家來的，怎麼說沒有？」杜里寧說道：「是誰瞧見的？」那綿爽便鼻子裡哼了一聲，仰天獰笑道：「你莫管他是誰看見的，既說沒有藏著，我們可要搜一搜了。」杜里寧說道：「村長不相信時，請自己看就是了。」綿爽也不回答，便一揮手叫兵丁四下里搜來。那班民兵，便如狼似虎般地向四下里搜尋了一遍，回說沒有。綿爽不信，便自己去前前後後找尋了一遍，卻指著那堆草料說道：「這下面不要躲著人吧？」杜里寧正要回答，綿爽喝令民兵，把草料一齊搬去。杜里寧怕真個被他找了出來，心裡十分著急，又不敢去阻攔他，就是齊拉和那位玉玲姑娘，也只是呆呆地在一旁發征。那綿爽見草堆搬完，不曾有人，似乎很為失望。便搭訕著對民兵們說道：「敢是他們看錯了。」說罷，慢慢地踱了出去。十幾個民兵也乘勢一鬨的都走了。

杜里寧見綿爽去了，便暗暗叫聲僥倖，齊拉回顧玉玲姑娘道：「倘給他揭起夾板來，我們此刻的性命還有嗎？」玉玲姑娘答道：「不是麼，我終當他要看出來的了，真是天幸呢！」當下杜里寧和齊拉同去打馬乳了，吩咐玉玲姑娘須要特別小心。玉玲姑娘應著，等他們父子走出了門，便悄悄地回到草料棚前，把夾板輕輕地揭起來道：「他們已去遠了，你走出來吧！」鐵木真在下面聽了，把身體鑽將出來。只見他滿頭的灰塵，臉上弄得七花八豎，竟和偎竈貓一般了。玉玲姑娘忍不住格格地笑了起來，鐵木真卻摸不到頭腦，忙問道：「倒沒有給他們瞧出來嗎？」玉玲姑娘把他臉上一指道：「痴子，被他們瞧了出來，你還能夠在我家嗎？你沒有瞧見剛才多麼危險，我們一家幾乎吃你害了！」鐵木真見玉玲姑娘一派的天真爛漫，不覺也笑著說道：「多虧了姐姐，將來自然要重重的拜謝。」玉玲姑娘聽說，只笑了笑說道：「你看天已晌午了，我去取些食物來給你充饑吧。」鐵木真謝了聲，玉玲姑娘自去。過了半晌，玉玲姑娘果然拿了一碗馬乳，幾個菠子餅來遞給鐵木真道：「你且慢慢地吃著，吃好了把那碗輕輕打幾下，我就會知道的。」鐵木真點點頭，玉玲姑娘便轉身自去。鐵木真吃了馬乳和餅，因肚裡吃飽了，精神頓覺好了許多，正要起身到後帳篷去玩玩，忽見玉玲姑娘慌慌張張地走進來道：「外面人聲很是熱鬧，怕又要來捉你了。」鐵木真聽了，慌得連跌帶爬地鑽入了夾板下面去了。玉玲姑娘把板蓋上，才姍姍地走到外面，只見走進來的卻是杜里寧和齊拉，她才把那顆芳心放下了。

光陰最快，眨眨眼已是夜了，這時玉玲姑娘膽已嚇小了，不敢把鐵木真就放出來，直待夜已深了，杜里寧早去睡覺，齊拉獨自出去打獵去了，玉玲姑娘這才燃了火，取了食物，走到草料棚裡，將火放在地上，從夾板下叫出鐵木真來。一面把食物給他，一頭笑著問道：「你肚子已餓了嗎？」鐵木真答道：「餓倒還好，只是躲在這夾板底下又黑暗又氣悶，實在有點忍受不住。好姐姐，夜裡沒人來的，請你給我想個法兒，換一塊地方躲躲吧！」玉玲姑娘笑道：「你倒一經老虎口裡脫身，便想上天哩。」鐵木真便姐姐長姐姐短地一味哀求著她，玉玲姑娘見他說得可憐，便指著那堆草料道：「停一會兒睡在這個上面，比較那夾板下好得多嘛。」鐵木真對著那草堆望了望，引得玉玲姑娘大笑起來。那種笑聲好似山谷鳴鶯，清脆流利，真是好聽極了。可憐，鐵木真和女子們親近，這時還是第一次哩。且這當兒，草料棚裡，玉玲姑娘和鐵木真之外，又沒有第三個人，孤男寡女深夜相對，加上玉玲姑娘那種粉面桃腮嫵媚嬌豔的姿態，就使是石頭人也要按不注意馬心猿了，何況鐵木真呢。他見玉玲姑娘笑吟吟地對著自己，不由得心兒上亂跳，忍不住把她的香肩一拘，臉兒和臉兒沖並著，一面便輕輕地說道：「這裡很冷靜的，哥卻叫我一個人睡著，真是怕人得很，姑娘就陪著我坐一回兒吧！」玉玲姑娘笑道：「我哪裡有工夫，哥哥打獵快要回來了，我還要去幫他開剝野獸哩。」鐵木真也笑道：「他一個人去打獵，怎麼能夠就來？我卻不相信。」鐵木真說著，便一斜身體兩人一齊坐倒在地上，玉玲姑娘又不覺嘻嘻地笑了。鐵木真趁勢將她一按，早把玉玲姑娘按倒在草堆裡，這時玉玲姑娘已笑得嬌軀無力，好在玉玲姑娘也是個情竇初開的女孩兒家，怎禁得鐵木真的一逗引，自然而然的半推半就，在草堆上成就了他們的好事。他們倆正在歡愛的當兒，忽聽得外面齊拉回來，玉玲姑娘慌忙推開鐵木真去開門去了。這裡鐵木真卻假裝在草堆上睡著。

不一會，天色漸漸地明瞭，杜里寧已起身，齊拉仍到外面去打馬乳，玉玲姑娘去捧了餅餌來給鐵木真吃。鐵木真就拉住她，要她一塊兒同吃，玉玲姑娘不禁紅暈上頰，微微一笑也就坐了下來。兩人都是初嘗溫柔滋味，好似新夫婦一般說不盡恩愛和甜蜜。過了一刻，玉玲姑娘去了，只見杜里寧背著手，慢慢地踱進來。鐵木真忙起身，杜里寧便對他說道：「外面風聲很緊，你可曾知道嗎？」鐵木真見說，嚇得不敢作聲。忽聽得前帳篷腳步聲亂響，齊拉慌著走進來說道：「那村長綿爽領著幾個親信的兵丁又來我家搜人了！」杜里寧聽了大驚，鐵木真更驚得和木雞一樣。不知鐵木真性命如何，且聽下回分解。

玉妃萬古遺淫跡　烈士千秋傳盛名

卻說齊拉從外面奔進來，說村長綿爽領著親兵在附近人家搜尋豁禿里人。鐵木真聽了大驚。杜里寧忙道：「綿爽因有人報告給他，說我們村裡藏著仇人。他昨天搜尋不著，怕不見得便肯幹休。我看鐵木真躲在我們家裡，終不是良策，須另選一個安全的法兒才好哩。」鐵木真苦著臉，央求著杜里寧道：「只求老丈成全小子就是了。」杜里寧躊躇了半晌，卻找不出什麼法子。這時齊拉說道：「我倒有個計較在這裡，不如將他送到我們姑母家裡去吧。」杜里寧點頭道：「話雖不差，但怎樣能夠走出去呢，不怕被人家瞧見嗎？那轉是害了他了。」玉玲姑娘其時也走了進來，便插嘴道：「何不叫他扮做女子的模樣，由我同了他出去，只要混過村口，那就不怕什麼了。」杜里寧不曾回答，齊拉先拍著手道：「那倒不錯，你快給他扮起來吧！」玉玲姑娘聽了，瞧著鐵木真一笑，便很高興地跑到自己的床前去取了套女子衣服來，替鐵木真穿著。又去取出胭脂和粉盒，替鐵木真搽在臉上，把辮髻放散了，改梳一個拖尾髻式，裝扮好了，玉玲姑娘將鐵木真仔細相了相，忍不住好笑。齊拉也笑道：「真的好像一個女子！」鐵木真用鏡自己一照，不由得也笑了，引得杜里寧也笑了起來。當下，杜里寧對鐵木真說道：「我有一個妹子，嫁在蔑吉梨山下的白雷村，她名叫烏爾罕，丈夫已死了多年，又沒兒子，只有一個女兒美賽。白雷村離此不過四五里，因她家裡房屋寬大，你去住上幾時，待捕你的懈怠了，再設法到弘吉剌去就是了。」鐵木真見說，忙向杜里寧拜了一拜：「老丈救命的恩典，將來如能得志，絕不敢相忘！」回過身來又對齊拉和玉玲姑娘道謝。玉玲姑娘把他一推道：「你快去吧！」說著就把鐵木真拖著，往門外便走。鐵木真這時因扮著女子，訕訕地很不好意思。待跑出了門，回頭瞧著齊拉和杜里寧，兀是遙看著他好笑。那玉玲姑娘同了鐵木真，兩手攜著手，姍姍地望著篾吉梨山走來。才走出了村外，便有慕爾村的民兵過來問道：「玉玲姑娘到什麼地方去？那女人是你的何人？」玉玲姑娘笑道：「她是俺豁禿里人啊。」那民兵也笑道：「姑娘笑話了，她分明是你的表妹兒，怎麼說是豁禿里人呢？」說著對鐵木真打量了一遍道：「好一位文靜姑娘。」玉玲姑娘瞧著他們一笑，挽了鐵木真便走。那幾個民兵，兀是在那裡做著鬼臉哩。

原來玉玲姑娘的做人，平日很為和氣，所以村裡大大小小的人，沒一個不喜歡她的，這時玉玲姑娘和鐵木真既脫了虎口，慢慢地向著蔑吉梨山走來。不一刻到了山下，盤過了石窟，就是白雷村了，玉玲姑娘領路，跑到烏爾罕門前。只見烏爾罕正牽著一匹馬，從裡面走出來。玉玲姑娘忙上去，叫了一聲：「姑母！」烏爾罕回過頭來，見了玉玲姑娘，不覺迷花笑眼地說道：「是玉姑嗎？什麼風吹來的？你表妹正想得苦呢！」烏爾罕說時，一眼瞧見鐵木真，便問玉玲姑娘道：「這是誰家的姑娘？」玉玲姑娘撒謊道：「她是我父親故交的女兒，因家裡給人搶散了，無處容身，所以投到我家來的。但父親說家中狹窄，留著女孩很不便的，叫我送到姑母這裡來暫時住幾時。」烏爾罕聽了笑道：「好了！我們這美賽小妮子，常說冷靜沒有伴當，現在恰好與她做伴了。玉姑既來了，也一同住上幾時，再料理回去不遲。」說著便去樁上繫住馬，邀玉玲姑娘和鐵木真進去。一面高聲叫道：「美賽！你表姐來了，還同著一個好伴當呢！」美賽姑娘在裡面聽了，忙三腳兩步跑出來，笑著問道：「媽莫哄我，表姐姐在哪裡呢？」她一邊走一邊說，及至走出來，見了玉玲姑娘和鐵木真，不覺笑道：「玉姐姐真個來了，那一位姐姐是誰？」玉玲姑娘笑道：「她是我的世妹，給你做伴當來了。」美賽姑娘笑得風吹花枝般地說道：「給我做伴，怕沒有這福氣吧。」說時對鐵木真瞟了一眼，便走過來攙住了鐵木真，細細地端詳了一會。玉玲姑娘深恐給她瞧出破綻來，忙一手牽了鐵木真，一手拖著美賽姑娘，口裡說道：「我們到裡面去講吧。」於是三個人一窩蜂的往裡室便走。這裡烏爾罕笑了笑，自去擠她的馬乳去了。

玉玲姑娘等在美賽姑娘的房裡，表姐倆有說有笑，談的很是投機。只有鐵木真呆坐一旁，半晌話也不說。美賽姑娘還當她害羞，時時和鐵木真鬧著玩。鐵木真心裡暗自好笑，為的自己裝著女子，不便放肆出來，已恨著玉玲姑娘，不給他改裝。其實鐵木真到了這裡，已算是一半脫險了，就是露出本來面目也沒事。哪知玉玲姑娘怕鐵木真一經改裝，諸事要避嫌疑，所以在烏爾罕和美賽姑娘面前，始終不把他說穿。這樣一來，可就弄出事來了。

紅日西沉，天色漸漸地黑起來。玉玲姑娘和鐵木真，有美賽姑娘陪著吃了晚飯，美賽姑娘要鐵木真做伴，便拉他一塊去睡，這裡烏爾罕卻和玉玲姑娘同炕。玉玲姑娘見說，心兒上很為失望，只苦的不好說明，卻暗地裡丟一個眼色給鐵木真，似乎叫他切莫露出破綻的意思。鐵木真會意，略略點一點頭，便跟著美賽姑娘自去。

玉玲姑娘睡在烏爾罕炕上，想造成口的饅頭給人奪去，弄得翻來覆去地再也睡不著了。那鐵木真隨美賽姑娘到了房裡，他心裡到底情虛，只坐在炕邊不敢去睡。還是美賽姑娘催逼著他。鐵木真沒法，就勉強地卸了外衣，往被窩裡一鑽，把被兒緊緊地裹住，便死也不肯伸出頭來。美賽姑娘一笑，也忙脫去了衣服，一面跨上炕去，將鐵木真的被兒輕輕揭開，倒身下去並頭睡下。鐵木真起初很是膽怯，只縮著身體連動也不敢動，禁不起美賽姑娘問長問短，一陣陣的檀香味兒，觸在鐵木真鼻子裡，實在有些難受。又覺美賽姑娘說著話兒，口脂香卻往被窩裡直送過來。在這時休說是素性好色的鐵木真，就是使柳下惠再世怕也未必忍受得住呢。這樣地捱了半晌，鐵木真已萬萬忍不住了，便伸手去撫摸美賽姑娘的酥胸，這時候見美賽姑娘花容似玉，情意如醉，不覺神魂難捨，不由的把美賽姑娘玉體擁住。美賽姑娘吃了一驚，但這當兒已經嬌軀乏力，只好任那鐵木真所為了。那時兩人學著鴛鴦交頸，卿卿噥噥地講著情話，在隔房的玉玲姑娘，聽得越發睡不安穩了。原來烏爾罕的房和美賽姑娘的臥室只隔一層薄壁，又是夜深人靜，更聽得清清楚楚。起先玉玲姑娘聽著美賽姑娘一個人的笑聲，知道鐵木真尚能自愛芳心很為安慰。及至聽了鐵木真的聲音，疑心事兒已有些不妙。後來鐵木真和美賽姑娘竊竊私語起來，玉玲姑娘才知是弄糟了。她深悔自己不給鐵木真改裝，才釀出這樣的笑柄來。

到了第二天上，玉玲姑娘清晨就起身，走到美賽姑娘的房裡。見鐵木真已坐在床邊，瞧見玉玲姑娘進來，心裡十分慚愧。再看美賽姑娘時，只有她眼睛惺忪，玉容常暈，正打著呵欠，慢慢地坐起身兒。猛地見了玉玲姑娘，回頭來看看鐵木真，那粉臉便陣陣地紅了。玉玲姑娘也心裡明白，只默默地不做一聲。三個人你瞧著我，我瞧著你，面面相覷著一言不發。還虧了鐵木真，便搭訕著說道：「姐姐為什麼起得這般早，敢是生疏地方睡不著嗎？」玉玲姑娘冷冷地說道：「我哪裡會睡不著，只怕你睡不穩呢！」鐵木真聽了，又低下頭去。美賽姑娘究竟面兒嫩，紅著臉一手弄著衣帶，只是不做聲，玉玲姑娘恐怕她害羞極了，弄出什麼事，便做出一副笑容，低低地說道：「你們昨天夜裡乾的什麼，我已經聽得很清爽。到這個地步，聰明人也不用細講了。只是你們有了新人，卻把我這舊人拋在一邊，那是無論如何我也不答應的。」鐵木真見玉玲姑娘已和緩下來，忙央告著她道：「一切只求姐姐包涵著，姐姐要怎樣，我都可以辨得到的。」鐵木真說時，看那美賽姑娘已哭得同帶雨梨花般了。鐵木真這時又憐又愛，因礙著玉玲姑娘在旁邊，不好十二分的做出來就是了。好容易經鐵木真再三的央說，總算是和平解決。從此他們三個人便吃也一塊兒，睡也一起，一天到晚過他們甜蜜的光陰。但是好事不長，玉玲姑娘的家裡，忽的著人來叫她回去。那時玉玲姑娘和鐵木真正打得火熱，如何肯輕輕地離開呢？杜里寧叫人喊了她幾次，不見玉玲姑娘回來，心上已有些疑心了。

過了幾天，杜里寧便親自到他妹子的家裡來，聽得烏爾罕說：「他們姐妹很是要好，天天在一起寸步也不離。」杜里寧見說，不禁連聲叫起苦來，烏爾罕很為詫異，忙問什麼緣故，杜里寧恨恨地說道：「這都是我們的糊塗，才弄到這步田地。」因將鐵木真男做女扮的事，約略述了一遍，烏爾罕聽了，不覺跳起來道：「反了反了！有這樣的事嗎？」說著忙把玉玲姑娘和鐵木真、美賽姑娘等三人一齊叫了出來。烏爾罕一見玉玲姑娘，知道禍都由她一個人闖出來的，哪是先前的客氣呢。便頓時放下臉來，大怒道：「你怎麼把女裝的男子，帶到了我的家裡來！卻掩瞞著我去幹出這樣的勾當來？如今你的老子也來了，看你還有什麼臉見他？」玉玲姑娘聽罷，一句話也沒回答，只是淚汪汪地瞧著杜里寧發怔。烏爾罕又指著鐵木真說道：「你既是避難的人，不應該私奸人家的閨女。現在我家卻容你不得，趕快改了本裝出去吧！」鐵木真不敢做聲，只有一旁呆立著。再偷眼瞧美賽姑娘，見她粉頸低垂，似暗自在那裡流淚。烏爾罕喝道：「你也算是個女孩兒家，現放著男子在房裡，卻不來告訴我，真是無恥極了，還不給我進去嗎？」美賽姑娘聽了，只好淚盈盈地一步挨一步地走進去了。這裡烏爾罕望著杜里寧道：「那都是你的好心，因為救人，倒被人占了便宜去。但事到這樣，也不必多說了，你就領了玉玲姑娘回去吧！」杜里寧點點頭，立起身來同了玉玲姑娘自去。

鐵木真見他們一個個地走了，自己當然無法強留，也只好脫了他改扮時的衣服，將原來的衣裳整了一整，烏爾罕只是不理他，鐵木真便垂頭喪氣地走出門來。他一路走著，覺得沒精打采。走了一會，看看已走出了白雷村，就立住腳尋思道：我此刻又弄得無處容身了，目下卻到什麼地方去呢？又想了一想道：咱不如仍往弘吉剌部去投舅父麥尼吧。主意已定，便望著泰裡迷河走去。但鐵木真和玉玲姑娘、美賽姑娘兩位玉人兒一天到晚伴在一起，真可算得左擁右抱了，多麼的歡樂哩！偏偏給杜里寧說破，生生地將他們鴛鴦分拆，弄得孤身上路，好不淒涼。其實虧了杜里寧這一來把鐵木真趕走，不然擁著兩個美人，大有樂不思蜀，終老溫柔鄉之概了，還想到什麼報仇和恢復那部落呢！現在他這一去，卻做出驚天動地的大事業來，此中豈非天意嗎？當下，鐵木真匆匆前進，心兒上雖舍下美賽和玉玲，也是無可奈何的事。

他奮力地走了一日夜，為的不曾帶著乾糧，肚裡已是饑餓起來。再望那泰裡迷河，已差不多遠了，便挨著餓，一口氣奔過了泰裡迷河。過了這條河，就是弘吉剌的地方了。鐵木真一頭走著，一頭問那麥尼的家裡，有人指著西面一個大帳篷道：「那就是麥尼的住所。」鐵木真謝了一聲，望著大帳篷走來。到了帳篷面前，早有幾個民兵攔住鐵木真問道：「你找的是誰？」鐵木真告訴了他名兒，那民兵進去了。過了半晌，那民兵出來道：「我們總特叫你進去，須要小心。」鐵木真也不去理睬他，便低著頭一重重地走進去。到了正中，見他舅父麥尼，坐在那裡看著冊子，鐵木真上去叫了一聲，麥尼只對他點點頭，回顧親隨道：「你且同他進了膳再說。」鐵木真本早已餓了，聽說吃飯，自然很高興，便同了那親隨到後面去了。

鐵木真吃飽了肚子，又來見他舅父。麥尼先問道：「你的部落已是散失，我都已知道的了。你怎麼過了這許多的時候才到我的地方來呢？」鐵木真見問，不能說為了兩個女子在路上逗留著，只得支吾著道：「因去找尋母親和兄弟，所以挨延的久了。」麥尼道：「你母親等可曾找到麼？」鐵木真垂淚道：「直到了現在還沒有一點訊息哩。」麥尼聽了，沉吟一會，微微地嘆了一口氣，便對鐵木真說道：「你可要報復嗎？」鐵木真忙道：「為的要報仇怨，恢復我父親所有的部落，故特地來此，要求舅父幫忙才好。」麥尼說道：「你果有志氣，我這裡人少勢弱，就是幫助著你，也未必能夠勝人。況我現下只有自己顧自己的力量，卻沒有餘力來管別人的事。但你是我的外甥，又不能叫我眼看著你不管。如今我有個兩全的法子。這裡西去，約百十里叫做克烈部，他的酋長名兒叫汪罕。在你父親興盛的時候，汪罕也似你一般的失了部落，虧你父親幫著他恢復轉來。眼下我給你備一份禮物，你到汪罕那裡求他，他念前恩定能夠幫助你的。」鐵木真大喜道：「全仗舅父的幫襯！」說著，由麥尼備了些獸皮和土儀，又備了一匹馬來，叫鐵木真前去。

鐵木真辭了麥尼，騎著馬飛也似地往克烈部奔來，不消一天工夫，已到了克烈部的外境了。克烈部的規則是外客入境不准騎馬的。鐵木真便下了馬，一路牽著走去。及至到了部中，謁見過了汪罕，把禮物呈上，述明瞭來意。汪罕慨然說道：「你的父親也曾助過我的，今你窮困來投我，我如何拒絕你呢？」說罷，令鐵木真暫時在客舍裡宿息。第二天上，汪罕召鐵木真進去，對他說道：「你要恢復舊日的部族，自然非實力不行。現我發兵兩萬助你回去，但你以後得了志，莫把我們忘了就是了。」鐵木真大喜，忙向汪罕拜謝，連夜帶了兩萬大兵來攻那赤吉利部。

赤吉利部的民族本不怎麼多的，怎禁得數萬大軍的攻入，早已弄得東奔西逃，自相擾亂了。鐵木真自開著仗就獲了全勝，便趁勢來攻那塔塔兒部，塔塔兒部雖較赤吉利部大，但也不是鐵木真的對手，不上幾個回合，已被鐵木真殺得大敗。鐵木真揮兵追殺，好似風捲殘葉一般。塔塔兒部和鐵木真本來是世仇，所以一經打敗，把牛羊馬匹婦女布帛都吃鐵木真擄掠一個乾淨。

經過這兩次戰爭，鐵木真的威名居然一天大似一天了。那些平日的部落，也依舊紛紛來歸了。鐵木真的母親艾倫和三個兄弟忽撒、別耐勒、託赤臺等，都得信歸來。他們一家離散，到了這時才算團圓。豁禿里自鐵木真主持後，便著實興盛起來。當下豁禿里的民族，大家舉鐵木真做了總特。然那赤吉利部，經鐵木真打敗它，酋長伊立卻異常的憤恨。他逃走出去，糾集了部屬，總想報仇。伊立的手下，有一個門客叫做古臺的，生得膂力過人，能舉二百多斤的大鐵錘，他若舞起來轉動如飛，許多的將士卻一個也及他不來。伊立愛他的勇猛，就留在門下，十分敬重他。古臺受恩思報，他不時對人說，伊立如有差遣他的地方，雖蹈火赴湯也不辭的。

一天，聽得伊立說起鐵木真怎樣的厲害，怎樣的不解怨仇，古臺在一旁說道：「部長不要煩惱，俺卻有法子去取了鐵木真的頭顱來獻在帳下。」伊立介面道：「莫非去行刺嗎？」古臺道：「正是呢。」伊立嘆口氣道：「此計倒也未嘗不可行，只是沒有這樣的能人敢去行刺啊！」古臺拍著胸脯大笑道：「俺蒙部長優遇之恩，正無所報答，倘若要此計，俺獨立擔任就是了。」伊立也笑道：「得你前去，何患梟雄不授首。只是也須小心，因鐵木真那廝很是刁滑，往時防範極其嚴密，你此去萬萬不可造次。」古臺點首應允了，退出來便對他的兒子努齊兒說道：「我身受部長之惠，不得不盡心報答。今奉命前去行刺鐵木真，吉凶雖不可預知，然我終是捨命而往，成了果然千萬之幸；如其不成，或是給他們獲住，我也唯有一死報部長的了。倘我死之後，你宜潛心學習武藝，我這仇恨，非你去報復不可，你須切切記著！」努齊兒聽了他父親的話，知道他意志已決，便垂著眼淚說道：「吉人自有天相，望父親馬到成功，那時提了鐵木真的頭顱回來，父親已算報答了部長了。從此便山林歸隱，不問世事，我們去漁樵度日，享人間的清福，豈不快樂嗎？」古臺說道：「那個自然。如今你把我的衣裝取出來，待我改扮好了，晚上好去行刺。」於是，古臺換了一身黑靠，帶了一柄鐵錘和一柄腰刀。裝束停當，看看天色黑了下來，便一飛身無影無蹤地去了。不知古臺刺得鐵木真否，且聽下回分解。

玉妃萬古遺淫跡　烈士千秋傳盛名

古兒山單身逢俠客　斡難河大被寢紅顏

卻說那古臺囊刃背錘，放出他十二分的本領來，在路上連縱帶跳，飛般的望豁禿村來。看看到了村前，只聽得那些民兵打著刁斗，吹著畫角，巡邏得很是嚴密。古臺雖是拼著一死前來，他的志願是在得手，倘無端地枉送性命，似乎有些不值得。所以他見巡查的認真，便去爬在一顆大樹上，一時也不敢下來動手。直等到三更多天氣，那些巡邏的民兵已漸漸地懈怠了起來。古臺暗想道：「我不從此時潛身進去，難道待到天明不成嗎？」主意既定，就聳身跳下樹來，一個鯉魚背井勢早已竄入了村中去了。

古臺既到了村裡，四處一望，只見靜悄悄的燈火依稀，天空重霧溟濛，顯出夜色深沉的景象來。再瞧那豁禿村的正南上，營帳林立，密若墳丘。古臺私忖道：這許多兵篷裡面，不知鐵木真這廝住在哪裡？古臺躊躇了一會，忽見遠遠地一盞小燈，那燈桿正飄著一面大纛。古臺大喜道：有大帥旗的營中，自然是鐵木真的住處了。當下古臺就望著偏西的大營竄來。營前有十幾個民兵倚著槍械在門前打瞌睡。古臺也不去驚動他們，便潛身來至營後，聳身一躍上了帳篷，竄過幾個篷頂，已是中軍的所在了。古臺便撥開篷帳，望下看時，見那大帳面前放著令箭旗印，桌上，置著黃冠寶劍，分明是鐵木真的臥室了。古臺瞧得清楚，做一個燕兒穿簾勢，從篷上直竄到地上，隨手抽出肩上的鐵錘執在手裡，用惡虎撲人的勢兒，飛向帳裡奔去，舉起鐵錘照准那睡著的人就是一下。他這一錘下去，至少也有七八百斤的氣力。便是鋼鐵人也要擊破的了，何況是人呢？但古臺下手的時候，不曾看清睡著的是誰，只知帳中臥的定是鐵木真了。豈料古臺的錘才下去，那人已霍地跳起身來，只聽得啪噠的一響，把一張床底擊得粉碎。跳起來的那人就一腳把鐵錘踏住，古臺急切拔不出，忙棄錘取劍，一劍望那人的足上削去，那人竄身躲過，即折下一根床上的斷木，抵住了古臺的劍，一面飛身竄出了帳外。古臺仗劍趕來，兩人在帳前一往一來地狠鬥起來。古臺一頭動手，就燈下細看那人卻不是鐵木真。那是鐵木真帳下的第一個勇士兀魯。

原來鐵木真往時常常防人行刺，所以中營令兀魯臥著，自己卻去睡在後帳。這時帳外的兵士，聽得帳裡一聲響，已都驚醒過來。於是紛紛地拿起了器械，奔入中軍，見兀魯和一個人相拚，那人很是勇猛。眾人發出一聲喊，一擁上前將古臺團團圍住。鐵木真在後帳，聽得中營捉刺客，也領了親信衛兵親自前來指揮。他見古臺的本領不弱於兀魯，滿心想要收服他，便高聲說道：「不論誰人，能生擒刺客的自有重賞。」眾人聽了，越發奮勇，勇士當中有一個叫哲別的，舞動手中鐵槊似雨點般向古臺打來。古臺正戰不住兀魯，又加上一個哲別，自然要手忙腳亂了。哲別乘個空兒，一槊把古臺的劍打折，兀魯飛起一腳，用烏龍掃地把古臺打倒。眾人齊上，七手八腳地把古臺捆了起來。任你古臺有飛天的本領也休想脫身的了。

刺客既然獲住，天色早已破曉，鐵木真坐帳，由哲別兀魯推上古臺來。鐵木真愛他勇猛，忙起身將他解縛，一面說道：「將士們無知，得罪了英雄，真是慚愧之至。」古臺見說，冷笑著答道：「誰要你假仁假義？咱和你幾世的怨仇，前來報復。今事不成，唯有待死而已。」鐵木真聽了，曉得他是個強項漢，便也笑著說道：「俺和你素不相識，何來怨仇？你此行必定受人的主使，既是好漢，何妨直說出來，俺絕不難為你的。」古臺氣憤憤地說道：「俺主使的人多哩。凡與你有仇的人都要殺你，咱便是眾人中的一人。現在不能得手，這是你的罪惡未盈。但咱死之後，將來終有人殺你的一日。」鐵木真道：「那麼今天放了你，你肯投降我嗎？」古臺笑道：「俺拼著一死前來，怎肯順你？就是你不殺了咱，咱有口氣存著，還是要行刺的。」古臺說罷，回頭見兀魯腰裡佩著刀，便一個冷不防，抽刀上帳向鐵木真刺來。慌得哲別和兀魯忙飛步趕上，把古臺兩臂執住。古臺兀是賺紮著，經左右仍拿他上了綁，這才不能動手了。鐵木真大怒道：「俺好好的勸你，不但未曾悔悟，反想暗箭算人，你這種沒心肝的人，要他何用！」便喝令：「推出去砍了！」左右武士就擁著古臺出帳，鐵木真又叫轉來問道：「鳥去留聲，人死遺名，你姓甚名誰？」古臺仰天大笑道：「咱既刺你不得，還留什麼姓名呢？」鐵木真只得嘆了口氣，揮著手叫把刺客推出去。不一會，那武士已將一顆血淋淋的人頭捧著進來呈驗，鐵木真令從厚安葬了。不覺嘆道：「這樣一個英雄烈漢，可惜他不能為我用啊！」一時帳下的壯士也都同聲嘆惜。那時鐵木真的勢焰日盛，自己部中的兵卒已將近十萬了。鐵木真因汪罕屢次來討兵，就把借他的二萬克烈部的兵丁，叫哲別督著隊調還了汪罕，並謝了他些禮物。一面打發兄弟忽撒和託赤臺備了聘儀騾馬，分頭去迎接美賽和玉玲姑娘。忽撒、託赤臺正要起身時，那杜里寧已將玉玲姑娘送來了。因為杜里寧打聽得鐵木真做了豁禿里村的部長，還未娶妻，便棄了慕爾村，同他的兒子齊拉親送玉玲姑娘來和鐵木真成婚。鐵木真接著大喜，忙安排房室居住玉玲姑娘，一頭仍令忽撒到白雷村去接那美賽姑娘。這天晚上，鐵木真與玉玲姑娘行起結婚禮來。蒙古風俗，夫婦行婚禮時，新娘戴著尺來長的高帽，穿著紅衣。新郎穿著大禮服，戴的反邊平頂帽，夫妻雙雙不參天地，卻去拜那竈神。這時新娘握著一條羊尾巴，拜了竈神之後，就把羊尾巴燃著了，獨自磕頭三個，叫做祭竈。行過祭竈禮，再去謁見公婆。及到了洞房的當兒，新娘背燈坐著，新郎跪在地上，問新娘的小名，其實新郎曉得新娘的名兒，卻故意問著。新娘也明知新郎跪著，也有意裝著不肯說。直待過了一炷香的時間，新郎跪的腳踝痛了，新娘還是不做聲。結果由新娘的姑娘等出來調解，代說了新娘的名，新郎才叩頭起身。鐵木真和玉玲姑娘雖算新婚，卻是久別重逢，這一夜的恩愛歡娛，自不消說得了。

過了幾天，美賽姑娘已經那忽撒接到，就充了鐵木真的第二位夫人。在鐵木真其時左擁右抱，正享不盡的豔福哩。但他志在併吞蒙古的各部，把兒女之情只好撇在一邊了。所以鐵木真新婚不到一個月，便欲出兵去征賴巒部。那賴巒的部族，蒙古部族當中要推他做領袖了。克烈部汪罕，麥爾部柏克多，當時號稱三大部族。若能把賴巒部征服，其餘的小部落便可不戰自降了。鐵木真為了這個緣故，常常想把賴巒部滅去。不過怕它的勢大，也不敢貿然從事，賴巒部卻自恃強盛，往往欺凌那些小部族。一天，豁禿里的人民，在古兒山下牧獵，撞著了賴巒部人，將獵獸和坐騎劫去。村人來報知鐵木真，趕緊帶了眾兵去追，只殺了五六個賴巒人，獵獸馬匹仍被他們奪去，以是兩下里結下怨仇來。

那賴巒部酋阿恆聽得豁禿里族日漸興盛，鐵木真獨霸一方，心裡自然妒忌，也乘隙欲除滅鐵木真。胡天八月，秋高馬肥，鐵木真下令徑征賴巒，著忽撒和託赤臺留守豁禿里，二弟別耐勒隨行。因別耐勒習得一身好武藝，兼弓馬俱精，鐵木真帶著他保衛自己。臨行的時候，又吩咐了忽撒和託赤臺等，叫他們小心自守。玉玲姑娘同了美賽姑娘也都來送行。鐵木真安慰了他們一番，便催動大軍，浩浩蕩蕩地望著賴巒部來。

軍馬經過古兒山，鐵木真命駐軍打獵以充軍食。原來蒙古人的行兵，並無糧草輜重，全恃著獵物為生。鐵木真見兵士圍獵很為起勁，不覺也高興起來，就佩了弓箭騎著一匹烏騶馬，沿著古兒山下飛也似的奔去。他帳下的衛士慌忙來跟在後面。鐵木真走了一程，草地上忽地跳出一隻野獾來，向馬前直竄過去。鐵木真急取下弓矢，望那野獾射去，那獾便應聲倒下了。鐵木真大喜，正待下馬去捕它時，那野獾突然跳起身，拚命般地逃走了。鐵木真又氣又恨，隨即飛步上馬，加上兩鞭，那馬撥開四蹄象流星趕月似的追來。這樣的追了二十多里，越過兩個山頭，那後面衛兵給遺落了，只有別耐勒一人緊緊地隨著。看看那野獾愈逃愈快了，鐵木真騎的烏騶也跑出了性來，鐵木真騎在馬上，竟似騰雲駕霧一般，連眼旁的樹枝都瞧不清楚了。那別耐勒雖也盡力加鞭，怎趕得上鐵木真的千里駒呢？不上十幾里，鐵木真已跑得無影無蹤了。

當鐵木真追那隻野獾已漸漸地追上，野獾吃追得急了，便望著石窟裡一跳就不見了。鐵木真慢慢把馬勒住，四下里一看，那石窟並沒有出路，料想野獾仍躲在裡面。回顧從人，不但沒有一人，卻並別耐勒都不見了。鐵木真知自己的馬快，因而他們皆落後了。心上欲去捉那隻獾子，又不曾帶得傢伙，正無可奈何的當兒，突見那獾子又從石窟中奔出來，背後似有人追逐著一般。鐵木真正在納罕，石窟裡忽的跳出一個大漢來。但見那野獾走不上幾步，托地倒了。大漢呵呵一笑，三腳兩步走過去，拖著野獾便走。鐵木真頓時憤不可遏，高聲大叫道：「你那漢子好不講理，野獾是俺射倒的，你如何搶了俺東西？」那大漢笑著答道：「獾子跑到咱的石窟裡來，給我們打了兩拳，它逃出石窟來便死了，怎麼說是你射的呢？」鐵木真見那大漢相貌魁梧，舉止粗率，早有幾分愛他。因也笑著說道：「你說不是俺射著的，難道是你射著的嗎？」那大漢搖頭道：「我們是不會射箭的，你既然能夠射箭，就請你把箭來射咱，咱若被你射死了，這野獾便是你的，如射不死咱時，對不起你，這獾子咱可要拖著回去開剝了。」鐵木真大怒道：「你這賊漢子！說這樣嘔人的話，打算俺不敢射你嗎？看俺把你射死了，也不怕誰來要俺償命！」鐵木真說罷，真個拈弓搭箭，望著那大漢射去。弓弦一響，卻不見那大漢倒地，原來那枝箭已接在大漢的手中了。鐵木真益發憤怒，索性挽著弓，地連射三箭，都吃那大漢接住了。鐵木真大驚，那大漢仰天大笑道：「你這樣的箭術，咱盡你射還射不著，休說是那跑著的獾子哩！」鐵木真知那大漢必定是個異人，但恐他是賴蠻部的奸細，只得在馬上拱手道：「你果然是好漢，請你留個姓名給俺。」那大漢說道：「我們坐不更姓，行不改名，孛兒赤的便是。」鐵木真點頭道：「俺鐵木真不識英雄，下次相逢就可以認識了。」說罷，棄了野獾回馬便走。那大漢聽了鐵木真三字，忙追上來問道：「你是豁禿里的鐵木真嗎？咱素聞你是個英雄，要想投奔，未曾得便，今天當面相逢，怎可錯過？」那大漢說著，倒身行下禮去。這時別耐勒已趕到了，鐵木真怕他有詐，卻叫別耐勒下馬，去扶那大漢起來。不一會兒，左右衛兵也到了，鐵木真令騰出一匹馬來給那大漢孛爾赤騎坐。這孛兒赤也是元朝的名將，鐵木真在無意中得著的。當下鐵木真回到軍中，便令收隊罷獵，這夜就在古兒山下安營宿息。

第二天上，全軍一齊拔寨起行，鐵木真兵馬越過了古兒山，又行了幾日，離那賴蠻部只有三十多里了。鐵木真正要下令紮營，忽見前面塵頭大起，旌旗蔽天，乃是賴蠻部的人馬前來迎戰了。鐵木真吩咐軍馬擺開，敵軍若來，只拿強弓射去不准交戰。兀魯見了命令，來問鐵木真道：「敵既當前，為什麼停軍不進？豈非自示怯弱麼？」鐵木真說道：「俺們軍馬遠來，本已走得疲乏了，敵人以逸待勞，銳氣方盛，俺若出戰正中他們的計劃了。今天只准自守，待安了營寨，休息兩天再行出戰不遲。」兀魯聽了唯唯退去。這樣地過了三天，賴蠻部人日來罵戰，鐵木真只叫堅守不許出戰。部下的兵將已一個個恨得咬牙切齒，要想出去殺他一個爽快，卻又不敢違抗號令。

到了第三天上，一般將士實在有些忍耐不住了，紛紛進帳請戰。鐵木真見敵兵已現懈色，自己的兵丁卻摩拳擦掌地要戰，知道時機到了，便下令出兵。那些將士巴不得有這一令，便抖擻精神拚力殺了出去。賴蠻部兵卒不防他們出戰，及至兵刃相接，鐵木真的軍馬勇猛異常，真是以一當十，把賴蠻軍殺得大敗，自相踐踏起來。鐵木真督著兵馬，乘勢大殺一陣，只殺得賴蠻民兵叫苦連天，屍如山積，血流成渠。鐵木真方指揮軍馬，遠遠望見大紅纛下，阿恆手握著大刀親自出戰，有退下去的賴蠻兵都給阿恆斬首馬前。這樣一來，賴蠻部兵發一聲喊，一齊反殺過來了。鐵木真大怒，即跳下馬來用鞭擊著鼓催軍士速進。鼓聲起處，兀魯和孛兒赤雙馬齊出，兀魯大叫道：「擒賊先擒王，我們去捉阿恆就是了。」孛兒赤應著，二人兩枝槍，好似雙龍入海，所到之地無人敢當。兀魯便直衝入中軍，飛馬來捉阿恆。阿恆大驚，慌忙回馬奔逃。兀魯緊緊追來，虧了阿恆部下的火列麥，出馬擋住兀魯，阿恆才得脫走。賴蠻部兵馬見沒了主將，又復大敗了。鐵木真道：「不入虎穴，焉得虎子，我們乘勝非殺他一個片甲不回，恐他銳氣一振反不易攻破了。」眾將士聽了，吶喊一聲直向賴蠻部族中殺入去。可憐，這時的賴蠻人馬已失了抵抗的能力，竟被鐵木真軍馬殺入部中，凡賴蠻部人民的財產，都給擄掠過來，強的殺死，弱的做了俘虜。美麗的婦女也給鐵木真的兵士占為妻子，年老的婦人吃他們拋入溪中，隨著伍大夫去了。

這一場血戰，鐵木真軍馬也傷了不少。但賴蠻部的民族，卻幾乎給他們殺得雞犬不留了。鐵木真既進了賴蠻部，便令鳴金收軍。這時，眾將來獻俘虜了。鐵木真一一點過。只見別耐勒左手握刀，右手拖著一個少婦，到了鐵木真面前一摔道：「這婦人是阿恆的妻子，把來砍了吧！」鐵木真瞧那婦人時，見她青絲散亂，深鎖眉頭，那滿眼淚珠點點滴在玉容上，好似出水的芙蕖，益顯得嬌豔動人了。鐵木真雖在戎馬之中，他好色的本性是天生的。現在見了這婦人那嬌啼婉囀的姿態，不由得勾起他一片的憐香念頭來了。於是向那婦女道：「你是阿恆的妻子嗎？」那婦人微微點頭應了一聲。鐵木真又道：「阿恆橫暴無道，所以俺興兵來剿滅他。現在阿恆敗逃已不知去向，料想已死在亂軍裡的了。你既被俺們獲得，有什麼話說，不妨直捷講來！」那婦人聽說，不覺垂淚道：「身為女子，手無縛雞之力，就是捉住了我，於總特也無益；能釋放了我，在總特也無害。生死但聽制裁就是了！」這一席話，鶯聲歷歷，清越中帶著悲咽，聽得雄糾糾的鐵木真早矮了半截下去。忙陪笑道：「夫人且莫悲傷，俺這裡雖然敝陋，不足棲息，但兵戎之餘，不得不草率一點。好在阿恆生死不明，不如請夫人在這裡暫住幾時，待得了阿恆的音耗，再送夫人回去就是了。」那婦人聽了，知是身不能自主，只好低頭謝了一聲。鐵木真便吩咐幾個擄來的民女，將那夫人接入後面去了。

這裡鐵木真料理各事已畢，便來後帳看那婦人。只見她低著雙眉一語不發。鐵木真一頭帶著笑，輕輕地問道：「夫人獨自坐在這裡，也覺得寂寞嗎？」那婦人見問，又撲簌簌地流下淚來道：「人亡家破，還說它做甚！」鐵木真察言觀色，見她不會太激烈，便挨身下去，和她坐在一隻椅兒上，一手去擁她的纖腰，就倒身過去想去親她的香唇。忽見那婦人勃然變色，霍地立起身來。鐵木真不覺吃了一驚。那婦人便正色道：「我雖兵敗被擄，卻是一部民族婦女之冠，丈夫既死，自應身殉；現下不知生死，以是苟延殘喘。總特怎麼無禮相加，未免太汙辱我了！」鐵木真見她侃侃正論，未免心中慚愧，忙謝過道：「夫人的話說果然是正當，但人情的愛好本是天成的，只求夫人饒恕吧！」說著便是深深的一諾。那婦人見鐵木真一意相求，因慨然道：「我是有夫之婦，如何適人？我有一個妹子也素，尚未有人家，總特如不嫌醜陋，可即著人去喚來。」鐵木真聽了大喜，立著部兵按著那婦人所指的地方去尋也素姑娘。不到一刻，也素姑娘來了。鐵木真細細一打量，的確生得芙蓉作臉，秋水為神，那種嫵媚的姿態，似更勝過那夫人。鐵木真也不暇說話，便叫左右鋪起炕來，放上一床大被，摟住也素姑娘望炕上一倒。欲知後事如何，且聽下回分解。

叔嫂同衾家庭生變　弟兄交惡骨肉相殘

卻說鐵木真擁著也素姑娘，望著被裡一鑽，也素姑娘嚇得玉容如紙，連叫救人！鐵木真笑道：「姑娘莫慌，你的姐姐也在那裡呢。」也素姑娘聽了，忙回頭去一瞧，果然見她姐姐愛憐，默默地坐在一旁。也素姑娘便問道：「姐姐怎麼會在這裡？」愛憐夫人見問，不禁深深地嘆口氣道：「還講它做甚！你姐姐家破人亡，姐夫不知下落；現在身為俘虜，幸蒙總特優遇，令我在此暫住幾時，所以我便叫你來伏侍總特。但這是你姐姐的意思，你是個很聰敏的人，想也不至怪我多事的。」也素姑娘見說，心裡已有幾分明白，因低垂粉頸，一聲也不響。鐵木真知她芳心已默許了，便順手挽住香肩，和她並頭睡下。一面慢慢替她解著羅襦，二人就在被裡，開起一朵並蒂花來。那位愛憐夫人，看著他們相親相戀的情狀，不由她心上一陣兒的難受，臉上不覺紅一會兒白一會兒，弄得她坐不是立又不是的，真有點挨不住了。鐵木真和也素姑娘鬧了一會兒，回顧看著愛憐夫人，微笑說道：「夫人也倦了，我們讓你睡吧！」說著，竟一骨碌地坐起身來，一手把被兒只一揭，露出也素姑娘玉雪也似的一身玉膚，只羞得也素姑娘望著被裡直縮，雙手亂抓那被兒去遮蓋著，引得鐵木真哈哈大笑起來。愛憐夫人很覺不好意思，那眉梢上又泛起朵朵桃花，便忍不住回過頭去，嫣然一笑。鐵木真是何等乖覺的人，他曉得愛憐夫人已經心動了，就乘勢跳下炕來，一腳跨到愛憐夫人面前，輕輕向她柳腰上一抱，翻身就擁倒在炕上。這時愛憐夫人身不自主，看她嬌喘吁吁的早已軟癱了。鐵木真把她鬆紐解帶，愛憐夫人當然乏力抗住，一聽鐵木真所為，竟做了也素姑娘的第二了。

光陰如箭，轉眼臘盡。鐵木真因冰雪載途，不便行軍，把征塔塔兒、麥爾兩部的事，暫且擱起了，將軍馬屯住在賴蠻部地方，與諸將們度歲。鐵木真其時雖在軍營裡，他日間出外遊獵，晚上便和也素姑娘、愛憐夫人飲酒取樂，卻再也不想著回去了。當鐵木真出師時，只帶了個兄弟別耐勒，留忽撒和託赤臺守衛著豁禿里村。但託赤臺在兄弟中，年齡要算最小，行為倒要推他最壞。鐵木真三個兄弟，忽撒、別耐勒，都已有了妻室，只託赤臺還沒有娶婦，然託赤臺平日，專好獵豔漁色。他自鐵木真出征賴蠻，便少了一個管束，竟任性胡幹起來。他的母親艾倫，到底有了年紀，耳目失聰，聽聞已失去了自由，還能夠去管託赤臺嗎？兩位猶父兀禿和託吉亶，自顧尚然不暇，休說是問別人的事了。託赤臺既沒人管他，就天天在外面和一班女孩兒們廝混著。後來在外玩得厭了，竟漸漸和自己人也玩起來了。原來那位玉玲姑娘，雖做了鐵木真的正室夫人，然她的性情是愛風流的。鐵木真遠征在外，玉玲姑娘孤衾獨抱，叫她怎樣能夠忍耐得住？所以每到晚上，終是和美賽姑娘閒話著解悶。不過講來講去，還是同病相憐罷了。鐵木真的家中，除了他兩位長輩兀禿和託吉亶常常進出之外，青年男子只有忽撒和託赤臺。那託赤臺是個喜新棄舊的色鬼，他見玉玲姑娘舉止溫婉，姿態嫵媚，心裡十分愛她。於言語之間，時雜著一種挑逗的情話。玉玲姑娘因託赤臺少年魁梧，本有幾分心動；又見託赤臺對於自己百般的溫存體貼，真好算得多情多義了。因此，她見了託赤臺，也往往眉目含情，杏腮帶笑，把個託赤臺更加弄得心迷神醉了。

一天，豁禿里村裡，正是祭鄂波的時日，到了那天，必須由村長領頭，和一班村民，到大草場去祭鄂波。祭的時候，村長先拜，人民打著大鼓和巨鑼；隨後村民們一齊拜倒在地。立起身來，村長領路，大家團團地打起圓圈來。這樣地轉了一會，村長忽然大喝一聲，許多村民都向草地上翻著觔斗。一時由數十人而數百人，至於數千人，部族大的多至萬餘人。這一場觔斗，翻得塵沙蔽天，雲霓欲墮，大家亂了一回，那村長把手一指，又復吆喝一聲，那翻觔斗的村民便轉身一集齊的停著了。翻過觔斗之後，村長就分了胙肉回去了。這裡村民，跑馬的跑馬，射箭的射箭，也有較力角武藝的，霎時萬頭攢動，好不熱鬧。蒙古人的祭鄂波，他們十分的至誠。鄂波是什麼東西？是用石塊堆出來，塔不像塔的石塚。有堆成方形的，高約三四丈，據蒙俗稱它作惡保，又叫做列而得，又呼為十三太保李存孝。聽他們蒙古人說，李存孝征沙漠的當兒，很有恩德於蒙人，猶之南蠻人祭諸葛孔明，同是一般的遺蹟哩。因秋深祭鄂波，是蒙古人的一樁大事，也是最熱鬧的一天，豁禿里村祭鄂波，由忽撒和託赤臺兄弟倆代表著村長，去那草地上去照例開祭。那村中的婦女，一個個打扮得花枝招展，望那祭鄂波的那裡瞧熱鬧。美賽姑娘聽得外面很嘈雜，問起說是祭鄂波，美賽姑娘便來邀玉玲姑娘，同去看跑馬角技。恰巧玉玲姑娘患著腹痛，回說沒氣力出去。美賽姑娘是個好動的人，怎肯輕輕放過呢？她就裝扮好了，領著兩個蒙古小婢，姍姍地獨自出遊去了。

這合該有事，那託赤臺和忽撒二人，一面指揮民眾，託赤臺的眼睛，只是骨碌碌地望著那些婦女。他一眼瞧見美賽姑娘來了，卻不曾看見玉玲姑娘，忙乘個空，來問美賽姑娘，知道玉玲姑娘卻在家裡病著。託赤臺聽了，連祭鄂波的禮也無心行了，竟三腳兩步地奔回家來。外面看門的兵役，和內室的蒙古役婦，都認得託赤臺的，所以並不阻攔，任他直往內室走了進去。這個當兒，艾倫卻從內室出來，問託赤臺到什麼地方去。託赤臺一時不好回答，只把言語胡亂支吾了幾句。好在艾倫是耳朵聾了，似聽見非聽見的，把頭點了幾下，自己管自己到房裡去了。

託赤臺等艾倫走後，便向玉玲姑娘的房中走來，他輕著手腳，跨進玉玲姑娘的房門，只見帳門高卷，房內靜悄悄的，一點聲息也沒有。房前的燈臺上，放著一隻高腳的香爐，香已經燃完了，那餘燼兀是繞繞地放出一縷微煙來。看床上時，玉玲姑娘正朝裡睡著。託赤臺慢慢地走到床前，向著床沿上輕輕地坐下。他正要用手去推，那玉玲姑娘已微微地翻身過來。原來託赤臺進房來時，玉玲姑娘早已聽到腳步聲，她偷眼在帳門橫頭一瞧，見是託赤臺，便朝裡假作睡著。這時卻故意睡眼朦朧地問道：「你到我這裡來做什麼？」託赤臺見問，搭訕著答道：「外面正在祭那鄂波，十分熱鬧著；我因瞧不見嫂子，放心不下才回來。嫂子此時身子敢是不爽嗎？」玉玲姑娘不覺愁著眉頭道：「今天早晨還是很好的，現在不知怎的會肚子痛起來了。」託赤臺說道：「天時很不好，嫂子大約受了涼吧？」託赤臺一頭說著，便用手去替玉玲姑娘按那肚腹。玉玲姑娘似笑非笑地將託赤臺的手一推，低低說道：「這算什麼樣兒！你快出去，給你二嫂子瞧見了，很不像樣的。」託赤臺涎著臉說道：「嫂子莫愁，二嫂子去看祭鄂波，她這時正瞧得起勁哩！」說著那隻手便在玉玲姑娘的胸前撫摩著。玉玲姑娘本來是個傷春的少婦，這時被託赤臺一打動，就有些不自持起來，因斜睨杏眼，看著託赤臺微笑道：「你這般的做出來，不怕你哥哥知道嗎？」託赤臺見說，知玉玲姑娘這句話，是給自己的機會，便忙倒身下去，勾著她的香肩說道：「咱有了嫂子這樣的美人兒，立刻叫咱死了也甘心的，怕什麼哥哥不哥哥！即便他真個知道了，把咱的腦袋搬離了頸子，也最多了。」託赤臺說罷，趁勢去嗅她的粉頸。玉玲姑娘也是似喜似嗔的，了他們的一段風流孽債。

看看天色晚了下來，玉玲姑娘恐被人撞見，只催著託赤臺出去。原來那天因祭鄂波的緣故，家中婢僕等人，大半出去瞧熱鬧了，所以任託赤臺去鬧著，竟是一個人不曾碰見。但一到傍晚大家自然要回來了，玉玲姑娘也不得不促著託赤臺起身。可是，託赤臺其時正在迷魂陣裡，哪裡還管什麼利害呢？他口裡答應著玉玲姑娘，身體兒卻挨著不動，笑嘻嘻地望著玉玲姑娘道：「咱便死在這裡不出去了！」玉玲姑娘向託赤臺臉上輕輕啐了一口道：「痴兒又說瘋話了！」二人方調著情，忽聽得腳步聲，橐橐地亂響，玉玲姑娘大驚，託赤臺也著了忙，跳起來衣褲都不及穿，就望床下一鑽。再聽那腳步聲，卻並不到玉玲姑娘的房裡來，似往美賽那邊去的，玉玲姑娘這才把心放下。又聽美賽姑娘那裡，也有男子說話的聲音，玉玲尋思到：難道不成她也幹那勾當嗎？那美賽姑娘的臥室，和玉玲姑娘的房，只隔了一堵木牆，恰巧板上有個小窟窿，露出一線燈光來。玉玲姑娘便望窟窿裡張時，正見美賽姑娘，斜坐在一個少年的膝上，二人摩著臉兒，正在那裡絮絮地情話。玉玲姑娘瞧得清楚，低聲喚著託赤臺。託赤臺從床下爬將出來，只見他滿頭是汗，遍身沾了許多灰塵，戰兢兢地問道：「沒有什麼人來嗎？」玉玲姑娘點點頭，一時忍不住好笑，又想起那時和鐵木真相遇時，他躲在夾板底下的情形，竟同今天的託赤臺一般無二，因此越覺好笑了。

託赤臺卻摸不到頭腦，一面拂去灰塵，便問玉玲姑娘道：「你有什麼好笑？」玲姑娘不便把鐵木真的事和他直說，只把纖指向牆上的窟窿指著。託赤臺不知是什麼就裡，也就躬著身，順著那燈光望窟窿裡張去：這時美賽姑娘和少年並坐在床上了。託赤臺看得明白，回顧玉玲姑娘道：「那不是拖勃嗎？他怎的為同二嫂子勾搭起來了？」玉玲姑娘笑道：「只有你和人家勾搭，便不許別人做這些事兒嗎？」託赤臺答道：「話不是這樣講的，拖勃這廝，是咱伯父兀禿的兒子，平日在村裡，也仗著咱哥的威勢，幹些不正經的勾當。咱很瞧不起他，常常要想教訓他一頓，他終是三腳兩步地逃走了。一天他和人賭輸了，還偷了咱的馬去。現在趁他在這裡，咱便問他要馬去。」託赤臺說著，去床上取了衣服穿起來，要去打那拖勃。玉玲姑娘一把將託赤臺拖住道：「你自己在什麼地方，敢大著膽施威？倘鬧了出來，不是笑話了嗎？」託赤臺不覺恍然，因笑說道：「那麼便宜了這廝了。」玉玲姑娘也笑道：「我們且瞧他們做些甚嗎。」於是，兩人在窟窿裡，肩搭肩地瞧著。那面美賽姑娘和拖勃，卻毫不察覺，二人一會說笑，一會撫摩著，漸漸地共赴那雲雨巫山了。託赤臺同玉玲姑娘，看到情不自禁的時候，也唱了一曲陽臺。這一夜託赤臺和玉玲姑娘，自有說不盡的溫存繾綣，情義纏綿。

從此以後，託赤臺得空便和玉玲歡聚，美賽姑娘明知他們的事，因自己也愛上了拖勃，大家患著同病，自然誰也管不了誰。後來，大家索性沒甚避忌了。至於那些婢僕們，照蒙人習俗，不奉主婦的叫喚，是不敢進來的，所以盡他們去胡鬧著，外面一點也不曾知道。但那玉玲姑娘雖不怕美賽姑娘，拖勃見了託赤臺，卻不能不避。拖勃和美賽姑娘，兩下里本早已有情，到了那天，乘祭鄂波的當兒，便混了進來。不過託赤臺於美賽姑娘，也嘗下一番功夫，只是不曾得手。他眼看著拖勃和美賽姑娘那樣鶼鶼鰈鰈的形狀，怎麼不含酷意呢？那日晚上，託赤臺擦掌摩拳地要問拖勃去討馬，也為了這層緣故。當時虧了玉玲姑娘把他勸住，不然就鬧出大笑話來了。託赤臺既有這一段隱情在裡面，他對於拖勃，自然好似眼中釘一般，一日不拔去，就一日不安枕。在託赤臺的心上，是一種得隴望蜀，想把拖勃攆走了，自己好遂一箭雙鵰的心願。天下的事，愈性急愈是難達目的。託赤臺對那美賽姑娘，一味獻著殷勤，美賽姑娘卻是似真似假，若即若離的，把個託赤臺弄得望得見吃不著，心裡恨得癢癢的，不免漸漸地移恨到了拖勃身上去。他每到氣憤沒發洩的時候，便頓足咬牙大罵著拖勃。

那託赤臺有個小廝，叫做歹門的，為人陰險刁惡，能看著風色做事，因而很得託赤臺的歡心。那歹門見託赤臺恨著拖勃，好似勢不兩立一樣，便來插嘴道：「主人為甚這般恨著拖勃？」託赤臺見是歹門，就大喜道：「好了！我們正要和你計較哩！」於是將這段事的經過，及美賽姑娘和拖勃的情節，細細地講了一遍。並說道：「你若有法子趕得走拖勃，不但是有重賞，還給你出奴才的籍哩！」原來蒙古人入奴籍的人們，是永遠與人做奴隸，子孫相傳，就是做了官或是發了財，一見了舊主人，還是自稱為奴隸的。這種入奴籍的人們，本是蒙人初盛的時候，去別個部落中擄掠來的人民，強迫他們做了奴隸。年代久了，這一類民族，變成了奴籍，永遠沒有做主角的資格了。猶如紹興地方的惰民，一世做著人家的奴隸。平民人家，有了喜慶的事，那惰民們男的去做著鼓樂吹手，女的去充那扶持新娘的喜婆；生出來的子女都去跟著樂班唱戲。這種惰民的種族，只有紹興地方有，他們也有一段歷史在裡面。據說，在從前的時候，因這一類民族，都是無職業的，男的不耕，女的不織，專跟了富家的子弟廝混著。國家對於這一塊地方，收不著賦稅，就貶這一處的民族，叫做惰民。那蒙古的奴籍，性質和惰民相似。不過，他們如要出這奴籍，只要他主人允許，替他到部長那裡去贖身出籍，部長在奴籍上除了名，此後就和平民一樣了。然出籍時，須得花錢的；唯不得主人允許出籍，奴隸就是自己有錢花，也是不能夠出籍的。所以託赤臺答應歹門，替他出奴籍，也算是一種酬勞他的意思。

當下歹門聽了託赤臺的話，不禁微笑道：「主人不要憂慮，只須奴才行一條小計，包管拖勃身首異處。」託赤臺見說，便叫歹門坐了，笑著問道：「你有什麼計較，只顧講出來，事若成功了，咱絕不負你。」歹門向四面望了望，低低地說道：「拖勃那廝，不是常在罕兒山下打獵嗎？他那哥子別兒撒，為人很是暴躁狠戾，現在家裡養著一對鷂鷹，非常的厲害；若帶著鷂鷹去打獵時，比獵犬勝上十倍，所獲得的野獸，也較往日為多，因此別兒撒愛那鴿鷹，較他父親拖吉亶還要敬重。我們可設法把別兒撒的鴿鷹弄死了，卻歸罪給拖勃，還怕拖勃不死嗎？」託赤臺拍手道：「計策是很好的，但怎麼樣去弄死別兒撒的鴿鷹呢？」歹門答道：「那主人可不必煩心，只在奴才身上，按著法兒做去，自然一定成功。」託赤臺笑著不住地點頭，一手拍著歹門的肩胛道：「這事全恃你去幹，千萬要祕密著，咱卻等著聽好訊息吧！」

歹門應了一聲，便出來叫了個同伴名阿岸的，跑到外面，低低地說道：「你去荒地上面，掘一把赤馬苓來，我有用處，快去快來，我在家裡等著哩！」阿岸答應著，掮了鋤飛一般地去了。蒙古的赤馬苓，是一種藤本藥草，蒙民把它連根掘來，搗爛了雜在食物裡面，把來藥那些狐兔飛禽，是百發百中的。因草中含有麻醉性，就是人吃多了，也要醉死，何況是禽獸了。不一刻，阿岸取得那赤馬苓回來，歹門接著。將赤馬苓舂碎了，去放在肉中，用一幅布裹了肉，一揣揣在懷裡，便吩咐阿岸，好好守了門，自己就直奔著那罕兒山去了。

那歹門在罕兒山下，候著別兒撒出去了，就跑到他的屋前，撮著嘴呼起鷹來，鴿鷹當是自己主人呼它，兩隻鷹撲著雙翅，必必地飛到外面，歹門忙在懷裡掏出肉來，向空中擲去。那鴿鷹這個東西，是最貪嘴的，一見了肉，就拚命地來爭吃著，可憐肉還不曾吃完，那兩隻鷹已同時倒在地上了。歹門便去捧了死鷹，一路走著，將鷹頭拉斷，把血和毛沿路灑向過去。看看到了拖勃帳篷後面，只把死鷹一拋，趕忙往樹林子裡一躲，連爬帶跳地逃回去了。歹門既幹了這些事，眼巴巴地望著火線的爆發。

當歹門拋鷹到拖勃家中時，拖勃也不在家裡，只有幾個民兵，見天上掉下兩隻鷹來，大家疑是天賜的，便三三四四地拔毛破肚，慢慢地開剝了，預備把它烹煮。那面別兒撒回到家裡，不見了兩只神鷹，頓時暴跳如雷，一班家役也嚇得素索發抖。別兒撒跳了一會，問：「村裡誰來打過獵了？」大家回說沒有。別兒撒尋思道：「到此地敢來打獵的，除了我們自己人之外，別人一定不敢來的，又想起拖勃那廝，不是常來打獵的嗎？他為了賭錢，和我鬧上一次，不要他把我神鷹弄死了吧？別兒撒是鐵木真叔父拖吉亶的兒子，和託赤臺、拖勃等，都是兒弟行。但他是個性急的人，既沒了鶻鷹，在家裡鬧了一場，牽了獵犬，到村中去尋覓。那獵犬是最靈敏的畜類，它是在地上聞得鶻鷹的血味和毛，就一路引著別兒撒望前走去。這一天，也合該鬧出事來，別兒撒雖當時疑到拖勃殺他神鷹，一會兒可又忘記了。偏偏獵犬在前引著路，走到拖勃家相近，卻沒了血跡。獵犬便四處亂嗅，恰巧別兒撒從拖勃家門前走過，猛見幾個民兵，正在開剝著那神鷹。別兒撒仔細一瞧，那鷹分明是自己的了，不覺大怒起來，口裡大罵道：「拖勃這賊子！果然把我的神鷹打來了，我今天絕不與他甘休！」別兒撒說罷，拔出腰刀，望著那幾個民兵砍去，只叫拖勃出來說話。嚇得那些民兵四散逃走，其時拖勃已經回來了，慌忙趕出來問時，別兒撒見了拖勃，劈頭就是一刀。不知拖勃性命怎樣，且聽下回分解。

鐵木真塞外獨稱尊　努齊兒村中三盜骨

卻說別兒撒見了拖勃，不禁心上火起，大喝一聲，舉刀望著拖勃砍來。拖勃大驚，說道：「兄弟為何這樣？」別兒撒大怒道：「誰是你的兄弟？你把我的神鷹弄死了，我非取你的性命不行！」拖勃道：「你莫錯怪了人，咱何嘗弄死你的鶺鷹來？」別兒撒越發氣憤道：「你還要狡賴哩。我親見你家的民兵，在那裡開剝著我的神鷹，你怎麼說不曾呢？」拖勃道：「那是天上掉下來的死鷹，我們不知是你的；倘然曉得，也早就送去了。」別兒撒大喝道：「你明明打死了我的鶺鷹，倒說是天上掉下來的；那麼你可叫他再掉幾隻下來，我就相信你了。否則，你這種花言巧語，只好去哄小孩子去。」別兒撒說罷，仍提刀砍來；拖勃一面用佩刀迎住，一面高聲說道：「刀槍是無情的東西，我們既動了手，損傷生死，可顧不得了，你將來不要懊惱。」別兒撒只作聽不見，那刀卻似雨點般，向著拖勃頭上砍個不住。拖勃也不覺性起，便舞刀拚力相迎。兩人你來我往，約莫戰了五六十個回合，拖勃到底氣力不加，又因好色的緣故，身體斫傷太甚，所以捱到七十合頭上，已有些敵不住了；那別兒撒卻心如烈火，管他三七二十一，刀刀只望拖勃的致命處砍來，拖勃一個失手，別兒撒展施個獨劈華山，拖勃急忙借勢鐙裡藏身時，別兒撒手快，一刀飛下來，卻劈的正著，把拖勃的半個腦袋劈去了。可憐！拖勃也是個好青年，今日枉死在刀下。但起禍的原因，還是為美賽姑娘。這「色」字的確是殺人的利器，我們看拖勃就相信了。

這時，拖勃家裡的一班民兵，見小主人被別兒撒劈死，大家發聲喊，一齊圍將上來，還有幾個，忙著去報知兀禿，兀禿卻只有這個兒子，聽得給侄子別兒撒殺死，便大叫一聲，領了百十個壯丁，飛奔來殺別兒撒。他一見了別兒撒，不由得七竅生煙，大罵：「逆奴殺我兒子，我來替他報仇了！」說著，揮刀當先，百十個壯丁，也人人憤怒，刀槍齊舉，把別兒撒團團地困在中間。別兒撒力鬥拖勃，本已有些疲倦，怎禁得兀禿的生力，又是寡不敵眾，因此吃兀禿飛腳踢翻，欲待爬起來時，壯丁們刀劍並下，拿別兒撒斬作了十七八股。

別兒撒的父親拖吉亶，雖和兀禿是親兄弟，因為別兒撒也被兀禿殺死，拖吉亶如何肯休，便立刻帶了民兵，趕來和兀禿拚命。他們兄弟倆火並了一會，結果，都為著兒受了重傷，各人回到家裡，查點民兵，都殺傷了不少。兀禿受傷較重，不上一個月就死了。拖吉亶也挨不到半年，追隨著兀禿而去。因託赤臺為了美賽姑娘，與廝僕歹門設下了毒計，傷去了幾十條性命，甚至骨肉相殘，所以託赤臺和歹門，都不曾得著善終。那歹門自計殺了拖勃，託赤臺果然替他除了奴籍，後來歹門在外仗勢驕橫，人民恨極了，動起眾怒來，將他全家殺死。而為首的人，還是歹門的族侄邁得。邁得以歹門離了奴籍，心裡很為妒忌，這時便公報私仇了。歹門教人骨肉相殘，他自己也被骨肉所戮，報應可算不爽。

那時，美賽姑娘聽得拖勃死了，芳心幾乎痛碎，好似啞子吃黃連，有口難分說。只有託赤臺卻十分得意，他想拖勃死了，美賽姑娘早晚是自己囊中物了。誰知美賽姑娘，已耳聞得託赤臺借刀殺人，用計誅了拖勃，心裡深恨那託赤臺，益發不肯和他走一條路了。

那玉玲姑娘和託赤臺，卻正打得火熱，不料好事不長，光陰易逝，鐵木真出師遠征，取了麥爾部，擒住部酋柏克多，滅了克烈部汪罕，把塔之兒那一鼓掃蕩清淨，威聲大震，四方的部落，紛紛都來歸順。鐵木真要想乘著一股銳氣，去進取西夏和遼金，參軍耶律楚材諫道：「我們連年用兵，久已人疲馬乏；萬一遇著了勁敵，難保不遭失敗。不如班師回去，休息幾時，再圖遠謀不遲。」鐵木真行軍的謀略，都是耶律楚材的計畫，平日很為相信他；所以聽了耶律楚材的話，點頭說道：「參軍的話很有理，我們就擇日班師吧！」於是就令耶律楚材選了個吉日，下令全軍起行，便押著大軍，望著豁秃里村來。

曉餐渴飲，不日軍馬已到了罕兒山相近。這裡忽撒和託赤臺，也率著民兵，整隊來迎鐵木真，弟兄想見，略略講了些別後的情形，忽撒說起兀禿和託赤亶，因私鬥致死，及別兒撒和拖勃起釁的緣由，細細地說了一遍。鐵木真聽了，不覺嘆息了幾句。大軍駐紮停當，鐵木真便領著也素姑娘，愛憐夫人，並十多個蒙古女婢，一齊回到家來，見過了他的母親艾倫，玉玲姑娘和美賽姑娘，也都出來想見了，大家互相打量了一番，鐵木真吩咐僕役們掃除室宇安頓了也素姊妹。這天晚上，鐵木真家中開起了團圓宴，四位美人兩邊陪著，鐵木真卻高坐堂皇，一杯杯地豪飲起來。四人當中，玉玲姑娘和美賽姑娘，依然是有說有笑，也素卻有些害羞，不曾舉箸，愛憐夫人這時想起他的丈夫在日，也是很快樂的光陰，現在弄得家破人亡，不禁淚汪汪的，低垂著粉頸，默默無言。鐵木真見她很不高興，就擎著一杯酒，遞給愛憐夫人道：「我們今天也算是家庭歡聚，你且先飲了這杯。」愛憐夫人只得接過來，一飲而盡。鐵木真又斟了一杯，去遞給那也素時，玉玲姑娘早已心上動了氣，瞧她芳容立時變色，回過身去，只作不曾瞧見一般。鐵木真已有些覺著，忙也斟了一杯，雙手捧給玉玲姑娘道：「你也請幹了這杯。」話聲未絕，但聽得豁啷一聲，那隻酒杯已擲到地上了。這時座上的人，大家都吃了一驚。鐵木真知道玉玲姑娘生了真氣，要待再斟第二杯過去時，那玉玲姑娘已霍地立起身來，姍姍地走向裡面去了。鐵木真微笑道：「任她去吧！我們且多飲幾杯。」說著便斟酒叫美賽姑娘也喝了一杯。自己也是一杯杯地狂飲，直吃得酩酊大醉，才命撤去杯盤。美賽姑娘等各自回到臥室裡，鐵木真卻搖搖擺擺的，往玉玲姑娘的房中，大約去安慰她去了。

第二天上，鐵木真出去升帳，早有耶律楚材、哈嘡巴，及哲別、兀魯、木華黎、齊拉、別耐勒等一班武將，齊來勸進，請鐵木真正了大汗的尊位。鐵木真起身推辭道：「俺的德未頒四方，威不遍各部，怎能夠妄僭尊號，怕不遺笑鄰邦嗎？」耶律楚材聽了，正要進言，只見別耐勒大叫道：「我們哥哥自出兵以來，戰必勝，攻必取，足見威德皆備，就是做了大皇帝也沒事，我們自今天起，擁哥哥做了大汗吧！」耶律楚材也說道：「別耐勒的話，確是應天順人，主子要過於推辭，萬一眾心渙散，反授隙於人了。」眾人聽了，同聲說道：「參軍之言正合眾意，主子還是允許了吧！」鐵木真見人心歸己，也就答應下來。當下由耶律楚材擬了大汗的名號，叫做成吉思汗，歷史上面，稱他作元太祖成吉思汗。成吉思汗，蒙古語是大王的意思。時為宋寧宗丙寅十月，也是蒙古人稱王的開始。那時鐵木真建起雄都，叫做克喇和林，諸事草草停當，命耶律楚材定了禮節和褒封的制度。成吉思汗以玉玲姑娘是德配，便晉封她做玉妃；美賽姑娘封為豔妃，也素姑娘和愛憐夫人，都封了貴人。因她兩人是姊妹，不便分什麼大小，所以一班侍女們，稱也素姑娘作東貴人，愛憐夫人作西貴人，算是稱呼上的區別。

成吉思汗加封文武將士已畢，設宴慶賀，席上便提議國事。成吉思汗首先說道：「俺既自立為國，卻不能不籌進取之道。試看現下的西夏、遼金與宋，他們鼎足立著，那都是俺們的對頭。就俺的志向說來，非把這三個國家一一剿滅，終是蒙古的大患。你們可有什麼良策，一鼓去撲滅它？」說著便親自斟了一遍酒。其時耶律楚材起身說道：「主子要功成一統，先宜修德，收拾人心，然後出師進取西夏，西夏一破，遼金唇亡齒寒，不難一鼓而下。那時專心對宋，中原垂手可得哩。」成吉思汗大喜道：「參軍的計劃，真是『先得我心』呢！」說猶未了，只見木華黎朗聲說道：「西夏自拓跋開國，傳至目前李安全，荒淫昏瞶，人民怨聲載道。刻下正好趁它內亂，興兵往征，不怕西夏不滅。」成吉思汗點頭道：「行軍要速，謀出便行，那麼俺就親自去破西夏吧！」木華黎忙道：「割雞焉用牛刀？主子無須親征，末將不才，願當此任。」成吉思汗道：「倘得將軍前去，俺自可放心了。但望你馬到功成，俺就明日給你祭旗餞行。」木華黎拜謝了，自去準備。這裡成吉思汗和諸將，暢飲到紅日銜山，才盡歡而散。到了次日，成吉思汗身著吉服，親到軍前祭旗。木華黎已握著大令，盔甲鮮明地立在那裡，一見成吉思汗，忙來迎接。到了校場的中心，那將士早把一面繡字的大纛旗，飄飄蕩蕩地豎了起來。成吉思汗令排起香案，親自祭過大旗，又斟了上馬杯，三聲炮響，大軍拔寨都起，直向著西夏出發。成吉思汗親送了一箭多路，和眾人等自回和林，去聽著木華黎的好訊息。

列位，可還記得赤吉利部的部酋伊立，不是差了古臺，來行刺過鐵木真的嗎？古臺行刺不著，被鐵木真部將兀魯捉住，鐵木真勸他投降，古臺非但不肯，反把鐵木真辱罵了一頓，因此將古臺斬首。但古臺來行刺之前，嘗囑咐他的兒子努齊兒道：此去倘事不成，死後須得替他報仇。如其力有不及的，屍骨終得替他設法還鄉。然古臺死後，鐵木真給他從厚安葬，把古臺的屍首，瘞在豁秃里村的西面。倘若去取他回來，奈赤吉利部和鐵木真是怨仇對頭，怎樣能辦得到呢？所以除去盜骨之外，簡直沒有別的法子。努齊兒受了他父親的遺命，一心要去盜那屍骨。不過豁秃里村中，自鐵木真稱成吉思汗後，村中的巡邏和防守，卻異常地嚴密，在白天裡，有別部的民族經過，必得細細的盤詰，至於晚上，更不消說得了，差不多外來的人，竟然休想進得村去。況去掘那屍骨，又不是片刻的事，努齊兒去候了好幾次，終得不到一點機會。努齊兒真急了，他咬牙切齒地說道：「俺若盜不得親骨，誓不再在世上做人！」

他意志既決，便匆匆地回到家裡，備了一個小鐵鋤，佩上腰刀，乘著夜色茫茫，一路望著豁禿里村裡走來。到了村外，努齊兒怕巡更的察覺，就聳身上了樹，從樹顛上直竄入村中。努齊兒尋思道：「人是進來了，不知道屍骨瘞在哪一處。」他躊躇了好一會，慢慢地由樹上溜下來，在村西四面尋了一轉，找不出一些影蹤來。在心焦的當兒，忽見茅棚子裡一個白鬚的老兒，掌了一盞半明不滅的油燈，低著頭在那裡撿他的蕎麥子，努齊兒暗想道：看那老人相貌還很慈善，不如上去問他一聲，或許知道我父親的葬處也未可知。於是一步步地走到茅棚面前，一面行禮，低低地叫了一聲老丈。那老兒方一心顧著自己，被努齊兒一叫，不覺吃了一驚，抬起頭來，徐徐地問道：「看你的行狀，不是本處的人，卻深夜到此做甚？」努齊兒忙拱手答道：「老丈的話不差，小子現要問一個訊，幾年前給本村捉住的刺客，名叫古臺的，那屍首不知道瘞在什麼地方，望老丈指示，小子就感激不盡了！」那老人聽了，捋著鬚子，想了半晌道：「什麼古臺不古臺，咱倒不曾明白，只記得從前有一個烈士，來行刺我們的部長，吃兵丁獲住，把他斬首，屍身瘞在離此約半裡多路，那裡叫做五牛灘，有一棵大杉樹的下面。就是骨甕的所在。」

努齊兒見說，謝了老人，飛似地望五牛灘奔去，依著老人指點的地方尋去，果然有一株大杉木在那裡。努齊兒大喜，隨即取下鐵鋤來，待動手開掘時，猛然聽得背後腳步亂響，一群民兵燃著火把，向自己奔來。為頭一個少年，高聲大叫道：「盜墳賊休走，我們來捉你了，還是早早受縛吧！」努齊兒見他們人多，不敢對敵，只得拖了鋤飛步逃走。等他們追到，努齊兒已逃出村外去了。原來那少年是老人的兒子，才打獵回來，聽得他老子說起，有人來盜屍骨，便不及脫那獵裝，趕緊去報知守村的民兵，一窩蜂來捕努齊兒；雖然捉捕不著，但一班民兵對於那西村，卻特別防的嚴緊了。

努齊兒盜不到骨甕，心裡十分懊喪，他回到家裡，痛哭了一場。過了幾天，努齊兒實在有點忍不住了，看看天色晚下來，他帶了應用的器械，仍望著豁禿里村走去。努齊兒才到村口，忽見一個黑影一閃，努齊兒就隱身躲在樹後。他靜候了一會，見沒甚動作，才大著膽仍從樹枝上竄進村去。這一次可不比以前了，他已曉得了瘞骨的去處，故此沿著順路，走不到幾百步，已至大杉樹下。努齊兒向四面瞧了一轉，還不曾下鋤，突然喊聲起處，黑暗中有幾十個人，齊望著努齊兒撲來。努齊兒欲要轉身走時，只聽得嘩喹的一聲響，雙腳踏空，跌去陷坑裡去了。眾人一擁上前，把努齊兒繩穿索綁的，連拖帶拽地牽了便走。

到了茅棚面前，努齊兒認得是前次問訊的所在，燈光下面望見捕他的人，正是那第一回追他的少年。那少年名雷平，本是村裡一個無賴。努齊兒進村來的時候，瞧見的黑影就是他。雷平見努齊兒竄入來，知道他定是盜墳，便糾集了數十個無賴，掘下陷坑，埋伏在那裡。他捉住了努齊兒，預備到村長那裡去討功。當下雷平將努齊兒綁在茅簷下，笑著說道：「你既被我獲住，請你暫等一會兒，待天色明瞭，把你送到村長那裡去。此刻我們還須去打獵，恕不奉陪你了。」雷平說罷，和一班無賴，掮著武器打獵去了。努齊兒一個人捆在簷下，冷清清地很覺得淒涼。想自己是赤列部人，送到村長那裡，勢必性命不保的了。但父仇既未報得，屍骨也沒有盜出，反白白地死在此處，思來想去，不由得痛哭起來了。

努齊兒正哭著，忽聽柴扉呀的開了，走出一個老兒，認得就是指點自己葬處的老人。努齊兒忙叫道：「老丈救我！」那老兒走過來，執燈向努齊兒臉上照了照，便詫異道：「怎麼你吃他們縛在這裡？」努齊兒把盜骨的事，略略說了幾句，求那老人相救。那老人說道：「那天你走後，我那畜生回來，我才講起你時，他沒有聽畢，轉身去叫人追你。我攔不住他，深怕你被他追著了，就要吃他的苦頭。後來聽得不曾追著，我的心才放下。不然，竟是我害了你了。現在我聽了你的話，倒是個孝子哩。那麼我就放你逃走了，你下次千萬不要再到這裡來吧！」老人說著，俯身去替努齊兒解綁。努齊兒一面點頭稱謝道：「承老丈相愛，放俺脫去虎口，真是恩同再造，此去絕不敢忘大德。」這時老人已將綁解開，努齊兒鬆了手腳，就對老人叩下頭去。那老兒忙扶起努齊兒道：「不必行禮，你快走吧！倘延了時候，我那畜生回來撞見了，再要想救你，可就不能夠了。」努齊兒聽罷，真個不敢怠慢，慌忙向簷下取了鐵鋤和腰刀，連聳帶跳地逃出村去。

他跑到村口，只見月色沉沉，雲黑風淒，便自己向自己籌思道：「我兩次進村，終是提心吊膽的，結果卻被人獲住，現在趁沒人瞧見，便去盜了骨甕走路，不是人不知鬼不覺的嗎？」想著，仍回進村中，望著西面走去，轉眼已到了大杉樹下了。努齊兒見四下里靜悄悄的，更不怠慢，隨手取下鋤來，望著杉樹底下掘去，足有兩尺多深，那鋤掘到沙土上，叮叮地響了，努齊兒低頭看時，早見沙泥當中，露出了瓶口來。努齊兒大喜，暗暗祝告道：「我父如有靈，護我成功。」說時又拚力地幾鋤，那隻瓶已大半露出在上面了。努齊兒放下鐵鋤，雙手用力去掇，已將那瓶掇起。但在黑暗之中，瞧不清楚，也不管它三七二十一，掮上了瓶轉身便走。這時努齊兒的腳步，已比前快了許多，眨眨眼走出村口了。

他正望前直進，不提防山麓裡火把齊明，一隊兵士擁將出來，只見一個個弓上弦，刀出鞘，看上去很為猛勇。兵士的後面，便是五六騎的高頭大馬，馬上坐著獵裝打扮的勇士。努齊兒怕他們瞧見，忙閃身向著樹林裡一躲，再偷眼看那馬上的幾個人，正中穿著黃衣的，好似成吉思汗鐵木真。努齊兒不禁叫聲慚愧。心裡兀是盤算道：「那不是冤家路窄嗎？莫非我父有靈，特地送仇人到我面前嗎？」又想了想，覺得自己是個單身，他們卻有幾十人，即使仇人當前，寡不敵眾，也是無益的。努齊兒一頭籌思著，那一隊兵士已漸漸走進樹林中來了。努齊兒待要避開，一時間無論如何來不及的；他急中生智，把骨瓶向深草中一擲，身體兒望枝上躍去，把手用勁一扳，已是輕輕地坐上了樹顛。回頭看那一簇人馬，離樹只有丈把來路了。努齊兒身雖在樹上，心兒上十分膽寒，怕的是那隊人馬瞧出來，一樣的保不住性命。他正在戰戰兢兢的當兒，那人馬已走進了林子裡面，聽得穿黃衣的吩咐道：「我們走得很是睏乏了，就在此地休息一會兒吧！」眾人聽了，便紛紛下馬。那幾十個兵丁，也散開隊伍，坐的坐，臥的臥，各自在草地上游玩著。還有幾個騎馬的人，也去林子外面閒步了。這時只有一個穿黃衣裳的人，獨坐在樹林子裡。那坐的地方，正對著努齊兒的腳下。這時努齊兒仇人想見，分外眼睜，便尋思道：「那廝不是成吉思汗嗎？我此時再不報仇，更待何時？」想著就跳下樹來，一刀望著成吉思汗刺去。不知努齊兒刺得否，再聽下回分解。

獲刺客雄主失頭顱　逼香奴佳人斷玉臂

卻說努齊兒躲在樹上，望見下面坐著穿黃衣的人，正是成吉思汗。他想起父仇，不禁怒從心起，便隨手抽出腰刀，一個鷂鷹捕兔勢竄下樹來一刀剁去，劈個正著。那穿黃衣的人，連「啊呀」一聲也不曾喊出，已是倒在血泊裡了。這時，林子外面的幾個衛士，聽得林子裡有殺人的聲音，兩個頭目一個叫列邁寧，一個叫特裡的，飛步奔將入來。努齊兒見得了手，方待轉身時，覺著腦後一陣的冷風，慌忙閃躲，卻是雙刀齊下，避去了左邊的，右邊的刀早將一耳朵剁下去了。努齊兒知是不敵，一手按住耳朵，拔步逃走。那列邁寧隨後緊緊追來。特裡也招呼了兵丁，拉馬趕來。努齊兒因鬧了半夜，身體已經睏乏，又是步行奔逃，怎能及得上馬力呢？看看特裡快要追著了，努齊兒十分著急，跑不到百十步，卻是一條大河擋住去路。原來努齊兒心慌不擇途，竟跑到古兒呼拉河來了。後面特裡大叫道：「逆奴快受死吧！看你逃到什麼地方去！」努齊兒無處奔逃，只好沿河狂奔，那追兵便四面圍了上來，轉眼已到了盡頭路了；努齊兒把牙一咬，聳身跳去，撲通一聲，躍入呼拉河中去了。列邁寧和特裡趕到，見努齊兒跳入河裡，黑夜水深浪急，眼見得不能活的了。大家對河中望了一會，便領著兵丁回去，到林子裡收拾起屍身，叫兵丁舁著自去了。

努齊兒雖躍入水裡，他自己原不想活命的了，誰知偏遇救星，在河流中扳著一根斷木，慢慢地沿了木頭，爬上沙灘來。坐在亂石堆上定了一定神，嘔出了些清水，漸漸地清醒過來。他伸手一摸腰裡，那把腰刀已不知掉在什麼地方了，不覺想起盜骨殺仇的事來，心裡很是得意，精神頓時大振。他一使勁起身時，腳下卻是軟軟的，只得勉強一步步地挨著。東方已現出魚肚色了，努齊兒才捱到那個樹林子裡。見那碧草之上還穩穩地染著血跡。努齊兒自言自語道：「那不是仇人斷頭的所在嗎？」說著就到那深草中取了骨瓶，一手挾在脅下，望著烏里山出發。

走到月色亭午，進了烏里山麓，忽然一聲鑼響，大家吆喝一聲，幾十個民兵，齊齊地把努齊兒圍在中間。為首的一個大漢，提著鬼頭刀高聲喝道：「你那漢子是哪一部人？說得明白，饒你性命。」努齊兒這時已精疲力盡，身邊又沒有器械，唯有束手待死了，不覺仰天嘆道：「我努齊兒幾次遇險，不幸要死在此處嗎？」說猶未了，只聽那大漢問道：「你不是古臺的兒子嗎？怎的弄到這般狼狽？」努齊兒見問，一時不敢直說，先問那大漢時，知道他名叫密也寬，是從前慕爾村村長杜摩的嫡裔。自慕爾村給鐵木真洗盪後，密也寬從亂兵中逃出，年紀還不過八九歲哩。他到了十六七歲，已生得力大身偉，武藝精通。舊日慕爾村逃出的人民，都來投奔他，倒也有一二百人。密也寬便在烏里山盤踞著，做些那打家劫舍的勾當。努齊兒因也把盜骨的事，和無意中殺仇的經過，約略地講了一遍。密也寬大喜道：「這樣說來，我們報仇的時候到了。現在快去報知你們的部長，連夜起兵，殺到克喇和林去，乘著成吉思汗鐵木真新喪，人心未定的當兒，怕不一戰成功嗎？你們部中出兵，咱也願助一臂之力。」努齊兒聽了，高興得手舞足蹈的，當時就在密也寬帳中，飽餐一頓，掮起骨瓶，大踏步望那赤吉利部而來。

其時，赤吉利的酋長伊立已死，猶子忒賽因繼立。努齊兒見了忒賽因，將成吉思汗被自己刺死了的事說了。忒賽因跳起來道：「他和我們是世仇，目今既有機可乘，咱就立刻起兵前去。」努齊兒退出，自去瘞他老子的遺骸。這裡忒賽因傳令，部下大小民兵，準備輕裝出發；赤吉利部的民族，聽得出兵報仇，一個個摩拳擦掌的去預備著廝殺。角聲嗚嗚，赤吉利的人馬，已越過烏里山了。探馬飛報到克喇和林，自然也整隊來迎，兩軍相遇，各自把強弓射住了陣角。忒賽因看那和林的兵馬，旌旗蔽天，刀槍耀日，衣甲鮮明，隊伍整齊，不覺暗暗稱奇。便回顧努齊兒道：「你說成吉思汗被你殺了，為什麼軍中並不掛孝呢？」努齊兒也皺著眉道：「或者他們怕人心動搖，為人所乘，故此瞞著吧？」兩人正在猜度著，只見對面門旗開處，一騎馬飛奔出來，馬上的將官，黃袍緯冠，玉帶烏靴，在馬上大喝道：「跳梁鼠輩，無故刺殺了俺的兄弟，還敢興兵犯界，不是自來送死！快下馬受縛，算你們識時務的；不然大兵一到，叫你們全部覆沒，那時悔也不及了。」忒賽因見來將不是別個，正是對頭冤家成吉思汗鐵木真，他那裡左有哲別，右有兀魯，都是威風凜凜，殺氣騰騰。忒賽因暗想鐵木真那廝，原來仍然未死，不禁心膽皆寒，撥馬便走；赤吉利部的兵士，見主將先走，也一齊望後倒退。努齊兒雖竭力地喝住，那面和林的人馬，早同潮水般地直衝過來，努齊兒站不住腳，只好跟著他們逃走。和林的兵馬，左衝右突，如入無人之境，追殺赤吉利部兵丁，似砍瓜切菜一樣。忒賽因鞭馬逃著，後面哲別飛騎趕來，看看追上，忒賽因部將禿力不花，回馬去敵住哲別，努齊兒也趕到，雙戰哲別，不分勝負，不料半腰一刀搠來，正中禿力不花的肋下，禿力不花未曾防備暗算，頓時大叫一聲，翻身跌落馬下。努齊兒敵不住哲別，虛晃一槍而逃，哲別捻槍竟奔忒賽因，忒賽因一面招架，一面倒退，哲別卻一槍盡力刺來，忒賽因忙躲過，不提防背後一刀飛來，霜鋒過處，坐在馬上的赤吉利部酋忒賽因，只存了腔子，那頭顱早已搬了場。等到密也寬領兵來助，見努齊兒已敗，便退回去了。這都是努齊兒一人不好，他錯殺了人，幾乎把赤吉利的全部人民斷送。

原來他那天晚上，樹林子裡刺殺穿黃衣的人，不是鐵木真，乃是鐵木真的兄弟託赤臺。託赤臺自母親艾倫死後，越發橫行無忌，弄得人人怨恨。這時玉玲姑娘同美賽姑娘，都已成了半老佳人，各人又生了兒子，把風流事早拋在一邊。託赤臺卻未改本性，雖然一把年紀，他仍到外面去混鬧。一天又帶了幾個衛士和兵丁，去鄰村強搶人家的閨女，人倒不曾搶到，回來天色已漸漸昏黑了。不料跑到那林子裡，恰巧撞著了努齊兒，錯當他是鐵木真。因託赤臺和鐵木真，面貌兒很有些相似，所以代那鐵木真做了刀頭之鬼，一半也是他殺拖勃的報應呢。當下努齊兒見忒賽因死了，自己諒抗敵不住，便帶轉馬頭，拚命也似地逃去了。成吉思汗揮兵追殺一陣，即令鳴金收軍。第二天上，赤吉利部的頭目，便來營前肉袒請降，努齊兒不敢在赤吉利逗留，星夜投奔默罕摩特去了。

成吉思汗收服了赤吉利，便和眾將設宴慶功，大家歡呼暢飲，正吃得高興時，忽見一陣大風過去，砉然一聲響亮，把豎著的帥字大旗吹折為兩段，座上將士，無不失色，成吉思汗也吃了一驚，忙令耶律楚材就席上袖占一課，耶律楚材見了卦爻，向成吉思汗致賀道：「卦是大吉之象，三日內定有大喜事發現。」成吉思汗和諸將聽了，兀是半信半疑，一場慶功宴，弄得不歡而散。過了幾天，忽然飛騎報到，木華黎出征西夏，連勝了十一陣，得城七座。西夏主李安全，情願修表稱臣，除年年納貢外，還將愛女香狸公主獻上。成吉思汗大喜道：「參軍的神課，真是靈驗極了。」便立即遣使，命木華黎停止進兵，准西夏王的請求，著李安全即日進貢，並載女入朝。

這道命令下去，不多幾時，木華黎便大軍班師，西夏主李安全，遣使臣察巴合，齎了降表，繡模中載著公主香貍，到克喇和林來覲見成吉思汗。成吉思汗安慰了他一番，命察巴合暫在館驛中居住了；自己把西夏的貢物，一一親自過目，末了，叫把香貍公主傳上來。侍臣們一聲吆喝下去，早有四個番女，披髮跣足地扶著公主，盈盈地走上臺階來，好似眾魔奉觀音一般，愈顯出公主的嬌豔了。只見她到了座前，風吹花枝似的，折下柳腰兒去，成吉思汗慌忙把她扶住，乘間將公主細細打量一會，覺得她神如秋水，臉似芙蕖，玉膚冰肌，柔媚入骨。單講她身上的一種香味兒，已足令人心醉。成吉思汗自親女色以來，從未聞到過這般的香氣。加之玉妃豔妃和東西兩貴人，本來色衰已久，今天驀然見這樣一個美人兒，怎不叫成吉思汗心蕩神迷呢？於是吩咐侍女，扶香貍公主去後宮休息。成吉思汗和諸臣，草草地議了些國事，便踱進後宮來瞧香貍公主。這時，香貍公主已卸去了禮服，御著一身的便衣，益見她弱不禁風，楚楚可憐了。那公主見了成吉思汗，欲待起身行禮，成吉思汗忙令侍女攙住了，卻帶笑問道：「公主是李王爺的第幾女？怎麼倒捨得你到這裡來的？」香貍公主見問，不禁淚汪汪答道：「妾父原只有臣妾一個，因懼怕著上國加兵，所以不得不將臣妾上獻，冀圖一時的安全。臣妾此來只求上國主子，不把兵戎壓迫下幫，臣妾願一生一世侍奉著主子，雖萬死也無恨的了。」說罷，那粉頰上的淚珠兒，不由得和珍珠似的紛紛地直滴下來。成吉思汗聽她這一段又柔婉又淒楚的話，心裡已是十二分的憐惜，再加上她那嬌滴滴的鶯聲，越覺清脆可聽了。成吉思汗這時忍不住，一頭坐下，把香貍公主輕輕地抱在膝上，低低問道：「你倒不嫌俺衰老嗎？」公主看著成吉思汗，微微一笑道：「臣妾得侍候主子，已是萬幸的了，怎敢別有他意？」成吉思汗見公主說得流利敏慧，越發喜歡她了。這天晚上，成吉思汗令設席在後宮，和香貍公主對飲，兩人直飲到夜深人靜，這才撤席雙雙入寢。但一個是二八年華的公主，一個是創國開疆的霸主，英雄美人，自然是相愛相憐，可惜老少相差太遠，未免應了俗話所說的，「滿樹梨花壓海棠了」。

是年的冬天，成吉思汗又大破了遼金，獲得了金國的公主，成吉思汗因其貌不甚美麗，沒有香貍那樣得寵。那時成吉思汗已有了三個兒子，長子取名崔必特，是豔妃所生；次子阿魁，是東貴人也素姑娘所出；最幼的名叫忒耐，是玉妃所出。成吉思汗自知年紀漸高，要想立嗣，預備將來繼統。三子當中，算阿魁最是幹練英武，成吉思汗也最喜歡阿魁，欲把他嗣立，因長幼的問題，終是遲遲不決。不過那赤吉利部民族，雖給成吉思汗收服，心上卻十分不甘。以前的部酋忒賽因，誤聽了努齊兒的話，一場血戰，死在陣上。其時，忒賽因的兒子還幼小，一個女兒叫馬英，已經十六歲了。忒賽因一死，部中紛紛擾擾，有議出降的，有議逃走的，忒賽因的妻子，還想替她丈夫報仇。一面跪著向部眾苦求，一面叫她幼子巴玲哥，女兒馬英，跪在地上，只望著將士們哭拜。但部裡無人統領，眾心渙散，一時哪裡還聚攏得來呢？有幾個見巴玲哥和馬英姊弟兩人哭得傷心，也有些不忍起來。但是部眾留著不走的還不到百分之一，忒賽因的妻子嘿合，曉得大勢已去，獨木不能成林，便悄悄地同了幾十個部兵，逃往崆塔山裡避難去了。

然平日嘿合常對子女囑咐著，叫他們牢記著父仇。她那女兒馬英，到底年紀略長一點，她一個人時時咬牙切齒的，要替父親復仇，仇人是成吉思汗鐵木真。巴玲哥自七八歲上起，天天唸著這幾句話，甚至閉眼就瞧見仇人，似乎在那裡廝殺。過不上幾年，巴玲哥已十四歲了。一天，姊弟倆在私下打算，馬英道：「咱母親只說著仇人的名姓，卻不曾說起仇人的面貌和住處。問她呢，終說我們年還幼小，說出來的無用的。這真是拿她沒辦法的事。」巴玲哥拍著手道：「對哩！若知道了住處，連夜就趕去殺了他的，不過不曉得他的面貌怎樣。萬一仇人從我們眼前走過，我們不能認識他，豈不當面錯過嗎？」所以姊弟倆，逢人就問：成吉思汗鐵木真嗎？他現做著蒙古的主子，好不威風哩！」巴玲哥問道：「我們也能看得見他嗎？」那人聽了，不禁哈哈地一笑道：「要看成吉思汗也很容易，你到克喇和林去，自然看得見了。」馬英又問道：「成吉思汗是怎樣一個相貌呢？」那人益發好笑道：「講到成吉思汗的相貌，真有些可怕哩。他那臉兒是方的，口闊耳大，兩目有神，雙顴高聳，說話時聲如洪鐘；單說他的身材，魁梧俊偉，已和常人不同，別的自然不消說了。」馬英再要問時，那人便搖搖手，管自己走了。馬英和巴玲哥，因打聽不到頭緒，兩人很是悶悶不樂。

這天夜裡，馬英卻問她母親嘿合道：「我聽人說起，叫做克喇和林的，不知道在什麼地方？」嘿合不曉得馬英的用意，隨口說道：「你那舅舅舅母，不是現住在和林嗎？由這裡到和林，最多不過三四天的路程罷了。」馬英聽了她母親的話，心上暗暗記著。到了第二天的清晨，馬英悄悄地對巴玲哥說道：「我已問過了母親，那仇人住的地方並不甚遠，只三四天就可以到了。我們不如瞞著母親，往那裡把仇人殺了，回來再告訴她，也好叫她老人家歡喜。」巴玲哥見說，不覺高興起來道：「事不宜遲，我們今天就去做吧！」馬英笑道：「你不要性急，我們要趕三四天的路程，拿什麼來吃喝呢？」巴玲哥怔了一怔道：「這可怎麼辦哩？」馬英說道：「讓我今天晚上，拿瓶去打點馬乳來，把母親藏著的麥粉，裝在布袋裡，你須幫著我，將這兩樣東西，去放在後面的草堆中，千萬不要被母親看見，明天早晨，趁母親還不曾起身，我推說去打馬乳，把門開了，你隨後出來，我們就一塊上路，不是很穩當的嗎？」巴玲哥聽說，忍不住手舞足蹈地說道：「就這樣幹吧！」恰巧嘿合走出來，問道：「你們姊弟講些什麼？」馬英怕巴玲哥吐了風聲，忙扯謊道：「巴玲哥要我去斗車車兒，我回說沒有空閒，停一會兒，去捉只雀子給他玩。他正快樂得舞蹈著呢。」嘿合聽了，一俯身捧住巴玲哥的臉兒，輕輕地吻了吻道：「好孩子，你姐姐做麥餅子給你吃，快不要替她去纏繞了。」說著，拉住巴玲哥的小手，走向裡面去了。

紅日西沉，天色昏黑下來了。馬英果然去打了一瓶馬乳，又去裝好了麥粉，暗中送給巴玲哥，巴玲哥便去藏在後門草堆裡。姊弟兩人，把事辦妥了，這一天差不多不曾闔眼。看看東方發白了，馬英就去開門，嘿合已聽得門響，向：「誰在那裡開門？」馬英應道：「母親，是我去打馬乳的。」嘿合在炕上含糊著說道：「何必這樣要緊，時候很早哩！」馬英低低應了一聲。這時，巴玲哥已躡手躡腳地出來，馬英隨手掩上了門，巴玲哥轉向後門，取了乳瓶和粉袋，姊弟兩人走出了崆塔裡山麓，便向山下的人家問了克喇和林的去路，匆匆地望前出發。一路上姊弟兩人饑餐渴飲，不多日已到了和林。馬英對巴玲哥說道：「我們先去尋著了舅父，有了安身的地方，再去找那仇人不遲。」巴哥點點頭，兩人就沿路尋著他們的舅父。這個和林的地方，算是蒙古的帝都，較之崆塔裡山等鄉間所在，自然要熱鬧上千百倍。馬英和巴玲哥，又都是難得出門的，如今到了這樣繁華去處，覺得市街上的人，熙來攘往，萬聲嘈雜，車馬如龍，把姊弟兩個，弄得似入山陰道上，真的要目不暇給了。尤其是巴玲哥，樂得他嘻開了嘴，一時合不攏來；將報仇的事，早已拋在九霄雲外了。還是馬英催著他道：「我們初到這裡，地陌生疏，去找舅父，須要問一個訊才找得著呢。」巴玲哥聽了，便向路人問道：「我的舅父住在哪裡，請你告訴我一聲？」路上的人一齊笑起來道：「你的舅父，叫我們怎樣能夠知道呢？快回去問個明瞭住處和姓甚名誰，再來問訊吧！」巴玲哥見說，作聲不得，只呆呆地立在一旁。馬英忙上前，笑問那人道：「我們舅父叫做烏必門，住處卻不曾打聽明白。」馬英說罷，只見內中一個人答道：「你們找烏必門嗎？他是我的鄰人，你們但跟著我回去就是了。」馬英大喜，便和巴玲哥，同那人走到烏必門家裡。烏必門見他姊弟兩人，便問：「來這裡幹什麼？」馬英把復仇的事說了一遍。烏必門道：「你們小小年紀，怎能殺仇人呢？」待要送他們回去，姊弟兩人卻抵死不肯。烏必門沒法，只好留著他們等候機會。

那時，恰巧成吉思汗向民間挑選秀女，烏必門把馬英送去，居然選進了宮。成吉思汗見馬英伶俐，派她去侍候香貍公主。但成吉思汗自平西夏破遼金後，很縱情聲色，天天和香貍公主飲酒取樂。一個衰年老翁，伴著妙齡少女，能耐幾時呢？不到半年，把個稱雄一世的成吉思汗鐵木真，已弄得一病奄奄了。又因玉妃玉玲姑娘，豔妃美賽姑娘，東貴人也素都先後逝世，成吉思汗感傷之餘，病也越覺加重了。那馬英進宮半年，日日想要報仇，奈宮裡人多，不便下手，可把巴玲哥在烏必門家裡，幾乎連脖子也望長了。幸得他的母親嘿合也趕來，母子兩人，只有靜聽訊息。一天晚間，正在說起馬英，忽聽外面打門，巴玲哥待要去開門時，已見烏必門同了馬英進來，手裡提著一包東西。馬英帶著喘說：「我們已把仇人的頭顱取來了，趕緊走吧！明天就要不得脫身，還要累及舅父哩。」嘿合、巴玲哥聽了，慌忙收拾起什物，立刻起身，由烏必門送他們出和林。母子三人星夜逃回崆塔山去了。

你道馬英怎樣能殺得成吉思汗的頭顱？原來那努齊兒自赤吉利部敗走，投奔默罕摩特那裡，他心裡終不甘服，便單身到和林來行刺。豈知才得潛身入宮，給侍女們瞧見，大喊起拿刺客來，霎時闔宮裡鬧得天翻地覆，成吉思汗病在床上，驚厥了過去。這時，眾人都去捉那刺客，不曾留心到病人。馬英趁這個機會，好似打死老虎一般，將床前的寶劍拔下來，砍了成吉思汗的頭顱，悄悄地望後宮一溜煙地逃走了。等到外面獲住了努齊兒，回來卻不見了成吉思汗的頭顱，知道刺客不止一個，宮裡又直鬧起來，大鳥亂到天明，仍沒有一點頭緒。只把個香貍公主哭得死去活來，西貴人也哭了一場。這時成吉思汗的三個兒子，只有阿魁在和林，聽得成吉思汗死了，忙奔進宮來，勉強落了幾點淚。他見香貍公主哭得如梨花帶雨，不禁觸起他惜玉之心，便伸手去把她的玉腕，笑著安慰她道：「公主少要哀痛了，還是保重玉體要緊。」話猶未了，卻見香貍公主柳眉倒豎，杏眼生嗔，突然地就床邊取起血跡模糊的寶劍，向自己臂上砍去。不知公主的臂受傷否，且聽下回分解。

魚磐聲中納番婦　旌旗影裡嫁王妃

卻說香貍公主，本是西夏主李安全的愛女，安全為保持國土計，只得將愛女獻給成吉思汗；成吉思汗因她是大邦的公主，也十分看重。那香貍公主呢，不但生得面貌嬌豔，只講她的身上，已和常人不同了：她平日在宮中，梳洗從不曾用一點香料，身體上自會生出一種香味來。每到了暑天，盈盈的香汗，真叫人聞了心醉。這種香味，非蘭非麝，異常地可愛。她自己也不知道，那香味究從什麼地方來的。安全也為這個緣故，所以取名叫香貍。那時，成吉思汗的幾個兒子當中，除了崔必特守東部，忒耐出鎮青海，只有一個阿魁，卻住在和林。成吉思汗幾次要想立阿魁為嗣，終礙著長幼問題，不曾確實決定。但講到阿魁的為人，外樸內奸，對於成吉思汗，似乎很盡孝道，成吉思汗也越發喜歡他了。當成吉思汗病時，乏力兼顧朝政，便令阿魁代理，又叫耶律楚材幫助著他。阿魁在初監國時候，要在他老子面前討好，政事無論大小，終是兢兢自守，就是見了朝裡的諸臣也極謙恭有禮。至若宮內外的婢侍小臣，他一樣地把珍寶去結識他們。凡得到好處的內臣，無不在成吉思汗面前，替阿魁揄揚。不上半年，朝中都是阿魁的世界了。一班成吉思汗信任的臣子，見大勢已經改換，便也來趨附阿魁了。

阿魁見他老子病勢日益沉重，想是不起的了，況大權在握，膽也一天大似一天。後來，居然出入宮禁，私下和那些宮繽侍女，幹些不正經的勾當。這樣過了一年多，後宮的女子，差不多已被阿魁玩遍了。在阿魁的心理上，原是醉翁之意不在酒，他每到成吉思汗榻前去問疾，那兩只賊眼，終不住地瞧著香貍公主。有一天上，阿魁晉謁成吉思汗，恰巧成吉思汗睡著了，阿魁也不去驚動他，便獨自一人到養頤殿裡去坐等著。那養頤殿的地方，本是成吉思汗老年辦事的所在，到養頤殿來的人，除了左右宰輔，奉召入殿議事外，其餘自皇子以下，一概不准擅入。這殿的對面，便是香宮。原來香貍公主渾身是香氣，宮裡都呼她作香妃，成吉思汗也愛寵她不過，將她所居的地方，題名喚香宮。那天阿魁坐在殿裡，覺得很為寂寞，就立起身來，信步望對面走去。

他此時本是亂走，原沒有什麼存心的；誰知合當有事，往日香貍公主，在成吉思汗那裡侍疾，差不多寸步不離的，今日忽地想起好幾日不梳洗了，趁回宮更衣，令宮女替她梳了一個長髻，洗罷了臉兒，正要走出宮來，卻和阿魁碰個正著。阿魁見香貍公主，不禁笑逐顏開，低低地問道：「公主什麼時候回宮的？咱的父皇可有些轉機嗎？」香貍公主見問，緊蹙著雙蛾，徐徐地答道：「主子春秋已高，非得好好地調養，怕一時不易見效呢！」阿魁聽說，便噗哧一笑，那香貍公主的粉臉已是一陣陣地紅了起來。阿魁見她面泛紅霞，那種嫵媚姿態，愈顯得可愛了，因一頭笑，一頭涎著臉問道：「公主這幾天獨宿，倒不覺得冷靜嗎？」香貍公主見阿魁說的話已不是路，就正色說道：「這話不是太子所應說的，被人傳揚出去，就不為太子自己計，難道也不顧主子的臉面嗎？」阿魁笑道：「深宮裡的事，有誰知道呢？公主請放心吧！」說著，伸過手去，拍著她的香肩。香貍公主大驚，忙將阿魁的手一推，連跌帶撞地逃向成吉思汗的寢宮裡來。阿魁哪裡肯舍，也就在後面趕去。幸喜香宮離寢殿不遠，香貍公主慌慌忙忙地跨進殿，未免重了一點，把成吉思汗驚醒了，便探起頭來問道：「怎麼你這般慌忙？」香宮公主恐成吉思汗生氣不好實說，便帶著喘扯謊道：「太子要見主子，臣妾先來報知，不期在氈角上一踢，幾乎傾跌，致有驚聖躬，是臣妾該死！」成吉思汗聽了，也不說什麼，只點點頭，便問：「太子在哪裡？」這時，阿魁也走進了寢殿。原來他見香貍公主逃進寢殿，怕她告訴了成吉思汗，心上很懷著鬼胎，所以躡手躡腳地在外聽著。及至聽見公主一番的謊話，不覺暗自慶幸，還當香貍公主有情於己哩。又聽得成吉思汗問起他來，就乘勢走了進去，請過了安，父子倆談些國事，阿魁便退了出來。

從此以後，阿魁在香貍公主面前，很下一些功夫，但那香貍公主，終是正言厲色的，不肯稍為留點顏面給阿魁，阿魁兀是不甘心，然一時不到手，只好慢慢地候機會罷了。那天外面鬧著刺客，成吉思汗吃了一嚇，昏過去了；外面雖然把刺客獲住，成吉思汗的頭顱，可已給馬英割去了。這個訊息傳出去，阿魁為了繼統問題，自比別人趕得早一些兒。他一腳跨到床前，見床上躺著一個沒頭的屍首，不由得天性發現，也點點滴滴地流下淚來。哭了一會，才收住眼淚，回過頭去，見香貍公主已哭得和淚人兒一般，杏花經雨，益見嬌豔；阿魁忍不住，便去輕輕攀住她的玉腕，低低安慰著她道：「人已死了，不能復生；公主保重玉體要緊！」其時西貴人也伏在那裡，哭得死去活來，卻一點也不曾留心別的。其餘的宮女嬪妃，雖立滿在床前，阿魁並不見她們避忌，何況成吉思汗一死，大權已屬阿魁，還懼怕誰呢？哪裡知道香貍公主的芳心裡，主意早經打定，她想成吉思汗死後，自己正在青年，有阿魁這般的人在著，終久是不免的，等他來相戲的時候，給一點辣手他瞧瞧，也好叫他心死。阿魁哪裡知道公主這樣的打算呢？偏偏成吉思汗才死在床上，他別的不問，卻先調戲起香貍公主來。

那時節香貍公主媚眼生嗔，柳眉中隱隱露出一股殺氣，只見她狠命地一摔，把阿魁的手撒開，四處一望，床沿上放著一把帶血跡的寶劍，正是馬英割成吉思汗頭顱用過的。香貍公主更不怠慢，順手提起了寶劍來。阿魁疑公主要把劍砍他，嚇得倒退了幾步，香貍公主將劍握在手中，指著阿魁說道：「咱雖不是正妃，也和你父有敵體之親，你卻不顧人倫，幾次把咱調戲，咱心想告訴主子，奈主子方在病中，一聽見你這種禽獸行為，豈不要氣壞了主子？所以咱就隱忍著不說，希望你良心發現，早自改悔。誰知你怙惡不悛，且乘主子新喪，又來欺咱了。須知咱雖是個女子，也是一國的公主，平日讀書知大義，不似你這滅倫的畜生，全不顧一點兒廉恥。但咱怎肯和你一般見識呢？現今主子既死，你是蒙族的君王，咱就不難為你，總說一句，咱的頸可以斷的，志是不可移的，你如其不信，咱就給你一個信給你瞧瞧。」香貍公主說罷，把寶劍揚了揚，隨手捋起左臂的羅袖，露出玉也似的粉臂來，卻見她把銀牙一咬，飛起一劍，向玉腕上揮去。阿魁和許多宮女嬪妃，及西貴人等，初時聽著香貍公主的一番話，覺得義正辭嚴，心上都暗暗佩服。大家齊齊地瞧著她，只是呆呆地發怔。這時見香貍公主，仗劍要砍左臂，不覺吃了一驚，阿魁也嚇得面容失色，忙搶步上去奪時，已是來不及了，但聽得「哎呀」一聲，猩紅四濺，落在地上，變作了瓣瓣桃花。香貍公主那隻左臂，早掛落在腕上。她在這個當兒，也就是花容慘淡，嬌軀無力，因此挨不住身，竟噗的倒下塵埃了。慌得一班宮人，忙去扶持她起身，細看那公主，氣喘微微，星眸緊合，已是昏過去的了。阿魁很為著急，一面叫人去請太醫，一面令宮女在公主的耳邊呼喚著，叫了半晌，才見香貍公主悠悠地醒轉來，那羊脂般的玉容，已和紙差不多。斷臂上鮮血還是流個不止。不刻，太醫也來了，趕緊用藥，替公主敷在臂上，香貍公主只是忍著疼痛，不肯受藥。經西貴人和宮女們等再三地勸慰一番，那太醫把藥摻好了，用布把公主的斷臂紮住，由宮女們將她扶進香宮去了。

阿魁見公主走後，搖著頭吐著舌道：「真好厲害呢！」說著便走出寢殿，早見一班文武大臣，伺候殿外，還有一個侍衛，手提著那個刺客的頭顱，等待呈驗。因捕刺客時人多手雜，已將努齊兒亂刀剁死了。眾大臣見阿魁出來，一齊站班請安，阿魁略略點首，叫侍衛把頭去埋了。這時耶律楚材朗說道：「皇上既已賓天，國不可一日無君，請殿下早正大位，以安人心。」話猶未了，只見親王推多，高聲說道：「依下臣愚見，殿下仍舊監國，待諸王齊集，開一御前會議，再定大事就是了。」耶律楚材也大喝道：「先皇遺命，誰敢有違？多言者，即請皇命從事！」這話一出，殿前各王公大臣，自默無一言。於是大家便擁著阿魁登大汗位。阿魁升殿後，便大封功臣：文職如耶律楚材、劉復、何魯、留人傑等，均晉一等參議，同平章事；宋降將劉整、張士傑、何鯉庭輩授招討大將軍。這時木華黎、兀魯、哲別以及別耐勒、忽撒諸人，死的死，陣亡的陣亡了。新得蒙漢將領，若史天澤、史天倪、阿術，俱加左將軍，拜赤顏為大元帥，養兵訓士，準備征伐。又封妻子那馬真努倫為晉妃。阿魁又命建起宏文殿來，為諸臣朝參之所。耶律楚材因蒙人的禮制，非常的不雅，大臣覲見主子，只屈身叩頭，把後足一蹺身體兒一伏，就算是請安，也是君臣的大禮。但照這種樣子，不是很難看的嗎？楚材把它提議出來，阿魁汗令參議處議定，無論王公大臣，朝見主子，須按著漢人的禮制，三呼稱臣，不自稱奴才而不名的陋習，從此革去。故蒙古人臣，見君主不自稱奴才，這是和清朝不同的地方。也虧了耶律楚材，輕輕一議，倒把蒙臣的身價抬高了。後上朝，漢蒙的禮節一般無二。都是阿魁汗時改過的。

那阿魁汗既據了大汗位，崔必特和忒耐處，先報給成吉思汗的噩音，兩人各遣使密議，主張是夜回和林奔喪。繼接到阿魁汗嗣位的訊息，以成吉思汗在日，曾有遺言，自不便爭執。過了幾天，阿魁汗的諭旨到了，封崔必特為寧王，忒耐為魯王，兩人不敢違命，只好拜受。阿魁汗一面各處頒敕，一面替成吉思汗發喪。文武大臣，循例舉哀，和林的人民，也都掛孝三天。但成吉思汗臨歿，把頭顱失去，若宣傳開去，不免駭人聽聞。所以由阿魁汗下諭，宮內大小臣工，不許洩露出去，卻另用檀木雕了一顆頭顱，放在成吉思汗的腔上，才照帝王禮成殮。這一場大喪，熱鬧得幾乎把和林擠飄了，縱橫一世的成吉思汗鐵木真，至此總算完全了結。後人有詩，嘆成吉思汗鐵木真道：

一角荒丘葬竹西，夕陽衰草滿荒堤。
香奴宮闕今安在？不見雕梁墮燕泥。
三月煙花系主懷，佳人猶憶倚天街。
和林昔日繁華地，二四樓頭失寶釵。

阿魁初踐大位，很想繼父未竟之志。所以他繼統兩年，屢次親征，得部下的將士用命，接連地破了慕裡蠻部、也而鮮部，又聯合了宋朝，進窺金國。這時的金主守緒，是個酒色糊塗的君王。他終日和愛妃迺美英，除歡飲取樂外，朝事一點也不問。帝王的政權，都委給了近臣崔立。那崔立的為人，奸佞有餘，而保國不足的。虧了皇叔完顏巴克圖，竭力地支撐，可是氣數已盡，獨木難成林，政事一天天地窳敗下去。等到蒙古和宋兵殺到汴城，崔立舉城投誠。守緒站不住腳，忙與元帥哈達，侍臣楊沃衍，左丞相阿里哈等，黑夜遁赴歸德。這裡蒙古兵先進汴城，蒙將布展，下令把京城中的金珠錢物，一齊擄掠了，載入軍隊的輜重車中。宋師大將孟琪，進城慢了一步，卻分文不曾取得，便去報知總帥趙葵，趙葵聽了憤不可遏，便欲和蒙軍反臉，經眾將苦諫，才勉強分兵助蒙。阿魁汗登位的第六年上，蒙宋兩國，同破了金邦。守緒自知亡國之君，無顏出降，就自經殉國。哈達等俱戰死，皇叔完顏巴克圖、完仲德，總帥徐承麟，都自刎而死，金國至此滅亡。總計從阿骨打建國，傳了六代，換了九個君主，統計一百二十年。

那時，金城裡火光燭天，蒙古和宋兵，分東西入城。蒙將布展，遣密使往迎阿魁汗，阿魁接著，率鐵騎三千馳到金邦，親自出示安民。又把金城中的儲積，盡撥入蒙古名下；凡金國的富戶，都令出寶助餉。金國的皇族，有的是錢糧，缺的是人才，以致弄到亡國。阿魁這樣地一搜刮，真可算是滿載而歸。等到宋朝兵將察覺，要想如法布置一下，所存的已是餘瀝，寥寥無幾了。為破金邦的緣故，蒙古和宋朝，暗中早結下了仇恨。不過，宋朝終算仗蒙古的扶助，滅卻金邦，報了擄二帝（徽宗欽宗）之憾。如果沒有蒙軍，宋兵單獨去滅金邦，怕不見得這般容易哩。

阿魁汗與宋朝，名稱上是聯合攻守，利害相關，其實蒙古兵處處占著便宜。阿魅汗既志得意滿，便和宋朝瓜分了金國土地，命大元帥赤顏，駐重兵鎮守，以防宋兵的凱覦，自己卻下令班師。不日大兵回到和林，一班文武大臣在十里外跪接。阿魁汗進了都城，便大設筵宴，慶功三天。大家正在歌功頌德的當兒，忽快馬報導：「慕裡蠻部叛，守將馬亞列門戰死；現在百戶莫爾蝦蟆，收拾殘兵，退守五柳堤上，深溝高壘，不敢出戰。但五柳堤若失，布羅堡必危；雖那裡有猛將李雲、白蒲禪，恐也未必守得住了。」阿魁聽報，不覺變色起身，把酒杯擲在地上，恨恨地說道：「慕裡蠻部這樣的奸惡，俺還須親征。把他的部族，也似這只杯子一般的破碎了。才出俺胸中的氣憤！」說著下令，明日軍將齊集校場聽點。阿魁正氣沖斗牛，只見左將軍阿術，徐徐地致詞道：「末將不才，願代主子出師一行。」阿魁說道：「既是將軍願去，俺魁又吩咐史天澤、史天魁，各率兵五千，去援應阿魁。但阿魁出征，足足的兩年多才得把慕裡蠻部平定。

阿魁汗自破金邦後，未免目空一切，漸漸地有些驕縱起來。他平生的過處，就是迷信太甚，尤其是好和喇嘛親近。這喇嘛的名稱，蒙人謂高僧的意思。那喇嘛都崇信佛法，自立成教。他們喇嘛教的起始，是從印度的佛教，傳到了吐蕃（西藏），便創起一種教來。一般教徒，叫做喇嘛，大家稱它作喇嘛教。那時，喇嘛教的勢力，漸漸傳播開來，蔓延到了蒙古。蒙古的人民，大半無知識的，對於佛教，卻非常敬重，阿魁汗以信佛的緣故，也極其尊崇喇嘛。人民見阿魁汗這樣地敬奉著喇嘛，大家越發信任了。有句古話「上行下效」，阿魁汗因尊僧信佛，那些愚民也極端迷信，喇嘛教在蒙古，一天盛似一天，直到如今，還打不破那種迷信。而且元朝的後代順帝，甚至於因迷信亡國哩。當阿魁汗的時代，佛教在蒙古算是初盛。和林地方的高僧，沒一個不是阿魁汗養著他。內中有一個叫託嵯的，阿魁汗奉他做大國師，凡有國家大事，出兵之類，必先問過大國師，以定吉凶。一天，來了一個吐蕃的大喇嘛，自稱為佛子。於是由託嵯薦給阿魁汗。那大喇嘛叫卜底休，據說是道術高深，能更改人的性情，一經卜底休施過法術，剛強的可化為溫柔，柔弱的立刻剛強，真是十分靈異。還有佛家的祕術，就是一夜能御十女的法子。卜底休說，這祕術本是古時莊子所傳，潛心練習，可以長生不死。阿魁汗聽了大喜，便跟了卜底休學長生術，將朝政大事，轉拋在九霄雲外。他學了一會，自信已很明白了，把御女的要道，先行試驗著。拿宮中的那些宮女，來做他試驗的犧牲品。阿魁汗試了幾次，覺得靈驗得很，把卜底休當作真的活佛般看待。

然阿魁汗專門和那些宮女玩鬧，日久卻有些厭起來了。那卜底休對於阿魁汗說道：「主子宮裡的女子，都是俗骨凡胎，倘要求仙人的長生術，非去找真有仙根的女子不可。」阿魁汗笑道：「到什麼地方去找？只請活佛指示。」卜底休想了想，忽然笑道：「分明有神仙在那裡，幾乎當面錯過了。」說罷匆匆地出去。不一刻，領了一個蕃婦進宮來。但見她黃髮蓬鬆，面目晦黑，臉上卻塗滿了胭脂，加上她一張血盆的大口，望去真是可怕。阿魁汗看了，詫異道：「這便是神仙嗎？」卜底休正色說道：「主子不要瞧她不起，她的確是具有仙骨的人。大凡仙人，外貌都不揚，若講到內功，卻非常人所及了。」阿魁便向蕃婦問道：「俺欲求長生，你可有什麼法子？」那蕃婦把頭一扭，低頭笑道：「主子要成仙不難，民婦自有妙術。不過仙家祕術，只能意會，不能口傳，今晚主子可安排著香案，請大師建起壇來，民婦當將祕術傳給主子就是了。」阿魁汗見說，半信半疑，只吩咐內侍，預備起香案。到了晚上，卜底休領了十幾個喇嘛進宮，就寧安殿前，布起佛壇，殿上霎時燈燭輝煌，魚磬雜作，鐃鈸叮。阿魁汗坐在一旁，看那蕃婦作法。這時那蕃婦已將衣服脫去，腰上纏著青布，紅綾包頭，赤足仗劍，左手捻著訣，口裡喃喃地念個不住。這樣地東指西跳，搗了半天的鬼，便退入後壇去了。停了一會，又復出壇來跳著，接連地三次，那蕃婦突然大喝一聲，壇上的鐃鈸，也敲打得震天價響，早見爐中一縷香菸，直上霄漢。壇中的喇嘛，齊齊宣著佛號。那蕃婦對阿魁汗說道：「神仙降臨了，快打掃淨室，便可傳道了！」阿魁汗也莫名其妙，只得一一依她。那蕃婦微微笑了笑，攜著阿魁的手，走往靜室裡去了。這裡由卜底休，令把神壇撤去。第二天上，阿魁居然納蕃婦做了神妃。誰知他天天跟蕃婦學長生術，不到幾年工夫，學得一病不起，竟隨了閻羅王做鬼去了。阿魁汗一死，他的兒子貴由還在稚年，總算勉強嗣了位。貴由立不到三年，又復歿死。這樣一來，引出臣子娶皇妃的豔史來。要知後事怎樣，且聽下回分解。

謀明妃誤飲鴆毒酒　迎順帝強匹鸞鳳儔

卻說阿魁汗死後，他的兒貴由，自幼便是個病鬼，雖然嗣了位，卻天天在病中度生活，所以接位還不到三年，已是嗚呼哀哉了。貴由既死，和林頓時混亂起來。那時，寧王崔必特，魯王忒耐，都已亡故，崔必特無子，只忒耐有兩個兒子，長的叫別木哥，次的喚作忽必烈，他們兄弟兩人，都帶兵在外，聽得阿魁的死耗，因有貴由在那裡，大家倒不做別的思想。後來，聽得貴由也夭殤了，別木哥的參軍育黎花進言道：「主子新喪，朝事無人主裁。爵爺可領兵直搗和林，以保舉新君為名，到了那裡，將大兵駐在城外，爵爺可輕騎入城，召集諸王，推舉新主，其時和林沒人支援，忽然來了大兵，眾心當然要惶駭起來；又聽得爵主叫他們議事，諒諸王也不敢不到，那麼叫他們推舉新主時，他們還能夠去推別人嗎？這大汗的高位，爵主豈不唾手而得？然後再頒敕布告天下，這樣冠冕堂皇地做去，誰也不敢說半個不字咧！」別木哥聽了，不覺大喜道：「參軍的話不差，就趕緊去做吧！」別木哥立刻整起隊伍，望著和林出發。

但朝裡自貴由死後，阿魁汗的晉妃那馬真努倫，居然出頭監國。一班文臣留人傑、劉復等，極力地諫阻。那馬真努倫憤道：「你們既自稱讀書，難道不知道唐武后的故事嗎？」耶律楚材見說，正要發話，猛見左丞都喇門，帶劍上殿，滿面怒容地說道：「幼主新喪，朝廷無主，帝后垂簾，古有定制。誰敢異議，即為不臣！」說著把兩隻眼睛，向四面亂射。諸臣見都喇門這樣說，曉得他暗裡有人張膽，大家落得做個人情，便都面面相覷，啞口無言。原來那都喇門是阿魁汗的嬖臣，平日出入宮禁，和晉妃那馬真努倫，彼此眉目留情，幹出些曖昧的事情來。阿魁汗深寵著都喇門，雖然時常見他和晉妃有些不尷不尬的形跡，心上卻毫不疑惑。又經晉妃暗中的護持，都喇門的潛勢力，漸漸地布滿朝中。凡皇族親貴，蒙漢大臣，投他門下的十有七八。阿魁汗病劇的當兒，晉妃和都喇門終日閉宮密議。晉妃又傳諭侍衛官，把阿魁汗私寵的蕃婦，先行攆了出去。還偽託上意，將喇麻大師等，刑杖遠戍。其實這些都是都喇門的主張，他恨往時喇麻大師等奪寵，所以乘機報復。阿魁汗在朦朧中，近侍傳給他這個訊息，氣得阿魁汗幾乎發厥，因此挨不上幾天，便生生氣死。都喇門見阿魁汗已死，竭力慫恿晉妃垂簾。但有太子貴由存在，不能不令他嗣統。幸喜貴由短命。立不到兩年多，就隨著阿魁汗同赴泉臺去了。當時物議沸騰，說貴由是都喇門謀斃的，以沒有證據，無以指實。都喇門見嗣君也駕崩，便一心勸晉妃臨朝稱制，自己差不多是晉妃的丈夫一般，還愁大權不在握嗎？晉妃受了都喇門的蠱惑，竟不計利害，把聽政的主見，在當殿發表。都喇門恐皇族大臣有人出來反對，是日令御前衛士，暗裡防備著。自己卻帶劍上殿，力排眾議。蒙漢朝臣，畏他的勢焰，誰肯來投鼠忌器呢？晉妃察知眾人不敢違拗，大著膽登殿受賀，拜都喇門做了輔政右丞相，赤顏為左丞相。晉妃坐朝，都喇門為旁坐，國家大事，生殺臣工，完全是都喇門作主，晉妃好像木偶一樣，赤顏也不過附和而已。

這樣的過了半個多月，別木哥和忽必烈兄弟兩人，先後引兵趕到和林。晉妃聽了，大吃一驚，忙召都喇門商議。都喇門說道：「他們雖然帶兵到此，到底關著嬸母和侄子，諒他也不至相逼。即便他們有什麼舉動，也須敬到了咱，才好去幹哩。」晉妃點點頭，果然，依著都喇門的話，靜待著別木哥、忽必烈的動作。第二天早上，別木哥和忽必烈，只帶五六百騎進城，首來謁見晉妃，問了貴由病歿的情形。這裡別木哥和晉妃、都喇門談著，一面忽必烈已把皇族諸臣邀集，當場命開議會。眾人的心上，巴不得這樣一來便不約而同地舉別木哥繼大汗位。忽必烈大喜，隨即上殿，代表眾意，扶別木哥正位。晉妃慌得不知所措，要想發話時，忽必烈喝令衛士將晉妃扶出。別木哥既做了大汗，自有眾臣上前叩賀。別木哥怕都喇門有變，仍稱為右丞相。因朝政兵權，盡在都喇門一人的手裡，別木哥初踐大位，不得不敷衍他一下。那都喇門跋扈性成，不知自省，他見別木哥尊敬他，還當別木哥懼怕自己，照常地作著威福。這時的晉妃，冷處宮中，覺得異常地寂寞，便私下向都喇門求救。都喇門正躊躇沒法，忽然妻子白茉得病死了。都喇門並不悲傷，轉樂得手舞足蹈地說道：「有了有了，只有委屈晉妃一點罷了！」於是親自進宮，和晉妃斟酌，也就是一種婚姻的問題。晉妃慮族中干預，都喇門豎著大拇指道：「咱不去議別人也罷了，有誰敢議咱哩？」兩人祕密定了主張。到了吉期那天，都喇門叫擺起大丞相的鹵簿儀仗，來宮中迎那晉妃。堂堂大汗妃子，卻傲丞相夫人去了。

原來別木哥的意思，以猶子關係，嬸子嫁人，親侄不能去阻攔伯嬸母的，這個罪名，只有去加在都喇門的身上。別木哥本要殺都喇門，一時不待機會。現趁他迎娶皇妃，說都喇門目無君長，汙衊帝后，令漢大臣劉復擬罪。劉復據律上章，擬了一個「立決」，那煞風景的別木哥，下諭把大丞相兼新郎的都喇門拿獲了，連訊也不訊，由武士推去砍了。可憐，那位皇妃而丞相夫人的晉妃，依舊弄得冷枕孤襲，反在名節上留了汙點。思來想去，不值得極了。她乘著相府裡紛亂的當兒，解下衣帶，和鹹鴨似地掛了起來。等到府中人察覺，晉妃早已玉殞香銷了。

別木哥在大汗位九年，也沒甚政績可紀。別木哥逝世之後，便由兄弟忽必烈繼統。那忽必烈是忒耐的次子，生得面方耳大，口闊頭聳，說起話來，好似空山擊著石磬，又清越又洪亮。他在八九歲的時候，族中有個善風鑒的，說忽必烈有人主之度。別木哥在位的當兒，很優遇著忽必烈。這時既登了大位，重用宋朝的降將劉整、張弘範等，拜伯顏做了大元帥，封博羅、阿術為左、右大丞相，中統二年，命伯顏大舉入寇宋朝，破了濟南，至元三年，元將張弘範進兵襄陽，呂文煥舉城投降。襄陽既陷，江南日危。這時的宋朝，賈似道當國，度宗非常地昏庸，一切全聽賈似道去做，把宋朝的江山，斷送了一大半。度宗死了，幼帝㬎接位，年紀還不過四歲，由謝太后臨朝聽政，仍拜賈似道做了太師丞相。元兵主將伯顏，已破了江寧、鎮江，宋廷才著急起來，革去賈似道的官職，下詔令各處勤王。江西提刑文天祥，鄂州都督張世傑，領兵入衛。但大勢已去，元兵順流下來，張世傑陣亡，文天祥被擒，宋丞相陸秀夫，見帝㬎被擄，再立益王昰為嗣皇帝。帝是病死，又立廣王昺。元兵進攻崖山，宋兵走投無路，陸秀夫背了幼帝昺，投海死了。宋代到了此時，好算是完全亡國。自太祖趙匡胤開基，到帝昺止，共三百二十年。

元世祖滅了宋朝，便定都燕京，改國號作元朝。過了幾十年，世祖忽必烈病死，因太子真金早夭，由皇孫鐵木耳接位。那時鐵木耳的從兄八剌，見鐵木耳登了帝位，心裡很是氣不過，便和丞相張九思商議，暗中籌畫謀害鐵木耳的法子。世祖在日，除燕京的宮殿外，在開平又建起了紫霞宮，預備遊幸時駐蹕的地方。因此當時稱燕京為中都，開平為上都。講到那個上都的所在，這座紫霞宮造得畫棟雕梁，十二分的華美。鐵木耳本來也是個酒色之君，宮裡七十二嬪妃還嫌著不足，常常到外面去選民間的秀女，充他宮裡的貴人。八剌乘著機會，密陳鐵木耳道：「昔日世祖，建宮上都，原為後代嗣君，做臨幸的佳地；現在陛下身登大寶，為天下之尊，不在此時遊宴行樂，難道深羈宮中受罪嗎？」鐵木耳聽了，心上早有些活動起來，奈礙著右丞相伯顏，不好過於胡行。八剌又來進言，鐵木耳嘆口氣道：「你的話，深合我心。但大丞相伯顏，他事事終要諫阻，俺看他是先帝託孤的重臣，倒不能不稍為優容一點。誰知他大權在握，竟要來干涉俺的舉動了，真是無可奈何他哩！」八剌見說，不覺哈哈大笑道：「陛下貴為天子，卻忍起一個臣子來，豈不是笑話嗎？」於是鐵木耳便傳下諭去，叫御鑾處準備往幸上都，令八剌和御史大夫完顏明等隨駕，著右丞相伯顏暫時監國。這道諭旨一出，伯顏聽了這個訊息，大驚道：「皇上受了奸人的蠱惑，輕易離開京城，不是授隙於人嗎？」當時便匆匆地進宮來，卻被宮門侍衛攔住，不許他進去。急得伯顏在宮外亂跳，任你什麼樣的說法，侍衛只是不放他進宮。伯顏沒法，只好退了出來。

第二天鐵木耳車駕已經起行，才出得京城，早見伯顏俯伏路旁。鐵木耳對於伯顏，原有三分畏懼的，這時勉強停了鑾輿，鐵木耳親來扶起伯顏道：「丞相有什麼事，自去照行就是了，何必定要面陳呢？」伯顏忙跪下，重又叩頭說道：「老臣並沒有別的要事，只求陛下車駕暫時回宮。」鐵木耳道：「俺此去巡幸上都，不日就回京城的，丞相可無須阻擋。」伯顏道：「陛下車駕遠出，京中人心惶惶，萬一緊急的事發生出來，老臣可肩不起這擔子。」鐵木耳大怒道：「你教百姓們作亂嗎？」說著喝令起駕，一班阿諛的賊臣，擁著鐵木耳如飛般地去了。剩下赤膽忠心的伯顏，呆呆地跪在道上，直待車駕瞧不見，才長嘆一聲，立起身來，垂頭喪氣地回去了。

鐵木耳到了上都，就在紫霞宮駐蹕。那宮裡的妃子，都是侍奉過世祖的，雖是半老佳人，卻風韻猶存。鐵木耳卻也照常臨幸，今天這個，明天那個，左擁右抱，好不快樂。這裡鐵木耳天天和宮女們廝混，真有樂不思蜀之概。八剌見鐵木耳已入了圈套，忙令飛騎召張九思到上都，密商謀篡大位，並允許張九思事成之後，列土分疆，子孫封王拜相。張九思卻想出一個法子來，令八剌在寓中設筵，請鐵木耳駕臨，叫做君臣同樂。鐵木耳很相信八剌，自然一點也不疑。酒到了半酣，八剌令扮好十八個美女出來。裊裊婷婷的，在筵前舞蹈起來。鐵木耳已有幾分醉意，看了這許多絕色美女，不覺眉開眼笑，坐立不安了。八剌在美女中選出兩個最妖冶的少女，叫她執著酒壺，去鐵木耳席前侑酒。那女子笑了笑，轉身就一個侍女的手中，奪過酒壺來，滿滿地斟了一杯，遞給鐵木耳道：「陛下飲了這一杯，做一個萬年的天子。」鐵木耳笑道：「好口採！俺便做個百年天子也好了，還想萬年哩！」說罷，就少女的手裡，咕嘟咕嘟地飲個乾淨。那少女斜瞟了鐵木耳一眼，又斟了一杯上來，鐵木耳笑道：「這杯叫什麼呢？」少女掩著口，格格地笑道：「那可說不出來了。只算它是個團圓酒吧！」鐵木耳也微笑點頭，一口氣喝乾了。這般地接連三四杯，鐵木耳覺得頭昏眼花，身體兒有些支撐不住，忙放下那個女子，倒身向桌上一伏，呼呼地睡去了。誰知這壺酒裡，八剌暗放鴆毒在裡面，鐵木耳哪裡知道呢？過了一會，鐵木耳連呼著腹痛，八剌恐他發作起來，趕緊叫幾個御侍，把鐵木耳舁進宮。鐵木耳其時已痛得縮成一團，才得進宮，已是七竅流血，大叫失聲，一命嗚呼了。鐵木耳自登位到被毒死，共做了十三年皇帝。

八剌見鐵木耳死了，便和張九思、完顏明等，把訊息瞞了起來，吩咐宮中內外，不許走漏。一面便召集手下逆黨三千人，連夜趕往京都。誰料逆臣，偏偏天不容他，早有一個小御侍，逃出上都，連滾帶爬地跑到都中，去丞相府中告變。伯顏聽了大吃一驚，不禁頓足嘆道：「皇上能容納咱的苦諫，何至有今日的變亂？」當時匆匆入朝，召集王公大臣，把鐵木耳被殺，八剌來襲燕都的話，對眾人宣布了。

眾大臣聽得，個個面如土色，半句話也說不出來。只有幾個武臣，主張領兵去討八剌。伯顏說道：「我們此刻不必去打草驚蛇，只有以逸待勞，他自會來投羅網的。」說著，令禿不魯率兵千人，在京城左邊埋伏；著阿里不花領兵一千，在城的右邊埋伏；達札兒帶兵馬三千，離京城半裡外駐屯。但聽得京城內炮響，就領兵一齊殺到，不怕逆賊不授首。伯顏分發停當，自己領了御軍，在城內守著，專一等八剌到來。

那八剌率領著三千逆黨，打著御林的儀仗，同完顏明、張九思，以及幾個將士，飛奔地望京城出發。到了城下，只見城門緊閉，靜悄悄地連人的影兒也看不見。八剌疑惑道：「難道不成他們已得知訊息了嗎？」張九思說道：「我們這樣的迅速，什麼會給他們知道呢？且莫管它，前去叫開城門，我們賺進了城，就不怕他們了。」八剌點點頭，便一騎馬直奔到城下，大叫：「城上的守將聽著。皇上今日迴鑾，御駕離此不及半裡了，快報給大小臣工，出城迎駕！」八剌連喊了幾聲，才見城上一聲鼓響，立出一個老兒來，但見他白髮如霜，銀髯垂腹，正是大丞相伯顏。八剌怔了怔，忙拱手道：「鑾駕將至，丞相為什麼不去迎接？」伯顏冷笑道：「皇上在哪裡？為何不先令飛騎報知？」八剌扯謊道：「已有御侍來傳諭，怎說不曾有？」伯顏厲聲說道：「既是聖駕，你後面帶著許多人馬做什麼？」八剌見說，曉得有些不妙，待回馬下令攻城時，忽聽得城內連珠炮響，城外金鼓大震，人馬遍地殺來。八剌大驚道：「咱中了奸計了！」回顧張九思等，叫軍速退，早已來不及了。左有禿不魯，右有阿里不花；達札兒從正面殺來，伯顏自領五百御林軍，從城中殺出。四方面的人馬，把八剌、張九思、完顏明等，團團圍住在中央。八剌的人馬，本是些烏合，怎經得官軍的一對仗，便各自抱頭逃命。八剌喝止不住，就揮著大刀，拚命地衝殺。正殺開一條血路，要打馬出去時，當頭碰著禿不魯，一枝長槍，似蛟龍般地望著八剌刺來，八剌忙用刀架住，兩人就在陣前大殺起來。那完顏明和張九思，也敵住了阿里不花。達札兒舉著雙錘，飛馬助戰，還有四五個將士，圍住了伯顏廝殺。老丞相伯顏，雖然八十多歲的人了，他那一根九節槊卻還不老，看他力戰五將，愈戰愈精神抖擻，大喝一聲，槊起處兩將翻身落馬，三人中一將扭槍刺來，伯顏讓過，輕舒猿臂，把那將拖住勒甲，望地上一擲，兵士上前，繩穿索綁地把他捉去了。還有兩個將士，自知不是敵手，飛馬落荒而逃，伯顏就馬上按住了槊，拈弓搭箭，一箭射去，一將又應弦墮馬，被兵士們獲住。那一個卻逃得遠了，伯顏趕不上他，回馬來助阿里不花。張九思獨戰阿里不花，本已有點費力，怎經得伯顏一條槊，好似生龍活虎一般，一個失手，被阿里不花砍在右臂上，只得伏鞍逃走。阿里不花隨後追去，伯顏便幫著達札兒，來鬥完顏明。那完顏明是元朝有名的猛將，他因怨恨朝廷不加爵祿，所以和八剌同謀，想爭一分土地。這時他力戰伯顏和達札兒，全沒一點懼色，那一口九環大刀，使得呼呼風響，竟沒一點兒空隙。伯顏和達札兒，雙錘一槊，也是十分的厲害。不料那阿里不花殺了張九思，從斜刺裡飛馬殺來，一槍望完顏明搠去，完顏明萬不料有人暗算，忙閃躲過去，腿上早中了一槍，這裡達札兒的錘又從當頭打下，完顏明架開錘，伯顏的槊又突然刺來，完顏明不覺「哎呀」的一聲，腰裡著了一槊，那鮮血似潮般地流出來，左臂上更吃達札兒打了一錘，阿里不花的槍尖，正搠在完顏明的咽喉裡，任完顏明怎樣的英雄，也有些禁不住了，一個觔斗，跌落馬來。八剌方和禿不魯殺得難解難分，回頭見完顏明墮馬，心裡一慌，手也鬆了，刀法未免散亂，禿不魯乘間一槍，刺在八剌的馬眼上，那馬便直立起來，將八剌掀落在地，恰巧達札兒的一騎馬馳到，飛起一錘，把八剌打得腦漿迸裂，一縷魂兒，望閻王殿上去了。伯顏指揮軍馬，一陣的戰殺，把八剌的三千人馬，殺得七零八落，積屍滿地。

伯顏這才鳴金收軍，自和達札兒等，策馬緩緩地進城，早有文武大臣，出城迎接進去，到寧安殿裡，伯顏居中坐下，眾大臣上前參見畢，伯顏首先說道：「現在御駕在上都賓天，國內無主，須早明大位才是。」裡多親王見說，便起立道：「皇上並無嗣子，繼統的事，還須老丞相謹慎從事。」伯顏說道：「儲君未定，倘就皇族中選擇，本非外姓臣子所得妄言。但老夫受先皇倚托之重，今日不得不從權行事了。就咱的主張，永王答刺麻次子懷寧王海山，寬宏仁德，頗有人君的氣度，咱意欲迎立為君，不知列位意見怎樣？」眾大臣齊聲道：「丞相的主見自是不差的，任憑英斷就是了！」伯顏見眾意相同，便派左丞相赤里烏，持節去迎懷寧王，入都嗣位，一面就在京師，替鐵木耳發喪。

那懷寧王海山，是答剌麻的次子，答剌麻是世祖的太子真金幼子，算起來海山是世祖的玄孫哩。鐵木耳嗣統，封海山做了懷寧王，令出居綿州。海山的為人，性極和婉，待人接物，也是很謙恭。參軍留不哥，常說海山有人君之度。一天留不哥壽辰，請海山赴宴。海山見是留不哥的事，自然如期前去，他只帶了三四個從人，到了留不哥家裡，見州尹杜卜等一班官吏，把他迎接進去。當下堂上擺起筵宴來，燈紅酒綠，大家就一杯杯地歡呼暢飲。酒到半酣，便有四個蒙古的歌女，打扮的紅紫青綠，一邊唱歌，一邊便替海山斟酒。那海山本是個初經女色的少年，見了這種豔麗活潑的歌女，怎不心動呢？又加他有了酒意，兩隻眼珠兒不住地瞧著四個歌女，那歌女給他瞧得不好意思起來，只得低著頭微微地一笑。杜卜在一邊，已看出海山的用心，因附在他的耳朵，輕輕地說道：「王爺如瞧得起這幾個歌女，咱明天就叫他們送去，伏侍王爺如何？」海山見說，只是笑著不答，臉兒不禁熱辣辣紅了。杜卜曉得海山的臉嫩，就喚過一個侍女來，向她講了幾句，那侍女笑著進去了。過了一會，卻見進去的侍女，已扶著一位美人兒，姍姍地走將出來，她人還不曾到席前，一陣香味兒先已隨著風直吹過來。那美人兒走到海山的面前，便似風吹柳枝般，飄飄地行下禮去，低低地叫了一聲「王爺」，她這一聲好似初出谷的春鶯，覺得尖脆柔婉，令人聽了，真是心醉。海山見她行這樣的大禮，慌得立起身來，還禮不迭。因忙迫中忘了嫌疑，竟伸手去攙她的玉臂。那羊脂玉般的粉臂兒，又嫩又是膩滑，觸在手裡，真和綿團兒一樣，怎不叫海山魂銷呢，他握著美人的玉腕，幾乎愛不忍釋，引得那美人嫣然地一笑，忙把手縮回去，趁勢立了起來。海山回頭見杜卜看著他微笑，覺自己酒後失儀，一時很是慚愧。那美人起身去坐在席旁，一手執起酒壺，便替海山斟酒。海山正在遜謝時，忽見留不哥走出來，向杜卜丟一個眼色，留不哥便來陪著海山，杜卜忙離席，領著那美人，姍姍地進去了。海山因不見了美人，好似失了什麼珍寶似的，舉止應對，不免乖張。忽聽得堂上鼓樂齊鳴，杜卜已匆匆地出來，一手拖了海山便走。跑到堂前，只見紅燭高燒，一個華服的玉人，已立在那裡，杜卜便推海山上前，和那美人並立了，高唱一聲「拜」，那玉人早跪了下去，海山也不知不覺地屈下膝去。不知海山和那美人怎樣，再聽下回分解。

一聲霹靂定龍穴　滿室芳菲誕虎兒

卻說海山和那美人，並立在紅毹氈上，經杜卜扶著他跪拜起來。海山方摸不到頭腦，只聽侍女們一聲嬌喝，擁著海山和美人，望裡就走。到了一個所在，但見繡簾高卷，碧毯鋪地，牙床上垂著羅帳，瞧上去好似女子的閨閣。那些侍女們，把海山同美人，一齊推在室內，砰地一聲，倒合上了門，笑著管她們自己走了。這裏海山細看那美人時，見她黛含春山，神帶秋水，嬌顏似玉，香鬟如雲，那種豔麗的姿態，正是剛才席上的美人兒。海山定了定神，看那美人低垂粉頸，比在筵前更覺嫵媚可愛了。因微笑著問道：「姑娘是留不哥的什麼人?為什麼和俺做起親來?」那美人聽了，俯首嫣然一笑答道：「留不哥便是俺的父親，王爺難道不知嗎?」海山皺著眉道：「留不哥在咱的幕下多年，從不曾聽見說他有女兒的。」那美人不禁臉一紅，徐徐地說道：「我本來是杜卜的女兒烏綿，留不哥是我繼父，他為愛王爺的人品出眾，所以把我嫁給王爺。」海山聽了，才得明白過來，不覺笑道：「那麼他們何不說明瞭，卻要鬼鬼祟祟的，弄得俺如睡在鼓裡一般。」烏綿噗哧地一笑道：「當時講明瞭，怕王爺不肯答應。現在僥倖得配王爺，幸蒙不棄，收為侍妾，也就感激不盡了。」海山聽了烏綿婉轉溫柔的一片話，嚦嚦的鶯喉，聽在耳朵裡，直叫人心神得醉，忍不住將她摟在膝上，覺得烏綿的身體，竟輕若無物。海山笑道：「古時有個身捷如燕的楊貴妃，今天俺卻也相信了。」烏綿掩著櫻唇微笑道：「我聽得父親說起，只有掌上舞的趙飛燕，倒不曾聽見過身輕如燕的楊貴妃。」海山給他一駁，面上早紅起來，便搭訕道：「俺不曾讀過漢人的書，只亂說一會罷咧。」於是兩個談笑了一回，就雙雙同入羅幃，成就他們的百年夫婦。

第二天早上，海山起來，出去拜見了留不哥夫妻和杜卜，行了翁婿禮之後，留不哥又設宴款待。宴畢，留不哥吩咐府中僕役，備了車輛，送海山、烏綿回王府去。海山和烏綿新婚夫婦，自有他們的樂處。光陰迅速，轉眼已過了半年，伯顏的使者，從都中到了，便來見海山，海山聽說鐵木耳暴崩，也很為感傷。一面草草束裝，和烏綿、留不哥等，將政事託付給杜卜，星夜匆匆登程，不日到了都中，自有文武大臣出城迎接。當下祭過了天地宗廟，海山便正式嗣位，就是武宗。鐵木耳廟號謚了成宗，仍拜伯顏為大丞相，留不哥做了御史大夫，朝中文武大臣，都加升一級。這時天下很覺承平，誰知武宗在位，還不到四年，卻一病不起。因武宗沒有太子，所以由從弟愛育黎拔力八達繼立；愛育黎拔力八達只在位九年，英宗碩德八剌立；英宗在位四年，泰定帝也孫鐵木耳立，泰定在位五年，明宗繼立，明宗在位僅六個月崩，文宗登位；三年又崩，寧宗復立；寧宗在位不到兩個月，卻一病夭亡，那時迎妥歡帖木耳繼位，就是順帝。元朝到了這時，卻是亡國之君來了。後人有詩嘆道：

綠楊城郭白楊村，又見車騎出北門；
行色匆忙泣妃後，國亡家破月黃昏。
笙歌聒耳夜未闌，碧水盪舟月已殘。
記得當年紅綠女，朝朝侍駕五更寒。

碧楊樹下，一群的小孩子，在那裡驅著牛，一路歌唱著。他們雖然是一種信口無腔的調兒，卻也覺得宛轉可聽。大家唱了一會，內中一個小兒，生得虎額龍姿，面目黧黑中，顯出他奕奕的神態來。那一群小孩子裡，有幾個跳下牛來，去坐在草地上鬥石子，正鬥得起勁的當兒，忽聽得那邊一陣的吶喊，那邊跑過十幾個童子來，手裡各拿著柳枝向鬥石子的一群孩子打來。這時，騎在牛上的黑臉孩子，也跳下牛背，口裡大喝道：「你們恃著村中人多，便來欺負我們嗎？」說罷，一手執著牛鞭，迎將上去，那坐在地上鬥石子的幾個小孩，也各折了一條樹枝，發聲喊，大家跟在後面去幫助。那方面十幾個童子，經黑臉孩子上前一頓亂打，打得他們東倒西歪，有的抛了柳條逃走，有的抱著頭大哭起來。跟在後面的幾個小孩子，見黑臉孩子得了勝，他們便一擁而上，將十幾個童子，趕得走投無路，有的連血也被他們打出來了。黑臉小孩指東打西的，正在得意萬分，早聽得牆角上有一個老人聲音在那裡叫道：「阿四！你又在這裡和人家廝鬧了嗎？」黑臉孩子見他的父親來了，忙住手不打，一頭卻假作哭泣的樣兒，對那老人說道：「爹爹，你不曾瞧見東村的小孩子，他們糾了許多人來欺我們呢。」那老人便從牆缺裡走出來，笑著安慰那黑臉孩子道：「你且莫哭，我們現在吃了虧，等一會兒，叫你三個哥哥去報復去，如今快跟我回去吧！」黑臉孩子聽了，不禁高興起來，便去牽著牛，跟他的父親回家去了。

他們父子兩人，一邊趕著牛，一邊慢慢地走著，不到一刻，已走過皇覺寺的面前，只見寺裡的曇雲長老，提著一串念珠，正立在寺門口瞧著他們父子走過，便笑著說道：「朱老施主，時候還早呢，就在小寺裡用一碗茶去吧！」那朱老頭兒也招呼道：「承長老的見愛！我們回去有些小事，改日再來叨擾就是了！」曇雲長老點著頭，一手撫著黑臉小孩的頭頂道：「好一個福相的官兒！」朱老頭兒見說，也笑了笑，便和曇雲長老作別。父子兩人，仍趕著牛前進。到了家裡，那黑臉小孩繫好了牛，和他父親走到裡面，朱媽媽見了問道：「阿四放牛怎麼老早回來了，牛可曾吃飽了嗎？」朱老頭兒答道：「什麼放牛，他又在外面和人廝打了。」說著，朱老頭兒的三個兒子，都砍了柴，挑著從村外回來。朱媽媽便安排出晚餐來，給他們父子五個人吃著。

原來，那朱老頭兒名叫世珍，因為避難，才遷到江北的長虹縣去，他先世本居在金陵，後來又搬往泗洲，再遷到淮南濠洲府，就是現在的鳳陽。但朱世珍初到濠洲，沒有親戚好友，只有鍾離縣皇覺寺的長老曇雲從前和朱世珍很要好，世珍便去和曇雲商量，就空地上蓋了一間茅屋，給世珍老夫妻和三個兒子居住。又代他買了一隻牛，去替東鄉富戶劉大秀家耕田。世珍的三個孩子朱鎮、朱鏜、朱釗，卻去山裡樵柴，一家人很勤儉地度著光陰。那個黑臉小孩子，便是世珍的第四個兒子，名字叫做元璋，小名喚作阿四。但其時元璋還不曾生下來，世珍在東鄉做著工，很積蓄了幾個錢，理起自己的父親病死在泗洲，那棺柩卻無處埋葬，寄在一個荒寺裡。世珍因此心上很不安耽，過了兩年，便到泗洲把父親的靈柩運回了鳳陽，暫厝在皇覺寺的草地上。事有湊巧，那劉大秀的父親，忽然得病死了。劉大秀是東鄉的富翁，為人最是相信風水。他老子死後，卻不去安葬，轉請了十幾個堪輿家，望各處相擇吉地。依劉大秀的慾望，那地上葬下去，子孫至少也要封侯拜相。有了這種佳地他才肯把老子安葬。那時堪輿家當中，有一位姓胡名光星的，平日本沒甚名望的，劉大秀雖把他請了來，卻很瞧不起他，又因胡光星的衣衫襤褸，大家益發對他冷淡了。一天，胡光星出去，相了一轉地理，回答告訴劉大秀道：「離東鄉半裡多路的九龍岡下，有一塊龍穴，若是葬下去時，不但子孫貴不可言，三年之內，還有出帝王的希望。」劉大秀聽了，冷笑一聲道：「我們這種人家，只要出幾個秀才舉人也夠了。想出什麼皇帝，不是自取滅族嗎？」胡光星碰了這個釘子，不覺面紅耳赤，就是旁邊的那些堪輿家，也一齊笑了起來。

胡光星很是氣憤，悻悻地走了出來，恰巧和朱世珍碰見。那胡光星在劉家，無論上下大小，人人輕視他，世珍在劉家做工，卻和胡光星很講得來。這時胡光星憤怒填胸，一見了世珍，便把大秀看不起他，不相信自己的話，對世珍講了一遍。世珍安慰道：「胡先生，你不要動氣，現在的人，大家都是勢利的多，你本領不差，名氣卻不及他們，只好暫為忍耐一些兒吧！將來等時運機會，再和他們說話不遲。」胡光星聽了世珍的話，不覺長嘆一聲。大凡失時的人，往往不容於眾人，若得一二人去安慰他，自然引為知己，還滿心地感激著哩。胡光星見世珍做人厚道，每逢遇到不平的事，終和世珍來談談，兩人就此慢慢地投機起來。有一次上，胡光星在世珍家裡閒話，大家無意中講起了風水，胡光星拍著胸脯道：「將來你老兄如百年以後，我須替你選一塊佳地安葬。」世珍見說，不覺嘆口氣道：「不要說自己了，連我的父親，直到如今還沒有葬地哩！」胡光星怔了一征道：「尊翁的靈柩現在什麼地方？我倒有一個佳穴在這裡，只是看你的幸運就是了。」世珍搖著頭道：「地是我也曉得，哪一處沒有？可惜不是我自己的罷咧！」胡光星正色說道：「我所說的是塊公地，誰也可以葬得的，你如其願意的，我們明天就去幹一下子。」世珍大喜道：『地不論好壞，只要能把親骨安頓，我的心也可以安定了。」胡光星連連點頭，便別了世珍回去。

第二天的清晨，胡光星一早就到世珍家裡說道：「我葬地已替你相定了，你們快去舁了靈柩，跟我到九龍岡下安葬吧！」世珍一面道謝，便和三個兒子，扛了他老子的棺木，同了胡光星，望著九龍岡來。好在世珍住在西村，離九龍岡只有一箭多路，一會兒就到了岡下。胡光星先把那相盤定了方位，看看日色亭午，胡光星便指著岡下的石窟，對世珍說道：「時辰快到了，你們把棺木推進去吧！」那九龍岡的地方，本是樹木蔭森，山青水秀，景緻非常地清幽。世珍見光星叫他把棺材扛在石窟裡，不禁詫異起來道：「這裡空地很多著，為什麼去葬在石窟裡呢？」星光著急道：「你且莫管它，我自有道理。」世珍心上很是疑惑，再向石穴中瞧時，只見流水錚，好似鳴著古琴一般，越使他徘徊不敢動手了。怎禁得胡光星的催促，世珍半信半疑，真個把父親靈柩，和三個兒子舁著，推進石窟中去。可是，不放進去猶可，等待棺木一進石窟中，但聽天崩地塌地一聲響亮，好似青天霹靂，把世珍父子，嚇得呆了過去，半句話也說不出來了。胡光星在一旁，也不覺吃了一驚，再瞧那石窟的口子，已和虎口一樣地合攏了。胡光星點頭嘆息。後人有詩讚道：

錚石窟走江聲，二道天門雁齒橫；
遺蹟猶存風雨夜，路人遙指說朱明。

世珍怔了半響，才問光星道：「什麼安葬有這般響聲？卻是什麼緣故？」光星答道：「這叫福人葬福地，人力是挽回不轉的。但看二十年後，自有分曉。現在我的心願已了，從此一去海角天涯，飄泊無定，或者再得想見，也未可知。」說罷便辭了世珍，頭也不回地去了。後來，胡光星在青田，收劉基做了學生，教了劉基許多治國的方法。劉基便趕到鳳陽，輔助朱元璋開創明基，這都是後話了。

當下世珍留不住胡光星，自和三個兒子回轉家中。過不上一年，世珍的妻子朱媽媽，居然肚腹膨脹，又生下一個兒子來，取名元璋，字叫國瑞，就是前面所說放牛的黑臉小孩子朱阿四。在元璋誕生之前，世珍的草棚下，生出幾株靈芝草來，一股的異香，只是不散。到了朱媽媽分娩那天，卻是香氣滿室，紅光一縷，直上霄漢。那時，村東的人，疑是村西有人家失火，還提著救火的器具，奔到了村西來，四處一找尋，見沒有什麼火警，心裡都十分地詫異。那時濠洲的兩個解糧總管，經過村西，就在朱世珍的茅棚前休息。兩個總管，見救火的人們很是忙碌，便問到什麼地方去救火，內中一個鄉民，指著朱世珍的茅棚道：「我們遠遠地望過來，就是這個棚子裡著火，跑到這裡，都瞧不見火了。」兩個總管很不相信，問茅棚中是誰家住著。村中人回說是姓朱的，一個總管就去打門，世珍因妻子正在分娩，還不曾睡覺，聽得有人叩門，忙來開了，見是武官裝束，慌得行禮不迭。那總管問道「你們家裡幹著什麼？人家當作你棚子裡火燒哩。」世珍聽了躬身答道：「民人家裡並不做什麼，不過民人的妻子分娩，所以直到此刻還沒有安睡。」那總管見說是養小兒，即問是男是女。世珍說道：「叨爺的福，是個男孩子。」那總管聽罷，默默地走出了茅棚，便對他的同伴說道：「這茅棚的人家，正養著孩子，我們兩人不是替他管門嗎？將來這孩子定是個非常人。」說著嗟嘆了一會，就轉身匆匆走了，世珍留他們喝茶也不要，竟自去了。

那朱元璋自下地後，他的大哥子朱鎮染疫病死了，朱鏜和朱釗，因鳳陽連年荒歉，世珍怕立腳不住，便把朱鏜、朱釗都招贅了出去。這時家裡只有一個元璋了。光陰荏苒，元璋已是十四歲了。但幼年的時候，卻異常地頑皮，每次到村外去終是和人打架，由世珍出去給人陪禮。元璋到了十七歲上，鳳陽地方又是大疫，世珍夫婦便相繼染疫死了。元璋弄得一個人孤苦無依，只得到皇覺寺裡，投奔曇雲長老。曇雲長老常常對他徒弟悟心說：「元璋不是個凡器，你們須好好地看待他。」過不上幾時，曇雲長老也圓寂了，寺裡由悟心主持。悟心聽了他師父的吩咐，也很優待元璋；可是寺裡的一班和尚，卻都和元璋不合，說他吃飯不做事，一天到晚在外面閒逛。悟心聽了眾人的攛掇，便令元璋充了寺中的燒火道人，那一班知客和尚又是得步進步的，私下逼著元璋去樵柴。元璋自幼雖是貧人家出身，倒從不曾吃過這樣的痛苦，現在弄得手穿足破，如何忍耐得住，他因此想起有一個表姊，嫁給揚州的李氏。維揚李姓，本來是個巨族。元璋心上打定了主意，這一天上，連飯也不吃一點，到了晚上，悄悄地偷了大雄寶殿上的大香爐，一口氣走出村口。奔了大半夜，看看天色已漸漸地發白了，他一路狂奔著，又負著一隻大香爐，身體自然有些睏倦起來，瞧見路旁一個土地祠，就不管三七二十一，走進祠中，便在神座下一倒身，竟呼呼地睡著了。待到驚醒過來，手和腳已給繩子捆住了，忙睜眼看時，正是皇覺寺裡的幾個知客和尚，他們一面把元璋綁了，一頭說道：「他既偷了寺裡的東西，應該要當賊辦的，我們把他送到官裡去吧？」說著由兩個知客和尚，將元璋抬著，望大路上便走。那路上看熱鬧的人，卻圍了一大群，說這樣一個少年做賊，真有些兒可惜。元璋只是一言不發，心上是十分的著急。正在無可奈何的當兒，只聽得後面有人趕著叫喊，那幾個知客和尚回頭看時，原來是寺裡的主持悟心。那悟心跑到面前，忙叫放了元璋，幾個知客和尚不敢違拗，只得把元璋釋放。悟心吩咐他們，把那隻香爐抬回去，一頭對元璋說道：「你要到哪裡去，沒有盤費的，也可以和我說明，為什麼偷竊我的對象？況這香爐，還是五代時所遺，又是公家的東西，倘村裡查起來，叫我怎樣應付呢？」元璋聽著只是低頭不作聲。悟心便從衣袋裡取出幾錢銀子來，遞給元璋道：「你且拿去做盤川吧！」元璋這時又慚愧又懊悔，要待不接他的，自己又身沒半文，一錢逼死英雄漢，沒奈何，只得老臉接過銀子，向悟心謝了一聲，轉身便走。

他匆匆忙忙地到了揚州盱眙，便去尋他的表姊丈李禎。及至尋到了李禎家裡，李禎卻出門去了，他表姊孫氏，見了元璋，問起家中情形，知道是來投奔她的，就私對元璋說道：「我們這裡，也連歲荒年，米珠薪桂，怎樣可以容留你呢？我看你還是到舅父郭光卿那裡去吧！」元璋見說，便問舅父現在哪裡，孫氏答道：「舅父如今在滁州，他又沒有兒女，你去是一定很喜歡的。」元璋點點頭。這天的晚上，就在他表姊的家裡歇宿。

第二天早上，孫氏又略略給了些川資，元璋別了孫氏，取路望滁州出發。不日到了滁州，打聽他舅父的住處。那郭光卿在滁州，做著鹽販生涯，手下也有一二千個幫手，滁州地方很有些名氣。所以元璋一問便著，光卿見了元璋，果然大喜，便把他留在家中。偏偏朱元璋的厄運未去，光卿時常在外，元璋住在家裡，一家的大小，沒一個瞧得他入眼。尤其是光卿的堂房侄子，見元璋來了，深怕光卿收他做了螟蛉，分派他的家產，因越發當元璋是眼中釘了。有時到了吃飯的時候，和婢僕們商議好了不許元璋吃喝，元璋便天天挨著饑餓。虧了他還有一個救星，就是郭光卿的養女馬秀英。他見元璋很是可憐，便暗中偷點餅餌給他充饑。這樣一天天地過去，元璋勉強挨著。但他的心上，很是感激馬秀英。秀英在光卿家裡也不是個得寵的人，那光卿的妻子李氏，又十二分的悍惡，婢僕們有些兒過處，就取皮鞭來責打，有時打得那當小鬟的女孩子們，似殺豬般叫起來。雖是皮破肉綻，鮮血淋漓，李氏竟半點也沒有憐惜之心，她那家法的嚴厲，也就可想而知了。所以秀英在沒人的時候，便和元璋訴說著苦處，兩人竟是同病相憐了。有一天的晚上，秀英因元璋不曾有晚飯吃，卻悄悄地偷烘了幾個餅兒，去送給元璋，不料正和李氏撞見，秀英心慌，忙拿烘餅向懷裡一塞，可是那餅是烘得滾熱的，又是初秋的天氣，放在懷裡，怎麼不痛呢？把秀英灼得「哎呀」地直叫起來。要知秀英怎樣，且聽下回分解。

朱太祖鳳陽會群雄　常遇春校場演鐵盾

卻說秀英拿著燒餅，正待去遞給朱元璋吃時，不提防才走出內廳，恰恰和光卿的妻子李氏撞見，秀英心裡一著急，忙把餅望懷裡一揣，那餅本來是炙得熱熱的，一到懷中竟和貼在肉上一般，秀英灼得痛不可當，便「哎呀」的一聲，身體幾乎跌倒。李氏見了，忙來問什麼事，秀英只好忍著疼痛，扯謊道：「我剛才走出廳來瞧見天井外面，一隻斑斕的猛虎在那裡，因此嚇了一跳，不由得喊出聲來了。」李氏見說，回頭向天井中看去，望見天井的大石上，卻是元璋在那裡打著瞌睡。李氏是個沒知識的婦人家，平時很為迷信，聽了秀英的話說，心裡暗想道：「古時那些拜相封侯的人，每每有金龍和猛虎出現，那麼元璋這孩子，不要也是個非常人嗎？倒不可輕視他的。」於是李氏自那天聽信秀英的謊話之後，她對待元璋，便不似以前的刻薄了。

元璋在郭光卿家中，終算又過了一年。不過那晚秀英給烘餅灼傷了胸口，不知不覺地潰爛起來。但秀英有時見了元璋，並不把這件事提起。元璋感著秀英待他的義氣，遇到了秀英時，又是敬重，又是憐愛，那種殷殷的情意，自然而然地從眉宇間流露出來了。秀英也知道元璋不是個尋常的人，便事事看覷著他。只是她那給餅灼傷的地方，恰巧在乳部的頂上，女子的乳頭，是最吃不起痛苦的東西。那筋肉是橫的，一經有了傷處，就要爛個不了。秀英的乳尖上，被餅灼了一個漿泡，便漸漸地潰爛，一天厲害一天。她又怕著害羞，不便在李氏面前直說，只獨自一人到沒人處去哭泣。她正哭得悲傷的當兒，剛巧給元璋瞧見，疑她家裡什麼事受了責，便去低低地安慰她。秀英卻一言不發地只是啼哭。元璋越發狐疑起來，就再三地詰問她。秀英起初時不肯說，怎禁得元璋催逼著，才把自己懷餅灼傷了乳頭的事，略略說了一遍。元璋聽了，真是感激得說不出話來，覺得一股酸溜溜的味兒，從鼻子管裡直通到腦門，忍不住也樸簌簌地流下幾點眼淚來。一面便執著秀英的玉腕，垂著淚說道：「我朱元璋如將來得志，絕不忘了姑娘的恩德。倘若日後負心，天必不容。」說罷，那兩只腳已站不住，早噗的跪了下去，那秀英姑娘的芳心，這時也被一縷情絲牽住，忙盈盈地來扶元璋，元璋哪裡肯起身，大家使勁兒一拉，倒把秀英姑娘弄得立足不穩，一個歪身，兩人一齊坐在地上。那時四隻眼睛，你瞧著我，我瞧著你，心兒上都是相憐相愛，自有一種說不出的情趣，叫做「盡在不言中」了。秀英姑娘忽地想起了自己的身世，眼圈兒一紅，竟俯身倒在元璋的懷裡，抽抽噎噎地又哭起來了。元璋要想拿話安慰她，急切又想不出甚話來，只好陪著她一同垂淚。兩人對哭了一會，還是元璋記起她那傷痕來，便附著秀英姑娘的耳邊說道：「你不要只管哭了，那灼傷的地方，到底什麼樣了，停一刻兒我去找些藥來給你敷。」說著伸手輕輕地替秀英姑娘解開胸前的鈕釦兒，露出一角粉紅的兜子，那兜子上已是膿血斑駁，東一點西一塊的。元璋再把兜子揭起，見她乳部的頭上，潰爛得手掌般大小了。元璋不覺嘆了口氣道：「潰爛到了這樣的地步，你為什麼不早說呢？」秀英姑娘見元璋瞧過了，隨手將兜子掩了，慢慢地扣著鈕釦兒，那雙淚汪汪的秋波，兀是對著元璋，似乎有萬千的情緒，不知從哪裡說起。元璋也呆呆地望著秀英姑娘，兩人又默對了半晌，真有些依依留戀，不忍分別之概了。元璋和秀英姑娘，正在相對含情，心意如醉，忽聽得廊前的腳步聲音，秀英姑娘慌忙三腳兩步的，向著廚下去了。這裡元璋也走了出來，卻不曾接見什麼人，這才把心放下。

流光駒隙，那時已是順帝至正十二年，朱元璋已十九歲了，秀英姑娘胸前的潰爛，經元璋拿藥來給她搽好，只是乳上永遠留著一個疤痕，也算是將來的紀念。其時朝廷奸相撒墩當國，只知道剝吸民脂。那班百姓天天負著苛稅重捐，弄得走投無路，大家落草做強盜。因此，徐州芝麻李，山東田豐，蘄州徐壽輝，童州崔德，道州周伯顏，臺州方國珍，泰州張士誠，四州明玉珍，穎州劉福通，孟津毛貴，沔州倪文俊，池州趙善勝，這幾處著名的盜寇，都紛紛起事，群雄互相爭競，大家占城奪池，把一座元朝的山河，瓜分得四分五裂了。講到元代的稅賦，要算鹽斤最重了。朱元璋的舅父郭光卿本做著鹽販的首領。凡滁州地方的鹽販，都要從他門下經過的，故此他手下的徒子徒孫，也有幾千，專幫著光卿販鹽。國家對於鹽捐，原視大宗的收入。元朝在世祖忽必烈的時代，經理財家安不哥提議出來，直傳到順帝手裡，正當上下搜刮的時候，怎肯輕易放過呢？官吏對於販鹽的越是嚴厲，人民也越是要私運。私運的既多，一經給官廳捕獲，處罪也就愈重。郭光卿做著這注生涯，叫做「將軍難免陣上亡」，他的徒子徒孫，被官廳捉去治罪的已是不少的了。

有一天，郭光卿運著幾十艘的鹽船，駛過鳳陽地方，吃鳳陽的守備李忠孝得了訊息，便帶了五六百個兵丁，把幾十艘鹽船，一併扣留了起來。光卿吃了一個虧，心裡已是十分的憤怒。好在鳳陽和滁州，差不了多少路，便星夜趕回滁州來，將鹽船被扣的事，對鹽販們宣布了，眾人聽說，個個怒不可遏。當下由郭光卿首先說道：「現在的國家，稅賦這般的重，叫我們小民能夠負擔得起的嗎？這事非想一個萬全之策。我們口裡的食給貪官汙吏們奪完了，將來勢不做餓殍不止。」光卿話猶未了，眾頭目中，一個叫耿再成的，高聲大叫道：「官吏既要我們的性命，我們自不能不自己保護。現在依咱的主見，今天晚上，就殺進滁州去，奪了軍械，再連夜殺到濠州，把鹽船一齊奪了回來，豈不比坐著受罪和受罰要好得多嗎？」光卿見說，便躊躇道：「這是滅族的事，關係未免太大了，倒要大家仔細一下子呢。」只見頭目郭英、吳良齊聲說道：「郭首領不必過慮，我們現有一個計較在這裡，不曉得首領可能辦嗎？」光卿忙問什麼計較，郭英指著吳良說道：「我們吳大哥有個結義兄弟，姓郭名子興，現在離此十里的牛角崖落草，手下也有一千多人。他平日很有大志，我們去邀他前來，舉他做個首領，索性大做起來，成王敗寇，轟轟烈烈幹它一會兒，首領以為怎樣？」光卿聽了大喜道：「你們有這樣的機會，何不早說呢？」於是立時著吳良前去，請郭子興下山，共同舉義。吳良匆匆地去了。

這裡郭光卿就和郭再成、郭英、謝潤、鄭三等一干人，暫時在鹽篷裡安息。當時的鹽篷，卻和兵營差不多，都是鹽梟居住的。誰知光卿他們商議的時候，因事機不密，被一個州尹衙門裡聽差的趙二聽見，慌忙趕到滁州，來州尹署中告密。州尹陳桓，聽了這個訊息，大驚道：「那還了得嗎？」忙叫打轎，黑夜裡來謁見滁州參軍陸仲亨，仲亨也不敢怠慢，立時點齊本部人馬五百名，銜枚疾馳，飛奔來到城外，把鹽篷四面團團圍住，兵丁發一聲喊，大刀闊斧殺進篷去。郭光卿從夢中驚醒過來，看見篷外火把燭天，人聲嘈雜，忙跳起身來，就架上抽一桿大刀，奔出篷門時，劈頭正遇官兵，光卿知道漏了訊息，便仗著一口刀，和猛虎般殺將出去，被他砍開一條血路，衝出了鹽篷，只見鄭三的屍首，已倒在那裡。光卿這時已顧不得許多，要緊逃脫了身，去照料家中。才走得十幾步，瞧見官兵圍著郭英，仲亨執著長槍，親自來戰郭英，因寡不敵眾，看看很是危險。光卿便大喊一聲，大踏步趕將上去，幫著郭英，力戰仲亨。正打得起勁，忽然橫空飛來一刀，恰砍在光卿的臂上，光卿「哎呀」一聲，刀已撇在地上了。仲亨抽個空，一槍向光卿面上刺來，光卿閃身躲過，不提防腦後又是一刀飛來，把光卿的頭顱砍了下來。

郭英見首領被殺，無心戀戰，虛揮一刀，轉身便走。陸參軍指揮兵丁，自己策馬追來，郭英回馬，且戰且走。沿途逢著了耿再成和謝潤，都也殺得滿身血汗，郭英便告訴他們，首領已被殺死，耿再成也說鄭三戰死了。三個人聯在一起，耿再成道：「我們事已至此，有心鬧糟了，但不知郭首領的家怎樣了。」郭英見說，介面道：「我們且趕到首領家裡去，那時再召集弟兄們，等待吳良回來，替首領報仇就是了。」謝潤連說有理，回頭見官兵已不來追了，只吶喊著在鹽篷中捕人。耿再成和郭英等，趕到郭光卿家裡，卻見門戶大開，牆壁頹倒，屋中已靜悄悄的。三個人走到裡面瞧時，內外不見一人，什物也拋得雜亂，箱籠顛倒。那些細軟對象，好似同盜劫一般，都掃蕩得乾乾淨淨。這時又在夜裡，連問訊都沒處問的。幸虧郭光卿家裡一個老僕，慌急中躲在門後，他見了郭英和耿再成，認得是主人手下的頭目，便走出來垂著眼淚，告訴郭英，才知州尹陳桓帶了宋兵，把光卿家中大小捕捉去了。郭英大叫道：「這賊子卻如此狠心，咱捉著他必須碎屍萬段，才出胸中的惡氣哩！」耿再成道：「俺們現在到什麼地方去住腳呢？」謝潤道：「吳良還不回來，我們就找吳良去。」三人議定，吩咐老僕管著門，便出們望牛角崖來。走到林外，聽得金鼓連天，好似大隊人馬在那裡廝殺。

那參將陸仲亨，殺敗了郭英等，正在搜捕同黨，猛聽得鼓聲大震，火把齊明，大隊的嘍兵奔殺過來。仲亨便撚槍列陣相待，嘍兵早趕到面前，當頭一員大將黑盔黑甲烏騅馬，手捉宣花大斧，威風凜凜，望去似天神一般。仲亨欲待問時，那大將舞起大斧，直奔仲亨，仲亨挺槍擋住，戰不到五六合，仲亭抵敵不住，勒馬便走。那大將馬快，趕上來抓住仲亨的衣甲，一把拖下馬來，被嘍兵活捉了。官兵見主將遭擒，紛紛棄城逃命。後面嘍兵追殺，喊聲連天。郭英等也趕到，見馬上那黑將，一把大斧，舞得像飛龍似的，殺得官兵走投無路，耿再成不禁暗暗喝采。忽聽東南角上，鼓聲又起，火光明處，現出一隊人馬，帥字旗飄展，正中一位大將，左有徐達，右有湯和。卻是郭子興領了嘍兵，親自來到。前面引路的，正是頭目吳良。郭英大喜，忙和耿再成、謝潤等，一齊迎將上去，大家想見過了，郭英把光卿、鄭三戰死，家屬被捕的事，細細說了一遍。吳良聽說郭光卿死了，不免嗟嘆一回。那黑將已把官兵殺散，綁陸仲亨來見郭子興，子興叫和郭英等想見，才知黑將叫胡大海。郭英又和徐達、湯和等通了姓名。

這時大家齊集在一起，吳良進言道：「我們既到了這個地方，且不要休息，不如乘勢攻破了滁州，有了立身之地，就容易做事了。」只見胡大海高聲說道：「小弟願殺滁州去，捉了那州尹來獻上。」郭子興說道：「且慢性急，大家計較好了再說。」大海氣憤憤道地：「還議什麼？總是廝殺就是了。」子興若道：「如廝殺時咱要你去，此刻卻用不著你多講。」大海聽了，便噘著嘴立在一邊。耿再成獻計道：「現放著一個好機會，得滁州真如反掌。」子興忙問怎麼緣故。再成道：「我們擒住的那個參將，只要說他投降我們，叫他去賺開城門，滁州不是唾手而得嗎？」子興連說不差，便令嘍兵推上陸仲亨來，子興親給他解縛，一面安慰他道：「部下人無知，得罪了將軍，真叫俺心不安。」胡大海見子興放了仲亨，便來爭道：「我們不容易把他捉了來，為什麼輕輕釋放他呢？」說得陸仲亨十分慚愧，子興忙喝道：「亂世英雄，勝敗常有，俺們將來要共圖大事，你這黑廝懂得什麼！」當下喝退了大海，邀仲亨上坐，置酒相待。郭英、耿再成做著陪客。席間耿再成望著仲亨說道：「目今天下大亂，人人可得爭雄。看將軍一貌堂堂，怎麼不自圖立身，卻去給蒙人盡忠，彼非我族類，占我漢人天下，百姓個個切齒痛恨，我們何不趁此棄暗投明，他日匡扶真主，博得個蔭子封妻，流芳千古，不較幫著異族要勝的百倍嗎？」仲亨聽了，起身拱手道：「非足下一言，我卻見不及此，今天真令我茅塞頓開。倘蒙收錄，盡願效命帳下。」子興、耿再成見說，不覺大喜道：「得將軍這樣，可算是人民之幸了。」郭英忙道：「事不宜遲，我們就進行吧！」於是即刻點起兵馬，叫陸仲亨做了前鋒，後面郭子興的大隊，卻緩緩隨著。到了滁州城下，天色已經微明，只見城門緊閉，城堞上密布刀槍。仲亨一馬馳到城下，高聲叫道：「我已回來了，快開城門。」城上兵士認得是本城參將，忙來開了城門，仲亨領兵入城，郭子興的大隊，也一擁而進。陳桓這時還在署中，得報還想望後衙逃時，嘍兵已圍住縣署，見一個捉一個，把陳桓的一門，都繩穿索縛地捆了起來。

郭子興進了縣署，一面令耿再成出榜安民；郭子興便親坐大堂，叫把陳桓推上來，訊問滁州倉庫。陳桓卻直立在階下，只是一言不發。子興大怒道：「你平時索詐小民，今日還敢倔強嗎？」說罷，喝令左右，推下去重打五十大棍，左右正要動手，忽見一個少年，掩面哭上堂來道：「我舅父郭光卿一家，被他弄得家破人亡，舅母李氏驚死在路上，現在所有人口，都吃他監禁起來，就是傢俬什物，也給陳桓搜刮得乾乾淨淨，還求首領替我舅父報仇。」說畢又大哭起來。子興問那少年是誰，郭英答道：「他便是郭光卿的外甥朱元璋。」子興見說，細瞧元璋，龍眉鳳眼，相貌不凡，心上已有幾分歡喜，因對元璋說道：「你不要悲傷了，這裡卻是你舅父的好友，那仇自然要報的，你且安心在此，俺絕不會虧你的。」說著令嘍兵去監中放出郭光卿的家屬來。元璋接著，除舅母李氏已驚死外，婢僕人等一個也不少，只不見了馬秀英姑娘。問那僕人，回說沒瞧見。元璋嗟嘆了一會，心裡卻非常地掛念。原來當陳桓帶領親兵，去捕捉郭光卿家眷的時候，元璋被人驚醒，一骨碌跳起來身，起初還當是盜劫，及至見了官兵，知事不妙，也顧不得秀英姑娘了，便飛跑到天井裡，推倒一堵磚牆，黑暗中望荒地上逃走。所以郭英到郭光卿家裡時，見牆也倒了，卻是元璋推倒的。元璋既逃出虎口，在樹林裡躲到天明，便去打聽他舅父犯罪的緣由，有曉得情形的鹽販，把郭光卿私通大盜圖劫縣城的話，說給元璋聽了，元璋聽得舅父已被官兵殺死，就痛哭了一場。又聞得光卿手下的頭目，已借兵來占了縣城，所以趕進城來哭到堂上要求報仇。郭子興答應了，就命元璋在縣署裡住下。元璋把光卿的家屬安頓了，又去尋著他的屍身，就在滁州安葬。那郭子興因訊問陳桓，得不著實供，便將陳桓用亂棍打死，一面和徐達等計議進取濠州的計策。元璋聽了，便來見子興道：「濠州是我的本鄉，首領如派兵進攻，我願做嚮導。」子興大喜，立命徐達、湯和、胡大海、郭英等四人，領兵一千。同了朱元璋去襲取濠州。

兵馬到城下時，濠州州尹黎天石和守備張赫，親自督兵守城。徐達令兵士攻了一天，絲毫也得不到便宜，那城上矢如飛蝗，反傷了好多兵丁。徐達和湯和商議道：「鳳陽這些小城尚不易得手，將來怎樣幹得大事？」湯和還不曾回答，元璋便進言道：「鳳陽（濠州）城池雖小，卻築得十分堅固，萬一久延時日，他們救兵一到，我們就要眾寡不敵，眼見得不能成功了。」徐達點頭道：「這話正合我意。但那郭領袖原叫你來此做嚮導的，不知你可有什麼計較。」元璋答道：「以我的愚見，此城非裡應外合不可，然一時卻沒有內線：昨日我巡視周圍，見西堞最低，可以爬過城去。待我扮作西番僧的模樣兒，賺進了城，那裡西覺寺的主持，也和我認識的，到了那時，組織起和尚兵，把城門偷開，大隊就好進城了。」徐達說道：「法子倒還是不差，只是危險一點，本來他們出家人是膽小的，倘將這事前去告密了州尹，你的性命不是難保嗎？」元璋沉吟了半晌道：「城內的西覺寺，本是鍾離村皇覺寺的分寺。從前我在皇覺寺裡的時候，知道混進西覺寺中很有幾個有膽力的和尚，但不識他們的心意怎樣。現下等我進了城，再隨機應變吧！如其能夠成事，我把書綁在箭上射下來。三天之內沒有訊息，你們再預備攻城就是了。」徐達應允了，只叫元璋小心從事。

當下元璋就回到營後，選了一匹快馬，直奔到鍾離村的皇覺寺裡，見過了方丈悟心，匆匆寒暄幾句，便向悟心要了一套僧衣和鞋帽之類，立時在寺中改扮起來。元璋的身體是很魁偉的，扮起來，倒極似一個西番和尚。元璋打扮停當，在寺裡休息一會，看看天色晚了。便上馬竟奔城下。離城約半裡多路，棄了那匹馬，悄悄地來爬城牆。其時城裡防備得為嚴緊，各門上都有兵丁守著。元璋才得上城，已被兩個兵士獲住，立刻上了綁，擁著去見指揮官。只見一位指揮官，面貌似曾相識，便喝問元璋道：「你那和尚，不是來此做奸細嗎？」元璋見問，卻顏色不變地答應道：「小僧是鍾離村皇覺寺的和尚，到城內西覺寺來探望師傅的，實不敢做奸細。」那指揮官望了元璋一眼道：「你可姓朱嗎？」元璋應道：「正是！」那指揮官笑了笑，吩咐兵丁們，把元璋釋放。那旁邊一個指揮官說道：「他雖是和尚，黃夜偷進城來，恐也不是個好人。」先前的指揮官介面道：「這和尚是我同村人，為了家貧，才出家做了和尚。他們出家人是慈悲為本的，任他去吧！」元璋見有人放他，忙稱謝了聲，轉身竟望西覺寺來。他一路走著，想起那個指揮官，原來是幼年時代看牛的同伴。

元璋到西覺寺，那方丈名叫悟性，是悟心的師弟，見元璋前來，便留他在寺中安息，一宿無話。第二天早上，元璋打聽得城中苦旱，百姓令西覺寺裡的眾僧求雨，後天把龍王舁出來巡行。元璋得了這個好機會，他也不和寺僧說明，到了晚間，把信縛在竹竿上，擲出城去，信裡說明天午前舉事。到了龍王出巡這天的清晨，已有許多百姓來西覺寺裡拈香。及至午晌，眾人便抬了龍王，寺裡的和尚跑著，沿路鐃鈸喧天，朗誦佛號。元璋也夾在裡面。將過西門的當兒，元璋忽然大嚷道：「強盜殺進城來了！」一頭嚷著拋了手裡的法器，竟來開那西門。那些百姓，本和驚弓之鳥一樣，聽了元璋的話，大家吃了一驚。見元璋去開城門，還當強盜從後邊殺來了。大眾一擁上前，幫著元璋去開門逃走。守城的兵丁，一時人多阻攔不住，有幾個已給眾人打倒，西門早已大開，那外面徐達的兵馬，吶喊一聲，爭先衝進城來。大眾開了城，原想逃命的，這時見強盜從對面殺來，連連叫苦不迭，各人似沒頭蒼蠅般的，四散亂逃。只苦了西覺寺的一班和尚，棄了龍王，沒命地逃走，逃得慢的，被徐達的兵丁砍了腦袋。百姓裡面有幾個落後的，瞧見元璋去開那城門，放強盜來，便一路連逃帶喊：「強盜殺進來了，奸細是和尚！」縣尹黎天石和張守備，正在南門巡城，聽得西面喊殺連天，知道西門有變，慌忙領了一隊兵丁，望西門趕來，見百姓們喊著「奸細是和尚」，兵丁們一見和尚就砍，可憐西覺寺裡逃得性命的和尚，都被官兵殺了。守備張赫首先趕到了西門，劈頭正遇著胡大海，兩人交馬，只一合，被胡大海一斧砍落馬下，官兵紛紛逃走。黎天石見勢頭不好，忙開了東門落荒逃命去了。

這裡徐達得了鳳陽，便飛馬報知郭子興，子興令耿再成和謝潤留守滁州，自己帶了吳良來到鳳陽，見了徐達、湯和等，再三地嘉獎了一番，便命開起慶功筵宴。徐達在席上，將破鳳陽的功績歸了朱元璋，說他膽粗心細，確是能幹。郭子興大喜，就加元璋做了領兵的隊長。這一天的諸將，都歡呼暢飲，席散之後，朱元璋記起借來的僧衣僧帽，便包裹好了，親自送到皇覺寺，去還給悟心。恰巧徐達、湯和、郭英、胡大海、吳良等幾個人，也在城外散步。他們見了元璋，便問到什麼地方去，元璋告訴還衣帽的緣故，湯和笑道：「我們橫豎沒事，聽說皇覺寺有漢鍾離的遺蹟存著，此刻就去玩耍一會兒吧！」胡大海介面道：「很好，很好，俺在這裡正悶得慌，大家一塊兒玩去！」徐達點點頭，於是一行六人，一齊望皇覺寺來。

到了寺裡，元璋把衣帽還了悟心，陪著徐達等閒遊了一會，別了悟心，走出皇覺寺，看看天色很早，六個人信步向那村東走去。出了村口，只見碧禾遍地，流水潺潺，一片的野景，好不清幽。徐達不覺嘆道：「人生朝露，天天奪利爭權，不知何時才得優遊林泉，享終身清福哩！」湯和見說，也點頭道：「可不是嗎？世人庸庸擾擾，無非為的是名利兩字，不過沒人看得穿罷了。若能知道結果，撒手西歸時一點也帶不去的，何必拚命地去爭呢？」胡大海聽了這些話，便不耐煩起來，道：「你們好好地散步，怎麼說出那酸溜溜的話來，叫人好不難受！」湯和笑道：「胡兄弟是直爽人，喜歡談廝殺的，我們就講廝殺給你聽吧！」胡大海高興起來道：「那麼快講給俺聽！」元璋見大海憨得可笑，便也插口道：「廝殺的故事多著哩，你卻喜歡聽哪一朝的？」胡大海把大拇指一豎道：「俺最高興的是殺賊，哪一朝殺賊最多的，就講哪一朝。」

元璋正要回答，忽聽得遠遠地金鼓震天，徐達遙指道：「胡兄弟，那面方在那裡殺賊呢！」眾人見說，隨著徐達指點的地方望去，果然見塵土蔽天，喊聲不絕。湯和詫異道：「那裡怕真有了戰事嗎？」說時恰巧有一個鄉人，擔著鐵鋤走過來，胡大海便迎上去，不問什麼，將那鄉人一把拖住道：「那邊可是殺賊嗎？」鄉人給胡大海臂上一把，痛得似殺豬般直叫起來。湯和忙走過去，叫大海放了手，向那鄉人陪禮道：「我們這兄弟是莽夫，因此得罪了尊駕，慚愧得很。」鄉人一邊說不打緊，兀是直著臂膊，連連皺那眉頭。湯和安慰了鄉人幾句，便問：「那裡為甚有喊聲，可是廝殺嗎？」那鄉人搖搖頭道：「不是廝殺，那邊叫白楊村，村中有練著防盜的民團，近來新聘來一位教師，這時正在操演哩！」湯和聽罷，謝了那鄉人一聲，回頭來埋怨大海道：「他是安分的村民，又不是大盜，經得起你把他一拖嗎？下次不要再這樣得罪人了。」大海噘著嘴道：「俺又不曾用力，他自己骨頭太嫩了，倒反怪別人哩！」這一句話，說得徐達、郭英等，齊笑了起來。當下六個人，便向白楊村走來。到了村口，早望見一片大校場，場裡排列著五六百個團丁。走近校場瞧時，卻見一個紅臉漢子，正演著鐵盾的戰術。不知鐵盾怎樣的演法，且聽下回分解。

釀笑話大海鬧新房　獻絕技花雲鬥黑漢

卻說朱元璋和徐達、湯和、胡大海、郭英、吳良等六人，走到白楊村，來看民團的操演。到了村中的校場裡，只見五六百個團丁，一字兒排著。他們的手中，右執著單刀，左握著一面鐵盾。正中立著一個紅臉大漢，也是一手刀一手盾，在那裡朗聲說著用盾舞刀和遇敵抵禦的法子。大約那紅臉漢，是剛才鄉人所說的，就是新聘來的教師了。那紅臉漢把用法說明瞭，便演試給一班團丁們瞧。但見他先把刀一擺，將盾向自己身上一遮，一個翻身滾在地上，忽地又立起來，這樣的刀盾齊施，倏上倏下，真是神出鬼沒，到了後來，只看見刀光閃閃，盾聲呼呼，紅臉漢子的人已瞧不見了。大家看得眼花撩亂，不由得齊齊喝一聲採。聲未絕處，猛聽得砉然的一響，那張盾便覆在地上，一動也不動，看紅臉漢子時，不知哪裡去了，卻見盾旁的四周，刀光霍霍的閃著。似這般地過了半晌，才見紅臉漢子提了盾直跳起來，向著眾團丁說道：「這一個解數，叫做狡兔拒鷹，施展的當兒，必至遇見了馬上的敵人英勇，自己力不能敵，才用這個法兒，砍他的馬足。他馬足一受傷，人自然墮下來，那就容易對付了。」眾團丁見說，唯唯聽命，把觀看的一班人，看得吐出舌頭來，半晌縮不進去。胡大海忍不住，高聲喝著採。這一喝好似青天起了巨雷，將眾人嚇了一跳。那紅臉漢也十分注意，便望著胡大海瞧了兩眼。徐達埋怨大海道：「你可見人家留心你嗎？照你這樣的莽撞，早晚要鬧出事來呢！」胡大海笑道：「俺喝采是說他好，又不曾說他壞，卻瞧瞧做什麼？」說著只見那紅臉漢子，已走了過來，笑著對徐達拱手道：「你們幾位，似從外鄉來的，咱這裡備著半杯兒淡茶，請諸位到裡面少坐一會。」說時便邀了徐達、胡大海，那紅臉漢卻在前引道。徐達那時不好推辭，只得隨著紅臉漢，走過村莊中來，回頭望著胡大海說道：「如何？不是被你弄出事來了嗎？」胡大海見面不相識的人來邀他進去喝茶，不知是好是歹，知道是自己喝采鬧出來，便低著頭作聲不得。後面湯和、郭英等，見徐達、胡大海跟那紅臉漢前去，也不識是吉是凶，四個人就慢慢地跟著走。

不一刻，已到了一座莊院裡，莊的四周，掘著一條護莊河，莊中危樓高聳，綠樹蔭濃，正中一條甬道，兩邊栽著一排兒的柳樹。徐達、胡大海隨那紅臉漢走過了護莊河，漸漸到了莊前。只見大門兩旁，放著密密的刀槍，一字兒的長凳上，坐著幾十個關西的大漢，一個個雄糾糾，氣昂昂，他們見了紅臉漢子，便齊齊地站立起來，暴雷也似的唱了一個喏。紅臉漢子向大漢們略略點頭，便回頭來讓徐達和胡大海先行進了莊門，紅臉漢子自己隨後也進了莊院。大家到草堂中，紅臉漢邀徐達、大海坐下，莊丁一面獻茶，那紅臉漢卻徐徐地向徐達問道：「足下莫非是郭子興首領部下的徐先鋒嗎？」徐達見問，不覺吃了一驚道：「小可正是徐達，不知壯士於何處見過？」那紅臉漢微笑道：「小子姓常名遇春，祖居濠州懷遠人。昔日在濠州城中，酒肆裡曾見過一面，後來匆匆各分東西。現聞得你們將有大舉，此次已奪取濠州，小子聽了，也很有此志，但一時不敢貿然相投，正在這裡候著機緣。」說時指著胡大海道：「剛才聽得這位黑壯士的喝采聲，一眼瞧見了足下，覺得很是面善，所以冒昧相邀。但不識黑壯士尊姓大名？」徐達答道：「這是我的義弟胡大海。」常遇春聽了忙問道：「莫非那年打武場的胡壯士嗎？」徐達點首道：「一些也不差，他正為了這件事，才投在郭首領的部下呢！」常遇春說道：「聽說你們是領兵來的，為什麼卻這樣閒暇？」徐達見問，將自己同諸將士出城散步的話，大略說了一遍。常遇春笑道：「你們幾位幸而逢見小子，不然給莊中人瞧出了行跡，只怕此刻未必能夠脫身哩！」徐達大驚道：「這是為何？」遇春大笑道：「足下不聽見路人傳說嗎？這個莊裡練著民團，是專門防備鄰縣盜寇的。你們倘被莊民認出來，豈不要為難呢？」徐達恍然大悟道：「非壯士一言提醒，我幾乎忘記自己是什麼人了。」

正說著，忽聽莊外人聲鼎沸，似有人在那裡廝打。常遇春忙趕將出來，過了半晌，便領著朱元璋、郭英、湯和等進來，笑著對徐達道：「你們還有四位同伴，為什麼留在莊外？倒說莊裡人把二位宰割著哩，因此和莊丁們鬧了起來。」徐達也忍不住好笑。郭英等見徐達和胡大海沒事，氣也就平了下去。於是由徐達給常遇春把朱元璋、湯和、吳良、郭英等一一通了姓名。常遇春大喜道：「今天無意之中，倒好算群雄聚會了！」說罷吩咐莊丁，立時擺上筵席，常遇春讓徐達等入了席，自己便在下面相陪。胡大海一見了酒，也不管三七二十一，早一觥觥地大喝大吃起來。徐達笑著向常遇春說道：「我們這位胡兄弟是個莽夫，不免被壯士見笑。」常遇春也笑道：「大家一見如故，似胡壯士般的是快人！」說著便你一杯我一杯的，也都歡笑暢飲。徐達在席上，談起常遇春的鐵盾本領來，不禁讚嘆一回。原來常遇春的盾法，本是祖傳的絕技。他一手施刀，一手執著盾，無論你是一等好漢，終要吃他的虧。因此到了對敵的當兒，他盾可以護身，刀能夠砍人，手腳齊施，真可算得軍械中一件利器了。還有最後的一個法子，是用力一使勁，能把人躲在盾內，敵人如走近去，他就用刀削足，這一下子就是常遇春在校場中演過的，叫做狡兔拒鷹。但別人要想學他，卻是萬萬辦不到的。那時徐達在白楊村裡，經常遇春留著他們歡飲，大家直吃到月上黃昏，才酒闌席散。又講了些閒話，徐達等便辭過了遇春，回到濠州城內。

一宿過去，第二天早上，徐達令吳良往白楊村請常遇春來赴宴。不一會，遇春和吳良到了，就排起席來，大家入座。這一次可不比在白楊村了，自沒什麼猜忌，更吃得較那天高興。常遇春飲了幾杯，便起身告辭。徐達阻攔道：「我們還不曾細談，為什麼要緊便走？」常遇春道：「今天我們鄰村的莊主方子春，他女兒柳方娘，在梵村店開擂招婿，清晨就有請柬來的，我們相約是守望相助的，所以不能不去。」胡大海見說，便擄拳擦臂地說道：「常大哥說的不是打擂嗎？俺就同去瞧瞧如何？」徐達一面邀常遇春坐下，笑著說道：「時候還早呢，我們胡兄弟既說要去，等一會兒，大家一塊去。」常遇春也笑道：「那是最好沒有了。」於是眾人又飲了幾觴，一齊離席。徐達叫兵士們備過了七匹馬來，和常遇春等上了馬，飛一般地望著梵村走來。

到了村口，徐達對常遇春道：「我們只作看客，不必進莊去，足下但請自便吧！」常遇春見說，只得獨自走進莊中，自有莊主方子春和他兒子方剛，把常遇春迎了進去。這裡徐達一行人，慢慢地走入村來，早見梵村的正中搭著一座七八尺高的擂臺，臺下那些瞧熱鬧的人，已擠得水洩不通了。胡大海嚷道：「那裡已經開擂了，俺們到臺前去瞧去！」說時只望人叢中直鑽入去。一般閒人，正在大家擁擠著，大海走進去，把兩手一揮，已推倒十幾人，有幾個跌在地上的。險些兒連頭也踏破了。徐達忙上去，把大海喝住道：「你這樣的粗暴，又要闖出禍來哩！」大海聽了，這才立著不動。大家看那擂臺上時，卻是方莊主的幾個徒弟在那裡打著玩耍，因為開擂的時間還不曾到，幾個管臺的徒弟，一時高興起來，就在臺上練一會功夫。但見一個使刀，一個使槍，兩人在臺上較量著，雖說是練著玩，卻都有家數。胡大海看得技癢，便回頭對郭英道：「俺們也上去練一趟吧！」郭英還沒有回答，徐達忙攔住道：「他們在那裡玩著，又不是真的廝打，你上去倘惹出事來，或是被你打壞了，那又算怎麼呢？」胡大海見說，只好立在一邊。過了好半晌，忽聽看的人大嚷起來，眾人忙看時，只見莊主方子春，同了他兒子方剛，親送方柳娘到擂臺上來，後面的卻是一騎馬，馬上坐著一個豹頭環眼的紅臉大漢，徐達見是常遇春，便只作不認識似的，並不向他打招呼。那方子春和兒子方剛、女兒柳娘到了臺下，看臺的徒弟們過來架了小梯，由方剛先行上臺，柳娘便跟在後面。方子春回過身，邀了常遇春，到對面的看臺裡坐下，莊丁們便獻上茶來。常遇春一頭和子春閒談，兩眼不住地瞧著擂臺上。

這時擂臺上面，方剛和柳娘，分著東西坐下，方剛便望臺下說道：「今天是我們開擂的第一天。我們擺擂的原因，是為了一件婚事起見。」說時手指著柳娘道：「這是舍妹柳娘，幼年的時候，也曾跟著俺父親練過幾套拳腳，現在俺父親要替她招婿，她便設誓，有人能打她一拳或踢她一腳的，才肯把終身託付。掩父親拗不過她，便設下擂臺來徵選人材。諒臺下不少四海英雄，倘願上臺比試的，萬望拳足留情。」方剛說罷，向大眾拱了拱手，仍去坐在椅上。其時臺下的人，挨來擠去，擾攘得一片的人聲。

眾人正在議論紛紛的當兒，早見一個少年的壯士，頭帶著武生巾，足登著麻鞋，穿一身緊靠子，只見他聳身一躍，已輕輕地跳到了臺上，向方剛哈了哈腰道：「俺來陪你練一趟兒。」方剛見說，便慢慢地立起身來，柳娘也走入了後臺。看臺的忙掇去了椅子，兩人就在臺上交起手來。鬥到緊急的時候，那少年壯士飛起一腳，恰被方剛接住，順手一託，少年壯士立不住腳，噗的跳落臺下，一班瞧熱鬧的人，不禁齊聲大笑了一陣，那少年壯士紅著臉兒望人叢中一溜煙走了。眾人笑聲未絕，又有一個莽漢跑上臺去，也吃方剛打敗了，一連三四個人，都是如此。

那時把臺下的胡大海瞧得眼中出煙，便大嚷一聲，直奔到了臺下。徐達待要去阻擋時，已是來不及了。只見大海大踏步上了梯子，也不客氣半句話，足才踏到臺上，就是一拳向方剛面上打去，方剛慌忙用手來抵禦，大海卻已回頭便走。臺下的人，只當大海是懼怯，又齊聲大笑道：「似這般沒用的人，也敢上臺打擂了。」說猶未了，那方剛不捨，從後面來追大海，猛見大海回過身來，施展一個黑虎透心勢，提起左拳又是一拳望方剛打來，方剛正待解脫來拳，說時遲，那時快，大海的拳頭，並不真個打去，他那右足已隨拳踢出，方剛見他拳足齊至，急急地向左邊趨避，不提防大海飛起左腿，盡力的一腿，把方剛從臺上直踢到臺下，倒在地上爬不起來了。大海施的這一下解數，叫做環步鴛鴦腿。他起先的一拳，回頭便走時，原是誘敵的法子，敵人若追上去，他就回步過來，揚手一拳，敵人只顧著上三路的來拳，想不到他的右足踢來，哪知右足才起，左足繼到，任你身手怎樣的敏捷，一時終來不及避去。那《水滸》中的武松打蔣門神，便是這個拳勢，施展的人，非具有真實功夫，不敢亂用。有了真功夫的人，不遇到勁敵也不肯輕使的。這種把式，本是拳家的祕傳，方剛哪裡識得，因此吃胡大海的大虧。那些臺下的人，又不約而同地喊了一聲：「好！」方子春見他兒子跌下臺，心裡很是著急，忙叫莊丁去攙扶方剛起來。

那臺上的方柳娘，見她哥哥被大海打落，頓時芳容變色，蛾眉豎起，便一手卸了外氅，露出一身大紅的衣褲來，襯著她那嬌嫩的粉臉，愈顯得嫵媚英武了。當下那柳娘姍姍地走出擂臺，也不搭話，飛拳就望胡大海打來，大海見她是個女子，越發不把她放在心上了。誰知柳孃的拳腳很精，不到幾個翻身，大海的臂上已著了一拳，兩個照面後，又被柳娘踢著一腳，幸得大海忍得住疼痛，雙方相持一會，柳娘卻啪的一掌，正打在大海的臉上，聲音很覺得清越。打得大海性起，七竅中火星直冒，便牛吼般地伸手抓住柳娘，那柳娘卻忽東忽西地竄來竄去，身體兒好似猿猴一樣，弄得大海捉摸不定。這時大海已累得滿頭是汗，徐達等一干人，深怕他受虧，暗暗地替大海著急。那邊的常遇春，也代大海捏著一把汗，只有方子春心上卻很是喜歡。大海已惱怒萬分，恨不得把柳娘也擲下臺去。那時大海真急了，忽然地急中生智，故意賣一個破綻，任那柳娘一拳打將入來，大海卻引身躲過，柳娘撲了個空，身體兒一傾，險些兒立足不穩，忙收回那個拳頭時，『纖纖的玉腕，已給大海一把握住。柳娘拚命地要想掙扎，還有一隻手，捏著拳頭，似雨點般望胡大海亂打，大海好似不曾覺得，只是抵住不放。柳娘被他捏得痛不可忍，不由得「哎呀」一聲叫出來。方子春深恐女兒受傷，慌忙奔到臺下，將手亂搖道：「算了吧，算了吧！請壯士放著手，老漢替壯士陪禮就是了！」徐達、湯和、郭英、吳良、元璋，以及常遇春等，一齊叫著住手，大海才放了柳娘，只見柳娘已粉汗盈盈，桃花泛面，含羞答答地退入後臺去了。方子春一面請胡大海下臺，笑著拱手道：「壯士果然英雄，寒舍離此不遠，有屈大駕賁臨。」大海答道：「你去問俺徐大哥去，徐大哥說跟你走，俺也跟著你走就是了。」子春便問道：「哪裡的徐大哥？」大海指著徐達道：「那不是俺的徐大哥嗎？」子春見徐達面如重棗，一貌堂堂，知道不是常人，忙過來邀那徐達，徐達知情不可卻，只得應允。

當下和湯和、大海等一行人，隨了子春到方家莊來。那常遇春已辭了眾人，先回白楊村去了。這裡許多看熱鬧的閒人，都隨在後面，個個說胡大海的本領高強。大家講一會，讚嘆一會，這樣的一傳十，十傳百，梵村中的男男女女，扶老攜幼地到方家莊上，來看打擂的英雄。子春邀徐達、湯和、郭英、元璋、胡大海等，到了內院，那院子裡已擁滿了人，嘰嘰喳喳的，瞧的瞧，講的講，把一座方家莊，阻塞得和銅牆鐵壁一般。方子春給他們鬧得頭昏，命家丁將閒人驅出，把莊院大門關了起來，莊內才得清靜。這時莊丁們忙著獻茶哩，送點心哩，子春也十二分的謙恭。徐達等很覺得過意不去，和子春寒暄已畢，各人通了姓名，徐達便向子春陪禮道：「我的這個胡兄弟，做事極其鹵莽，剛才拿令公子摔下臺來，最後又得罪了令小姐，真叫我們抱歉。但不知令公子可曾受重傷嗎？」子春見說，忙起身道：「小兒只是一點皮傷，毫不妨事的，列位盡可放心的！」說罷，吩咐擺上宴席來，子春親自斟酒，大家飲過了三巡，子春便停杯發言道：「老漢此次命小女設擂開拳，原含著選婿的意思，方才小兒方剛，已在臺上宣告過了。現在蒙胡壯士不棄，肯駕臨垂教，老漢非常地心折。諒胡壯士中饋猶虛，老漢願將小女侍奉巾櫛，以踐前言，煩列位明公代作執柯人，不知能俯允嗎？」徐達見說，便問大海道：「胡兄弟，可曾聽見嗎？方公現欲招你做個愛婿哩！」大海搖頭道：「什麼愛婿不愛婿，俺是不懂得的。」元璋笑道：「那是婚姻巧合，百年夫妻，胡兄弟不要推辭吧！」大海也笑道：「俺自幼便沒了父母，又無兄弟姊妹，更不必說是夫妻了！」徐達等一齊笑起來，湯和說道：「這樣講來，我們胡兄弟倒是個真童子呢！」眾人聽了，不覺鬨堂大笑。胡大海道：「俺是老實人，你們莫欺侮取笑了！」徐達正色道：「方公一片的至誠，好在你還不曾有妻室，今天我就替你作主吧！」說著也不由胡大海分辯，伸手把大海襟上的荷包摘下來，遞給子春道：「客中沒有貴重聘物，拿這東西胡亂做個信證吧！」子春接著，便很高興地走進內室去了。

其時柳娘已從擂臺那裡回來，子春和他夫人商議了一遍，去問柳娘時，卻默默無言。子春曉得她已願意了，忙出來對徐達說道：「我看列位都是國家梁棟，將來戎馬疆場，為國自不能顧家了。依老漢的愚見，趁著今晚良辰吉時，不如令胡壯士和小女成了婚吧！」湯和、郭英、吳良等，齊聲說道：「這話很有理，我們大家喝胡兄弟一杯喜酒哩！」徐達卻躊躇道：「只怕郭首領責怪吧？」元璋說道：「這又不比臨陣娶婦，和背命擄豔是不同的，有甚見怪？」徐達恍然道：「那就這麼做去就是！」方子春聽了大喜，立刻囑咐莊丁們去籌備起禮堂來。

不到一會工夫，方家莊上，早已掛燈結綵、鼓樂齊鳴，華堂上紅燭高燒，氈毹鋪地，他們鬧得一天星斗，胡大海兀是睡在鼓裡。徐達和朱元璋等也不和大海說明，待至黃昏時既到，徐達便叫大海放了酒杯，督促他更換吉服。大海不知就裡，迷迷糊糊地穿上，由湯和、吳良等，擁著大海到了堂前，那紅氈毯上立著盈盈的一位玉人。湯和等推著大海和那玉人並立交拜。這時的胡大海，已身不自主，任他們去做作。交拜已畢，郭英等擁著，把一對新人送入洞房。但聽得砰的一響，新房門被眾人闔上了，大家說笑著飲酒去了。

大海到新房裡去，見繡幔羅帳，妝臺衣鏡，分明是女子的閨闥。一眼瞧見床上坐著一個錦裳繡服的人，頭上戴著一幅紅綾，卻瞧不清楚是誰。大海不覺詫異起來，向床上的那人笑道：「你和俺鬧玩嗎？為甚遮著臉兒，不叫俺瞧見？」連問幾聲，不見答應，大海忍不住，伸手把那人頭上的紅綾揭去道：「俺在這裡問你，你為什麼不和俺說話？」大海一頭說著，便低下頭去，細瞧那人的臉兒，只見她雲鬢風鬟，低垂蝤蠐，似乎十分害羞。大海頓時怔了怔，再看那女子，正是日間和自己在擂臺上廝打的女子。大海看了，不由得怪叫起來，慌忙三腳兩步待奔出房來，那房門又是鎖著。大海心慌了，盡力地一攀，把一座房門扳倒下來，便一聳身逃出了房，七跌八撞地跑到了廳上，見徐達等正在猜拳行令，吃得很為高興。大海就把房中的所見，對眾人講了一遍，連連吐舌搖頭地說著怪事，說得徐達等一齊好笑起來。元璋卻忍著笑道：「胡兄弟，你不要弄錯了，今天是你完姻的吉期，我們還叨擾一杯喜酒哩！」徐達也立起來道：「快進去吧，不要誤了時辰！」說著便來推胡大海進房。大海哪裡肯進去，口口聲聲說沒有這回事，那兩只腳已拔步望外逃走。徐達、元璋忙追出去，大海卻飛般地跑得很遠了。他一口氣向前直奔，不防當頭來了一個大漢，和大漢撞個滿懷。大海便不由分說，一拳望那大漢打去。不知那大漢是誰，再看下回分解。

半夜綢繆豔姬薦枕蓆　一朝芥蒂嫠婦洩機謀

卻說胡大海和那大漢撞了一頭，心裡大怒，竟劈頭就望那大漢打去。大漢忙閃過了，便也大怒道：「你這個黑賊，自己走路不留神，反來怪著俺嗎？那莫怪俺的拳頭無情了！」說著也回手一拳，兩人一來一往地在黑暗中交起手來。這裡徐達追不上大海，便去和方子春說知，子春令莊丁們燃起火把，分作三隊，去到村外找尋大海。朱元璋和郭英領了十幾個莊丁，直奔到西村口來。走到梵村的正西大路上，只見遠遠地有兩人在那撕打。郭英說道：「不用說了，那廝打的人，定是胡兄弟無疑。」元璋點點頭，大家趕到了路口，正是胡大海和一個大漢，你一拳我一腳地直打得難捨難分。元璋大叫：「胡兄弟和那位壯士住手！」兩人哪裡肯罷手，只管他們打著，任你喉嚨喊破，他只作不曾聽見一樣。這時惱了郭英，便捋起了袖兒，大踏步走向前去，施展一個兩虎奔泉勢，突然地鑽將入去，一個雙龍攪海，把大漢和胡大海分開在兩邊。那大漢吃了一驚，便拱手道：「你們有這樣的能人在那裡，俺鬥不過你們，情願服輸了。」

大漢說罷，轉身便走，元璋忙一把拖住大漢道：「壯士請留步，我們這胡兄弟是個莽漢，得罪了尊駕，休要見怪。」那大漢道：「事已過去了，誰曾見怪來？」元璋、郭英一齊大喜，便邀了那大漢，並同著胡大海，回到梵村來。子春見大海已尋得，心裡早安了一半。元章和郭英，邀了那大漢進莊，令莊丁們擺起杯盤，重行開懷暢飲。席上朱元璋問那大漢的姓名，那大漢說姓花名雲，是淮西人，自幼曾投過名師，學了一身武藝，現欲投奔明主，因稱雄的人太多了，一時絕不定方向。元璋聽了笑道：「我們正少花兄這般人物呢。」當下把郭子興起兵的事，約略講了一遍。花雲不住地點頭，又贊成郭英剛才排解撕打時的一個家數。郭英說道：「小弟這種劣技，又算什麼?從前咱高祖在日，他一個翻身，雖石穴也分裂哩！」花雲聽說，不覺吐舌道：「怪不得似這般的厲害，原來是家傳的絕技呢！」三人正在閒話著，外面徐達和吳良等，已陸續進來，湯和一見了大海，便埋怨他道：「你這個害人精，什麼沒來由管自己逃跑了，累得人家卻尋得苦了。」元璋笑道：「若不是胡兄弟這一跑，卻遇不著這位好漢。」說時將大海和花雲廝打的情形，對眾人說了，又給大眾通了姓名，各人說了套話，大家便入席共飲。徐達卻正顏厲色地把夫婦人倫的道理，再三給胡大海開導了一番，酒闌席散，重送大海入了道理，再三給胡大海開導了一番，酒闌席散，重送大海入了新房，徐達、元璋等才各自安息。但胡大海雖勉強進了新房，卻連正眼也不敢向床上瞧一瞧了，休說去睡覺了。他眼睜睜地坐了一夜，捱到了天明，只得出房去，拜見了嶽翁岳母，又和大舅方剛想見了，大家進了早餐，起身告別。那白楊村的常遇春，也親自來送行。俗話說：「英雄惜英雄。」真有依依不忍分別之概。常遇春見眾中多了一人，便問那人是誰。元璋即叫花雲和常遇春想見了，方子春要留胡大海住幾天，大海執意不肯，只得由他了。徐達等別了方子春父子，又同常遇春等作別了，七人一路回濠州來。

郭子興接著，便問他們兩日不回，是到什麼地方去的。徐達就將看打擂和胡大海成婚逃走的事，前後講了一回，引得子興也笑起來道：「天下有這樣的老實人！」說著，眾人都退了出來。郭英望著胡大海笑道：「首領說你太老實了，你起先要逃走，後來的況味卻怎樣？」說得胡大海無地容身，那黑臉皮上隱隱顯出紫紅顏色來，忙掩了耳朵，飛也似的跑了。從此他們在軍中沒事的時候，總把這件事談著，把大海當他們說笑的數據。大海被他們取笑得走投無路時，就掩住了兩耳，閉著眼睛，只作沒有聽見的一樣。

其時有徐州的盜魁趙大、彭均用二人，前來投奔郭子興，子興聞得二人的大名，忙令開大門迎接。原來那趙、彭二人，都是李二部下的將官，李二占據徐州，趙大為定遠大將軍，彭均用為撫靖大將軍。李二不料元丞相脫脫，親自帶兵來取徐州。李二本是烏合之眾，怎當得大兵的壓迫，早已四散逃走了。李二隻領了三四騎飛奔出城，在路上染了一病，就死在道上了。趙大和彭均用，既沒了靠山，二人無處安身，聽得郭子興在濠州起義，便來依在子興的部下。過了幾天，又有辰州孫德崖的，也領兵來投。子興凡來者不拒，一概收錄。

但趙大和彭均用兩人，素來面和心非，當初在李二部下，也為了二人鬥勁，弄得將士離心，李二因此一敗不振。現在他二人在郭子興部卜，又發起老脾氣來了。趙大在子興的面前，說彭均用是個沒用的人，李二致敗都由彭均用弄假成真的。子興聽信了趙大的話，把彭均用看待得十二分的冷淡。彭均用是個市井的無賴，豈有瞧不出的道理，便私下約會了孫德崖，要想去謀郭子興。恰巧元朝的兵馬來攻滁州，徐達等一班武將，都去抵敵元兵去了。在子興左右的，只有一個朱元璋和郭英了。一天的早晨，忽接到城外的孫德崖的請柬，邀子興去他營中赴宴。因孫德崖自投了子興，把兵馬駐屯在城外，如遇有事的時候，由德崖進城來請命。後來德崖勢力日大一日居然和子興分庭抗禮了。子興的為人，又膽小又是無用，他見了孫德崖，心裡暗暗有些害怕，今天接到了請柬，自然不敢不去。那時郭英在一旁說道：「孫德崖的舉動，已不似從前了，此去須訪有詐。」子興搖頭道：「我待他很推誠想見，諒他也不至於負我的。」便不聽郭英的話，竟帶了十餘騎到孫德崖的營中來赴宴。

誰知子興這一去，看看一天不回來，第二天仍不見蹤影，接連三四天，連訊息也沒有了。急得郭英走投無路，就是子興的妻子張氏，也哭哭啼啼，只求郭英設法。郭英一時也找不出半個計划來，只得四下里來尋朱元璋。元璋因新收了一個義兒沐英，便在沐英家裡住著。郭英尋覓了半天，恰巧在路上碰見，沐英在前面引路，父子兩人正在遊著街市。郭英一眼瞧見，好似天下掉下一件寶貝來的高興，忙上前招呼了一聲，同到僻靜的地方，郭英將子興被德崖請去至今不曾回來的話，草草講了一遍。元璋大驚道：「孫德崖私和彭均用聯繫，我原說要防他們有異志，首領不肯相信，現在怎麼樣了？」郭英點頭說道：「首領不聽言咎也由自取。但為今之計，怎樣去救他出來呢？」元璋沉吟了半響道：「我們此刻竟去見德崖，只問他要人，卻不帶許多人馬，以免他疑心準備。那時用一種迅雷不及掩耳的手段，自然可以把首領救出來了。」郭英道：「只要能救首領，一切聽你去做就是了。」當下元璋和義兒沐英，同郭英回到濠州署中，親自去挑選了五十名健卒，備起三匹快馬，自己和沐英、郭英，都便衣掛刀，飛奔出城。

到了孫德崖的營中，德崖果然不曾防備，聽說子興的部將，只領了幾十名小卒便衣來見，就和彭均用迎了出來，想見之下，認得是朱元璋和郭英，越發不把他放在心上。一面假意邀元璋等入帳中，才得坐定。元璋便脫口問道：「我們首領在哪裡？」德崖作出一副詫異的樣子來答道：「你們首領幾時到這裡來的？我們卻沒有知道。」元璋冷笑道：「分明到是請你怎來的，怎麼不知道起來呢？」彭均用道：「俺請你們首領，有誰見來？」郭英便挺身應道：「是俺親見你營中小校來請的，如何圖賴得過？」德崖、均用還不曾回言，元璋向沐英丟個眼色，霍地立起身來，一把握住德崖的左臂，厲聲說道：「你既說沒有我們的首領，我們可要煩你和咱一同去找一遍哩！」德崖見元璋這樣，一時回答不出來。均用待想轉身出去，後面有沐英按劍緊緊地隨著。德崖的左右見不是勢頭，要上帳來幫助，只見元璋一手握著腰刀，怒容滿面，大家嚇得不敢動手。這時早有郭英領著五十名健卒，在帳後四處搜尋，見子興直挺挺地吊在馬棚下。郭英慌忙去解了子興的束縛，背負著直奔出帳外，口裡大叫道：「首領已在這裡了！」元璋聽了，挽住德崖的手，走出軍中帳，沐英跟著，一步步地捱到營門口。郭英負了子興，奔出營門外，守營的軍士欲來爭奪，回頭見德崖被人監視著，恐傷了主將，只好由他了，元璋待郭英負了子興上了馬，看看走得遠了，才釋了德崖，拱手說聲：「得罪！」便飛身上騎，加上兩鞭，似電馳般地追上了郭英，沐英也從後趕到。大家擁護著子興，進濠州城去了。這時孫德崖和彭均用，眼睜睜地看著元璋把子興救去，卻是束手無策。這一回元璋去救郭子興，是抄襲了關雲長單刀赴會的故事，居然能告成功，一半也是他的僥倖了。

子興回到署中，已弄得氣息奄奄，趙大當時雖不曾有救子興的法兒，見子興回來了，便來親侍湯藥，比子興的妻子還要殷勤。光陰迅速，一過半月，子興的病就漸漸地好了起來。於是把朱元璋叫到床前，謝他相救的恩德，又將劍印交給元璋，命他總督軍馬，郭英、沐英也做了軍中正副指揮。孫德崖聽說子興病好了，怕他記嫌前仇，連夜和彭均用領兵逃往蠡湖去了。郭子興精神復了舊，索性自稱為濠南王，加朱元璋做了大元帥。一面督促著徐達等，速破元兵，以便別謀進取。又在濠州城中，替元璋建了元帥府，元璋的威權也一天重似一天了。

中秋佳節，月明似鏡，子興親自打發了衛從，到元帥府中請元帥至王府，慶賞團圓。元璋見了請帖，更不敢怠慢，便帶了兩個親兵，吩咐沐英不許出外閒逛，自己匆匆地跟了衛從，竟到王府中來。子興接著，談論了一會，就邀元璋至後堂飲宴。兩人一杯杯地對飲著，看看一輪紅日西沉，光明皎潔的玉兔，已從東方上升。子興叫把筵席移到花園中去，一面賞著月色，一頭和元璋舉杯歡飲。酒到了半闌，子興已有幾分醉意，便笑著問元璋道：「這樣的好月色，我們飲酒賞玩，倒也不辜負了它。只是眼前少一個美人，似乎覺得寂莫一點罷了。」元璋也笑答道：「天下沒有十全的事，有了那樣，終是缺這樣的。」子興大笑道：「你要瞧嫦娥嗎？我們府中多著呢！」說著回頭對一個侍女做了個手勢，那侍女走進去了。停了半晌，只聽得環珮聲叮咚，弓鞋聲細碎，早盈盈地走出一對美人兒來。那人未到，香氣已先送到了鼻管中了。子興見了，便大嚷道：「嫦娥下凡了，快來替我們斟酒！」兩個美人聽了，都微微地一笑，分立了兩邊，一個侍奉著子興，那一個來替元璋斟酒，慌得元璋連連起立來說著「不敢」，引得那美人掩了櫻唇，格格地笑個不住。元璋覺得不好意思，子興微笑道：「我們是心腹相交，和一家人差不多的，何必避嫌呢？」元璋見說，雖然不十分的拘束，但終不敢放肆。月色慢慢地西斜了，子興也不問元璋怎樣，竟摟著那美人，一會兒親嘴，一會兒嗅鼻子，摩乳咂舌，當筵溫存起來。凡諸醜態怪狀，無不一一做到。元璋正在壯年，又不是受戒的和尚，眼見得子興和那美人百般地調笑，在酒後豈有不心動的道理？再看看立在自己身旁的美人，生得花容玉膚，一雙水汪汪的秋波，尤勾人的魂魄。加上她穿著紫色的薄羅衫子，映在月光之下愈見得飄飄欲仙了。元璋這時也有了酒意，不免有些不自支援起來，忍不住伸手去捏那美人的纖腕，只覺得膩滑柔軟，觸手令人心神欲醉。那美人兒見元璋捏著她的玉腕只是不放，要想縮回去，便使勁一拉，元璋手兒一鬆，那美人兒幾乎傾跌，慌忙撐住，卻將一把酒壺抛在地上。那美人已笑得彎著柳腰，一時立不起身來。子興恐元璋醉了，吩咐侍女們掌起一對紗燈，送元璋到東院裡去安息。自己便擁著兩個美人，踉踉蹌蹌地進內院去了。

元璋呆呆地瞧他們去了，只得同了侍女望東院中走去，可心上實在捨不得那美人兒，兀是一步三回頭地走著。及至到了東院，見院中陳設得非常的講究。桌上陳列著古玩書籍，真是琳瑯滿目，又清幽又華貴。就是那張炕上，也鋪著繡毯錦褥，芬芳觸鼻。問那侍女時，知道這個東院，是內室之一，從前有一位山右美人住著。子興愛她的豔麗，不時到東院裡來住宿。後來那山右美人被子興的妻子把它送回山右本鄉去了，因此這東院終是空著。子興有時想起那美人來，便獨自到東院裡來徘徊嗟嘆一會。元璋令侍女燃上燈臺，叫她把門虛掩了，自己倒身在炕上，覺得褥子的溫馨柔順，是有生以來不曾睡過。但身體在炕上，心想著那美人，翻來覆去地再休想睡得。側耳聽著更漏，時候已是不早了，便硬閉了雙眼，勉強睡去。

正朦朧的當兒，鼻子裡聞得一股香味兒，直透入心肺，不覺又睜開眼來，卻見自己的身邊，睡著一位玉軟溫香的美人兒。元璋頓時吃了一驚，忙仰起半個身體，藉著燈光下瞧那美人兒時，正是席上替自己斟酒那個穿紫衣的美人。元璋這一喜卻非同小可，不由得心花怒放起來。一會兒便自己責著自己道：「王爺待俺不薄，他府中的姬妾私奔，俺應當要正色拒絕她，那才算得不差，怎麼樣可以含含糊糊地幹那曖昧的事情呢？」元璋想到這裡，好似兜頭一勺冷水，把剛才的慾念一齊打消了。怎禁得美人身上的異香只陣陣地鑽入鼻中，又將元璋這顆心引動了。再細著那美人時，只見她杏眼帶醉，香唇微啟，粉臉上現出隱隱的桃紅來，益顯得冰肌玉骨，嫵媚嬌豔了。元璋越看越愛，一時牽不注意馬心猿，輕輕地伸著手撫摩美人的粉頸，那美人一個翻身，臉對著元璋，呼呼地又睡著了，別的不說，單講她那微微的呼吸，一種口脂香對著面吹來，真叫人難受得很。想一個壯年男子和一個絕色的美人，並頭睡著，就是鐵石人兒，到了這時，怕也要起凡心哩。元璋那時把名分之嫌，已拋到九霄雲外，竟去撫摩著美人的穌胸，一手便替她輕解羅襦。那美人卻醒了過來，睨了元璋一眼，只拿一幅香巾掩著粉臉，似乎很害羞的，一會兒就雙雙同入了巫山雲夢。

一刻千金，良宵苦短，窗上漸漸現出紅色來。元璋問著那美人叫什麼名兒，怎的來伴著自己。那美人見問，橫著秋波微微一笑道：「俺是王爺府中第一個寵姬櫻桃，你難道不曾聽人說的嗎？因昨夜是佳節良辰，怕一個人寂寞，所以不避男女之嫌，悄悄地來陪伴著你。」元璋聽了，不覺笑道：「我真有幸，卻逢著你這樣一個多情的美人。」櫻桃不待元璋說畢，早已撲簌簌地流下淚來，慌得元璋忙替她揩著眼淚，再三地安慰她道：「你有什麼心事，儘管和我說了，我所辦得到的，終給你竭力去做。」櫻桃這才回嗔作喜道：「身被擄掠，充著府中的侍妾，父母遠離，不知訊息，倘蒙念昨晚一宵的恩愛，得間能一援手，妾雖死亦無恨了。」元璋點頭道：「這事且緩緩地設法。請你放心，我絕不負你就是了。」櫻桃便在枕上稱謝。兩人正在你憐我愛，十分溫存的當兒，忽聽得靴聲橐橐，有人進東院來了。元璋和櫻桃萬分惶急，那人已「呀」的推門進來，元璋舉頭看時，來的不是旁人，正是濠南王郭子興。元璋這時心裡很為慚愧，慌忙起身下炕，紅著臉立在一旁，說不出話來。嚇得那櫻桃鑽在被裡直是發抖。子興見了這種情形，卻並不動怒，只微笑著對元璋說道：「小妾既承見愛，咱就做個人情，給你們成了眷屬如何？」說罷，便叫櫻桃起來，到裡面收拾些應用的東西，命打一乘轎子過來，把櫻桃送到元帥府裡去，又叮囑櫻桃道：「你此去不比在咱這裡了，須好好地侍奉朱將軍，不要負咱一片成全之心。」櫻桃含淚稱謝，盈盈地登轎去了。元璋見子興這般的慷慨，真是慚愧又感激，當下和子興閒談了幾句，便辭了子興，回到元帥府裡。走入內堂，櫻桃已攙著侍女，花枝招展般迎了出來。兩人都遂了心願，自有一種說不出的樂處。

其實，這出把戲，都是郭子興聽了趙大的話才做出來的。他說：「元璋才能過人，將來必有大為，若得他赤心襄扶，大事可圖。但恐他懷了異志，倒是一個大患。」子興見說，不免憂慮起來。趙大笑道：「要收復他也不難。古人道，英雄難過美人關，我們把美人計來籠絡他，不愁他不上鉤。」子興連連點頭，當晚便把愛姬櫻桃喚出來，和她說明瞭，令她去繫住元璋的心，使他不別蓄異謀。如能大事成功，晉封櫻桃做第一妃子。這櫻桃本姓羅，是彭均用從徐州擄來獻與子興的，這時櫻桃聽了子興的吩咐，她想起那元璋生得相貌出眾，更覺他將來決非常人，所以心上十分願意，便滿口答應下來。子興大喜，於是藉著慶中秋為名，邀元璋飲宴，席上命櫻桃出來侑酒，先打動元璋，果然弄得他心迷神醉，不知不覺中上了圈套。

誰知趙大見元璋權勢日盛，子興也益加寵信元璋，自己倒反疏遠起來，因此由羨生妒，時要中傷元璋。俗言說暗箭難防，小人的詭謀，是很刻毒的。一天，元璋剛走進王府中去，到了二門口，忽見一個少婦向他招招手。元璋認得她是府中的奶媽。不知那少婦叫元璋做甚，再聽下回分解。

君主荒淫明太祖起義　將軍勇猛徐天德立功

卻說元璋見子興府中的奶媽神色慌張地招著手，忙跟上前去，到了空院裡，那奶媽低聲問元璋道：「將軍可是櫻桃姐姐的丈夫嗎？」元璋很詫異地答道：「正是。」那奶媽便附著元璋的耳朵說道：「剛才府中的趙參軍和王爺在那裡密議要殺了將軍以絕後患。今天王爺如邀將軍入府，萬萬不可應召。否則就有性命之虞。我和櫻桃姐姐是同鄉，她在府中的時候，待我們也很好，我到如今也很感激她。不幸將軍被人暗算，叫櫻桃姐姐去依靠何人？所以我聽了這個訊息，乘間告訴你知道，將軍須要防備著才好。」元璋見說，不覺吃了一驚，再三謝了那奶媽，也不敢去見子興了，匆匆地走出王府，跳上馬，慌慌忙忙地回到元帥府中，還不曾坐定，子興請他赴宴的帖子已經來了。元璋暗自叫聲：慚愧！真好險啊！倘那奶媽不遞這個訊息給我，停一會兒，怕已做了刀頭之鬼。當下走到後堂來，櫻桃接著，便微笑問道：「今天見了王爺，可議些什麼事兒？」元璋連連搖手道：「我還敢去見他？他快要殺我了！」櫻桃聽了大驚道：「這卻是為何？」元璋就將奶媽的話，細細說了一遍。這時櫻桃和元璋愛情已深，一顆芳心整整地向著元璋，把子興吩咐她的話，早拋到九霄雲外去了，於是櫻桃也拿子興使她來籠絡的情由，一股腦和盤托出。元璋聽罷，略略點首道：「我自有計較。」一面便打發小軍去回覆郭子興，推說自己有些不快，不能赴宴，只好改日謝罪。

講到郭子興方寵信元璋，為什麼要殺他呢？原來是年的九月中，是子興誕辰，濠州的大小將士，都來叩賀。子興便全副披掛，到校場中去閱操。他看到高興的時候，吩咐兵士卸了甲，各賜壽酒一杯。誰知那衛兵出去，高叫：「王爺有令，兵士們卸甲賞酒！」連喊了幾聲，兵士們只顧他們操演，睬也不來睬他。衛兵回報子興，子興大怒道：「咱的命令他們敢違抗嗎？那還了得！」元璋在旁忙起身道：「這是我的不好！」說著從袖中取出一面尖角旗來，授給親隨，那親隨執了尖角旗奔到將臺上一揮，大聲說道：「元帥有令，著兵士們卸甲賞酒！」聲猶未絕，兵士們暴雷也似的應了一聲，三千馬步兵丁，齊齊地卸了甲，列著隊等候賞賜。子興令賞酒給他們喝，回頭問元璋道：「為什麼兵士們不聽咱的話，倒服從這面小旗呢？」元璋答道：「這就叫做軍以令行，倘軍士不聽令，那便是亂軍了。」子興聽了雖然點著頭，心裡已有些不懌，就令兵士停了操，自己便回王府而去。

趙大跟子興回到王府中，他察言觀色，知道子興對元璋已起了疑心，那趙大本妒忌著元璋，因乘勢進讒道：「今日王爺可覺得將士們有異嗎？」子興失驚道：「這話從何而來？」趙大故意冷笑道：「方才王爺命卸甲賞酒，為什麼他們不理睬？」這一句話，把子興說得耳根子直紅起來，勉強地答道：「那是軍令攸關，軍中只有知令，這是統兵的紀律，不是他們敢有意違俺的命令。」趙大笑道：「那麼元璋的權力也大極了，萬一他要變起心來，兵士們聽他的軍令指揮，怕沒有人再來聽王爺的命令了。」子興見說，一拳正打中心坎，就低聲向趙大說道：「這樣說來，卻如何是好？」趙大道：「我原說元璋有過人的才智，蛟龍終非池中物，若不早除，將來是個大大的後患。」子興說道：「現在兵權已在他手中，怎樣能削去他的兵柄，須得有一個兩全的法子。否則打草驚蛇，轉是弄巧成拙，豈不糟了嗎？」趙大沉吟一會道：「王爺果然要除那元璋，只消一封請帖仍叫他赴宴。那時兩旁暗伏甲士，飲到中間，王爺但咳嗽一聲，咱就領衛士一擁上前，把元璋擒住，命他將兵符交出來，如其不依，立刻砍了他的頭顱，去軍前號令示眾，只說元璋謀叛，現已正法。這樣一來，殺一儆百，還愁士兵們不聽號令嗎？」子興聽了大喜，便吩咐趙大去準備一切。過了幾天，趙大布置妥當，來報知子興。兩人在密室中商議，就在這天的午後舉事。趙大悄悄地把武士埋伏好了，著小校去邀元璋赴宴。哪裡曉得子興和趙大密議時，恰巧府中的奶媽抱著子興的幼子從門前經過。子興平日，最喜歡這個小兒子，常常摟著他在膝上和諸將們議事，又因奶媽是個鄉下婦人，雖進出密室中，並不疑心她會洩露機密。誰知偏偏是她走露了訊息，那不是天數嗎？

其時徐達、湯和、胡大海、吳良、花雲等，出兵滁州。當元兵攻滁州的時候，元將賈魯領著大軍五萬，把滁州圍了起來。守滁州的是耿再成和謝潤，領兵出戰，連吃了兩個敗仗。再成著起急來，忙差了副將張英，乘夜殺出了重圍，到濠州向子興求救。子興便命徐達等往援，但元兵忽來忽去，雖給徐達打敗幾陣，卻不曾大喪元氣。兩下相持了半年多，終分不出勝敗。元璋在濠州聽得這個戰訊，便上書郭子興，願領兵去掃蕩元軍。郭子興自那天邀元璋赴宴不見元璋應召，他越覺疑心元璋。後來幾次相請，元璋只是推託不赴。子興曉得漏了風聲，自己反覺不安起來。又怕元璋為患濠州，暗中令趙大時時提防著，現在見元璋請命出兵，正中胸懷，他原巴不得元璋離去濠州，所以便一口允許下來。不知元璋若在濠州倒做不出什麼，他一到滁州會合了子興部下的將領，竟自起義了，待到子興悔悟，元璋已如虎生翅一般，居然做了群雄的首領了，這且不表。

再說元朝自順帝妥懽帖木耳登位以來，政治一天壞似一天，到了垂亡的幾年，順帝越發荒淫無度了。那時四方群盜如毛，只靠著赤膽忠心的脫脫丞相和皇叔赤福壽、右都督白彥圖等寥寥幾個人拚命地東征西討，可是滅了那面，又起了這邊，外面的臣子弄得精疲力盡，順帝在宮裡卻和沒事一樣。他寵信著嬖臣哈麻、禿木兒等，又把番僧請到宮中拜他做了靈異神聖至寶大法師，教授一種房中祕術，叫做「大歡喜」。令宮女嬪妃都一絲不掛地在氈上舞蹈，男女不分，僧道混雜，大家跳了一會，就一對對地交接起來，這叫做「大魔舞」。順帝看得高興了，也挨在眾男女中鬧一回。宮中的嬪妃玩得厭了，下諭民間挑選秀女。一班奸惡的官吏，乘勢向良民索詐，也有藉著聖旨去擄掠婦女的，嚇得百姓們家裡不敢養著女兒，已經字人的，忙著送給夫家；不曾有人家的，連夜送與人家做妻室。因此那些紈褲子弟，竟有一天中得五六個妻子的，至於妻妾兩字，也不問的了。據當時人說：「有得把女兒去幽禁在深宮裡給和尚們糟踏，不如送人做小老婆，骨肉倒可以常常想見。若一經被選進宮，父母永遠不得見面，好似死了差不多。」百姓一聽得選秀女，有女兒的人家，便慌得走投無路，地方官各處這樣的滋擾，真弄得民不聊生。後來沒得秀女選了，上諭還一疊連三地催促。地方官要保前程，就命胥役們搜捕良家的美貌婦人，不問有夫無夫，蒐羅了去，改扮作秀女，送上京中去塞責。貞烈的婦女，投河或懸梁死的，不知其數。百姓們凡是有妻室的人，又嚇得心膽俱碎，內中稍有資產的，要保全妻女，弄得傾家蕩產；沒有錢財的，只好硬著頭皮把妻子送去。有幾個眼睜睜地瞧著妻子被官兵捕去，卻無法挽回，可憐少年夫妻一時捨不得分別，相對著痛哭流涕。一班如狼似虎的衙役，不管他們捨得捨不得，把男的開啟去，拖了女的便走。有的婦女在半途自盡，有許多男子見妻子捉去了，大哭一場跳在河中尋死。那種悽慘的情形，鐵石人看了也要落淚的。人民個個嗟怨，凡是哪一處地方選秀女，那地方終是哭聲遍野，說起來真是傷心。

這時鬧動了一位好漢毛貴，他也為了妻子被地方官生生捕去，便糾集了三四百人，趕上去奪了回來，把所有奪去的婦女，一個個送他們回家。及至官兵到來，毛貴和百姓們抗拒，人民一見官府兵，個個咬牙切齒，人人磨拳擦掌，將官兵殺死了幾百個。毛貴知道禍已闖大了，索性邀了盜匪們入夥，三天之中招集了兩萬多人，殺了官吏，占了城池，就在孟津起義。

又有泰州人張士誠，是個私鹽販子出身。一天他和兄弟士德，同了百十來個鹽丁，車著鹽斤往鄰縣去販賣，被緝私處官兵瞧見，恐士誠人多，眾寡不敵，便去參將署中報告。那參將立刻點起三百個兵勇，飛奔地趕上來，士誠和士德見官兵來勢凶殘，忙棄了鹽車便走。官兵追了一程，看看趕不上，便推了鹽車，奏著凱歌收兵回去。誰知那鹽丁本來都是亡命之徒，做鹽販子的人，也和當兵的一樣，安分良民絕不肯去做這勾當的。士誠覷得官兵退去了，就邀了幾百個鹽丁，手中各執著器械，從後面襲將上來。官兵卻沒有提防，給士誠兄弟兩人領著鹽丁，把三百個官兵殺得七零八落，帶兵的參將也險些送了性命。士誠將官兵殺敗，仍收拾起鹽車，推著往鄰縣販賣去了。士誠到了鄰縣，賣去了鹽斤，得著一注錢財，依舊回他的泰州。但官兵吃了他的大虧，豈肯罷休？便令差役在城內城外以及士誠家的附近，天天有人守候著，要想捉住士誠兄弟，就地正法。士誠和士德好似沒事般的，大搖大擺地回家來。他鄰舍有一家姓邱的，兄弟幾個也都是壞蛋，聽得士誠、士德回來了，竟去出頭告密。官兵得報，怕士誠兄弟勇猛，由參將帶了四五百健卒，悄悄掩至，用迅雷不及掩耳的手段，把士誠的家中，前後左右，圍得水洩不通。那參將親自率領著三十個得力的親兵，開啟大門，來捕士誠兄弟。士德見事危急，踢倒一堵牆，飛身竄將出去，外面的官兵被牆塌下來壓死了四五人，士德趁了這個機會，一溜煙地逃走了。士誠正在房內睡覺，聽得官兵來了，一時沒處躲避，便把身體去鑽在一隻石灰缸內。官兵四處搜尋，不見士誠兄弟，參將心上尤十分懊喪。士誠平時很喜歡養鳥，家中畜著一隻八哥，能夠和人談話了，士誠極其鍾愛它，取名叫做八兒。這時那八哥忽然作人言道：「士城！士誠！躲在缸裡。」官兵們聽了，忙向缸中去尋，走近石灰缸前，見士誠果然蹲著，好似甕中捉鱉一樣，拿士誠繩穿索縛地捕捉去了。士誠臨走的時候，指著那八哥恨恨地說道：「俺好好地養著你，你卻恩將仇報。俺如有回來的一日，終把你身上的毛一根根地拔個乾淨，才出俺這口氣，你需要小心了。」士誠說罷，悻悻地隨著官兵們出門去了。

士誠的家裡，既沒有妻子兒女，只有一個老母，年紀已七十多了，專門茹齋諷經，不大管閒事的了。士誠被捕去後，家中的事不得不由老母料理。那隻八哥是士誠的愛物，老母也天天給食料它吃。有一天的早晨，那隻八哥忽然向士誠的母親叫道：「老太太，老太太，你救了八兒吧！」士誠的母親詫異道：「你為甚會要我救你？」八哥答道：「八兒自己不好，多說了一句話，吃官兵把主人捕去了。主人說，回來要拔光八兒身上的毛，所以求老太太相救，將八兒的鎖鏈解去，給八兒逃了性命吧！」士誠的母親是很慈悲的人，見八哥說得可憐，真個解了繩索，放那八哥飛去。那八哥飛在屋簷上，向士誠的母親謝了一聲，振開雙翅望半空裡飛去了。士誠在泰州的獄中監了已有半年光景，因捕不到他兄弟士德，不曾正法。

其時泰州有幾個做海上鹽販子的，內中一個叫杜五的，他一天載著一船的鹽，在海上駛著船，忽聽得有叫他名兒的，那聲音似人非人，瞧又瞧不見，嚇得杜五慌忙停舵落帆，立即抛起錨來，對他的夥計說道：「不好了，今天怕要翻船呢，你不聽見水鬼叫著我的名兒嗎？」話猶未了，又聽得叫道：「杜五，杜五！」把個杜五老大吃驚，嚇得那夥計向著船艙底下直鑽。杜五見它叫了不住，仔細一聽，聲音從空中來的，仰著脖子望去，只見桅杆上棲著一隻翠鳥，在那裡喚著自己。杜五這才大著膽向道：「你是什麼東西？為什麼也能說話，卻知道我的名兒？」那翠鳥答道：「我便是張士誠家裡的八兒，我的主人士誠可曾出獄？那位老太太康健嗎？」杜五聽說，想起從前到張士誠家裡去，曾看見士誠養著一隻八哥，名字叫做八兒的，能和人說話，但不知道它已經逃走了。當下便隨口答道：「你主人犯的死罪，怎樣能夠出獄？那老太太倒身體兒很好的。」那八哥聽了，對杜五道：「我請你帶一點東西去孝敬那位老太太，你可以答應嗎？」杜五笑道：「張士誠是我的好朋友，既是他母親的東西，我到了泰州親自給你送去就是了。」那八哥謝了一聲，「嘟」的一聲飛去了。停了半晌，去銜了一塊白石來，擲在杜五的面前道：「便是這件東西，請你不要失落了，千萬給我帶到的。」杜五點頭答應了，那八哥又再三地叮囑了幾句，才拍著翅膀飛去了。

杜五回到了泰州，真個把八哥那塊白石送給張士誠的母親，並說道：「這是你們的八兒帶來的。」士誠的母親拿白石看了看，覺得沒什麼希罕，不過比較鵝卵石光潔一點就是了。因謝了杜五一聲，把那塊白石隨手拋在香爐上面，只管自己唸佛去了。到了傍晚，士誠的母親天天要來堂前拈香的，及至燃了香，到爐中去插時，那隻瓷香爐，早變作燦爛的白銀了。士誠的母親很是詫異，還疑心是菩薩有靈來賜與她的，一眼瞧見那塊白石，暗想那八哥千里相寄，不要是這塊石子的好處嗎？士誠的母親呆想了一會，就去堂下拾起一塊瓦片來，把那塊白石去放在上面，誰知才放得上去，這塊瓦片已化作白銀了。士誠的母親不禁又驚又喜，從此也不患沒錢用了。士誠在監中坐了一年多，士德也經年沒有音耗，他們的老母不致成為餓殍，都是白石所賜啊。

光陰一天天地過去，泰州捕捉士德的風聲已漸漸懈了，士德打聽得沒人捕他，便悄悄地溜了回來看望他的母親。見老母無恙，心上很是喜悅。他母親又把八哥的事實，一一對士德說了，士德還不肯相信，拿了那塊白石，親自去試了一下，果然變了銀子了。士德把白石去請人估看，有識得的說道：「此物看似石子，實在不是石子，乃是銀子之母，叫做銀母石。無論金銅鐵錫以及石子，一碰著銀母便立刻化成銀子了。」士德聽了，懷著那塊白石回到家裡，去搬了許多石塊來，把銀母在石堆上畫了一轉，一堆石塊，大的小的統已變了銀子。士德就將這許多銀子去替士誠上下打點。俗言道錢可通神，何況這時的官吏和現在差不多，只要有錢，殺人放火都可以設法赦宥。所以不到三個月工夫，士誠已安然地出了泰州監獄。他回到家中，劈頭就問：「那隻八哥呢？俺要拔它的毛哩！」他母親說道：「你不要恨那八兒了，沒有它，你母親也餓死長遠了，你今日也休想脫罪。」士誠便問什麼緣故，他母親把八哥寄石子的話，大略講了一遍，士誠大喜道：「我們正苦的沒有錢，有了錢還怕它作甚？」於是士誠在家裡，和他兄弟士德，專一結交天下英雄，私下暗暗地招兵買馬，又去通同盜寇準備大舉。哪知事機不密，被官兵知道了，又來捕捉士誠，士誠便糾集了人馬，先把從前出首告他的邱家兄弟殺了，連夜奪了泰州。過了幾天，又去攻破高郵，殺了知府李齊。士誠的聲勢日漸浩大，各處來投奔他的，一天總有幾百人，好在他軍餉豐足，人也越弄越多了，他便自稱誠王，就在高郵造起了王府，居然也稱孤道寡起來了。

那時朱元璋帶了郭英、義兒沐英，領著大兵到了滁州，把元軍大殺一陣，還擒了賈魯。徐達見元璋行軍有道，恩威並濟，知道是個有作為的人，便來和元璋商議，共圖霸業。元璋大喜，恰巧懷遠人常遇春，自白楊村帶了三十多騎來投元璋，元璋益覺高興。於是由眾人舉朱元璋做了元帥，在滁州舉旗起義，一面令徐達領五百騎去收服了鄰近的草寇。徐達字天德，也是濠州人。其時郭子興部下的諸將，恨那子興賞罰不明，寡謀少斷，大家都有些面和心叛。這時見新主帥英毅強幹，和子興大不相同，便一起來傾心輔助元璋。那徐達領著人馬，一日收服十七寨，得了兵馬兩萬人，元璋的勢力因此也大了起來。那一天，元璋正和徐達、常遇春一班戰將，商議進取的計劃，猛聽得天崩地塌的一聲響亮，眾人都吃了一驚。要知這是什麼聲音，且聽下回分解。

成雙偶還珠入櫝　學六韜投筆從戎

卻說那天崩地塌的一聲，把朱元璋和常遇春、徐達等都嚇了一跳。正待使左右出去探問，早見警卒飛跑進帥府來，屈著半膝稟道：「城外的神龍殿崩倒，地上陷了一個大穴，湧出一塊有字的石碑來，不知是什麼怪異？」元璋見報，不覺嘆了口氣道：「君主無道，災異迭呈，群盜如鯽，四海分裂，卻要鬧到什麼時候才休。」說著命小卒隨了那探事的去將石碑取來，不一刻已舁到了帥府中，元璋和徐達等下階來看，只見那碑約五尺多長，石色斑駁，好似藏在地中多年了，碑的上面，鐫著幾行字道：「天蒼蒼，地茫茫，干戈振，古流芳，元重改，陰陽旁，成一統，東南行。」元璋讀了一遍，也解不出它的意義。徐達說道：「這都是江湖術士弄的玄虛罷了，不必去睬它。」元璋點點頭，叫把石碑拋去了，一面仍和徐達等籌劃進取。

忽報郭子興在濠州病亡，徐達大笑道：「這是主公的機會來了。我們趁著子興新死，趕緊奔赴濠州，去給郭子興開喪，並收了他部下的人馬，名正言順誰敢不依？」元璋聽了也不覺高興起來道：「時不可失，今夜就須起程，只是辛苦列位了。」於是派定吳良、花雲、湯和、耿再成、郭英、謝潤等八人，暫時守著滁州，元璋自己同了徐達，常遇春、沐英、吳貞、胡大海等一班人星夜趕到濠州來。這時郭子興的兒子郭榮是個沒用的東西，子興一死，部下諸將沒人統率，不由的亂紛紛起來。雖有趙大出來維持，因他威力不足，將士不肯信服。正在沒法的當兒，朱元璋和徐達等趕到。趙大本來害怕元璋，不教不出城迎接。元璋到了濠州，一面替子興治喪，一面料理著政事，雙管齊下，果然如徐達所說，諸將沒人敢有煩言。等待喪事就緒，諸將見元璋樣樣如儀，心上已暗暗佩服。加以城中無主，眾人反都來勸進。元璋卻故意說道：「郭公在日，待我不薄，現在郭公西歸，濠州的大權，自應歸他嗣子主持，但是郭公子年輕，恐無力負擔。我承諸公的推愛，只是暫時代為統率部眾，將來仍歸郭公子率領就是了。」諸將聽了，無不感激流涕，頌讚元璋長厚。

其時從前逃走的孫德崖和彭均用，兩人已得著了郭子興的死耗，便商議著襲取濠州。均用知道趙大是不中用的，勸德崖火速進兵。德崖原也垂涎濠州，因無機可乘，只好睜著眼讓人。如今有了這機會，怎肯輕輕放過。當下領了部下的兵士，飛奔地趕到濠州來，到了城下，見城上旌旗蔽日，軍容齊整，不覺吃了一驚。忙使人去打聽，才知道朱元璋已在城中，統領子興的舊部，做了濠州的統帥了。德崖見報，氣得眼睛裡出火，暴跳如雷道：「朱元璋是何人，敢這樣的放肆，俺絕不容他安穩的。」說罷就要令軍士們攻城。彭均用忙勸阻道：「主將且不要性急，你要攻城，大家翻了臉，這事便不容易幹了。」德崖說道：「依你卻怎樣呢？」彭均用答道：「照我的意思，我們這裡設起一席酒筵，去請朱元璋出城，只說慶賀他就職。等朱元璋若來，隨手在席上刺殺了他，豈不絕了後患？」德崖大喜道：「這事就託你去辦吧！」彭均用答應了，退出去自去布置。

這裡德崖便備了一分賀禮，著人送進城去，並請朱元璋出城赴宴。元璋收了禮物，對來人說道：

「承你主將的美意，我隨後就來。」來人去了，徐達在旁說道：「德崖此來，必不懷好意，主公為何輕易允許了他？」元璋微笑道：「我未嘗不知他有詐，還不是從前誘郭子興的故智麼？但我豈怕這麼麼小醜，今天去赴宴，只防備著就是了。」吳貞在階下挺身應道：「俺願保護主公前去。」胡大海也要去，元璋笑道：「你二人跟我同去，卻不許多說話，只臨機應變，看他們的動作行事。」吳貞和大海應著，各自去預備起來。元璋又叮囑徐達和常遇春帶領健卒千人隨後接應。命沐英、郭英固守濠州。

分派已定，便同了吳貞、胡大海並十幾個衛士，飛奔望孫德崖營中來，德崖接著，忙來迎了進去，吩咐帳中擺起筵宴，便邀元璋入席。酒到三巡，德崖正要開口，一眼瞧見元璋的背後，立著兩個大漢，一黑一白，怒目按劍，威風凜凜，德崖吃了一驚。故意問道：「將軍背後侍立著的是誰？」元璋答道：「這是郭公部下的吳貞和胡大海。」德崖見說，叫賞吳貞、胡大海酒肉，兩人也不客氣，就在帳下你一杯我一杯地豪飲起來。德崖和元璋在席上，只閒談些元朝的政事，卻毫不提及濠州兩字。酒闌席散，元璋起身告辭，吳貞、大海緊緊相隨，德崖直送元璋到了營外，元璋作別上馬。

德崖回到帳裡，彭均用從帳後出來問道：「主將既把元璋請來，為什麼終不下手？」德崖道：「你不看見元璋背後立著兩個勇將嗎？咱若一動手，自己的性命也就難保了。」均用頓足道：「你的膽子也太小了，他到我這裡來，任他怎樣厲害，也是雙拳不敵四手。現在輕輕把他放走，愈顯得我們營中無人了。」這一句話，激得德崖耳根子也紅了，忙道：「如今可有什麼計較，去把他追轉來？」均用說道：「他已經脫身，還肯回來嗎？」為今之計，主將快領了人馬，趁他去得不遠，便上去邀他商議大事。如他不答應，便將他圍困起來，咱就暗暗地去襲了城，濠州一得手，兩下夾攻，使他背腹受敵，還愁朱元璋不成擒嗎？」德崖連連拍手道：「妙計妙計！咱便領兵去追，你快帶本部人馬，從小路去襲濠城吧！」於是德崖點起八百軍馬，盡力來追元璋，看看追上，德崖大叫道：「朱將軍慢行，咱有軍情和你酌議，請你稍留再去不遲。」元璋見德崖飛馬趕來，後面塵頭大起，知道他心懷叵測，就在馬上拱手笑道：「孫將軍！我們已看透你的鬼計了，只是你不早下手，此刻我已離虎口，豈能再上你的當，你還是棄了這個念頭，我們隔日再想見吧！」說畢把馬加上兩鞭，和吳貞、胡大海等一行人飛般地走了。德崖哪裡捨得，也督促兵馬奮勇地追著。遙見元璋十幾騎人馬，走進樹林中去，轉眼看不見了。德崖趕到樹林外面四面一望，卻是綠樹蔭濃，蘆草深密，不覺驚疑道：「這裡防有伏兵，且不可進去。」話猶未了，一聲梆子響，喊聲大震，一彪人馬殺出，為首一員大將，面如重棗，豹頭環眼，挺槍大喝道：「孫德崖逆賊，認得常將軍麼？」德崖大怒，揮著大刀來戰常遇春，兩馬相交，刀槍並舉，戰不上十合，德崖氣力不加，撥馬便走，才奔得十幾步，那裡喊聲又起，一將也臉若重棗，蠶眉鳳目，橫戈攔住去路，大喝：「徐達在此！」孫德崖心慌，不敢戀戰，奮力奪路而逃，不提防半腰裡一將衝出一個霹靂，軍馬紛紛倒退，孫德崖措手不及，被大海手起斧落，把德崖劈做兩半，兵士見主將被殺，發聲喊各自逃命。大海卻揮動大斧，見人便砍，將德崖的兵馬，好像切菜一般。徐達忙上去阻住，一面下令道：「兵丁們聽著，降者免死！」這一令出，那些兵士，齊聲說願降。徐達便招呼遇春、大海集在一起，鳴金收軍，計點人馬，一千個不缺一人。又把孫德崖的降兵另編了一隊。這時元璋已領著十餘騎先回濠州。

徐達、遇春等領了人馬，慢慢地回來。離城約半裡許，忽聽得喊殺的聲音，徐達詫異道：「誰在那裡廝殺？」大海忙道：「待俺去看來。」說著一騎馬直奔前去，徐達也催動人馬速進。那時彭均用領了軍馬，偷偷地來襲濠州，被沐英和郭英從城中殺出，恰巧元璋也趕到，大家亂殺一陣，均用正在攔擋不住，猛聽得一將聲如巨雷，把大斧舞得和蛟龍似的，殺入陣來。彭均用見不是勢頭，便回馬敗走，劈頭又撞著徐達、常遇春，雙槍齊至。均用勉強來抵敵，背後胡大海追到，只一斧將彭均用連人帶馬砍死在那。那些軍馬死的死，降的降，餘下的幾個紛紛逃命去了。元璋便收了軍隊，和徐達、遇春、大海、沐英、郭英等會聚起來，把孫德崖的降卒，令郭英統領了，暫時屯在城外，自己和遇春、徐達等進城。

一行人回到帥府，趙大聽說元璋得勝回來，便同了一個本城的名士，順道來給元璋賀喜。那士人見了元璋行禮畢，自說姓李名善長，是濠州懷遠人。又說：在二年前，懷縣來了個逃難的女子，問她姓氏說姓朱，因家被官事，一門逃散無處容身，誤行到此。善長的母親就把她收作義女。後來那女子漸漸吐露出來，才知她是朱元璋的夫人。現聞得元帥領兵到此，故特來報知。元璋聽了李善長的話，不覺皺眉道：「我出入戎馬之中，並未娶過妻子，怎麼有了夫人來呢？」徐達在旁笑道：「或者從前有人曾許親給主公，一時忘懷了。」元璋說道：「我除了郭公相贈的櫻桃外，實在沒有第二個人。」善長說道：「那女子所說，元帥的姓氏面貌卻一點也不差的。」元璋見說，沉吟了一會，忽然記起了馬秀英來。便恍然說道：「不要就是她吧？」當下把在郭光卿家裡和馬氏怎樣的相愛，在後怎樣的離散，大略和徐達等講了一遍。胡大海在那裡拍手笑道：「怪不得主公在梵村要強著俺娶妻子，原來主公自己早定了一個夫人了。」徐達和元璋想起了大海結婚時的情形來，忍不住也笑了。

當下元璋、善長去接了那個女子，進府來一瞧，果然是馬秀英。兩人想見之下，自覺得悲喜交集。元璋一面命開起慶功宴和諸將們同樂，又和徐達等商議，準備與馬氏結婚。到了這一天上，濠州的元帥府裡掛燈結綵，大小將領們都來賀喜，就是滁州的耿再成，謝潤、花雲、吳良、湯和等也差人送禮到濠州來。這裡常遇春、徐達、郭英、胡大海以及沐英、趙大諸人，大家喝著喜酒兒，足足地鬧了三四天，才得慢慢地安靜。其時可巧方子春和他兒子方剛親自來給元璋道喜。元璋留他父子飲筵，就席上談起胡大海的事來，元璋叫他把方柳娘送入帥府，和自己同居，使大海夫妻團圓。又令方剛隨從左右，練習軍事。子春很為高興，便拜謝了自去。從此馬氏和櫻桃同事元璋，兩人極其和睦，這且不提。

再講那朱元璋自和馬氏結婚後，去滁州調了花雲、湯和到濠州，拜徐達為行軍都指揮，常遇春為先鋒，胡大海、花雲為左右監軍，命李善長為參謀，湯和為濠州總管，郭英、沐英為衛軍統帶，方剛為護衛官，耿再成、吳良為滁州正副總管，謝潤為指揮，暫留守滁州。元璋分派已定，只有趙大不曾有職使。因他是郭子興的故人，輩分在元璋之先，怎樣肯受人支派，所以心懷忿恨，在那裡伺機謀變。元璋見他沒甚權力，也不把他放在眼裡。元璋一切安排停當，吩咐湯和小心鎮守濠州，自己帶了徐達、常遇春、胡大海、花雲、李善長、郭英、沐英、方剛等一班戰將進兵攻取定遠。定遠守將王聚出兵拒敵，力盡戰死。元璋得了定遠，又收服了馬家堡寨主繆大亨。大亨的部下也有兩萬多人馬，各處的小寨，聽得大亨已投誠了，便都率著部下紛紛來歸。這樣的一來，元璋的威聲大震，武將如鄧愈、華雲龍、郭興、常遇春、呂懷玉、耿炳文等齊來歸附。這六員勇將中，除了耿炳文是炳再成的族兄，郭興是郭英的兄弟外，鄧愈、華雲龍、常遇春、呂懷玉等四人，系聞名來歸，都具有萬夫之勇，鄧愈更兼文武全材。他是和州人，將來也是明朝開國的功臣，又有文士如龍泉人章溢、麗水人葉琛、浦江人宋濂、處州人劉基，這幾位號為浙東四大儒，又稱作四賢。那時章溢、葉琛等見群雄四起，天下大亂，便攘臂奮然道：「大丈夫要輔助明主建功立業，目下是其時了。」於是兩個人遊歷各處，要想擇主而事，而在路上卻碰著了宋濂和劉基，也抱著投筆從戎的志願。四個人聚在一起，說說談談，互慕著文名，當然十分投機。大家議論了一番，覺得徐壽輝、方國珍、張士誠等一班人都不是成大事的，聞得濠州朱元璋自起義以來，仁慈愛民，禮賢下士，知道是個真主，就星夜來投奔元璋。但四人之中，劉基更是出類拔萃。宋濂、章溢、葉琛等三人也個個是滿腹經綸，才堪濟世，學足安邦。

單講那個劉基，字伯溫，祖居在處州的琅玕鄉。他在十七歲上已中了進士，可算得無書不讀，博古通今。浙東的四賢，要推劉基文名最盛。他新中進士的時候，年未弱冠，不免睥睨一切，驕氣凌人。和他結交的一般宿儒，都佩服著他的學問，所謂後生可畏，自然讓他三分，那劉基便覺得不可一世了。一天是三月三的上巳日，劉基也效著那古人，往郊外去踏青，順便去遊覽靈巖。那靈巖的地方，離琅玕約有二十多里，那裡山青水秀，碧樹成蔭。又值春氣融融、百卉爭妍的當兒，但見遍地山花照眼，綠波漣漪，雲影婆娑，花香馥郁，流泉琤琮。行人到了這裡，真要疑是身入了畫中哩。劉基也愛靈巖的風景清幽，一時貪玩山色，徘徊了一會，已是倦鳥歸林紅日西沉了。靈巖本是處州著名的勝地，春秋佳日，士大夫提酒登臨憑弔古蹟的很是不少。劉基見遊人紛紛散去，才覺得時候已晚，只得舍了佳景，慢慢地走回去。可是走不上十里，天便昏黑下來，幸得微月在東，略略辨得出路途。劉基因歸意匆匆，卻錯走了一程，舉頭四望，見一片的荒地，青塚纍纍，鬼火磷磷，不由得心慌起來。

正在遑急時，遠遠瞧見人家的住屋，那燈光從門隙裡射了出來。劉基這時好似得著了救星，三腳兩步地向那所房屋走去。到了面前，就月光下看去，卻是竹籬茅舍，雙掩柴扉。聽得裡面磨聲鹿鹿，燈光便自柴扉中吐出。劉基待上前叩門，忽聽屋內有人問道：「外面來的可是劉伯溫嗎？」伯溫見問，不覺吃了一驚，忙回答道：「在下正是劉伯溫，不識高士怎樣知道的？」說猶未了，柴扉呀的開了，走出一個老兒來，笑著說道：「我在十年前已經算定，相候已多時了。」說罷，仰天大笑，弄得個聰明絕世的劉伯溫，簡直是丈二和尚摸不到頭腦了。那老兒便迎伯溫進了草堂，早有小童獻上茶來。老兒讓伯溫坐下，伯溫一面接茶，便躬身道：「敢問仙丈高姓雅號，何以曉得賤名？」那老兒笑道：「山野村夫，與草木同腐，本不必有姓名，不比相公，少年名書金榜，誰還不知我們處州有位劉伯溫呢？」老兒說時，形色十分謙慕，打動了伯溫好勝之心，臉上便露出驕矜的顏色來，口裡謙遜道：「承仙丈的謬獎了。」老兒笑道：「今天賢者下臨敝廬，也可算得蓬蓽生輝。」伯溫道：「這是仙丈的推崇，但小可此刻因貪遊靈巖回去天晚，誤了路程，日暮途窮，要求仙丈這裡打擾一宵，未知仙丈可能見容？」那老兒大笑道：「我剛說相候多時了，正希望相公的大駕見顧呢。」伯溫見老兒說話迷離惝恍，方待要問個明白，不曾啟口，那老兒卻繼續說道：「劉相公才廣學博，方才從靈巖回來，那靈巖的占跡裡面，有一座蝴蝶塚，不曉得它建自什麼年分？是怎麼一回事？老漢懷疑已十多年了，萬祈指教。」伯溫聽了，一時回答不出，囁嚅了半晌，勉強說道：「那蝴蝶塚小可也嘗聽人說過，有的謂是莊子的化身，其實這一類古蹟遺事，誰也不能證實它，無非是前朝好事文人弄的玄虛罷了。」那老兒見說，不禁正色道：「這是什麼話，只怕未必如尊意所說呢！」

伯溫那時知道老兒有心難他，便尋思道：「等我反難他，看他怎樣。」想著忙拱手道：「依仙丈所論，諒來定有根據，敢請見示。」那老兒仰著脖子，微笑說道：「講起那蝴蝶塚來，老漢倒略知一二。什麼莊子化身，都是一種推測之辭，況那塚的年代，也不至於這般之遠。考這蝴蝶塚由來，是唐天寶年間，宮廷之亂，廷臣梁詩禎株連被誅。詩禎的愛姬蝶奴，也服毒身殉，她死後遺書，自述是本城人，指名要葬在靈巖下。詩禎的家屬敬她貞烈，真個運柩回來，替她瘞在巖下，成了她的志願。那塚的面前，鐫著一塊碑道：烈姬蝶兒之墓。後人因碑淹沒，誤傳為蝴蝶塚。老漢記得那蝶兒塚墓碑的後背，還鐫著一首歌詞，很覺哀豔。老漢聽人談著，也就把它記在心上。想當日定也傳誦一時呢。」說罷，便念那首歌辭道：

禁闕變萬熾，強弱自殘折。意氣許與分君臣，忠心欲奮秋陽烈。摧軀抉股同死君，轟轟義烈薄天雲。後人重死不重節，暮楚朝秦何紛紛。蝶兒感恩乃至爾，吁嗟，萬雲不如斯靈巖，山高江水寒，孤塚茫茫歷萬劫！魂兮不滅，翩翩落花飛蝴蝶。草青青，山冷冷，猶見山頭流水碧。

那老兒念罷，瞧著伯溫大笑道：「這不算是最近的事跡，相公卻不曾弄得清楚，休說是三墳五典，八索九丘了。」說著又一陣的狂笑。伯溫自覺慚愧，那臉上不禁紅了起來，當下便起身向那老兒謝過。那老兒捋著銀髯微笑道：「孺子可教，老漢和你說明瞭吧！」於是，那老兒自己說是叫做胡光星。還對伯溫說：「十九年前，曾替人點過龍穴，現今國家將大亂，真主已出。要想選擇一兩個人材，傳授自己的衣缽。所以我待此十年，終遇不著有根器的人。」那胡光星一頭說，去裡面取出一冊書來，遞給伯溫道：「老漢行將就木，留著也沒有用。今天和你相逢，也是前世有緣，你拿去勤習，不難做輔弼良臣。」伯溫聽說，接書隨手翻了一遍，見書中六韜三略，行軍布陣，定亂治國的道理，無不齊備。伯溫大喜，忙收了書向胡光星拜謝，並稱他做了老師。伯溫又問真主在什麼地方。胡光星答道：「今日已晚，明天自然告訴你。」伯溫稱謝，這一夜就在草堂中宿歇。伯溫因心上有事，翻來覆去地睡不著。遠遠的村雞初唱，伯溫正朦朧睡去，忽聽胡光星大呼道：「皇帝來了！」伯溫大驚。要知皇帝來也不來，且聽下回分解。

採石磯前擒敵將　蘭陵城下敗雄酋

卻說劉伯溫聽得胡光星說皇帝來了，便從睡夢中驚醒，慌忙披衣起身，手忙腳亂地走了出來。只見草堂外面靜悄悄的，並沒有什麼皇帝。不覺很詫異地問道：「皇帝在哪裡？」光星指著門隙裡的陽光說道：「那不是皇帝嗎？」伯溫見說，只當他是鬧玩笑，便點了點頭。胡光星也不再說，只催著伯溫快走。伯溫便辭了光星走出茅舍，光星卻囑咐道：「今日一別，有緣的五年後再見。」伯溫說道：「我師將往何處？」光星嘆口氣道：「行蹤無定，到了那時再談吧！」後起劉基輔助朱元璋，被陳友諒困住，正在危急的當兒，忽然空中來了三枝袖箭，把敵將射死。小卒拾了那箭來看時，矢上刻著「胡光星」三個字。伯溫吃驚道：「吾師來了。」忙令人去找尋，卻不見胡光星的影蹤。再一記年月，整整的五年多了。伯溫也嘆道：「吾師已經到過了，他不願和我見面，不必強為。」當下望空拜謝了，這是後話不提。

再說劉伯溫別了胡光星，回到家裡，把那冊所授的書盡心學習了三年，也無心去進取功名。這三年裡面，居然學得上知天文，下曉地理，元朝都督察木兒不花，聞得伯溫的才名，嘗著人去邀他出山，伯溫只是不應。就是徐壽輝和方國珍，也曾致聘伯溫，伯溫被他們糾纏不過，索性棄家出遊去了。伯溫一路留心著真主，猛然地想起他師傅胡光星，在茅屋中指著陽光說是皇帝，真皇帝莫非在濠州嗎。因濠州古名朝陽（今鳳陽是也）。於是伯溫一心往濠州來投奔朱元璋，在路上又遇見了宋濂和章溢、葉琛等，講起了朱元璋，都說他愛賢如渴，確有人君之度。伯溫聽了，志意越發堅決了。劉基等四人到了濠州，朱元璋已出兵走遠，由葉琛、章溢來見湯和，湯和忙寫了薦書，叫兩人去定遠晉謁元璋。

元璋接著大喜，便親自寫了聘書，備了一份厚禮，令人到濠州來請宋濂和劉基。那宋濂應命往定遠，只有劉基卻不去。朱元璋知道劉基與別人不同，就命宋濂和胡大海代表著自己來請劉基。第一次上，被劉基拒絕不見，再來又值劉基出去了，惱得胡大海性發，在劉基的門前拍著手大罵起來，慌得宋濂再三地把他勸住了。到了第三天，宋濂和大海又來館驛見劉基，那大海便大步走上去，將館驛門打得擂鼓似的。嚇得館童死命地把門拴上，任你打門打得震天價響，只是不開。胡大海頓時憤不可遏，高聲罵道：「那酸骨頭是什麼東西，便這般的搭著鳥架子，等俺去一把抓他出來！」說罷拔出了腰刀，望門上直砍入去，宋濂忙阻攔道：「主公怎樣吩咐著的，你卻這樣野蠻，把劉先生惱走了，拿什麼話去回覆主公呢？」大海見說，才插了腰刀氣憤憤道地：「那麼你去見他去，俺可等得不耐煩，先要回去了。」宋濂沒法，只得由他去，自己便再來見劉基。呈上聘書和禮物並說了來意，劉基說道：「承主公垂青，自當應召。但目下還有些小事兒不曾料理著，煩足下略待幾天。」宋濂聽了，暗想你倒好放刁，我們四個人一塊兒來的，你偏要人家一請再請，還不肯就起身，卻等到幾時去，怪不得胡將軍要抓你去了。宋濂尋思了半晌道：「朱公聞得你名，十分渴想，急於要和你想見，所以令我幾次前來，我已著胡大海將軍先回去通知了，怎好再挨延時日，使朱公在那裡盼望呢？」劉基見宋濂說得有理，便答應次日起程。

第二天，劉基果同了宋濂到定遠來見元璋。既到了定遠，元璋聽得劉伯溫來了，便親自和徐達、常遇春、李善長、花雲、華雲龍、鄧愈、葉琛、章溢等一班文武將領出城迎接。劉基遠遠見城中擁出一隊人馬，旌旗招展，刀槍鮮明，馬上的諸將個個威風凜凜，正中的一人生得龍眉鳳目，熊腰虎背，器宇不凡，知道是朱元璋親自出城來了，忙立在道旁，由宋濂上前稟白。元璋便跳下雕鞍，諸將也紛紛下騎，劉基過來謁見了元璋，只長揖不拜。元璋大喜道：「得劉先生來此，真是三生有幸了。」劉基也謙讓著，元璋叫備過馬匹，和劉基並馬入城。諸將也上了馬，一路護擁著進城，到了定遠館署前下馬，元璋邀劉基進了大廳，分賓主坐下。葉琛、宋濂等分坐下首，諸將卻旁立在階下。元璋便說起了諸多仰慕的話，劉基也自謙了一番，兩人漸漸講到了政事，劉基卻對答如流，把個朱元璋樂得心花怒發，連連讚嘆不絕。這時東廊下走出了胡大海來，瞧著劉基笑道：「主公那樣的看重他，俺只當他有三頭六臂的，原來也是個窮酸腮子兒，叫他來有甚用處，值得這般恭敬！」這幾句話，說得廳上下的文武將領都忍不住笑起來。元璋勃然變色，大喝道：「你這黑廝懂得甚事，還不給我退出去。」大海見元璋發怒，轉身伸了伸舌頭，走向外面去了。那大海恨著劉基在濠州不肯出見，所以元璋和眾人出城去接劉基，獨大海不去。及至見了劉基是個書生，大海越瞧不起他了，一時忍耐不得，從廊下走出來譏笑他幾句。劉基聽了大海的話，心裡自然不高興，大海被元璋喝退，也有些不服，這是大海和伯溫始終不睦的起點。其時元璋和伯溫談得很是投機。元璋便請教定天下的方略，劉伯溫說道：「金陵有王氣，取了它作為基礎，然後一鼓下西南，天下不難定了。」元璋也笑道：「先生的意思，正和我相同。」說著便命擺上筵席來，和伯溫對飲，徐達等諸人便都散去。只有一個沐英隨侍元璋的旁邊。元璋和伯溫直吃到魚更三躍，共入署後安息。

兩人連飲了三天，到了第四日，忽然穎州的劉福通遣了使臣前來，並有詔書封朱元璋做大元帥，徐達、常遇春做了左右都督，得專征伐。那劉福通是什麼人？怎樣好下詔書呢？當元順帝至正九年時，有一個欒州人名韓山童的，倡起白蓮會，糾那些愚民入會。韓山童本習些左道旁門的邪術，替人符籙治病，很有點小驗。無識的鄉民奉他做了神佛，百般地崇拜著。這樣的一來，山童的勢力漸漸膨脹起來，凡河南江淮一帶，徒眾已有兩三萬了。山童見勢日大，便和黨徒王顯忠、羅文素、劉福通等一班人連夜舉義。山童自稱是宋代皇裔，建號宋帝。元朝都指揮兀脫帖本兒領兵征剿，一戰便擒了山童。劉福通卻負山童的兒子林兒逃到河南。那裡白蓮會的黨徒原很不少。福通便號召起來，竟得了四五萬人。當時豎起大纛，占了亳州，奉韓林兒做了小明王，國號仍稱為宋，建元叫做龍鳳。劉福通挾著宋朝的名稱，四處去招附著盜寇，凡當時爭天下的群雄，都經福通加著封典，一時也有受他的，也有拒絕的，一般草寇歸順他的最多。

這時，劉福通的使者到了朱元璋那裡，諸將把偽書讀了，一齊好笑起來。元璋就把這件事去和劉伯溫商議，伯溫說道：「主公既和群雄角逐，何必要去依賴他人。」元璋點頭道：「這話不差。」正要打發使者把偽詔退回，只見常遇春進來道：「主公獨力舉義，羽翼還不曾豐足，今趁著劉福通來修好，不妨受了他的，雖不見得有益，做個聲援也是好的。」元璋見說，不覺笑道：「他能夠給我們利用，就名義上附了他！只要根本沒有損益，也未不可。」於是令款待劉福通來使，受了他大元帥的詔封，著軍中一例稱龍鳳年號。諸將得了這樣的命令，個個不服，來稟元璋道：「韓林兒是個山野的牧豎，怎樣去附順他起來。」元璋說道：「林兒出身微賤我也曉得的，不過他現下襲著宋朝的大名，天下人心向宋卻不辨真偽，我們也借這個名目，做事容易一點的意思，並非有心去歸順他。」眾將聽說，這才沒有說話。

當下元璋聽了劉基的規劃，先從東南著手。那時要待渡江南下，卻沒有船隻，就去拘些民船來也載不了多少兵。元璋的心上很覺得懊惱。正在這當兒，忽有水寇廖永安和兄弟永忠、首領俞通海、通淵兄弟等領著部眾，來投誠元璋。那廖永安和俞通海等是巢湖著名的大盜，手下有六七百艘戰船，二萬多名健卒，屢次和元兵為難，官兵很見他們害怕。其時元廷的副元帥朵察耐督著五萬水師，收守了湖口。廖永安、俞通海等久困湖中，食糧漸盡，想去劫掠，只是衝不出那口子。廖永安和通海計議以這樣的困下去，只有束手待死。若要解去那重圍，須陸上援兵從外面殺入，裡面水兵殺出，兩下夾攻才能成功。但算來算去，唯有朱元璋的聲勢最大，兵力也充足，距離又甚近，應援比他處便利。故廖永安和俞通海議定，決定來歸附元璋，求他前來解圍。主意打定，廖俞兩人便悄悄地從水口逃出來謁見元璋。元璋問明瞭來歷，便微笑著對徐達說道：「廖永安前來歸我，也是求我救應的意思。然我這裡正缺乏水軍和船隻，大可以將計就計，順勢渡江不是一個好機會嗎？」徐達也很贊成。元璋便吩咐廖永安、俞通海，約定了日期，併力合攻官兵。

到了那天，元璋親率兵馬，和徐達、常遇春、胡大海，花雲等一班戰將，拜劉基做軍師，星夜來襲取湖口。元將朵察耐，只防著湖中的盜寇，卻不曾留心背後的來兵。元璋軍馬殺入，一聲暗號，廖永安、俞通海領著部下水盜奮勇地殺出。朵察耐哪裡抵擋得住，被元璋的兵馬殺得大敗，各自奔逃，朵察耐幾乎給胡大海捉住。這一場好殺，弄得元兵魂喪膽落。元璋既打敗元兵，便傳令兵士們且沿江屯住，一面令廖永安調齊戰船準備應用。廖永安便集了船隻回報元璋，元璋著廖永安、永忠、俞通海、通淵領了湖中原有水兵引道做先鋒，自己和劉基、徐達、常遇春、胡大海、華雲龍，花雲、鄧愈等率著軍馬，紛紛登舟在後揚帆出發。船到了半江，元璋下令道：「我軍此次名為追襲元兵，實在元兵早己走遠了。

現在的方向，我們不如先破牛渚磯，牛諸磯一破，那採石磯就不難得了。這個地方都是江中的險要，我們軍馬渡江卻不可不爭。」元璋話猶未了，俞通海應聲道：「某願去攻採石。」元璋點頭道：「你去也好，須要小心了。」通海答應著，一手揮動大旗，一手提了大刀督著兵士前進。

那時江流湍急，船在水上好似射箭一般。通海仗著深知水性，挺立船頭，直望那採石磯馳來。講到採石磯的地方，似一座險峻的小島矗立江中，高出水面約有兩丈光景。元將朵察耐在湖上敗走後，卻來守著這採石磯。他遠遠望著元璋的兵馬駕著大船向磯駛來，便喝令軍士放箭。愈通海兩番進攻，都被箭射退。那廖永安和弟永忠，因新降元璋急要立功，便也駕大舟盡力地來攻採石磯，也給朵察耐射走。這時元璋領著眾將去奪牛渚磯，磯上還不到三百個人馬，徐達和常遇春殺上牛渚磯，把幾百個兵士殺得四散逃走。元璋得牛諸磯，留華雲龍守著，自己和常遇春等督著人馬，併力來取採石磯。那時磯上矢石和驟雨一般，兵丁沒一個敢上前。常遇春在船頭上大叫道：「看俺來爭奪頭功！」說罷，便挑選了二十個健卒，手裡各拿著鐵盾，駕了一隻小舟飛奔到了磯下，遇春便聳身一躍跳上磯來。不期那朵察耐的副將別也瞧見遇春上磯，覷得親切，一戟向遇春頭上刺來，遇春忙把盾去護時已來不及了，那枝戟恰巧刺在髮髻上，戟上有鉤，將遇春髮髻鉤住，別也盡力一提，遇春兩腳離空，險些被他牽倒，正在危急萬分，遇春忙把短刀望自己的頭上削去，竟連髮髻和頂肉一齊削落。遇春也不顧痛疼，便仗刀來奔別也，別也大驚，措手不及，給遇春奮勇砍倒，後面兵丁也蟻附上磯，徐達、胡大海、花雲等紛紛隨上，大家一陣地亂殺，元兵慌得走投無路，落水的也很不少。朵察耐立腳不住，領著三四十人逃到一隻小船上揚起布帆，投奔金陵去了。

元璋得了採石磯，連夜進兵太平。廖永安和俞通海在採石磯未曾立功，又來討令攻取太平。太平守將陳野先和他兒子兆先親督軍士死守。牙將方榮進言道：「朱元璋來勢甚大，孤城死守也不是久計，將軍何不前去詐降，理應外合，自然一戰成功。」野先稱善，便同了方榮來元璋軍前請降。元璋大喜，收了降書，約定明日進城。野先退出，暗下使人去報知兆先，叫他隨機行事。野先走後，劉基密對元璋道：「野先說話時雙眼灼灼不定，恐他是一種詐降，主公須要防備。」元璋說道：「我也這般想，先生可有什麼妙計？」劉基便附著元璋的耳朵道如此如此。元璋大喜，立刻召常遇春、胡大海、花雲、繆大亨、呂懷玉、耿炳文等入帳授著密計去了。又令俞通海、廖永安等暫緩圍城，把兵馬退下十里，明天聽得炮響，便回兵殺來，廖俞兩將領令自去。

第二天上，陳野先和牙將方榮來請元璋進城安民。元璋自和徐達、劉基、李善長、郭英、郭興、鄧愈、方剛、常遇春、沐英等一班人，同了陳野先、方榮並馬望太平城來。看看將到城下，早見吊橋放下，城門大開。這時元璋忽然變色向野先喝道：「我倒誠意待你，你怎麼卻來暗算我！」野先見說，大吃一驚，知道事已洩露，正要去拔佩劍，郭興、郭英已把野先獲住。方榮忙仗刀來救，背後被鄧愈一槍刺落馬下。沐英從懷裡掏出信炮來，燃著轟隆的一聲，只聽得鼓角齊鳴，常遇春、胡大海、花雲、呂懷玉、耿炳文、繆大亨等分四面殺出，都來搶城。野先的兒子兆先見城下有變，曉得元璋不是單身進城，忙喚起伏兵來關城門，一時哪裡還關得上，常遇春、胡大海、花雲、繆大亨四騎馬爭先進城，劈頭碰看副將王賁，手揮大刀攔住去路。常遇春挺槍直刺，王賁仗刀接戰，胡大海隨手一斧把王賁劈落下馬。兵丁吶喊一聲，隨著遇春大海等擁入城去。陳兆先見不是勢頭，領了敗兵開了西門逃走。不提防俞通海和廖永安率兵殺到，把兆先圍在垓心。兆先部下猛將張均，大喊：「兵丁們跟咱殺出去！」便仗著一根梨花槍，飄飄地殺開一條血路，救了陳兆先落荒而走。俞通海不捨，從後緊緊地追趕。張均和兆先漸漸走遠，看看將要逃脫，通海十分惱恨，揮動部卒狠命來追。兆先、張均正向前奔走，猛聽得斜刺裡大叫快擒陳兆先，一隊兵馬當頭攔著去路。馬上兩員小將，正是方剛、沐英奉了元璋的密令，在這裡守候，恰好遇著兆先，二人便雙雙取兆先，張均忙上來敵住方剛、沐英。後面俞通海殺來，廖永安和弟永忠也領兵殺到。陳兆先背腹受敵，無心戀戰，只奪路逃命。沐英、方剛雙戰張均，又加上一個俞通海，張均雖然力猛，也有些遮攔不住了。那通海的兄弟通淵舞著鋼叉來助戰。張均一個失手，被通淵一叉搠在股上，張均棄了槍，拔出劍飛身砍去，把通淵一劍斬落頭顱。通海見兄弟被殺，惱得眼中火星四冒，大吼一聲，提起宣花斧拚力望張均砍來，張均一口劍方御著方剛、沐英兩般兵器，再無暇顧及通海，看看斧已到頭頂，只好閃身讓過，通海卻用力太猛了，把張均的坐馬砍做兩截。張均失了馬，翻身落地，沐英、方剛雙槍齊下，張均撥開方剛的槍尖，被沐英一槍刺進左臂，通海順手一斧，把張均連頭夾肩劈去了半爿。三人殺了張均，回馬來幫著廖永安，圍住了陳兆先，兆先見四面都是敵將，諒來不能脫身，便拔出劍來望脖子上只一抹，猩紅四濺，屍身從馬上墮落塵埃。通海等殺散元兵，奏著凱歌回到太平城來。

這時元璋、徐達、劉基、常遇春等已進城出榜安民。通海獻上張均的首級，並說通淵陣亡，元璋很為嘆息，命軍中設起祭桌，供上張均的頭顱親奠通淵，大哭了一場，諸將在旁也無不感泣。這時廖永安也來獻俘，呈上陳兆先的頭，那陳野先已降了元璋，一見他兒子的頭顱，不覺痛哭起來。所以到了後來，野先終叛了元璋。

其實元璋得了太平，便令野先、吳貞駐守，自己來奪取金陵。那金陵是江南要區，元朝派有重兵鎮守。都督赤福壽擁兵坐守內城，外城是採石敗走的朵察耐守著。朱元璋兵到城下，朵察耐一面去報知赤福壽，一面和兵丁上城守禦。赤福壽得著了訊息，親領著五千名飛虎兵開城來和元璋交戰。講到那赤福壽，原是順帝的族叔，也是元朝著名的良將，使著一口百二十斤的九環大刀，輪動如風，平常的戰將休想近得他的身，大有馬前無三合之將的氣概。第一天元璋出兵和赤福壽交戰，被他殺得大敗。元璋收兵回營，便和軍師劉基商議。劉基說道：「主公要破赤福壽，須先剪除他的羽翼，金陵就一鼓可下。」元璋很以為然，當下分兵一半，命徐達帶領郭興、郭英、胡大海、廖永安等進取鎮江，這裡仍把金陵團團圍住。徐達兵連得了鎮江、江陰，大兵直搗蘭陵（常州）。那時泰州的張士誠已破了平江、湖州、蘭陵諸郡兵威大振。那守蘭陵的是士誠兄弟士德，能使獨腳的銅人，凶猛異常。徐達兵至蘭陵，和士德連見數陣，兩方都有死傷，不分勝負。徐達憤恨交並，便設下一計要殺敗張士德，奪取蘭陵。不知徐達破得蘭陵否，且聽下回分解。

九江口火燒陳友諒　白龍潭水淹張士德

卻說張士誠陷了松江等郡，襲取蘭陵，命兄弟張士德為大都督在蘭陵駐守。蘭陵就是現在的常州。士誠卻在泰州自稱為誠王。泰州名定於南唐，即今之淮揚道。徐達得了鎮江，便來攻常州。張士德聽得徐達兵到，親領了健卒出城抵敵。

士德的為人悍勇無匹，初和徐達對仗，就舞著獨腳銅人大呼陷陣，徐達這邊胡大海、郭英、郭興、廖永安四個敵住士德，士德把銅人使得呼呼風響連水也潑不進一點。五人鬥了有二十餘合，士德性起，右手舞著銅人，擋住了四般兵器，左手悄悄地去抽出銅鞭來，只是一鞭正打在廖永安的背上，打得永安伏鞍敗走。郭興心慌，手指已給士德打著，棄槍回陣。郭英、大海敵不過士德，方要退下，恰好徐達見四將敗了兩個，深恐有失，忙鳴金收兵。郭英、大海棄了士德便走。士德乘勢把銅人一揮，兵士掩殺過來，徐達擋不住，也只有敗走。士德廹殺一陣自回。徐達收了敗軍退十里下寨。這一場的廝殺，算明軍和誠兵第一次交手。徐達因這天戰敗，心上悶悶不樂。到了晚上，便獨背著手巡視兵士們的營帳。走出營門，但見一輪皓月當空，天街如洗，萬籟無聲。遙望蘭陵城中，火光燭光猶若長蛇，刁斗聲叮不絕。徐達不覺嘆口氣道：「素聞張士城有個兄弟士德，十分能兵，今日果然不虛。」正在嘆著，忽見郭英領了十名小校，掌著燈巡查過來，瞧見徐達一個人立在那裡，便問：「主將還不曾安息嗎？」徐達搖頭道：「勁敵當前，如何能夠安睡？」郭英低聲道：「末將正為這件事要和主將商議，請到帳中再說。」徐達聽了，便握了郭英的手同進中軍帳坐下。徐達先說道：「我自隨主公征戰以來，戎馬七載，從未有今天這樣的大敗，說起來真也慚愧。不知郭統帶可有甚妙計去破得士德？」郭英答道：「本將聽說張士德的為人，性急暴戾，往往無故鞭撻士卒，所以部下離心。現有士德的親隨四名到末將處來投降。據他們說，士德所持的就是獨腳銅人，只把他這處兵器盜去，自然容易對付了。依末將的愚見，重賞那四個親隨，著他們混進蘭陵盜了士德的兵器，便在那裡放起火來，只說敵兵殺進來了。這樣的一鬧，城中必定自亂，我們趁勢攻城，士德也不難受縛了。」徐達見說，不禁驚喜道：「果有這事嗎？那是天助我了。」當下令郭英喚過士德的四個親隨來，用好言撫慰了一番，叫他依計行事。並約定三天內若城中火起，便領兵攻城。那四個親隨去後，徐達又各營瞧了一轉，才回帳帶甲假寐。

第二天上傳令進兵，到了城下卻不和士德交戰，只是堅守不出，士德雖裸衣叫罵，徐達命將士不許理他。看看天晚下來，徐達著郭英、郭興、胡大海等不得卸甲，以便隨時攻城。廖永安因被士德打傷，臥病後帳。徐達使他兄弟永忠去伏侍永安，不必參與戰事。這一夜，徐達眼巴巴地望著天明，見城內沒甚動靜，日間就帳中安息。第二晚又照樣望著，天將四更，仍沒一點影蹤。徐達自己也有些睏倦，便令軍士去更番瞭望。這時徐達回帳伏在幾上正朦朧的當兒，耳邊聽得畫角嗚，喊聲連天，軍士來報城中火起。徐達便直跳起來，下令軍士火速攻城。

原來士德的四個親隨奉了徐達的密計，偷進城去，第一天卻得不到機會，第二天就混入士德的署中，好在士德那裡的親兵護衛都認得的，大家並不疑心。四人中有一個和衛兵要好的，便去和一個衛兵商量，許他厚酬。到了三更時候，待士德睡著了，那衛兵把士德的銅人掮了出來。但一時無處安放，又不能拿出署去，五個人舁著銅人，去拋在署後的枯井裡，乘間在馬棚的草料堆上放起火來。一時火光沖天，署中大亂，那個衛兵和四個親隨，從署後直奔到前廳，口裡大叫敵兵殺來了。士德從夢中驚醒，倉皇尋不著他的兵器，赤著足跑出了大堂，一眼瞧見自己的親隨四五人在廳前喊著敵兵殺來，知道內裡有奸細，就飛身過去把手去抓，一手一個捉住了兩人，隨手往地上一摔，早給他摔死，一個連頭也被他摔斷了。還有兩個親隨和那衛兵慌忙逃了出去，沿路去散著流言。

這裡士德怒氣不息，一面令吹角集隊，自己去找了一把大刀，親來督率兵丁守城。城外的徐達聽得城內的角聲，曉得士德沒有防備，忙迫中在那裡齊隊，於是催促軍士併力攻打，不到一刻，郭英的部卒已打進了西門。胡大海也奮勇上了南門的城牆，兵丁們隨後跟了上去，西南兩門大開，徐達和郭興分兵兩路進城。士德的軍馬四散奔逃，互相踐踏，城內立時紛亂，喊殺聲震天。士德卻領著健卒三百名到西門來阻擋，不防南門徐達殺到，士德背腹受敵，只得帶了十餘騎殺開一條血路，望北門逃走去了。徐達也不去追趕，著兵士救滅了餘火，出榜安民。胡大海、郭興、郭英都來報功，共奪得器械數十車，俘卒六百名，首級三百多顆。那做內線的四個親隨一個衛兵，五人中被士德摔死兩個，一個死在亂軍中，只剩一個親隨和那衛兵。兩人來見徐達，徐達重賞二人。那衛兵不願受賞，但求收錄帳下。問他姓名，說叫趙得勝。徐達立給他做了隊長，趙得勝叩謝退去。那個親隨也領了賞去了。徐達既下蘭陵，飛馬去報知元璋。

這時元璋也攻破金陵，在城中安民了。但那金陵城池鞏固，更兼有赤福壽的智勇，怎樣會給元璋攻陷呢？那是劉伯溫軍師的計劃。叫軍中揑造謠言，只說張士誠襲取濠州。元兵得著這個訊息，便來報給赤福壽。朵察耐聽了大喜道：「濠州是朱元璋的根本，他將領家屬也都在那裡，若張士誠果然去攻濠州，元璋非渡江回兵救援不可。我們乘他退兵的當兒，併力追殺他一陣，令他一個片甲不還。」赤福壽見說，也覺得有理，傳令兵士們預備追剿敵軍。那朵察耐便不時上城，親自來瞭望元璋的兵寨。

到了第四天上，見元璋的兵馬一個個身負行裝，似要起程的樣兒，忙來見赤福壽道：「朱元璋的營壘已拔，只怕今夜還要潛行渡江呢，」赤福壽道：「元璋平日詭計極多，我們且看他真個退兵了，再引軍去追擊不遲。」朵察耐唯唯退出，私下和軍士們說道：「敵兵受後方的牽制，已無心戀戰，此時若出去殺他一陣，包管他們抱頭鼠竄。不過老王爺膽小，只恐錯過機會。敵兵一過江，那就完了。」兵士們聽說，大家摩拳擦掌地要去廝殺。看看天色晚下來，這裡劉伯溫便點鼓傳將，命常遇春、花雲、繆大亨、呂懷玉、俞通海、沐英、鄧愈、鄭遇春一班戰將進帳授了密計，只留耿炳文、方剛等護衛中軍，餘下都遣發出去。伯溫排程停當，自己和元璋、李善長等拔寨起行。城內朵察耐望見，竟去報知赤福壽，領兵欲去追趕。赤福壽阻住道：「你在這裡守住城池，待咱出兵去追，以便看風做事，免墮他的奸謀。」朵察耐聽了，滿心的不樂，又不好違忤，只得領命自去守城。

當下赤福壽自引了五千名飛虎兵出城尾隨朱元璋的兵馬。他想待元璋兵馬一半渡江時才去痛擊，使他們首尾不顧，自然大獲全勝了。誰知元璋領兵到了江口，便下令道：「我們現在前當大江，既沒渡船，後面又有追兵，進退同一是死，不如回去和他拚個死活，絕處逢生也未可知。」兵士們聽了，齊聲說：「情願死戰！」元璋大喜，即命前隊作改後隊，吶喊一聲望著元兵衝殺過來，竟是以一當十，飛虎兵哪裡擋得住，紛紛地向後敗退。赤福壽還不知是計，只當敵兵被追得急了，是困獸猶鬥的意思，所以力喝著兵士不許倒退，並斬了兩個隊長，卻一點也不見效，那敵兵似潮湧般衝殺過來。赤福壽也立腳不住，下令且戰且走。才走得半裡多路，猛聽得一聲炮響，元璋的兵馬大隊殺到，左有常遇春、呂懷玉，右有繆大亨、花雲，背後是鄧愈、鄭遇春殺來，前面朱元璋親自督同方剛、耿炳文奮勇衝鋒，赤福壽四面受敵，五千飛虎兵不待軍令，早已大敗，各自奔逃。赤福壽大怒，揮著大刀狠命地殺出重圍，那面的兵馬又圍了上來。殺退一重又一重，左衝右突只是殺不出去。正在危急的當兒，忽然一彪人馬殺到，卻是朵察耐領了傾城的兵馬來救赤福壽。赤福壽驚問道：「你如何得知俺兵敗被圍？」朵察耐道：「剛才王爺著人來城下求救，命末將速來相援，故領兵到此。」赤福壽頓足道：「這是賊人的奸計，你怎的相信他，我們快回去保城要緊！」朵察耐聽了，也有些心慌，和赤福壽合兵一起，飛奔地殺到城下，只聽得那城上一聲鼓響，火把齊明。沐英在城樓上大叫道：「老王爺不必氣惱，俺已占得城池了。」赤福壽大憤，待要令軍士攻城，城中的俞海通已領兵殺出，後面朱元璋大軍趕到，把赤福壽和朵察耐圍在垓心。常遇春、花雲等曉得赤福壽勇猛，卻不來交戰，只把他圍住了。令軍士們叫道：「赤福壽快下馬受綁！」氣得赤福壽咆哮如雷。幾次衝殺出去都被強弩射回。

天氣已經發白，赤福壽已殺得人困馬乏，渾身血染得裡衣都紅了，諒來不能脫身，便咬牙對朵察耐恨道：「都是你這渾人弄壞的事。」說罷拔出劍來把朵察耐砍作兩段。回顧士卒，剩得寥寥十餘騎，飛虎兵是一個也沒有了。赤福壽仰天長嘆道：「老臣不能盡心保國，今日唯有追隨先帝去了。」說時淚如雨下，便高叫了三聲「聖上」，提起龍泉向自己的頸上揮去，可憐一個赤膽忠心的老王爺，一縷忠魂望著闕羅殿上去了。

赤福壽既死，元璋令收拾餘下的殘兵，一面叫鳴金收軍。卻見赤福壽的屍身兀是坐在棗騮馬上，手握著大刀挺然不倒。元璋也詫異道：「好一個忠烈的老王爺，我這裡兵馬進城，斷不擾害百姓，並將老王爺的眷屬使人護送出城，命他們收葬老王爺就是了。」元璋這句話不曾說完，赤福壽的屍體便僕地倒了。兵士們都搖頭咋舌，常遇春等一班將領無不嗟嘆。

元璋軍馬進城，安民已畢，請出赤福壽的家眷，告訴他們赤福壽已死節，就幫著他家眷們治喪，用王爺的衣冠盛殮了赤福壽，元璋還親自哭奠了一番。著沐英護送赤福壽的靈柩和眷口出城。沿途的百姓和赤福壽手下的將校降卒，一齊來哭送，悲聲遍野，無限淒涼，這種慘目傷心的景象，真令人看了淚下。

元璋得了南京，正在和諸將慶賀，忽警探報來，蘄水徐壽輝被部下沔陽人陳友諒殺死，友諒統其部眾領兵東下，迭陷了安慶、瑞州，便攻破了池州，竟來襲取太平。太平守將陳野先和吳貞星夜差人到金陵來告急。元璋得了這訊息，不覺大驚道：「太平如其有失，江南都非我有了。」當下飛檄徐達，令他趕緊往援太平，元璋自己和劉基、常遇春等親統大軍與陳友諒交戰。留花雲和沐英暫駐守著金陵。

徐達得元璋的命令，叫俞通海屯兵蘭陵，便領了郭興、郭英、廖永安等兼程去救太平。第一次和陳友諒軍馬相遇，戰得一個不分勝負。隔不幾天，元璋的大軍也到了。友諒的領兵將官傅友德聽得元璋親到，便退兵十里下寨。陳友諒這時已自號漢王，頒檄四方。他聞知朱元璋兵到，傅友德反退十里，不禁大怒道：「友德難道有了異心嗎？」當下不問皂白，把傅友德的兄弟友恩及妻孥等一齊綁起來殺了。友德在軍中得知友諒殺他的兄弟家屬，便大哭了一場，連夜領了部眾來投誠元璋，元璋用好言撫慰友德，並授為都總官，友德本陳友諒部下驍將，既投了元璋，就各處招降同伴，三日中連降了龍興、瑞州，又破了池州。

陳友諒聞報大怒，欲親統大軍，來和元璋交戰。部將張定邊在旁道：「元璋聲勢正盛，若與他爭鋒，不如搗他金陵，令首尾不及相顧，可以不戰自破了。」友諒大喜，於是調動軍馬，預備起艨艟大艦，順流東下直撲金陵。那時花雲、沐英又來飛報元璋。元璋和劉基商議，覺得不能不回援金陵。只得下令星夜馳歸。又恐陳友諒派兵襲後，命傅友德埋伏在要隘，徐達壓著大隊，慢慢地退去。陳友諒部將羅文乾果領兵來追，被傅友德大殺一陣，徐達又回兵殺來，羅文幹大敗逃去。元璋因急於去援金陵，仍令陳野先、吳貞等兼守太平及龍池諸州。吳貞的兵力太薄，不上幾天，龍州等先後被羅文幹奪去，只死力保住了一個太平。

元璋兵還金陵，但見陳友諒戰船盈江，旌旗蔽空，兵容很為壯盛。元璋大驚道：「友諒軍盛如是，我們怎樣抵敵？」帳下兵士議論紛紛，有的說不如出降友諒，再圖機會。胡大海大叫道：「俺和主公東征西伐，從未折過銳氣，怎麼為了一個漁牙子卻嚇這般光景？你們只顧去降，俺卻情願戰死的。」說罷便要領了五十名健卒去和友諒交鋒。徐達、常遇春忙來勸住大海，並劍斬了幾個說投降的兵士。徐達提了頭顱，向軍士們宣示道：「誰要再說降的，就照這個模樣！」一軍就此肅然，沒人敢再提投降兩字了。那時由徐達鼓勵了將士一番，親領了三千步兵，駕著大船來戰友諒。兩下里一接仗，友諒的舟大勢重，順水衝來，竟把徐達的船撞翻。幸得徐達換船快，逃了性命。元璋見己軍不能取勝，心裡十分懊傷。但那友諒這樣的厲害，卻是個漁販出身，所以胡大海罵他是漁牙子。

陳友諒本是沔陽人，和他兄弟友信起初是捕魚度日。後來因友諒凶悍，一言不對路，就和人刀槍想見。一般漁販子們也強橫不容易對付，只看見了友諒，大家都很懼怕他，情願各事受他的指揮。友諒做了漁販的首領，沔陽地方很有些勢力。恰巧沔陽有個土豪張三，家裡養著教師，專一在那裡凌虐小民。一天友諒在酒樓上哄飲，張三也領了家奴來奪座頭。兩方各不相讓，便廝打了起來，引得陳友諒性起，提刀砍倒了張三，殺敗一班教師，嚇得市上家家閉門。友諒見禍已闖大了。索性趕到張三家裡，殺了他一門，劫了金銀財物，同著兄弟友信帶了五六百個漁販來投奔徐壽輝。

這時徐壽輝正和倪文俊、鄒普勝等在蘄水起事。可是徐壽輝為人懦弱，倪文俊想刺殺壽輝自立為王，卻被鄒普勝得知，和友諒打退文俊，文俊便引了部下自去了。過不上幾時，友諒與普勝結合殺了徐壽輝，推友諒做了主帥，居然也占城奪池起來了。那時出兵奪了龍瑞諸州，友諒便自稱漢王，統著大軍來取金陵，元璋出兵抵禦，連敗了幾陣。元璋憂愁萬分，劉基進言道：「陳友諒精於水上行軍，卻不曾知道兵法，我看他出戰終是橫衝直撞。我軍舟小，擋不住他的來勢勇猛。現下要破友諒，只有火攻的辦法。他船大身重，進退不便，一旦遇火，軍士必然自亂。我軍乘間進撲，足令友諒喪膽。」元璋大喜道：「我也想到此計，但軍師不言，我卻未敢實行。」於是商議停當，先令常遇春駕著小舟，舟內藏了火種，迫及友諒大船，徐達、胡大海、廖永安等做了第二隊，元璋自引大軍在後接應。

分撥已定，待到黃昏時候，常遇春穿了一身水靠，手執著盾牌，領了五十名健卒飛馳到江面，直奔陳友諒的軍中來。友諒因連日得勝，正和軍將在大船上高飲，忽然東北風大起，把一面帥字旗吹折。友諒大驚，太尉鄒普勝說道：「天來示警，須防敵兵夜襲。」說猶未了，軍士報有小舟駛近大船來了。友諒吩咐用強弩射去，誰知舟上兵丁個個仗著護盾，飛矢不能傷他。軍士見小舟越來越近，又去飛報友諒。友諒其時已有三分酒意，只含糊說道：「你們但提防著，不讓敵兵上船就是了。」這句話才出口，猛聽得來一聲大喊，常遇春的小舟上，立時火發，仗著怒吼的東北風，望著友諒大船上燒來。霎時間火箭如雨，友諒的船上已經四處燒著，船上兵士大亂。太尉鄒普勝，挾了友諒奔到後船，逃入小船中避火。這時徐達、胡大海、廖永安和元璋等兩路兵馬殺到。每一隻船上，都把火箭射過來，友諒三百號大船差不多一半著了火了。十萬士卒也無心戀戰，只各顧著性命紛紛逃命，落水死的更不計其數，友諒部下大將張定邊揚刀大呼，把戰船鎖鏈斬斷救了友諒，駕著三十多隻船，奔入鄱陽湖中屯住，檢點人馬，十人裡死傷六七。只暫行休養，再圖恢復。

朱元璋大獲全勝，當下鳴金收軍，命徐達、常遇春駐兵外城，元璋自己和劉伯溫、李善長等引軍還金陵帥府，正在大犒三軍，警騎又迭二連三地報到，說張士誠令弟士德統兵攻打鎮江。元璋就席上問道：「哪位將軍去援鎮江？」胡大海應聲願往，花雲也要去，恰巧常遇春來請命。元璋就令常遇春領兵，大海、花雲為正副先鋒，星夜領兵前去。常遇春到了鎮江，見士德已將兵退去，在白龍潭下寨扼守。遇春相了地勢，第二天傳令，兵士各拿一沙袋應用。兵士們不知什麼意思，又不敢不依，不一刻沙袋備齊，遇春便決水來淹士德。不知常遇春怎樣淹那士德，且聽下回分解。

六寸趺圓溫香在抱　十分春色碧血濺衣

卻說張士德屯兵白龍潭口，據著險，深溝高壘，足以自守。常遇春勞師遠來，利在速戰。倘日期一多，師老餉絕就不戰也要自退了。這種計劃，在士德是以逸勞的意思，但常遇春也是歷經戎馬的將材，難道對於這一點也為不識嗎？見了士德堅守不出，便在白龍潭的左右相度了地勢，令軍士各取了一袋沙土，悄悄跑到白龍潭的口上，把水道堵塞起來。那潭中水流本通著大江，水勢十分湍急，一經被沙土堵住，立刻增漲得水高丈餘。常遇春下令，兵士把沙土挖起，才得去一半，那洪波已是滔滔滾滾，似銀河倒瀉，奔騰澎湃，望堤岸上直淹上來。張士德方自幸深得地勢，不提防大水衝來，兵丁們連嚷著水來了，聲還未絕，水已沒膝，頃刻又及肩了。兵士紛紛避水，營中頓時大亂。張士德慌忙上馬，水沒了馬腹不能策騎，又沒有船隻，正在危急的當兒，常遇春駕著十幾艘戰船，分作四路殺來。

遇春部下副將張勇，首先駛進士德大營，士德正立刻水中無計可施，一眼瞧見張勇的船撞入來，便在馬上一躍登船。張勇挺戟來刺，士德讓過，一手奪住張勇的戟，盡力一拖又一縱，只聽得撲通一聲，張勇已跌落水裡去。士德仗著手中的戟束迫著軍士們駕舟，那些軍士見主將已落水，也就吶喊一聲，卜通卜通一個個地跳到水裡去了。那戰船沒人駕舵，就在江心中擺盪起來。幸得張士德是海上出身，他毫不懼怯地跑到船梢上，兩腿夾住了舵柄，一手劃櫓一手打篙，竟望著岸邊駛來。

那邊常遇春、胡大海、花雲領著兵士，紛紛殺入士德的營中。張士德的兵馬一半死在水裡，餘下的都泅水逃命，誰還有暇來抗敵兵，只有張士德獨駕一舟，看看離岸邊有十幾丈，胡大海卻從斜刺裡撞出，舞著大斧立在船頭上來擋士德，士德忙用竹篙來駕，但聽得啪嗟的一響，竹篙已被大海削斷。士德卻執了斷篙，在船頭上面和大海戰了起來。大海手下的兵士，大喊殺賊，一齊擁上去把士德團團圍住。士德眼明手快，飛腳踢倒了一個兵士，隨手奪了一把鬼頭刀，惡狠狠地拒著大海，背後花雲又駕了大船駛到，兩員猛將雙戰士德。三個人鬥了四五十合，士德因為器械不順手，便虛晃一刀，夾著舵盪開船頭，下櫓疾駛，一轉眼已離開大海花雲十幾丈了。花雲對大海道：「士德這廝果然驍勇，怪不得徐元帥說他有萬夫之敵，今日見面，名不虛傳。」大海道：「那廝雖厲害，此刻孤身也狠不出來。況且又在水上，我們趁這時擒了他，免得他再猖獗。」花雲點頭，兩將就督促了兵士奮力划舟，飛般地向士德趕來。士德究屬一個人，漸漸給大海追上。張士德大怒，咬牙橫刀，奮身跳過大海的船頭，一腳把大海踢倒，正要拿刀去刺，花雲瞧見也忙跳過船來，擋住士德的刀鋒，兩人又在船頭上廝殺起來了。大海也從船中翻身爬起，持刀望士德腳上便剁。士德慌忙跳開，恰巧花雲那隻空船駛近。士德聳身飛躍過去，兩腳還不曾立穩，忽然斜港裡駛出一船，向士德的舟上盡力地一撞，士德站不住腳，一交跌入江中，船上一員將官，穿著一身的水靠，也噗的鑽下水去，拖住了士德的依甲，兵丁伸下拿鉤把士德搭住。那將跳上船頭，軍士已把士德擒上船來。花雲和大海看那員將官卻不是別人，正是水上驍將廖永安。原來軍師劉伯溫，恐士德勇健，常遇春兵力不足，所以令廖永安帶領健卒五百名從水上來接應，正好遇春和士德開仗，花雲、胡大海戰不下士德當兒，廖永安率兵駛到擒住張士德。這時遇春已收拾了士德的殘卒，會合胡、花兩將。廖永安來謁見，獻上敵將張士德，遇春大喜，上了廖永安的頭功。把士德解上金陵，士德半途自刎而死。

這裡常遇春下令進取常熟以及丹陽諸郡，不上半月，都一一收服。飛馬報知元璋，回檄令花雲留守鎮江，著常遇春、胡大海、廖永安等出師太平，進奪池州。守池州的是陳友諒部將羅文幹，聽得常遇春到，一面報與陳友諒，一面卻預備著出戰。陳友諒聞朱元璋兵馬又來挑釁，十分憤怒，便連夜和大將張定邊、太尉鄒普勝統兵五六萬親自救援池州。遇春見友諒勢大，忙飛書向金陵告急。元璋接書，知道友諒捲土重來，非這次把他剷除，將來終是大患。當下命郭英、耿炳文、鄧愈、李善長駐守著金陵。自己和徐達、劉伯溫等兼程而進。

到了池州，遇春、大海、永安等三人出寨迎接。元璋進了軍營，問起陳友諒的情形。常遇春說道：「羅文幹那廝到不足慮，只是那個太尉鄒普勝卻很是悍猛。」元璋點頭道：「待明天見他一陣，再定計劃吧！」第二天，元璋領兵出陣，左有徐達，右有常遇春，兩旁胡大海、郭興、呂懷玉、傅友德、方剛、沐英諸將一字兒排開。那邊陳友諒也率著鄒普勝、張定邊擺著陣勢。友諒一馬飛出，大叫朱元璋答話。元璋便躍馬出陣應道：「某就是朱元璋，不知你有甚話說？」友諒用鞭指著怒道：「俺與你並無仇怨，為什麼幾次來犯俺的疆界？」元璋大笑道：「天下是人人的天下，怎說犯你的疆界？那麼你的疆界是從哪裡來的？」友諒大怒道：「牧牛兒不識好言，誰給我擒來？」聲未絕處，鄒普勝應聲出馬，擎著九級的棗陽槊，望著元璋直殺過來。元璋正待拔劍相迎，胡大海早已舉起宣花斧，接住普勝交鋒。那普勝一根槊，真是神出鬼沒，大海已是累得渾身大汗，哪裡抵敵得住。廖永安忍不住，也奮勇來敵住普勝，兩人力戰兀是遮擋不住。元璋在馬上用鞭指道：「普勝非一二人可勝。」說猶未了，鄭遇春、傅友德、郭興、方剛、呂懷玉、沐英馳馬齊出，八將戰他一個，普勝攔擋不住，才揚槊盪開陣角，敗回本陣。張定邊又復出戰，常遇春接著，兩馬相交，雙槍並舉，鬥到五十餘合不分勝負，鄒普勝隱在門旗角裡，拈弓搭箭，一箭向遇春射來。沐英眼快，大叫：「賊人放冷箭！」常遇春忙低頭，弓弦響處，將遇春冠纓射落。遇春吃了一驚，虛掩一槍，帶馬回陣。友諒揮動人馬，一齊奔殺過來。元璋敗退十里，收兵紮營。當夜和劉伯溫計議道：「陳友諒雖不足畏，鄒普勝卻是一個驍將，須設法除他的羽翼，友諒就容易破了。」伯溫笑道：「主公要擒友諒，只在今夜。」元璋驚問道：「何以見得？」伯溫附耳道，只是這般做去，保你一戰成功。元璋點頭大喜，便召常遇春、徐達吩咐了幾句，兩人自去準備。又叫胡大海、鄭遇春、廖永安、沐英等，也援了密計，四人去了。元璋自和伯溫在中軍帳坐待。

那陳友諒大勝一陣，收兵回去與諸將慶功。到了晚上，鄒普勝獻計道：「元璋兵敗，疑我勝後必然休息，絕不防我相襲。現如領劫寨，或可擒得元璋，不然也使他知我厲害。」友諒連聲道：「妙！」於是令三軍造飯，二更出兵，鄒普勝自為先鋒，人銜枚，馬勒口，飛奔元璋寨中來。友諒率了部眾做他策應。普勝到了元璋寨前，只見人馬寂寂，刁斗無聲，便和兵士喊了一聲，拔開鹿角，衝進寨中，一眼瞧見元璋高坐帳內，秉燭看書，普勝一馬當先，挺槊來刺元璋，不提防腳下一蹋，啪噠的一聲，普勝連人帶馬跌下陷坑裡去。普勝從坑中躍起，待要轉身，拿鉤已四面搭住，只一拖把普勝拖倒，趕過如狼似虎的兵丁，將普勝和縛豬般捆了，抬入後營。陳友諒隨後進兵，不見普勝的動靜，心上大疑道：「莫非錯走了路嗎？」正走之間，忽聽喊聲大震，常遇春一軍突出，把友諒兵衝作兩截。鄭遇春、徐達、沐英、胡大海、廖永安紛紛四面殺到。友諒大驚，慌忙鞭馬落荒而逃。回顧從騎，竟不見一人，只有張定邊緊緊相隨著。徐達見友諒走遠，令窮寇莫追，鳴金收兵。

元璋升帳，左右解上鄒普勝。普勝大罵道：「牧豬小兒，今日被你所擒，快殺了俺吧！」元璋笑道：「你主友諒也不過是漁牙子，倒比牧豬的好麼？我看你也是好漢，可惜明珠暗投了。你若歸順，我願授你重職。」普勝冷笑道：「你管我主是漁牙，俺只不降你就是了。」徐達在旁說道：「這人倒是硬漢，成就你的志願吧！」喝令推出斬首。元璋有些留戀，徐達道：「此人終不肯服，留他做個後患，不如殺了的乾淨。」元璋不覺嗟嘆了幾聲，命從厚安葬普勝。這裡諸將都獻功，元璋一一慰勞，命設筵慶功。

一夜無話，明日的清晨，元璋進攻池州，羅文幹鎮守不住，棄城逃走了。元璋得了池州，接連又攻下龍、瑞各州，兵至安慶，守將丁普郎竟舉城出降。這時候陳友諒已領著家眷逃往江州。元璋進迫江州，兩方面又在江上交戰。元璋仍施故技，火焚友諒戰艦，友諒大敗，兵馬死傷得幾乎全軍覆沒。友諒仰天嘆道：「俺自起義到如今，身經百戰，不料現在喪在牧奴手裡。」說罷大哭起來。大將張定邊勸道：「主公且勿悲傷，勝敗兵家常事。我們此番再入潯陽江，休養元氣，徐圖報復不遲。」兩人正和楚囚似的對泣，忽的一枝流矢飛來，恰中友諒的額上，把眼珠也貫了出來，便倒在船上死了。張定邊見友諒已死，也顧不得他的家屬了，只抱著友諒的幼子逃向山中避難去了。

元璋得了江州，曉諭百姓們不必驚慌，並把江州糧倉開啟，分給一般貧民，城內外歡聲大震。其時廖永安綁了友諒的家屬來見元璋，元璋檢點人口，見大小共是七人。當下令傳友諒的妻子羅氏上來。元璋拍案道：「你夫屢屢引兵抗我，現雖兵敗身死，似尚有餘辜，你既被我所俘，還有何說？」說時回顧左右，取過亂兵所得的友諒首級，給羅氏驗看。羅氏見了，已痛倒在地，她一頭哭一頭說道：「妾夫已死，未亡人也不願偷生了。但先夫尚有一點骨血，望明公垂憐見赦。」元璋怒道：「友諒還配有種嗎？」羅氏朗聲道：「妾等身為俘虜，生殺一聽明公。妾幼年也讀詩書，只知得天下者，不罪人妻孥。」元璋點頭道：「這話也很有理。」便著左右帶羅氏等下去，留去聽她自便。

元璋正在吩咐著，忽見沐英牽著一個女子進來，說是友諒的愛姬闍氏。那女子見了元璋，淚珠盈盈，撲的跪下地去。元璋令她抬頭，細瞧她的芳容慘淡，愁眉雙鎖，悲慼中現出嫵媚來。元璋微笑著問道：「你是友諒的愛姬嗎？」那闍氏低低地應了一聲。元璋道：「今年多大年齡了？」闍氏垂著粉頸只答了句「十八歲」，那玉顏上泛出一朵朵的桃花，似不勝羞澀一般。元璋笑道：「這女子怪可憐的，我就援她一把吧！」說著望了沐英等一笑，又向那闍氏道：「現在把你暫留在這裡，你的心上可願意嗎？」闍氏見說，低了頭一言不發，那眼淚好似珍珠斷線，滾滾地直垂到了衣襟上，又似梨花經了雨露，在那裡隨風飄搖著。元璋看了愈覺得憐惜，便命侍女們領著闍氏到了後堂。元璋隨在後面，親自來安慰闍氏道：「目今友諒已授了首，你是個伶仃弱女，又去依靠誰呢？」闍氏被元璋這樣的一說，不由的嗚嗚咽咽地哭了起來。元璋忙走過去，輕摟著她的粉頸，把鼻子湊上去微微地嗅了嗅，覺得闍氏的肌膚瑩潔膩滑，和那櫻桃又是不同。便忍不住將闍氏向膝上一擁，一手提了羅巾，替她去抹著眼淚，笑著對闍氏道：「你切不要過於悲傷，萬事有我給你作主。」闍氏聽了，含淚答道：「賤妾本是一朵殘花，經風雨相摧，只留得奄奄微息。自顧是蒲柳之質，蒙公垂愛，此生誓當以身相報。但願公唸著今夜的恩情，將來莫同敝屣般的拋撇，也就是賤妾的萬幸了。」說罷那淚珠又從眼眶裡直滾出來。元璋一面接著闍氏的纖腰，一頭用好話再三地撫慰著她。闍氏這才回嗔作喜，一會兒絮絮唧唧的，兩人漸漸地講起情話來。

這天的晚上，元璋便在池州公署裡和闍氏共寢。兩人自有一種說不盡的恩愛，真是一夜綢繆，情深如海了。那闍氏在蘄水，果然算得是第一美人，真個楊柳為腰，芙蓉其面，神如秋水，眉若春山。就是有一樣不好，她一雙菱波，卻是蓮船盈尺。因此當時的人，又稱她作半截觀音。偏是元璋的心上獨愛著大足。就是那位馬娘娘和將來封寧妃的櫻桃姐姐，也是金蓮八寸。元璋不喜歡纖不盈指的蓮鉤，也算特別嗜好。他常對人說：「婦女纖足，走起路來，弱不禁風，最難看也沒有了。而且握在手裡，似一把枯骨，有什麼趣味。倒不如六寸趺圓，撫摩著又香又溫軟，其中自有無限的佳處。」元璋尤愛那闍氏的雙趺，他雖在戎馬之中，一得空閒，便來和闍氏調笑，也不時把玩著闍氏的雙足。後來元璋登極，便晉封闍氏做了瑜妃，那時宮裡都私下喚她半身美人兒，還演出一段風流的佳話來，這且不提。

當下，元璋大破了陳友諒，次第收服了安徽、岳州、廣德諸郡，便班師回到金陵。這時元璋聲望日隆，萬民歸心，部下如劉基、李善長、葉琛、宋濂、徐達、常遇春、胡大海等一班文武將領紛紛勸進。元璋見眾意難辭，便於順帝二十四年（歲甲辰）正月元日在金陵接吳王位。改金陵做了應天府；定文武官階，立宗廟社稷，並開科取士，徵求文儒，規定法律，免所屬各賦稅，百姓歡聲大震。又擇吉行慶賀典禮，拜李善長為左丞相，徐達為右丞相，劉基為國師。常遇春、花雲、胡大海、鄧愈等為平章政事。沐英、鄭遇春、俞通海、廖永安、繆大亨、耿再成、郭興、郭英、華雲龍、呂懷玉、耿炳文、謝潤、吳貞，都封侯爵。謝潤為總管糧餉官，湯和為總督兵馬都總官，鎮守濠州。方剛為衛軍統領，陳野先為都指揮，與吳貞守太平。各事分撥停當，下諭令徐達、常遇春統大軍五萬進攻揚州。

在這個當兒，那張士誠卻是雄據淮西，並取湖州，陷永嘉，破杭州，勢如風掃落葉，附近州縣，望風歸降。士誠在橫行的時候，忽聽得元璋的兵馬來犯揚州，不覺大怒道：「牧豎殺了我的兄弟，還不曾報仇，他倒自己尋上來了。」於是命大將呂珍、王貴領了健卒十萬來拒元璋。徐達聞士誠出兵，便和常遇春把軍馬分作兩半，相對著下寨。

第二天，王貴來挑戰，被徐達前後夾攻大殺了一陣。呂珍立不住腳，敗歸揚州。王貴卻死在亂軍中了。士誠見呂珍敗了回來，心裡很為懊惱，忙和參謀潘璧商議。潘璧說道：「元璋方在勢大，若不別謀良策，力戰恐難取勝。況他的將領如徐達、常遇春輩皆智勇足備，我軍士德死後，無人可以相抗了。」士誠皺眉道：「據你說來，我們就束手待死嗎？」旁邊葉德新獻計道：「主公勿擾！某有一計，可敗那元璋。」士誠忙道：「你能叫朱元璋就擒，俺不惜區區的地盤，立刻把金陵封你做王。」德新說道：「那倒不消的，是某應得盡力。想在三年前，某猶在李二部下，不曾來投主公，那時和他的部將趙大很是莫逆。李二敗死，趙大出奔濠州，郭子興甚重用他。自朱元璋做濠州的統帥，把趙大冷落在一邊。趙大的心裡懷著怨望，幾次要想起事，終沒有機會。現在只消某致書約他舉事，裡應外合襲了濠州，滁州也就不攻自破。這樣一來，元璋根本動搖，破他不難了。」士誠大喜道：「此計若能成功，俺絕不相忘。」葉德新退去，連夜寫信給趙大。

趙大接了德新的信，自去暗中進行。士誠便派總指揮郎敬，領兵悄悄地來襲濠州。兵到城下，湯和督率著軍士守禦，一面飛馬去金陵告急。公文才得出發，忽然城中內亂，趙大領百姓開了西門，放郎敬進城。湯和不及防備，單騎出走。郎敬得勝，命趙大守濠州，自己連夜進迫滁城。元璋接得湯和告急書，正要傳諭徐達等緩攻揚州先去援濠，不防湯和忽然趕到說明濠州已失，接連又接著滁州耿再成、吳良的求救書，元璋大怒道：「鹽儈小卒，我誓必捕殺此獠！」說著拔出劍來，砍去一隻椅角。劉基說道：「主公如今令徐達解了揚州的圍去救應滁濠，正中了士誠的奸計。目今可諭知耿再成和吳良，命他堅守勿戰。徐達仍攻揚州。濠州的事，主公只有親自一行。」元璋點頭道：「這話有理。」於是下令，大小三軍準備出師。

明日的早晨，元璋帶同湯和、花雲、胡大海、鄧愈、郭英、沐英等六將，到校場點齊了人馬。著胡大海為先鋒、花雲、鄧愈做二隊，湯和為第三軍，自己和國師劉基率領中軍隨後。又吩咐李善長監護國政，鎮守應天（金陵）。元璋督著大軍，浩浩蕩蕩殺到滁州。郎敬聞報，領兵來迎。兩軍對圓，胡大海出馬，郎敬挺槍直取大海，大海也舞斧擋住。才鬥得三四合，郎敬的後隊大亂，卻是吳良從城中殺出。前後夾攻，郎敬抵敵不住，大敗而逃，連夜奔入濠州，閉門不出。元璋揮動大軍，追至濠州城下，郎敬只是不出。卻被胡大海爬進城去，開門迎大兵進城，郎敬領了三十餘騎，逃往淮東去了。

元璋平了濠州，捕住趙大殺了，仍令湯和守濠州，自己來和徐達合兵進攻張士誠。在半途上接著軍報導：「徐將軍打破揚州，常將軍進取高郵，擒了張士誠並他兄弟張士信，連家屬也一齊獲住了。」元璋聽了大喜，便催軍兼程，親來發落張士誠，又演出一場驚人的事來。要知怎樣處置張士誠，且聽下回分解。

參佛典靈隱逐狂僧　登帝位應天選秀女

卻說元璋聞得徐達破了高郵，活擒張士誠，便督著大軍，趕到高郵來發落張士城。誰知元璋到時，士誠已經自盡了。徐達和常遇春知元璋親到，忙出城來迎，元璋向徐達、遇春慰勞一番，又聽得士誠已死，很為嘆息。當下在高郵城中，設著慶功宴犒賞將士。元璋和劉基、徐達等君臣談笑，開懷暢飲。

這酒宴直吃到月上三更，才盡歡而散。那時元璋已有了三分酒意，想起闍氏，一時又不在身邊，便私下喚過一個侍兵來，問他張士誠的眷屬，可曾出署沒有。那侍兵倒伶俐，笑著答道：「她們因為來不及逃走，現在還逗留著。如今徐將軍派兵把他們看守著，要走也走不成了。這誠王（士誠）有五六個美妾，個個絕色。第六個更是出色，真是落雁沉魚怕還要比不上她呢！」元璋聽了，不覺心裡一動，又帶著酒，便笑著對那侍兵道：「你能領我那裡去走走嗎？」侍兵笑道：「爺要去時，小的引導就是了。只是徐將軍罰起來，卻不幹小的事。」元璋翹著大拇指道：「老徐有什麼話說，我一個人擔承。」那侍兵笑了笑，去侍衛室裡取出一盞紗燈，點上了紅燭，掌著在前領路。元璋乘著酒興，一步一步地望著士誠的行宮中走來。當士誠興盛的時候，在高郵建著行宮，宮裡也一般地蓄著嬪娥侍女。

元璋同了侍兵走進行宮的大門，但見危樓插雲，雕梁畫棟，金碧交輝，果然好一座宮室。不一會已過了中門，白石砌階，紅氈貼地，愈走到裡面愈覺得精緻。元璋不由得嘆道：「士誠這樣做著威福，怎不要敗亡呢？」走了半晌，已是後層的寢殿，再進便是宮門了。早見那裡紅燈高懸，有幾十個兵士荷戈立著，侍兵走上去，給兩個兵士喝住道：「這裡是什麼地方，卻是亂闖？」說著元璋已是走近，那兩個一眼瞧見，忙過來行禮，元璋只是點點頭，那侍兵引著元璋便溜進宮門。

元璋四面望了望，都是黑漆的。即低聲問侍兵道：「什麼燈火也沒有？」侍兵笑道：「誠王沒死時，此處夜夜笙歌，真好似白晝一樣。如今她們逃難也來不及，還顧什麼燈不燈？」元璋見說，心上也起了一種興亡的感慨。兩人又過幾層臺階，只見一帶的畫欄圍著一條很長的長廊。廊的兩面植著深濃的柳樹。那侍兵忽然問道：「誠王的寵幸的姬妾很多，不知往那個宮裡去？」元璋笑道：「就是你所說的那個。」侍兵便領元璋到了一座嵌花的小宮前，用手指道：「這裡便是了。」元璋舉頭看時，見雙扉深扃，門內寂然無聲。就侍兵手裡取過燈來，向門上一照，門額上一塊匾寫著「永福宮」三個大字。元璋放了燈，輕輕地在門上拍了兩下，卻沒人答應，又叩了幾下，仍然不應，元璋焦躁起來，便拳打足踢，把宮門敲得擂鼓似的。又過了好一會，才見兩扇門「呀」的開了，一個十六七齡的宮女半披著衣服，掌著一盞小燈，氣喘吁吁地問道：「半夜三更，誰還來打人家的閨闥？」元璋見她面露驚慌的樣子，便笑著安慰她道：「你不要著急，我是軍營中的帶兵官，閒著沒事，單身到這裡來逛逛的。」那宮女冷笑道：「爺們要去逛，城內窯姐兒多著，怎麼來闖人家的閨閣呢？」元璋給她一句話問住，倒也回答不出來，卻勉強支吾著道：「我和誠王是好朋友，這時見他家破人亡，我很可憐你們，所以來探望你們的。」那宮女要待再說，元璋已不管好歹，往裡直闖，宮女攔不住他，只得由元璋進去。那侍兵把燈擱在地上，去坐在宮門的檻上和那宮女問長問短地瞎談起來。那宮女幾番要走，兀是給他拖住。

元璋挨過了宮門，覺得裡面很是黑暗。只有張著手東一扯西一摸的，似盲子般捱了進去。曲曲彎彎也不知轉過幾重，才望見一線燈光來。元璋好似得了救命星，忙順著燈光走去，卻是一所金漆的朱門，跨進門去，見兩邊放著畫屏，轉過畫屏又是一個花門，卻是繡幕低垂，望進去是牙床羅帳，妝臺錦籠，大約是閨房了。那燈光便從妝臺上射出來。元璋大著膽掀起繡幕，一腳踏進房裡，聽得嬌聲問道：「翠娥！外面是誰打門？」元璋知道是問開門的宮女了，自己便假做咳嗽一聲，見又有兩個宮女從床前走過來，猛然看見元璋，齊齊吃了一驚，元璋一面安慰她們，兩只腳便走向床前，早瞧見床上坐著一個嬌滴滴的美人兒。就燈光看去，雖然鬢絲未整，愁容滿面，卻不減她的嫵媚。

這時那個宮女已侍立在床側，美人便朱唇輕啟，徐徐地說道：「俺們是亡國的眷屬，你深夜到這裡來幹什麼？」元璋忙笑答道：「我們和誠王有舊，聽說大兵破了城池，很放心不下，特來瞧瞧你們的。」美人冷冷道地：「承你好意，但時夜已深了，男女避嫌，還是請你自便吧！」元璋見說，把身體挨近床前，慢慢地坐下來道：「咱若是要出去，這時城門已關了。又是軍事方興，夜行很是不便，咱只好是在這裡坐一夜了。」那美人見元璋無禮，想立起身來，那一隻玉腕已吃元璋緊緊地揑住，死也不肯放了。那美人用力掙扎，哪裡能脫身，那翠袖拂著，一陣陣的蘭香透出來，把元璋燻得神魂如醉，忍不住去摟她的粉頸。那美人嬌喘微微地說道：「請你放尊重些，賤妾雖是路柳牆花，亡國餘生，若是相迫，死也是不甘心的。」元璋見她鶯聲嚦嚦，說話婉轉柔和，不禁心上特別的憐愛，諒她也逃不了的，那手也就鬆了下來。那美人得脫了身，一手整著雲鬢，元璋仔細瞧看，見她玉容上並不塗脂粉，面腮兒自然泛出紅霞，越顯得月貌花顏，翩翩如仙了。

正看得出神，忽見那美人柳眉直豎，杏眼生嗔，媚中頓時露出殺氣。元璋很為詫異，那美人猛然地轉身過去，把床邊懸著的龍泉抽出來，颼地向自己的脖子上抹去，元璋嚇了一跳，只喊得一聲「哎呀」，已濺了滿身滿臉的鮮血。那美人便噗的倒下塵埃。元璋這時也著了慌忙，和兩個宮女去扶那美人，可憐已是香軀如綿，容顏似紙，喉頸上的鮮血還骨都都地冒出來。元璋急扯著衣襟去掩她的傷處，一手在她鼻上試探氣息，覺著出氣也沒了。眼見得是香消玉殞了。那個宮女便放聲啼哭起來，元璋也不由的垂淚道：「美人！這是我害了你了。」說著，見她的秋波，依舊很憤怒地睜著，元璋用手替她撫摩著道：「美人，你放心去吧！你如有家事拋不下，我終給你竭力地安頓。」正在這樣說著，那方才開門的宮女，聽得裡面的哭聲，向侍兵賺脫了身，望房中飛跑進來，見主母死在地上，便一俯身不管是什麼，去伏在血泊中嚎啕大哭。元璋知道這宮女叫翠娥，平日間主婢一定很要好，所以有這般的悲傷。這時房裡滿罩著慘霧愁雲，元璋目睹著似這種的悲境，也只有陪著她們流淚的分兒。恰巧那侍兵也走進來瞧看，其時元璋酒也醒了，覺自己太鹵莽了些，好好的一個美人兒，活活地給自己逼死。元璋越想越懊惱，回頭對那幾個宮女道：「你們此刻也不必悲傷了，大家看守了屍體，我明天著人來，從厚盛殮她就是。」說罷，和那侍兵走出宮來。

元璋一路回署，問起那侍兵。他是從前士誠的親隨，對於宮裡的路徑和宮女侍嬪，是沒一個不認識的。元璋說道：「這才自盡的美人，她叫什麼名兒？」那侍兵答道：「她是誠王的第六妃，小名喚作蓉兒。本是浙江人，是誠王破杭州時擄掠來的。當時她也不肯相從，誠王要殺她的父母了，她才答應下來，命誠王釋放她的父母，情願身為侍妾。誠王怕她有變，把她父母留在宮中，名聲是算供養，實在是防備她有異心。哪裡曉得直到今天才自刎呢！」元璋聽了侍兵一片話，便長嘆一聲，到署中，賞了那侍兵自去安睡。

一宿無話，明天元璋便召徐達，問起張士誠的家屬，徐達回說，已派兵看守著了。元璋想起晚上叫那蓉兒瞑目，自己替她安頓家事的話，因對徐達說道：「士誠的眷口，別的我都不問，只把那侍妾名蓉兒的父母，你立刻去給我傳來。」徐達領命去了半晌，引進一對老夫妻來。只見他們愁眉不展，淚眼模糊，戰戰兢兢地跪上階臺。元璋便令起身，卻和顏悅色地問道：「你們兩人是蓉兒的父母嗎？姓是什麼？你們到這裡已有幾時了？」老夫妻倆聽了，那老兒悲切切地答道：「小人姓盧名瑞源，是杭州的龕山人。去年的這時，誠王帶兵到杭州來，小人恰在那裡探親，有個女兒叫蓉兒，被誠王在馬上瞧見了，便要強娶做侍姬，並把刀架在小人的頸上，逼著答應下去。小人沒法只好將女兒獻給誠王，滿望兩副老骨頭從此有靠，不至再拋棄荒郊了。誰知天不同人算，誠王給大軍前來擒去殺死，昨天晚上，女兒也不知為什麼也自盡了。弄得小人兩口兒孤苦無依，將來還不是填身溝壑嗎？」說罷放聲大哭，在旁的將士們聽了，都替那老夫妻嗟嘆。

元璋見盧瑞源說話傷心，又是自己幹了虛心事，忙安慰他道：「士誠已敗，你女兒死了也不能復生，你不必過於哀痛。我們和士誠也有半面之交，他今日人亡家破，我們心上非常的可憐他。現士誠經我們替他安葬好了，你的女兒也是我們來好好地給她盛殮，擇地瘞埋就是了。你呢，如要回杭州本鄉的，我們派人送你回原籍去。倘不願意回去的，就替你這裡買一所宅子，你們老夫妻就在此地養老吧！」這一席話說得盧瑞源夫婦又感激又悲傷，只含著一泡眼淚在地上俯伏著不住地叩頭道：「小人蒙爺這樣的厚恩，願一輩子隨著爺，不要回鄉了。」元璋笑道：「我們也不是久駐在這裡的。」說著喚沐英過來，命他幫著盧老兒去收殮他的女兒，並給他擇兩所民房，以便老夫妻倆居住。又撥庫銀千兩，給他兩人養老。又私下囑咐沐英道：「士誠宮裡，有一個宮女叫翠娥的，就在這盧老兒女兒的房中，你把事辦妥之後，將翠娥帶來給我，萬萬勿誤。」沐英會意自去。

第二天的晚上，元璋從城外犒軍回來，天色早已昏黑了，便令一個哈什戈掌了一盞大燈，慢慢地踱回署來。進了二門，轉入後堂時，忽見自己的室中燈燭輝煌，榻上坐著一位豔妝濃抹的美女，見元璋進門，便盈盈地立起身來迎接。元璋一時莫名奇妙，不覺怔怔地立在門前，不敢貿然走近去。那美人卻嫣然一笑，低低說道：「爺已忘了嗎？賤妾主母的父親盧公，感爺恩高義厚，無可報答，經沐將軍的說起，盧公便命賤妾來侍候爺的。」元璋聽了，恍然說道：「哦，你就是那天晚上的翠娥嗎？」翠娥便應了一聲是。元璋想起自己囑咐沐英，令他把翠娥帶來。諒沐英和那盧老兒說明瞭，所以把翠娥送給我的。一面想著，便走向炕榻上坐下。掌燈的哈什戈，管他自己退出去了。

這裡翠娥去倒上一杯香茗，向自己的櫻邊嘗了嘗，輕輕遞給元璋道：「爺，喝杯茶吧！」元璋接過茶杯，手指觸在翠娥的玉腕上，覺得皮膚的柔滑又似勝過闍氏。喝那茶時滿杯的口脂香味，陣陣地望著鼻上衝來。元璋放了茶杯，一手拉住翠娥的粉臂，令她和自己並肩坐在炕上。便微笑著問道：「你今年幾歲了？為什麼到宮中來伏侍蓉兒的？」那翠娥見問，忍不住淚珠盈腮，很悲咽地答道：「賤妾今年才得及笄，卻是命薄如花，自幼便父母雙亡，遺下姊妹兩人和一個兄弟。弱女伶仃無依，要想往杭州投奔舅父，不料碰著誠王的兵到，把我姊妹擄來，令往六妃（蓉兒）房中執役。那時誠王府中有個乳媽，那大妃的兒子已長大了，乳媽便要回去。因乳媽是蕭邑人，和我家只差得一河，我便求那乳媽把妹子寄到舅家去，經六妃寬容允許了，我妹子便同著乳媽回去了。我孤身在這裡已經兩年，今日得爺拯出了幽宮，願終身相隨不離，也是賤妾三生之幸了。」元璋聽了翠娥那種纏綿悱惻的話，不禁也替她嘆息。翠娥又微微嘆道：「想我也不是小家出身，父親吳深，曾做過一任參政。兄弟吳貞至今不知下落。分別將近十年，現在到底不識他存亡怎樣呢？」元璋見說，不由的一驚道：「吳貞還是你兄弟嗎？他隨我征討，很立些功績，目今和陳野先守著太平。這般的說來，你們兄弟姊妹不久就可骨肉團圓了。真叫做踏破鐵鞋無尋覓，得來全不費工夫了。」翠娥忙道：「爺這話當真嗎？」元璋正色道：「誰來哄你。翠娥這才轉悲為喜，一頭倒在元璋懷裡，要他將來給自己做主。元璋撫慰著她道：「那你可不用憂慮，我是斷不負你的。」說著兩隻手把翠娥的粉腕撫摩起來。翠娥縮手不迭，格格地笑道：「怪肉癢的叫人好不難受。」其時聽得更漏三下，元璋把翠娥擁倒在炕上道：「夜已深了，我們睡吧！」翠娥睨著元璋一笑，一手推開元璋道：「這樣就算睡了嗎？」說罷便坐起身來，伸了伸懶腰，走下炕榻，卸去了釵鈿，脫卻外衣，露出猩紅的褻褲，襯上她那白嫩似雪藕的玉膚，愈覺得嫵媚妖冶動人。元璋便從炕上用手來牽她，翠娥也是半推半就，所謂一笑入幃。同做他們的好夢去了。

這時士誠雖克，他的兄弟士信、部將葉德新等卻逃往浙江，據著杭州、松江、嘉興、紹興諸郡，大有不可一世之概。次日元璋起身，傳令進兵浙江，自己帶了翠娥從後徐徐出發。先鋒官仍是胡大海，前行兵士到了松江，守將周德興、王弼、陳德費，王志等竟開門迎降。胡大海進城，隨後元璋、徐達、常遇春、劉基等一班人也都到了。元璋安民既畢，留周德興守城，大軍乘勝直撲嘉興，諸縣聞風出降。嘉興守將王顯棄城遁去。元璋得了嘉興，命王志鎮守，自己和徐達、常遇春等連夜來攻杭州。

張士信聞報，領了葉德新、張興祖、薛顯、顧時、仇成、吳復、金朝興等八員大將，出城來迎敵。這邊元璋的陣上，花雲、胡大海雙馬齊出，葉德新、仇成各挺械相御。才得交馬，忽然狂風大起，把士信的軍馬吹得兵折馬奔，人不能睜眼，徐達乘著順風掩殺過去。士信大敗，兵士自相踐踏，慌忙地收拾敗兵進城。

這天的晚上，張興祖、仇成、葉升、吳復、薛顯、金朝興、顧時等七人私下議論道：「日間出兵，突起狂風，分明是天意助朱元璋了。我們看張士信更不及士誠，越發不能成事了。不如縛了士信去元璋營中投誠吧！」七人主意已定，來和葉德新商量，德新大怒道：「你們有了異心麼？俺食君之祿不能背義，寧死斷頭，志是不移的。」說畢，拔出劍來喝道：「誰敢言降，俺就斬他的頭顱。」薛顯、吳復、金朝興一齊大憤道：「咱便願降，你待怎樣？」葉德新仗劍來砍，經張興祖等七人併力上前，亂刀剁死了葉德新，趁勢殺人張士信府中，擒住了士信並家將何福、張猛，收拾了印綬卷宗，由張興祖為頭，竟開城來降元璋。元璋大喜，授張興祖等七人為都司，傳令大軍整隊進城。但見旌旗對對，畫角聲聲，盔甲鮮明，力槍耀目，沿途的百姓都排著香案跪接。元璋把溫言慰諭了一番，令軍士嚴守紀律，不得有犯良民，因此歡聲雷動。

元璋定了杭州，安民既已，和諸將設宴慶功，大吹大擂，大小將領無不興高采烈。酒闌席散，元璋忽然想起了靈隱寺是杭州有名的巨剎，又處於西湖勝地，不覺遊興勃勃，便攜了翠娥，令沐英為護衛，帶同侍卒十人，步行望靈隱而來。這時正是初春天氣，微風習習，鶯啼聲聲，西子湖邊，果然好一派景色。但見它：

桃杏爭妍，紅紫競馥；呢喃春燕，百囀黃鶯；潺潺流泉，灣灣碧水。山頭含來翠色，湖中滿眼漣漪。高峰巉巉，層巒迭嶂；峻石崎巖，砑磋峭壁。綠翳樹蔭，顯出一片清幽；嵐氣雲煙，更覺萬點黛色。日光搖紅萼，微風拂翠枝。看輕舟蕩槳，玉笛聲徹雲霄；孤鶩齊飛啼處幾同塞北。春堤上儼如金帶，露洲前雪練橫空。柳塘裡疑是桃源，湖亭中虹霓倒影。

元璋一邊遊賞著，口裡不注地讚嘆。不一會，到了靈隱。寺中已撞鐘鳴鼓，五百多個僧眾都身披著法衣，拈香來遠遠地跪迎。靈隱的住持清緣和尚穿著寶藏大袈裟，舍利金寶冠，親自來導著元璋隨喜，走進大雄寶殿。佛像尊嚴，殿宇宏敞，果然與別的寺院不同。元璋正和翠娥參著佛像，忽見一個滿身垢汙的頭陀走到元璋的面前高聲道：「有緣是緣，無緣是孽，施主來做什麼？」元璋應道：「有緣非是緣，無緣豈是孽。你頭陀懂得些什麼？」那頭陀哈哈大笑道：「有緣便合，無緣成孽。龍泉寶劍，猶染美人碧血，怎說不是孽？」元璋聽了，想起蓉兒的事，被頭陀道著隱病，勃然變色道：「咄！快與我滾出去！」沐英聽了，忙過來把那頭陀直推出寺門，住持清緣也來向元璋陪禮。元璋被頭陀一說，心裡十分掃興，便略略遊覽一遍，辭了清緣，和翠娥沐英自歸。

過了幾天，方國珍和副帥李文忠從金華、嚴衢州來降。元璋大樂，於是定了浙江自回金陵。元璋即於是年登位，並下旨民間挑選秀女。要知怎樣選秀，且聽下回分解。

鳳輦龍旌迎宮眷　血影刀光憾萬民

卻說朱元璋平定浙江並斬了張士信，降了方國珍，著胡大海鎮守金、處諸州，以李文忠攝將軍印，留守杭州與鎮海諸郡。元璋率領著徐達、劉基、常遇春等，及新納愛姬翠娥，竟班師自回應天（金陵）。又聽了翠娥的糾纏，撒嬌撒痴地要見他兄弟吳貞。元璋便傳諭花雲、朱文遜、王鼎去太平調吳貞、陳野先入京。不多幾天，吳貞、野先到了應天，元璋即召吳貞入內與翠娥晤面。姊弟想見，自有一番悲喜情景。獨陳野先聽知他調回金陵，是為了吳貞姊弟的小事，野先心裡老大的不悅，後來終弄出變端來，這且不提。那時元璋在金陵威望愈著，元廷也日覺奄奄天生氣。劉基等一班文武諸臣，又來上表勸進，請元璋尊了帝號。元璋見四方歸心，萬眾崇仰，也就老實不客氣，便答應了下來。於是由國師兼太史官劉基選定了戊申的正月四日即皇帝位。又經學士陶安定了天子輿服，制冕旒袞服，朱履赤舄。一切的衣冠都照古代的帝王御制。

到了那天，元璋沐浴齋戒，築壇南郊，壇高三丈，按著三才；長四丈，按四時；闊五丈，按五行。上級三百六十步，名曰君壇；中級四百九十步，七七曰祖壇；下級一百九十步，九九為將壇。上圓為天，下方為地，中正為人。壇的四周，豎著二十四面赤幟。壇上分五方，東方屬木，色青，插青旗十二面；南方屬火，色赤，插赤旗十二面；西方屬金，色白，播白旗十二面；北方屬水，色黑，插玄旗十二面；中央屬土，色黃，插黃旗十二面。三層上按八封豎乾、坎、艮、震、巽、離、坤、兌旗八面。又上列七旗是象北，北之對面立六旗，是為南斗。四邊按二十八宿豎旗二十八面。頂分天干，凡甲、乙、丙、丁、戊、己、庚、辛、壬、癸旗十面。頂下則為地支，分子，醜、寅、卯、辰、己、午、未、申、酉、戌，亥旗十二面。又設三皇位，五帝座，皇天后土，日月星辰雷雨風雲，三山五嶽，四海八方之神，及軒轅、堯、舜、商湯、周武之靈，歷代聖君，皆列位壇上，壇下奏大樂，繼以熙和之曲，文德之舞。那大樂的前而，立指揮奏樂的四人，叫做和聲郎。

元璋這時由文武百官扶持著上壇，先行祭天禮，臺下奏大樂；又行祭地禮，奏太平樂。又行祭祖宗皇帝禮，奏社稷之樂。最後天子上座，受百官朝賀，是行君臣禮，臺下奏中和之曲，晉德之舞。和聲郎執戲竹，形似拍板，高擎在手裡，那戲竹相離，樂即止奏；戲竹對合，樂乃啟奏。又有樂工十人，分兩旁立，舞郎十八人排列左右。太和之樂既奏，舞郎即起舞，作撫平四夷之舞。又作山川舞，雍穆舞。舞畢，奏皇帝離座樂，百官排班樂，行大禮樂、禮章儀制樂。到了這個當，禮官忽舉策，左右的衛官各執靜鞭，拍了三下，這時大樂驟止，臺上臺下，真個鴉雀無聲。禮官舉儀，和聲郎合戲竹，樂工奏細樂。絲竹管絃，按著宮、商、角、徵、羽五音雜奏，那樂聲悠悠揚揚，令人神往。當下由太史官劉基，宣讀國號曰大明，建元曰洪武，改這年元順帝二十八年為大明洪武元年。劉基又跪著代誦祝文道：

維大明洪武元年，歲次壬辰，朔越四日乙亥，天下大元帥，皇帝臣朱元璋昭告於皇天后土，日月星辰風雲雷雨，天地神祇歷代聖君之靈曰：天地之威，及乎四海；日月之明，昭諸八方。風雲之勢，萬物乃生；雨露之恩，斯民沾惠。伏以上天生民，俾以司牧，遂爾聖賢相承，繼天立極，託臨億兆。昔者堯奚禪讓，湯武吊伐，行雖不同，受命則一也。今焉胡之亂世，宇宙紛攘，四方有蜂蠆之憂，百姓被蛇蠍之禍。群雄並起，豆剖河山，寇盜橫生，瓜分郡邑。臣生於淮海，起義濠梁，提三尺利劍以聚英豪，統萬眾一心而救困苦。幸仗神靈之福，剿滅惡貫之東吳；乃託天地之威，盡殄禍害之北漢。為蒼生無主，群臣擁戴；因黎庶鮮歸，獨勉其難。敬闢不世之基，即皇帝之位，恭為元首，謹治赤子。改元洪武，建國大明。從斯掃盡中原丑類，肅清華夏跳梁。一統乾坤，萬年歲月。沐浴虔誠，齋心祈告，專求協贊永荷洪庥。尚饗！

劉基讀完了祝文，元璋和百官站起身來，到了壇的正中，由元璋率領著向天地祭禱。那臺下的樂聲又重複啟奏，和聲郎命奏中和之樂。樂聲細細，和舒中含著英武，又歌著那詞道：

昊天蒼兮穹窿，廣覆載兮龐洪！建圜丘兮國之陽，合眾神兮來臨之同。念螻蟻兮撼衷，莫自期兮感通！思神來兮金玉其容，馭龍鸞兮乘雲駕風！顧南郊昭格，望至尊兮崇崇。

歌罷樂止，群臣齊齊地三呼著萬歲，和聲郎又奏起回宮曲來。

元璋緩步下壇，百官俯伏恭送。那壇下鑾輦早已侍候著，甲士三十六人，抬鑾輦的官監二十四人，前道甲士八人，肅道旗十二面，駿馬二十四匹，甲士三十六人。虎豹旗各四面，象旗各四面，虎豹各兩只前行，象六乘分左右列。甲士十六人分掌其職，又左右旗六十四面，日旗、月旗、青龍旗、白虎旗、雲、雷、風、雨、江、河、淮、濟凡旗八面。朱雀、玄武、天馬、天祿、白澤旗共五面，金、木、水、火、土五星旗，二十八宿旗，熊羆旗、鸞旗、五嶽旗、每旗一面，用甲士五人，一人掌旗，四人佩劍執弓弩護從。又龍旌鳳麾，流蘇五輅，日月扇、青華傘、珠傘、黃羅傘，黃羅寶蓋、華蓋，曲柄黃傘、珠傘、大紅寶傘、日月掌大掌扇、龍鳳金日月流蘇、金瓜、臥瓜、立瓜，羽葆幢、信幡、日月幡、龍頭竿、降引幡。以下便是金槍、銀鉞、劍、戟刀、鞭、弓、矢、鐧、錘、抓、儀刀、金刀、骨朵、金吾杖、儀鍠氅、金氅、戈氅、鑾儀凡是十八種，每種三件，各用甲士六人，統一百另八人。紅衣甲士十六人，白衣甲士十六人，青衣甲士十六人，黑衣甲士十六人，黃衣甲士十六人，綵衣甲士十六人，繡金衣甲士十二人。隨後黃羅寶蓋四人。金水盆一，金踏腳一，金交椅一，金水罐一，金唾壺一，金唾盂一，左拂子二，右拂子二，金香爐一，金香盒一，校尉十六人，排列分執。又錦衣武裝校尉二十四人，執弓弩列隊。又金吾衛六十四人，各執著豹尾槍前後擁衛。最後是紅紗燈十六對，紫金香爐八對，由內侍二十四人分執。那時香菸飄渺，元璋乘著鑾輦回宮。

於是將應天的兵署，暫時改為行宮。定應天做了帝都，分內外皇城。又著內務府發出國帑，大興土木，建築宮殿。洪武元年的八月，宮殿落成。因為朱元璋初踐大位，萬事都從儉樸。那宮殿建設只求雅觀，不事富麗。但雖不見得畫棟雕梁，卻也金碧輝煌。這皇宮的正殿，叫做奉天殿，是皇帝臨朝的地方。奉天殿的後面，是華蓋殿，最後是謹身殿，為皇帝召見大臣的所在。兩邊是一帶的長廊，直達奉天殿，左為文樓，右名武樓。過此便是宮門，正門叫做乾清門，進了乾清門就是坤寧宮，為皇后所居。兩邊分建著六宮，一仁壽、二景福、三仁和、四萬春、五長春、六永壽。六宮之後，左右華屋六楹，列兩殿即涼殿、暖殿，過涼、暖兩殿是玄武殿，殿後是寧安門，出寧安門是御花園，中建金水橋、太華池、飄香亭、安樂亭、魚亭、香草亭、鹿亭、鶴亭。又奉天殿的門外，也建著兩殿，左面的叫文華，是將來皇太子御臨的所在。右邊名武英，是皇帝齋戒的地方。兩旁門兩重左名左順，右名右順。從這裡出去是正門一所，就是午門了。午門外是皇城，又建端門、長安門、承天門，慶瑞門諸門。內外宮殿，凡屋宇一千六百三十八楹。

宮殿既造就，由太史官劉伯溫選擇了一個吉期，明太祖朱元璋登奉天殿正式受百官朝賀，又大封功臣。晉徐達魏國公右丞相，李善長輔義侯左丞相，常遇春鄭國公大將軍，鄧愈衛侯左將軍，湯和信侯右將軍，胡大海靖安侯，花雲崇海侯，郭英平涼侯，耿再成東平侯，沐英穎川侯，吳貞、鄭遇春、華雲龍、郭興、呂懷玉、方剛、吳良、俞通海、廖永安，均封將軍晉伯爵。陳野先、張興祖、薛顯、吳復、金朝興、仇成、王弼，葉升等一班降將，都晉為男爵加將軍銜。又封死難的將士，若俞通淵、廖永忠都追贈侯爵。晉劉伯溫為國師太史公安國公。李文忠、耿炳文，也封了伯爵。又追謚高祖為德祖玄皇帝、高祖妣玄聖太皇后。曾祖為懿祖桓皇帝、曾祖妣懿聖皇太后。祖考為熙裕皇帝、祖妣裕聖皇太后。父朱世珍為仁祖淳孝皇帝，母溫聖睿慈太后。封妻馬秀英為皇后，姬櫻桃為寧妃，閣氏為瑜妃，翠娥為惠妃。當時命瑜妃居了萬春宮，惠妃居了仁和宮。一面下旨，令沐英持了金節，備皇后的鳳輦，全副儀衛去迎那馬皇后。令方剛持旌，備皇妃半副儀衛，去迎寧妃。

沐英、方剛領了諭旨帶同儀衛，即日出京到滁州來迎皇后和寧妃。不日到了滁州，耿再成、吳良忙出城迎接，後邊跟著地方官，遠遠地跪迎。沐英和方剛進了城，便去晉謁馬皇后和那寧妃，外面耿再成、吳良及地方官等在那裡照料，還幫著整儀衛，打掃街道，沿路上懸著綵燈，蓋起綵棚，凡鳳輦經過的所在，地上都鋪著黃沙。滁州城中的百姓，聽得迎接皇后這個訊息，便家家門前排起香案來，準備跪著送鳳駕。

這裡沐英、方剛在滁州兵署請皇后、寧妃各登了鳳輦，擺起全副儀仗，直出東璧門。馬皇后傳諭，把鳳輿和朱幕打起，以便百姓們的瞻覲。一時沿途的歡聲，好似雷鳴般的，真是萬戶頌揚哩。明太祖朱元璋在金陵聞得皇后的鳳輦將到，因坤寧和六宮的宮監已徵得三百多人，宮女卻寥寥幾十人，當然不夠分配，於是下諭，就應天府治下和江寧、句容、高淳、江浦、六合、溧水、溧陽、上元等八縣中挑選秀女。

這條旨意一出，八縣的地方官果然忙得走投無路，便是那班百姓，也大家奔走號呼起來。這時給李善長、劉伯溫得知了，忙上章來諫阻。元璋讀了奏疏，勃然大怒道：「身為天子，難道選幾個秀女也不能嗎？」便不聽善長、伯溫的話，竟傳諭趕緊實行。又令葉朿做了選秀女的總監。當時選得秀女三千七百六十六人，經地方官一度的挑選，選得二千一百十六人。又被選官挑擇過，凡錄用一千五百四十四人。就把這一千五百四十四個秀女送到了應天，又由葉朿選過，只選得七百二十五人。葉朿即奏知元璋，元璋卻坐起了謹身殿親自選錄，好中取好，共選中秀女二百三十三人。那餘下選不中的秀女，仍命送還給民家。元璋便把這二百三十三個秀女分派在各宮去侍候后妃。

過不上幾天，馬皇后和寧妃的鳳輦到了應天，元璋親自率領文武百官出城去迎接。這是元璋自己知道出身寒微，恐內外臣工瞧不起皇后，所以他御駕去親迎，也是尊重馬後的意思。馬後的儀衛到了離城十里，和皇帝的儀仗接著，文武百官一列俯伏在道上，齊聲三呼著娘娘千歲。那伴駕官喝聲起去，文武官員就紛紛起立，武官騎馬，文官步行，列隊在前面引道。最前是皇帝的儀仗和皇帝坐的鑾架。隨後便是馬皇后的儀衛，排列著一對對地過去。前導黃麾兩對，大戟一對，五色繡幡三對，長戈一對，繡幡三對，錦幡三對，雉尾扇兩對，紅花團扇兩對，曲蓋兩對，紫方傘兩對，由紅衣的甲士們執著，共是四十二人。後頭是校尉六十四人。列在左右兩邊是班劍、金吾杖、立瓜、臥瓜、鐙杖、骨朵、儀刀、鉞斧每件共是兩對。又金響節十二，錦花蓋四，十六個校尉分作兩隊，還有十六個校尉戴著大邊的珠涼帽，紅衣、黃綢腰帶、碧油靴，控著駿馬，執著豹尾槍徐徐地前進。後面又是宮女二十四人，手裡各個捧著金交椅一座，金踏腳一個，金水盆一個，金水罐一個，金唾壺一個，金唾盂一個，金香盒一個，金脂盒一個，也列隊過去。以後是武裝的宮女，一個個短衣窄袖，各執著五色繡幡、金斧、金骨朵、拂子、方扇、紅杖、紗燈、黃花蓋、曲蓋、金節、青傘之類，共是二十四人。最後宮女十二人，提著明紗燈三對，在鳳輦左右，後面便是文武百官，武官騎馬列隊在前，文官卻步行著在後。文武官的後頭，即是馬後的鳳輦。鳳輦之後，隨著寧妃的儀衛，也列著引幡、清道旗、方傘、金吾杖、立瓜、臥瓜、紅紗燈之類算是半副儀仗。後面便是寧妃的鳳輦，最後是護衛鳳輦的校尉六十四人，武官長兩人，率領著兵士六百名，個個是鮮衣美服，刀槍如霜地隨後護送。

鳳輦的儀衛，直進東華門，出西華門，經元武門，走過了長安門，六百個護兵至此停住。鳳輦直進午門，前導儀衛紅衣甲士至午門前停住。鳳輦走過長廊，穿過謹身殿，儀仗校尉至此停住。到了乾清門，文武百官停住。馬後下鳳輦，寧妃也下鳳輦，各改乘宮中的安車。這安車高四尺餘，金頂鳳頭，紅簾繡幕，四周金翅十二葉，金輪紅輻，專一備后妃宮中乘坐的，這時安車直達坤寧宮，儀仗宮人、武裝宮女都停在宮外，馬後進了坤寧宮，自有宮女們跪接。寧妃也跟著進了坤寧宮，行了參謁禮，同著皇后在宮中候旨。這時明太祖朱元璋接著鳳輦之後，令儀衛回進東華門，自己便在謹身殿裡休息。待馬後鳳輦進了坤寧宮，就離了謹身殿，慢慢地踱進宮來和馬後想見。馬後和寧妃接駕已畢，元璋即令寧妃居了景福宮，由宮女們引著寧妃去了。

元璋其時做了皇帝，與馬皇后又是久別重逢，自然是特別地親密了。從此元璋於馬後之外又擁有著寧妃、瑜妃、惠妃，即櫻桃、闍氏、翠娥，天天尋歡作樂。雖然不曾統一江山，卻有徐達、常遇春等一班人去克服了各地，元璋倒居然做起太平天子來了。但他是明朝第一個創業的君主，後來謚為高皇帝，廟號太祖，所以歷史上稱作朱太祖。

那朱太祖自登位以後，脾氣漸漸地驕傲，對於從前的功臣，不免懷有猜忌之心。而且不時領著親信的宮監，私下出了御花園的宣安門，到冷巷僻地去打聽民間的情形。光陰迅速，又是新年了。元宵的那天，恰巧常遇春取了山西，遣使入奏。太祖閱了奏章，心裡很是喜悅，便和馬後、惠妃等設宴相慶。也算是點綴元宵。

這天的晚上，萬里無雲，日光如晝，太祖乘著酒興，帶了宮廖貞，悄悄地溜出了安寧門，到街市上去玩耍，只見家家燈火輝煌，鑼鼓喧天，一般商家還在街道上紮著燈景，堆著鰲山，真個是火樹銀花，熱鬧非凡，那元宵鬧燈的風俗還是宋朝流傳下來。每年到了正月十五那天，東京城裡金吾不禁，通宵達旦，任士女的遊覽。當時什麼迎燈鬧月到處是城開不夜，直到元末明初，這鬧燈的風俗依然沒有革除。人民的迎燈爭奇鬥巧，那燈景越發的精緻。

朱太祖在路上玩了一會燈，覺得興致勃勃，忽見景運街的左邊設著一個燈虎攤子，一班閒看的人圍滿了一大堆，朱太祖叫廖貞分開眾人走近攤前，見那裡懸著十幾個謎面，並不是什麼四書五經，卻是用圖畫著一種會意謎兒。其中有一條畫謎，上畫婦人抱著西瓜倚在馬的鞍旁，馬尾後面橫著一隻很大的人足。朱太祖瞧著尋思了半晌，恍然大悟道：「這一班遊民不是在這裡譏笑皇后嗎？」原來那畫謎上含著「淮西婦人，馬後足大」八個字義。婦人抱西瓜，是懷西的意思，懷淮諧音，馬皇后正是淮西人，又恰是大足，那時朱太祖的心裡如何不氣呢？但一時卻不便發作，只把廖貞一拖，君臣離去了謎攤，望西邊的街上走來。

朱太祖因為心上著惱，正要尋一點事解悶，一眼瞧見道旁一個相面的攤兒，高飄著白布招旗，旗上大書著四個字道：「相不足憑」。太祖唸著，很是詫異，便捱上前去，又見攤前一副對聯道：「風鑒無憑無據，水鏡疑假疑真。」朱太祖讀了，再也忍不住了，就向那相士問道：「你既說是相不足憑，為什麼又替人相面呢？」那相士見問，對太祖打量了一遍，微微一笑，指著攤上的下聯道：「你先生不看俺這句話嗎？相貌這件事，實是又假又真，在下的藝術很平常，終揣解不透是真是假，所以藉此相盡天下士，看靈驗不靈驗，就可以定那真假了。」那相士說著，又指著自己道：「俺胡鐵口的相貌，照書上看起來，今年三十三可以入翰苑，四十七歲還要當國拜相封侯。不過直到如今仍是個江湖術士，那相術足見得無憑了。」太祖聽了胡鐵口的話，正要再問時，胡鐵口又瞧了太祖幾眼，忽然豎起大指來說道：「俺看你先生的相貌，天地相朝，五嶽對峙。分明是個天子相，你現在可做著皇帝麼？」胡鐵口這一句話，把太祖說得吃了一驚，連站在旁邊閒看的人們，也都掩著耳朵飛跑。因當此朱太祖登基的時候，疑心病很重，稍有一些兒謠言，一般胥吏便捕風捉影，株連多人，盡遭慘戮。談到做皇帝三個字是要滅族的，誰不害怕呢。大家聽了胡鐵口一說，深恐給那衙役們知道，自己無端的受累，以是一鬨地走散了。朱太祖也怕弄出事來，只對胡鐵口笑著點點頭，趁勢和廖貞走開了。

朱太祖沿路乘著燈光月色回到宮裡，連夜傳出諭旨來，命禁軍統領姚深把那景運街的居民一齊逮捕了，立時正法。第二天早朝又下旨去捕胡鐵口。要知胡鐵口性命如何，且聽下回分解。

裙履餘芳吳美人擅寵　衾裯遺愛惠妃子拈酸

卻說朱太祖在元宵出遊，到了景運街中，瞧著燈謎譏笑著馬後足大，心裡十二分的惱憤，就連夜傳諭，把景運街的百姓，不論男女老幼，一齊捕來，著刑部勘問，胡亂定了怨謗大逆不敬的罪名，旨下棄市。可憐那些百姓，連做了鬼也不知道自己犯了什麼罪哩。這一場冤獄，共戮無辜良民七百九十五人，那做燈虎的窮秀才倒不曾死在裡面，這時已聞風逃得遠遠的了。只苦了住著走不脫的良民，去代人受過，西華門外血肉模糊，冤恨沖天。當時眼見的人，傷心慘目；所聽的人無不酸鼻。這種忍心殘酷的行為，差不多和焚書坑儒的祖龍相彷彿了。

再講那相士胡鐵口，元宵那天相了太祖，說他有皇帝的容貌，市上的人都道他渾講，便一鬨的走散。胡鐵口做不到生意，自己也覺失言，只得垂頭喪氣地收了攤，沒精打彩地回寓。寓主人來算房飯錢，胡鐵口說道：「今天晦氣，一文也不曾弄到手的。」當下把相太祖的一段經過說了出來，那寓主人聽罷大驚說道：「照你這般的快嘴，遲早是要鬧出禍來的。」胡鐵口道：「那人的確具著天子相，俺是依相直來的。有甚禍患。」寓主人說道：「你不知道，現在的新皇帝朱老四，不常的微服私行出宮，你不要真的碰著了他，恐你這條性命也就在眼前了。」胡鐵口見說，也有些心慌，害得他一夜天不曾闔眼。

第二日的清晨，胡鐵口心想躲在寓中，不出去做那勾當，實在寓主索逼得厲害，還叫夥計做好做歹地要趕逐他出去。胡鐵口沒法，只得硬著頭皮仍到街上來擺相面攤。不料攤才得設好，便有兩個將校打扮的上來，大聲問道：「你是胡鐵口嗎？」鐵口答道：「在下正是。總爺們可是來問出征吉凶的嗎？」那一個將校笑道：「不是我們看相，有人叫你衙門裡去看呢！」說著拖了胡鐵口便走。鐵口忙道：「二位可否等在下收拾了攤再去？」那將校睬也不睬，竟橫拖倒拽地把胡鐵口和豬般的牽了去。路人瞧見的，都說胡鐵口說話太駭人聽聞，應得要吃官司。

那將校牽著鐵口到了刑部大堂，刑部司員不曾得著上諭，不知把胡鐵口怎樣的辦理。忽接到禮部的公牘，把胡鐵口提去。這時胡鐵口已昏昏沉沉的，自知是吉少凶多了。不一刻，見一位紫袍紗帽的官兒，把他彎彎曲曲地帶到一所大殿的簷下，那官兒便向殿上跪說了幾句，卻聽不出些什麼。那紅袍官兒退下來，就聽得一種又緩又青脆的聲音喚道：「傳胡鐵口上殿！」紅袍官兒執笏上前，命胡鐵口從丹墀下直跪上去，就聽見簌簌的一陣響，殿門的珠簾已高高捲起。那殿上似有人問道：「胡鐵口，你原名叫什麼？是哪裡人氏？從實奏來。」胡鐵口和狗一樣地伏著，連正眼都不敢覷一覷，也不曉得殿上是什麼官。這時聽得問他的姓氏，便徐徐地答道：「罪民原叫胡維庸，祖貫是鳳陽蒙城人。」殿上又道：「你可讀書識字嗎？」胡維庸叩頭道：「罪民在三年前，也曾進過學的，為了家貧才棄儒賣藝。」只聽殿上朗聲道：「胡維庸！你且抬起頭來。」維庸真個昂頭望上瞧時，但見殿柱盤龍，金碧映輝，殿門上這塊匾額，朱髹泥金，大書著「謹身殿」三個字，殿的兩旁排列著戴珠邊涼帽，紫衣紅帶，足登碧靴的校尉。正中端坐著的不是別個，正是昨夜看相時說他有天子相的那個客人。

維庸這才醒悟過來，知道上面坐的是大明皇帝朱元璋。不覺嚇得他魂兒出竅，半晌叫不回來，只是一味地叩頭稱著死罪。朱太祖卻很霽顏地問道：「維庸，你既是讀書之人，朕有個上聯拿去對來。」朱太祖本不甚識字，就隨便寫了一句，由傳事監從龍案上取了紙筆遞庸。維庸看那題紙上寫著上聯道：「出字兩座山，重重迭迭重慶府」，維庸那時福至心靈，他略為一沉吟，便續下聯道：「磊文三塊石，大大小小大明州。」維庸寫罷，仍俯伏在地上。傳事監下來，把上下聯取去呈上，朱太祖讀了大喜，立即欽賜翰林學士，著赴禮部習儀三個月。維庸謝了恩退下，自往禮部衙門去了。後來朱太祖相胡維庸，常和他說笑道：「你說朕可以做皇帝，你能夠做翰苑，現今怎麼樣了？」維庸也笑道：「當時若曉得是陛下，臣還不是這般說呢，那一定要說陛下是太平天子了。」太祖也不禁大笑，這是後話不提。

再說那胡維庸，在禮部習了三個月禮，也居然峨冠犀帶，和群臣一般的列班上朝。朱太祖每召他問事，維庸隨答如流，往往同上意暗合，因此太祖漸漸寵信維庸，兩個月中連擢升七次，授維庸為兵部尚書，華英大學士。真是權傾朝貴，氣炎薰人。維庸仗著聖寵有怨必報復，凡貧時不睦的人，都被他殺的殺，遣戍的遣戍，一個個弄得家破人亡。並那寓主人也不肯放過。維庸恨他逼取房飯金，飭役去捕時，那寓主人聞得胡鐵口富貴得志，便收拾起細軟，星夜攜眷逃之夭夭了。維庸既這般的橫行，朝野側目。但他於太祖面前卻十分趨奉。太祖被他諂媚得頭昏顛倒，稱維庸作第一賢臣。太祖又因出宮微行逢著維庸那樣的能臣，他私行的念頭越覺得踴躍了。有一天，太祖恰巧單身出外，遇著一個老頭兒在那裡講著太祖的歷史，還呼太祖的小名（老四），太祖怒他不敬，把那老頭兒的家族親戚鄰人都捕來殺了，無辜株連的又是四百多人。於是應天的百姓人人知道太祖要出來私訪，嚇得他們連朱字也不敢說了。

那時東華門外，有一個賣牛尾湯的王老頭，他每天晚上終把擔兒挑出來，擺在那裡售賣。一天，他停攤在那裡，有箇中年男子來吃他的牛尾湯，吃完之後，摸摸袋裡竟然不帶一文。那中年男子笑著對王老頭說道：「今天不曾帶得錢，改日補給你吧！」王老頭見他紫衣碧蘇，相貌不凡，諒系是官家子弟，忙連說：「不打緊的，爺只管自去就是了。」誰知第二天，那中年男子又來了，吃好湯不給錢，只問王老頭姓名，今年多大年紀，家裡有什麼。王老頭答道：「小老兒姓王，人家都稱我王老頭，現已七十六歲了，家中並沒子女，只有一個老妻。」那中年男子道：「你只有夫婦兩個，何必這般的巴結，許大年紀還要天天做買賣。」王老頭說道：「小老頭想賺幾個錢下來，買塊土地，便將來老骨頭有歸宿。」中年男子聽了，向王老頭點頭笑了笑去了。王老頭也不向他要錢。

過了四五天，那中年男子又來了，把一碗牛尾湯吃完，從衣袋裡掏出兩張紙頭遞給王老頭道：「一張是還你的湯錢，一張是送與你的。」王老頭不知上面是多少錢數，只謝了聲，望著袋裡一塞。那中年男子自去，從此就不見他再來了。王老頭心裡很是狐疑，將兩張紙兒叫人看時，一張寫著內務部支銀五百兩，一張是紫金山下劃地十畝，著該處地方官辦理，末腳蓋著鮮紅的朱印，是「皇帝寶璽」四個大篆。看的人大驚道：「這是皇帝的上諭，你從哪裡得來的？」王老頭見說，也嚇得發起顫來。慌忙奔到家裡和老妻連夜逃避。東華門外從此沒有賣牛尾湯王老頭的蹤跡了。不過經這件事傳揚開來，太祖微行的訊息，到處都傳遍了。大臣和李善長等紛紛交章入諫。太祖也怕曉得人多了，被人暗算，只得漸漸地斂跡起來。但太祖不便出外，自然只有距在宮裡，和諭妃、惠妃等廝混了。

這樣一天天地過去，未免得厭煩了。恰巧這時惠妃翠娥的妹子翠英從杭州來探望她的姊姊。明宮裡規例，外戚非奉召不得入宮。惠妃便告訴了太祖，把翠英宣召進宮。她們姊妹相逢，各訴著離衷，十分親熱。到了晚上，惠妃便留她妹子住在仁和宮中。又怕皇帝來打擾，吩咐了宮女，將宮門的竹簾放下，宮門外擺上一盆月季花兒。皇帝瞧見就不進宮來了。這個暗號還是漢朝的宮闈中傳下來的。凡嬪妃們月事轉的當兒，皇帝來臨幸時不便忤旨，只拿一盆月季花擺在宮門前。皇帝看了，曉得那妃子正月滿鴻溝，不能行事，便不來臨幸了。明宮裡也襲著這規兒，所以惠妃令放月季花在門前，算是拒絕皇帝的意思。這天晚上，果然被惠妃瞞過，太祖經過仁和宮時不曾進去。至於白天，卻不能讓皇帝不進來。

明日早晨，太祖有心要看惠妃的妹子，待退了朝，便踱到仁和宮來。其時惠妃和她妹子翠英還在那裡梳頭，翠英想要走避已是來不及了。直羞得她滿面通紅，低垂著粉頸抬不起頭來。太祖微笑著坐在一旁，瞧她姊妹兩人梳。翠英一時慌忙了手腳，把一朵榴花掉到地上，正落在太祖的腳邊。太祖便去拾了起來，輕輕地替翠英簪在鬢邊。這一下子，弄得翠英益覺害羞，幾乎無地自容，淚盈盈地要哭出來了。她忙著草草挽髻，三腳兩步地逃入後宮。惠妃睨著太祖道：「她是個鄉間小女兒，不慣和男人們親近的，皇上今天這樣的迫著她，下次就嚇得不敢進宮來了。」太祖笑道：「俺哪去迫她，因瞧她雖是鄉間女兒，倒要比你有趣得多呢！」惠妃見說，知道太祖是不懷好意的，便也看了太祖一眼，微笑著不做聲了。太祖默坐了一會，見翠英不肯出來，自己很覺無味，只和惠妃空講了幾句，慢慢地踱出宮去了。那天翠英真個不敢住在宮裡，連夜同她姊姊說明瞭，令宮監挽著一乘板輿，把翠英送回府中。

原來吳貞自太平調回京裡，太祖登極封了侯爵，加了大將銜。又因他大妹子翠娥做了惠妃，吳貞已是國舅了。太祖便替他在應天建了國舅府，命吳貞把家屬接來居住。吳貞是父母雙亡，只接了他舅父和二妹翠英伴他的妻子住著。從此他們兄妹手足常常可以敘談，骨肉團圓十分快樂。吳貞的妻子本是個蒙古人，是淮揚都司帖勃闌的妹子，生得沉魚落雁，有十二分的姿色。淮揚被張士誠占領，帖勃闌盡忠，妻子姑兒氏殉節，剩下妹子帖蘭伶仃無依，逃難到了龍興，給吳貞的部下獲住了，獻與吳貞，吳貞見她美麗，想自己還不曾有妻子，便和帖蘭做了夫婦。他們兩人的愛情很為濃厚。況吳貞青年得志，膺著榮封，又做著國戚，天天擁著一個嬌妻，真是享不盡的豔福。似這種光陰，怕南面王都及他不來呢。

閒文少敘，那天翠英似逃難般出了仁和宮，回到國舅府中，他哥哥吳貞出遊還沒有回來，翠英便和她嫂子帖蘭閒談著。不一刻，吳貞從外面走了進來，一見她妹子回來，也隨口問了些宮中情形，翠英胡亂答了幾句，卻把太祖替她簪花嚇得逃走出宮的事瞞落了。過了半個多月，正是七月七日，俗傳是雙星聚會的七巧日。仁和宮的惠妃又打發了宮監，打了乘軟轎來迎她妹子翠英進宮去賞花乞巧。翠英要待推說不去，轉是吳貞來勸道：「我們雖說是自己姐妹，大妹子究竟是位貴妃，怎麼可以違拗呢？二妹子還是去走遭的好。」翠英沒法，只得乘了軟轎，由內監們直抬入宮來。

翠英坐在轎裡，見他們抬著自己仍進那端門，從邊廊的甬道上，彎彎曲曲地走著，半晌還不見停轎。翠英這次進宮，不過是第二轉，一時也分不出那東西南北。又過了一會，經過了幾十重的門戶，到了一個所在，轎子才漸漸走得慢了。走不上百步，轎子停住，便有三四個宮女過來打起轎簾，扶了翠英下轎。兩個宮女在前引路，領翠英到了個竹軒裡，只見四周都是修篁，照得軒中的器物也變了碧色了。走進軒門，是個極精緻的客室，几案整潔，壁間懸著名人書畫，書架上滿堆著玉簡古籍，旁邊是個月洞門。宮女領翠英進了月洞，見那室中的陳設比較那客室越發精緻了。琴棋書畫，無不具備，案上的古玩都是自己所不經見的。真是滿目琳瑯，令人眼也花了。靠月洞門的左側，設著一隻小榻兒，羅帳錦褥華麗非凡。正中的圓桌上，擺著杯盤果品，那宮女請翠英坐在榻上，一個宮女早倒上一杯荳蔻茶來。翠英接著，喝了一口，覺得涼震齒頰，香溢眉宇，味兒的甘芳自不消說了。翠英一頭吃著茶，便問那遞茶的宮女道：「惠娘娘怎麼不來？」那宮女答道：「惠娘娘方侍候著聖駕在那裡飲宴，只叮囑我們陪吳小姐少待一下，等皇上起駕，惠娘娘就可脫身來和小姐敘晤了。」翠英點點頭也就不多說了。

到了午晌，宮女們送膳進來，翠英胡亂吃了些，等著她姐姐不至，心裡焦躁起來，便走出了竹軒，望四處玩了一轉。軒外卻是個很大的花園，這時是夏末秋初，沒甚可玩的花草，只是陰濃碧樹掩蓋了一帶粉牆，涼風陣陣地吹來，真叫人胸襟為暢了。

翠英遊覽了幾處亭軒，看看天色晚了下來，於是回到竹軒中，見那頂圓桌上已排上酒筵，四個宮女很整齊地立在一旁，瞧見翠英進來，都微笑著相迎。翠英因她姊仍沒有到，心上早有點不耐煩了，正要動問，忽見月洞門的右側小門徐徐地開了，環珮聲丁冬，盈盈地走進一個美人來，翠英還當是她姊姊，忙起身相迎，再瞧時卻是不認識的，不禁怔了一怔，那美人微笑道：「吳小姐寂寞煞了嗎？」翠英不及回答，那美人又道：「惠娘娘給皇上纏住了，看來今天是沒工夫來的了，所以叫我來伴著吳小姐，請用了晚膳，那時送吳小姐回府就是了。」翠英聽得她姊姊沒空兒，連晚飯也不要吃了，便欲令她們打轎回來。那美人格格地笑道：「吳小姐且莫心急，既然來了，終須進晚膳去，況我是奉了娘娘的命來侍候小姐的，倘小姐此刻就回了府，惠娘娘見責進來，叫我怎樣回覆呢？」翠英見她說得婉轉有理，只得應許下來。那美人便邀翠英入席，兩人對面坐了，宮女們斟了酒，那美人便殷勤勸飲。翠英覺情不可卻，勉強飲了幾杯，那美人只顧一杯杯相敬，自己也陪著吃酒，看她的酒量很宏。翠英看看已有了醉意，有些支援不住起來。美人才吩咐宮人添上飯來，翠英這時多喝了幾杯，不免頭昏眼花了，哪裡還吃得下飯呢。美人親自來扶著翠英到那小榻上躺下。一面令宮人收去杯盤，一頭附在翠英的耳邊低低說道：「吳小姐暫時安息一會，我就去打了轎來。」翠英微微點點頭，那美人竟自去了。

翠英睡在榻上，漸漸地沉沉入夢。她睡得正酣，忽然給宮中的更漏驚醒。睜眼瞧時，案上燭光轉明，宮女們一個也不見了，自己的身邊似有人臥著。翠英朦朧中辨認出那人紫衣金帶是個男子裝束，不由得嚇得直跳起來。只苦四肢軟綿綿地一絲氣力也沒有，賺紮了好半天，休想動得分毫，額上弄得香汗淫淫，胸口嬌喘吁吁，雙足不住地上下亂顛。那紫衣的男人已翻過身來，輕輕按住了翠英的前胸，和聲悅氣地說道：「吳小姐不要心焦，你姐姐也快來了。」翠英忙推開了他的手，細辨聲音笑貌，分明是那位皇帝姐夫。便咬著銀牙罵道：「翠娥（惠妃）這賤婢賣我嗎？你設這種圈套，可把我害死了。」說罷就嗚嗚咽咽地哭起來。

朱太祖見翠英哭了，轉把好話安慰她道：「吳小姐不要錯怪了你的姐姐，這件事都是俺的計劃，和你姐姐是毫不相干的。」翠英這時氣憤極了，也不管什麼皇帝不皇帝，竟含著滿臉的嬌嗔大聲說道：「你們用了這種鬼計，要想把我怎麼樣呢？」太祖見問，帶著笑道：「並不是把小姐怎麼樣，實在愛你長得俊俏不過，幾乎想死了俺，所以才將小姐賺進宮來。如其小姐肯一心嫁給俺的，俺絕不虧負小姐。你瞧你的姐姐，現在封了惠妃，居在仁和宮裡，伏侍有宮女內監，進出是鳳輿安車，吃的是山珍海味，穿的綢緞綾羅，喚一聲一呼百諾，一舉步前護後擁，多麼榮耀威風。那些宦家的女兒，誰不願嫁俺做嬪妃，俺卻一個也瞧不上眼，只是愛著小姐，不知道小姐的心上怎樣？」大凡女子心理是沒有不愛虛榮的，翠英出身是小家碧玉，她平時聞得自己的姐姐做了皇帝的貴妃，心中未償不暗暗羨慕，及至進宮和那姐姐相晤時，見她滿頭的珠光寶氣，遍體繡服錦衣，不覺自慚形穢了，豔羨的念頭越加高了一層。此刻聽了太祖的一番話，芳心不由得一動，又經太祖小姐長、小姐短的，把個翠英早叫得心軟下來。太祖見翠英默默不語，知她意已打動，便特別做出溫柔的樣子，百般地趨奉翠英。說得翠英眉開眼笑，把粉頸一扭道：「我姊姊封了惠妃，我卻沒得封了。」太祖笑道：「封號多著呢！俺宮裡的妃子誰也及不上你那樣美麗，俺就封你做了吳美人吧！」翠英很覺喜歡，這才在枕上叩頭謝恩。兩人說說笑笑，雙雙同入好夢。

明天起來，太祖命吳美人居了長春宮。又諭知吳貞，說冊封翠英做了美人，吳貞即進宮謝恩。太祖自有了吳美人，天天宿在長春宮裡，把寧妃、瑜妃、惠妃，一古腦兒丟在腦後。寧妃和瑜妃倒還不過如是，獨那惠妃見太祖專寵著她的妹了，一縷的酸氣自丹田直衝到腦門。一天，惠妃真有些忍不住了，乘著太祖還沒有退朝，竟趕到長春宮來大鬧。要知惠妃鬧得怎樣，且聽下回分解。

宮廷禍興胭脂劫　宰府奇謀肱股誅

卻說惠妃因自己的妹子吳美人專寵，心裡十分氣憤，幾次要趕到長春宮來和她妹子拚命，都給一班宮女們勸慰住了。有一次上，她萬萬忍耐不住，又摩拳擦掌地要往長春宮去，口裡連呼著備車，經旁邊的宮人勸道：「娘娘還是忍氣些的好，現在吳美人正在得寵的當兒，雖然是自己的姊妹，不幸她變下臉來，有皇上在那裡幫護著她，不是要弄出亂子來嗎？那時反悔之不及了。」惠妃聽了宮女的話，倒也很為有理，只得忍住了一口氣，暗底下卻召吳貞進宮來，把翠英的經過一五一十地講了出來。又將翠英恃嬌專寵的行為也說給吳貞聽，並說翠英欺負自己，眼孔裡竟沒有她姊姊了。說罷，眼圈一紅，早撲簌簌地流下淚來。吳貞一面安慰著，一面說：「娘娘不要過於傷心，須保重自己玉體，這件事只消嫂子進宮來，向吳美人那裡勸說一番，或者得她的迴心轉意也未可知。」惠妃點頭答應。吳貞退出宮去，便和他的妻子米耐帖蘭說了，命她進宮來替惠妃姊妹調解。帖蘭允許了，吳貞就假託著惠妃宣召他妻子進宮來，打起一乘軟轎把帖蘭送進宮去。誰知帖蘭這一去竟杳無訊息，老給他一個不出來。吳貞在外等得好不心焦。看看已七八天過去，仍不見帖蘭出宮，吳貞急得抓耳揉腮，自己尋思道：「莫不成她們姑嫂要好，把帖蘭留著嗎？」要待到宮中去打聽，卻格著外戚不奉宣召不許進宮的規例，不便進去。

這樣一天天地過去，轉眼一月多了，帖蘭仍不出來。吳貞沒法，親自候在寧安門外，向那些內監們探問，都說不曾知道。恰巧一天有個小監出來，吳貞忙上去看時，認得是常常到自己家裡來送御賜物的，因招呼他道：「小哥哪裡去？」那小監回過頭來，認得是國舅吳貞，便答道：「皇上命咱到國公府裡送人蔘去。爺在這裡做什麼？」吳貞見問，就悄悄地拉他到僻處，掏出一包碎銀遞給那小監道：「這點兒小意思，給小哥買些果餌吃。」那小監平日不大弄得到錢的，見吳貞送銀子與他，不禁眉花眼笑地說道：「咱不曾有什麼功績，怎好受爺的賞賜。」吳貞也笑道：「那是笑話了，你只管收了，我還有事拜託你呢。」那小監收了銀子，很高興地問道：「爺有什麼事咱就立刻去幹。」吳貞說道：「沒有別的，我就問你一句話，我們那位國舅夫人，現在宮中做些什麼？」那小監聽了，不覺征了半晌說不出話來。

吳貞見她形狀蹊蹺，知道內中定有隱情，便去附著小監耳朵低低說道：「你有什麼不能告訴人的，盡可對我講了，我絕不為難你的。」那小監想了想，對吳貞說道：「咱老實給爺爺說吧，國舅夫人自那天進宮，如今還住在宮裡呢！」吳貞說道：「那是我知道的，但不知道她住在宮中老不出來，卻是為什麼緣故？」那小監到底年紀小不識好歹，這時聽了吳貞的話，便拍手答道：「早哩，早哩！咱看國舅夫人是不出來的了。」吳貞吃了一驚道：「這話怎講？」那小監笑道：「皇上和國舅夫人天天在永壽宮裡飲酒取樂，看他們正好親熱呢，會捨得出來嗎？」吳貞不聽猶可，一聽了小監說罷，早已氣得眼中出火，七竅生煙：「反了！反了！竟會做出這樣的事來。俺吳貞不出這口氣誓不為人！」他這一叫，嚇得那小監面如土色，慌忙說道：「爺這樣的大鬧，不是要連累了咱嗎？」吳貞這才忍住了氣，回頭向小監說道：「對不起，小哥。我們再見吧！」那小監也巴不得他有這一句話，便謝了聲吳貞，飛般地望國公府裡去了。

吳貞氣沖沖地回到家裡，跳進蹿出，拍臺拍凳地大罵起來，慌得家人奴僕們似老鼠見了貓般的驚得四散躲藏不迭。吳貞正在怒氣不息，忽聽得左將軍傅友仁來相探，吳貞只得出去想見，兩人攜手進了書齋，談了些閒話。吳貞於言語之間，說起朝廷很覺怒形於色。友仁幾次詢問，吳貞只是用別的話支開去。友仁是何等乖覺，曉得吳貞定有什麼說不出的隱衷，便起身告辭回來，將吳貞的形狀暗暗去說給胡維庸知道。

其時的維庸已封了太師太傅，權傾四野，朝臣多半側目。在這個當兒，劉基方罷相，左丞相汪廣洋被誅。維庸不免兔死狐悲，私下對李善長說道：「皇上近來心境大不似前，而且多疑善變，朝士皆朝不保夕，我們應早自為計。」原來善長和維庸已結了兒女親家，兩下交情很密。這時善長聽了胡維庸的話，只默默地不作聲。維庸疑善長心已動，便去勾結了左將軍葉升、都督王肇興、員外郎吳煥、御史徐敬等等，專一收拾人心，招攬同黨。維庸家裡蓄著勇力數百人，又在府中深夜打造武器。那時聽得同黨傅友仁的報告，知吳貞也有異心，於是連夜把吳貞邀至相府，維庸親自為吳貞把盞，一杯又一杯，把個吳貞灌得大醉，維庸趁勢用言語激動他，吳貞酒後忘了顧忌，將皇上強占自己妻子的事和盤托出，還說了些不臣的大話。胡維庸素來知道吳貞的勇猛，有心要收他做心腹，當時見有機可乘，便故意嘆道：「國舅出入戎馬，把生命去爭來的功勞，只酬得區區千五百石的侯爵，倒不如劉基這一班人，毫不費氣力地轉封了他們公爵，那真是不平的事。況國舅夫人又給皇上糟踏了，難道主子不念功臣的辛苦嗎？倘外面把這件事傳揚開來，叫國舅有什麼臉兒立在朝堂呢？」這一席話，把個吳貞說得面紅耳赤，拔出佩劍，啪的一聲擊碎桌上一隻酒杯，咬牙切齒地罵道：「罷了！罷了！今番俺若得著機會，也叫那牧牛兒和這杯兒一樣！」維庸見吳貞已入彀中，忙搖手止住他道：「國舅就要行事，也得祕密一點。你這樣的大驚小怪，風聲洩漏，不是畫虎類犬？」吳貞正色作謝道：「全仗丞相的包涵。」維庸低低說道：「不瞞國舅說，我也久有此心，只是沒人幫助，不敢舉事。」於是把自己謀劃細細地和吳貞說了，吳貞大喜道：「丞相如果行大事，俺吳貞不才，願助一臂之力。」維庸也十分有興，一面吩咐左右洗盞更酌。維庸又將傅友仁、葉升、徐敬、王肇興、吳煥等一干人請來，大家歃血為盟，置酒共飲。

是年的冬月裡，胡維庸的府中大門上，忽然生出一顆靈芝來。術士李俊說道：「靈芝是皇帝之瑞，將來必出天子。」維庸聽說，謀亂之心越發高了起來。並邀集吳貞、徐敬、葉升等設筵慶賀。其時李善長罷相，尚書餘雄又割職，且遣戍河南。維庸深怕自己也不保，連夜聚議起來。一方面去邀元朝的後裔馬立，命他糾了亡命自外殺入接應。這裡葉升去和禁衛指揮曹聚說好了，到那時開了禁城迎入。殿前都尉張先本是維庸的外甥，當然是同謀了。

再說那吳貞的妻子米耐帖蘭，自從那天乘了軟轎先到惠妃宮裡，姑嫂相逢敘了一番寒溫，因惠妃和帖蘭還是第一次見面呢，兩人談了一會，帖蘭便起身往長春宮來見吳美人，她和吳美人是素識的，因此特別親熱。帖蘭滿心想替惠妃說幾句話，那吳美人只問長道短，帖蘭弄得不好開口。兩人正在敘談，忽的聖駕進宮來了。帖蘭要待避去，吳美人把她阻攔著，帖蘭沒法，只有跪著一同接駕。朱太祖叫宮女把她們扶起，一眼瞧見了帖蘭，覺得她神如秋水，容光照人，便問吳美人道：「那是何人？」吳美人笑道：「便是臣妾的嫂子。」太祖驚道：「吳貞有這樣一個妻子，俺倒不曾知道的。」說著就命擺上筵宴來，吳美人拉著帖蘭共飲，那帖蘭本不懂得什麼禮節和廉恥，三杯下肚，說也來了，笑也來了，免不得和太祖眉來眼去。吳美人要籠絡皇上，便分外湊趣，有心把帖蘭灌醉了，扶入後宮去，太祖便跟來後面，這一夜就和帖蘭就成了好事。

第二天太祖命帖蘭居了永壽宮，晚上便來和她取樂。帖蘭見太祖魁梧，又貪著富貴，住在宮中，一天又一天地下去，竟忘記出宮了。但這件事只吳美人和宮女們知道，惠妃卻一點也不知情。吳貞在外面等候帖蘭很是心焦，便去探問那個小內監，把宮裡春光完全洩漏。吳貞聽著了訊息，私下又一打探，方知帖蘭失身的事，一半是吳美人的鬼戲。吳貞恨得牙癢癢地指天劃地地罵道：「翠英這賤婢子，早晚要死在俺的刀下！」

一天的夜裡，太祖在永春宮中和帖蘭對飲，酒闌燈灺，雙雙攜手入幃，正擬同赴巫山，猛聽得宮門外喊聲大起，接著又是震天價一聲響亮，宮門前腳步聲雜亂，太祖在床上一手提著帳門，吩咐宮人出去探問，誰知宮門才開，早有五六個內監，慌手慌腳地直跑進來道：「不好了！賊人打進來乾清門了，快請聖駕出宮避賊要緊！」太祖聽了大驚道：「賊是誰？」這句話還不曾說完，又聽得轟然的一聲，兩個內監連跌帶滾地進來報導：「乾清門被賊人打倒了，現在侍衛們拚死抗拒著，聖駕速速避賊！」太祖這時也不覺心慌，忙著起身下床。太祖回過頭來，心上又是不忍，便一把拖了帖蘭，七跌八撞地奔出永春宮，前面六七個內監和一大群宮女，紛紛地隨著擁護。

太祖和帖蘭走出了永春宮的正門，只見南面的謹身殿上，火把照耀通明，幾十個侍衛且戰且退，賊人便一擁入來，為首的人手執著一口撲刀奮力殺入來，勇不可擋。太祖認得是吳貞，疑他到來救援的，要待叫應他時，再看吳貞，只望著侍衛們亂砍，向著甬道上殺了過來。太祖知是不妙，當下也顧不得帖蘭了，便把帖蘭往宮女堆裡一推，自己往人叢中逃走。

那吳貞領著黨人，飛奔地殺入永春宮，尋太祖和帖蘭不見，轉身出了宮門，又與一大隊侍衛相逢，大家在甬道上廝殺著，吳貞一口刀好似猛虎一般，十餘個侍衛那裡抵擋得住，不到一刻，已被他殺得落花流水了。吳貞殺退了侍衛，竟奔長春宮來，吳美人也聞得宮外喊聲，內監接二連三地報賊殺來，吳美人慌得手足無措，旁邊幾個內監宮女，把吳美人擁著走。才走出宮門，劈面恰恰撞著吳貞，吳貞一見了她的妹子，不禁心頭火起，便提刀大喝道：「賤婢認得我嗎？你嫂子到哪裡去了？」吳美人見她哥哥滿臉的殺氣，嚇得戰兢兢地答道：「嫂子在永壽宮裡。」吳貞大怒道：「永壽宮俺已去過了。」說著一刀望吳美人砍來，吳美人忙閃躲，哪裡還來得及，身上早著了一刀，僕地倒下臥在血泊裡了，吳貞也不問她死活，返身殺進甬道，到仁和宮來尋朱太祖。

這時帖蘭隨一群宮女，也擁在甬道上奔逃，吳貞領了黨人，一路追趕著亂剁亂砍，可憐一班嬌膚嫩肌的宮女，怎經得如狼似虎的蹂躪，霎時間哭聲震天，吃著刀的都倒在地上，有幾個受著輕傷的也倚在門沿上啼哭。吳貞其時在宮人中認出了帖蘭，一把將她扭住，如提小雞般捉了過來，方要細細地問她，忽見朱太祖慌慌張張地從右邊長廊上轉出來，吳貞便一刀剁翻了帖蘭，提刀來趕太祖，口裡還大叫道：「朱元璋休要逃走，俺來找你算帳了。」太祖聽得腦後有人來追，驚得魂靈也出了竅，不敢再走長廊，一轉身穿過了景福宮，飛跑出聚景門，逃往御園中來。那吳貞不捨，也拚力地追著，看看要趕上了，太祖跨上金水橋，吳貞也上了金水橋，太祖喘著說道：「吳貞！你不念君臣之義，竟忍心弒朕麼？」吳貞大喝道：「你霸占俺的兩個妹子，心還不足，連俺的妻子也被你玷汙了，還講什麼君臣不君臣！」說罷盡力地一刀向太祖剁來，太祖急忙躲避時，吳貞用力過猛，那把刀正劈在金水橋的橋欄上，並刀背也幾乎陷沒了，吳貞拔那刀急切又拔不下來，心裡又氣又恨，狠命地一扯，把橋欄拉折，那刀才得脫離，再瞧那刀口，已是卷缺的了，吳貞提著刀，回頭再看那太祖，早繞過太華池，去得遠遠的了。

吳貞還想追趕，忽聽得牆外吶喊聲連天，火光照著猶若白晝，那寧安門頓時大開，無數禁衛軍殺將入來，吳貞的黨人也從後趕到，攔住禁衛軍廝殺。誰知禁衛軍愈殺愈多，這裡一隊沒有殺退，左邊又是一隊殺到，看看把吳貞圍在中間。吳貞大吼一聲，揮起了缺口刀，奮勇地衝將出來。恰巧葉升和徐敬，領著三四百個勇士，從寧安門來接應，三個人集在一起，殺開一條血路，一擁地出了寧安門，吳貞尚欲進宮去找尋太祖，葉升勸道：「我們趕快殺出去吧！聽說王肇、傅友仁等事機不密，事急都已自盡了。此刻趙翼雲將軍親率大隊人馬，殺進西華門來了。」吳貞驚道：「胡丞相怎麼樣了？」葉升答道：「丞想見大事不甚得手，已領著幾十個家將管自己退去了。」吳貞頓足說道：「罷了！罷了！很不容易得的機會，怎麼輕輕放棄了呢？」說著，果然聽人喊馬嘶，遠遠地看見殿前指揮王光，大將趙翼雲和總管馬如飛統著大兵進城來殺賊。吳貞問葉升說道：「事既弄糟了，左右不過是死，俺們索性殺上去吧！」葉升還不曾回答，那後面跟著的黨人和勇士，本是些烏合之眾，聽得大軍到了，諒也敵不過的，便發聲喊一鬨地散了。吳貞越發憤怒，忙向一個勇士換一把腰刀，同葉升、徐敬領了不曾走的三十名勇士，竟來迎大隊軍馬。

兩邊相遇，吳貞氣憤地首先陷陣，王光知道吳貞凶猛，也不來對敵，只指揮士卒把他們一隊人一齊圍在中間。吳貞仗著自己的武藝，左衝右突，那兵士只管圍繞上來，一層厚似一層。任你吳貞有多大本領，休想殺得出去。忽然兵隊裡一聲呼嘯絆馬索驟起，把吳貞絆住。吳貞只向前奮殺，不提防腳下一絆，好似玉山傾倒般的跌了一個觔斗，翻身要待跳起來時，早有拿鉤手把他搭住。猛虎似的吳貞這時繩穿索縛地被兵士抬著去了。吳貞既經擒獲，葉升、徐敬就容易對付了，不到半刻工夫，雙雙同時被士兵獲住。還有三十幾名勇士，都吃亂兵砍死，一個也沒有漏網。那元朝的後裔馬立，也領著百來個亡命，想殺入城來接應，跑到東華門相近，望見城內燈火通明，東華門前禁軍林立，戈戟森嚴，知道事機已敗，城中有備，便悄悄地退去了。

這裡趙翼雲等令把皇城緊閉，大搜餘黨，直到天明才收了軍士，將吳貞、葉升、徐敬等一干人犯以及家屬親戚之類，一併捆綁上殿來，聽太祖親自發落。其時的文武大臣都進大內來請聖安。那朱太祖被吳貞趕得走投無路，險些給吳貞追著，幸虧一刀砍在橋欄上，太祖才算脫身，一時慌不擇路地去躺在魚東亭的假山洞裡，後來聽得賊黨已經禁軍殺退，太祖驚魂始定，忙來長春宮看吳美人，見宮女們已把她扶在床上，右臂上著了一刀，用幅白綾裹著，面色和黃金紙一樣，渾身都染著血汙。吳美人一瞧見太祖，不禁嗚咽著說道：「妾兄叛逆，臣妾罪該萬死！」太祖安慰她道：「這事不幹卿，卿只放心靜養就是了。」說罷再三地叮嚀宮女，叫她們留心伏侍，自己便望永壽宮走來。

但見那甬道上殺死的宮女，東一個西一個，有的身首分離，有的只砍傷了手足，兀是在那裡掙扎。太祖看了這樣的情形，也覺得慘目傷心。忽見那帖蘭還睡在宮人的屍體旁邊，雙眸緊緊合著，面色灰白，肩上的刀傷處血仍汩汩地流個不住。摸摸胸口，尚有奄奄一息，太祖呼那宮監，卻沒人答應，大約都四散逃走了。太祖沒奈何，只得親自去攙那帖蘭，可憐她那香體是軟綿綿的，哪裡能夠行動呢！太祖便放出吃奶氣力來，把她擁在肩上，一步步地捱到永壽宮裡，卻扯了一塊衣袖，替帖蘭包了傷口，又去金壺內取了半盞的清水，慢慢地灌入帖蘭口裡。過了好半晌，才見帖蘭星眼乍啟，微微一聲：「痛死我了！」那淚珠兒似泉湧地滾出來。太祖見帖蘭甦醒，一把愁腸總算放下。一面也拿話安慰了她，看天色已經大明，宮門口的雲板丁冬，知道大臣們來請安了。這時宮女太監，漸漸地聚集攏來。太祖吩咐一個內監，叫大臣們不必侍候，又令宮人們好好地看護帖蘭。

不一會聽得景陽鐘響，已到了上朝時候，便有二十四個衛儀監擁著鑾駕來迎太祖臨朝。太祖登了鑾駕，太監護著聖駕到得奉天殿上，太祖下鑾由殿前太監扶上寶座，文武大臣紛紛列班請安，三呼禮畢，各歸了班次。右丞相胡維庸卻託疾不朝。這時大將軍趙翼雲上殿奏知逆黨就獲。太祖諭令把吳貞等綁上殿來，丹墀下的衛侍已拿吳貞、葉升、徐敬等三人橫拖倒拽地拉到殿前跪下，太祖見了吳貞，不覺冷笑一聲道：「吳貞！朕不曾有虧待你，為什麼糾黨行逆？」吳貞聽了圓睜怪眼正要回話，太祖怕他說出隱情來，傳旨把吳貞、徐敬、葉升等三人並將家屬人口一併綁出去砍了。那徐敬卻氣憤填胸，便攀出李善長、廖永安、曹聚等一干人來。太祖勃然大怒，立刻諭錦衣校尉去捕李、廖諸人。要知善長等性命如何，且聽下回分解。

截指割舌雲奇殉節　傷心慘目太子亡身

卻說朱太祖聞得李善長、廖永安、曹聚等也通同謀逆，不覺大怒，立命錦衣校尉械李善長等入刑部，訊明回奏。這時的刑部主事陳炎，素和善長不睦，竟胡亂審了一次，入奏善長有謀逆嫌疑，太祖即下詔賜死。廖永安、曹聚兩人姑念功績，著遣戍雲南。可憐！李善長是個致任的宰相，年紀是六十多了，免不得三尺白綾斷送了性命。這一場的黨獄，除了正犯誅族除外，株連枉死的臣工和百姓，共戮一萬三千七百六十九人。臨刑的那天，紅日無光，京城內外滿罩著愁雲慘霧，怨憤之氣直衝霄漢，一時朝野震驚，文武大臣無不互相危懼，真有晨不保暮之概。太祖的心上亢是怒氣不息。馬皇后在坤寧宮聽了這個訊息，不由的大驚道：「皇上專好聲色，妄戮有功之臣。看來明代江山也要步元人的後塵呢！」當下忙擺起鳳駕，親來諫阻太祖。

太祖既把黨人一一發落，便進宮來看吳美人和帖蘭，兩人已經太醫院診過，敷上了傷藥，綳紮住創口，換去了血衣，宮女們便伏侍著睡下。太祖也不驚動她們，在長春、永壽兩宮轉了轉，卻望仁和宮來。這天晚上宮中鬧亂子，因坤寧、景福、萬春、仁和四宮離開得較遠，坤寧宮的舍宇又深，雖遙聽得喊殺聲，逆黨只向著永壽、長春兩宮中殺人。因吳貞探知太祖只幸這兩宮，所以不曾犯及他宮。後來吳貞想著往別宮去找尋太祖時，外面禁軍已殺到，也不敢再逗留宮中了。坤寧等四宮，得知宮內有賊犯駕，嚇得宮內宮女們將宮門緊閉，連訊息都不敢出來探問。幸得那坤寧宮等始終沒有驚擾。事後，凡皇后以下都來向太祖問安。內中的惠妃，聞驚駕犯聖的是自己的哥子吳貞，不覺顫兢兢的，見駕十分懷著鬼胎。太祖瞧出惠妃的隱情，便用好言安慰她。惠妃感激零涕，垂淚謝恩。原來依據國法，國親國戚謀叛，妃子須得賜死或貶入冷宮。朝中大臣，曾上疏請貶惠妃和吳美人，太祖卻一概置之不理。

這時惠妃見太祖進宮，慌忙起身接駕，行過了常禮，便問：「逆黨處置得怎樣了？」太祖很氣忿答道：「吳貞悖逆，俺已將他砍了。」惠妃見說，究竟手足關情，不覺流下淚來。太祖冷笑道：「這是他自作自受，哭他做什麼？」正這樣說著，忽報皇后鳳駕到了，惠妃忙著出去迎接。馬後進了仁和宮，與太祖想見，只行著一個便禮就在對面的金交椅上坐下。惠妃在一旁侍立著，馬後賜她坐了，便由宮女掇過一個繡墩來，惠妃謝了恩才敢就坐。馬皇后便向太祖說道：「臣妾聞陛下大誅逆黨，並李先生（善長）也在裡面，他是朝廷股肱，現加戮誅，豈不有失眾心嗎？」太祖答道：「善長逆謀已顯，罪有應得，失什麼人心？」馬皇后道：「這樣的大臣見戮，株連多人，諸臣皆惶惶不安，卻不是人心疏離的明證嗎？」太祖聽了不覺嘿然。馬皇后又說：「依臣妾的愚見，陛下宜急下諭旨，於這次的黨案，首逆既已受誅，餘人一例不問，誰再提黨人的即得治罪。不然挾嫌誣告和假公濟私的無了期了。」太祖點頭道：「卿言很是有理，俺就這樣辦吧！」馬皇后見太祖容納她的勸諫，很是喜歡地起身，仍乘著鳳輦回宮。第二天上，太祖果然下了一道停止追究黨案的上諭，其時有人控那胡維庸通同謀逆的，太祖把呈控的人斥退。這樣一來，臣民等始得漸漸安心。

馬皇后這一諫，雖救了無數人的性命，也算便宜了胡維庸。在胡維庸應該感激知悔，從此不再生妄想，誰知他怙惡不悛，謀逆之心反因此愈熾了。那太祖自經這回黨案後，疑感臣下更比從前厲害了一層。又不時派了親信近侍，暗中刺探大臣的行動，維庸心裡也愈覺不安了。便又勾通了兵部尚書夏貴，御林軍教練馬琪，都御史岑玉珍，檢事毛紀，將軍俞通源等，日夜籌議著起事。那時劉基致任家居，得知維庸漏網，仍在那裡結黨謀亂，就祕密上疏告變，奏牘經過夏貴的手，便把它塞在袖裡，竟來謁見維庸，將劉基的奏章呈上，維庸看了大驚道：「此人不誅，終是不安。」於是和夏貴商議好了，由夏貴請劉赴宴。劉基不知是計，應召而往，待到宴罷回去，便覺頭昏心痛，不上三天就嗚呼哀哉了。

話分兩頭，其時徐達、常遇春等分四路進兵，連破了山東，克了東昌，元平章普顏不花、宣慰使睦利力盡戰死。徐達又進取東安，常遇春下了歸德。這時明軍水陸並進，及破了彰德衛輝，元將李博臣，都事張處仁自盡。徐達督兵進薄青州，元都督達喇花遁去。明兵占了直沽，奪了海口，進軍通州。元順帝聞得通州被圍，知道大勢已去，便召集六宮三院的嬪妃，命駕起了數十乘的大車，要待出奔，元右相慶童，皇叔伯顏達裡等苦諫留駕，順帝怒道：「明兵早晚將到，朕豈願效宋朝的徽欽二帝，你們不必多說。」當下把朝事委給慶童等，下諭車駕連夜出了建德門，逃往塞北去了。後來明師北伐，破了開平，順帝奔至和林，病死行宮。太祖得了順帝死耗，便謚為順帝，這且不提。

再講順帝出走後，徐達督兵陷了燕都，元丞相慶童、平章迭必失、皇叔伯顏達裡都力戰受擒，因不屈被殺。徐達定了燕都，又分兵西略，平了西安諸郡。常遇春也領兵北進，陷了錦州，直趨開平。誰知兵到柳州，遇春忽然得病，一天沉重一天，藥石無靈，竟至逝世。常遇春臨終的那天晚上，西南角起了巨響，空中有一顆大星自上下墜，到了地上轟然的一聲，毫光四射，京城內外的人民都很為驚異。太史飛章入奏，說將星墮殞，三日內必損折大將。朝中便議論紛紛，朱太祖也極憂慮。

過不上幾天，飛騎報到常遇春病逝的訊息，太祖十分震悼。一面下旨，內務府撥銀一萬兩，給常遇春治喪。太祖又親自祭奠，並追贈遇春為太師太保、上國柱、推誠侵遠功成開封，中書右丞相鄭國公開平王，謚號忠武。子常蔭，永遠世襲公爵。孫常保森，加大將軍銜封武德侯。遇春德配夫人韓氏封開平晉德王妃，女常秀貞，封儀淑郡主，媳王氏封一品忠孝夫人。又命塑遇春像入忠良祠，春秋致祭，以慰忠魂。朱太祖自常遇春逝世後，心上鬱鬱不歡。

誰知一波未平一波又起，忽然太平報到，陳野先潛出京城，襲取太平。花雲戰死，吳良隻身逃命，又得處州警報，胡大海部將劉震、總管蔣英私通了苗酋李佑之，深夜襲了處州、金華、嚴州諸地，胡大海被刺殞命。又接到鎮江警報，巢湖匪顏良，大掠江山，俞通海出剿，戰歿陣中。朱太祖迭接各處的警信，又聞得花雲、胡大海噩耗，不覺垂淚道：「花雲和大海隨朕二十多年，出征必身先士卒，今日猶未蒙恩，身已先死，怎不叫朕心傷！」說罷大哭，一時群臣也無不揮淚。當下追封花雲為護海侯，謚勇毅，子花煒封都指揮襲爵。追贈胡大海為英國公，謚忠靖，子胡濟德封將軍，永襲靖遠侯爵。俞通海追贈為寧侯，謚武懿，子俞長源為將軍，授久安侯。花雲、胡大海、俞通海等三人均塑像入忠良祠，妻晉封夫人，孫蔭襲伯爵。及下諭著杭州李久忠進兵金、處，又命滁州耿再成出兵剿除陳野先，又令鎮江華雲龍討平巢湖盜寇顏良。

諭旨頒發，又接到徐達平定燕京，順帝出走的軍報，太祖因憂患重重，也無心慶賀。正在滿腹愁腸的當兒，忽報馬皇后生了太子，朱太祖聽說，不覺開顏一笑。到了三朝，自有群臣致賀，這時宮中大開筵宴，太祖親抱著太子，祭告太廟，賜名叫做標。

光陰如箭，不到一個月，各處告捷的奏章入京，李久忠平了金、處諸州，殺了劉震、蔣英，李佑之請降。耿再成克復了太平，陳野先成擒，太祖命就地正法。華雲龍剿平了水寇，巨酋顏良戰時死於亂軍之中，只把首級齎到應天，太祖著號令示眾。這時天下漸歸一統，真可算得太平無事，太祖便把徐達召回，封徐達為太師右丞相，在京就職。

一天，尚書左丞相胡維庸上疏，疏中說自己的家裡，花園內忽湧出醴泉，泉水都成甘芳的佳釀，請太祖臨幸賞玩。太祖看了奏章也覺得奇異，當即傳諭，車駕往幸維庸府第。於是衛儀監排起鑾駕，太祖只帶著二十名護駕侍衛，竟出東華門來。維庸的賜第離東華門不過一箭多路，太祖御駕才出東華門，忽見內使雲奇飛馬馳來，到了駕前舉鞍攔著車駕，因跑得氣喘，又是情急，卻期期艾艾地說不出話來。太祖大怒，喝令將雲奇的舌尖割下。左右侍衛把雲奇的口中用刀捲了一轉，雲奇流血滿口，又加舌短，更覺說不清楚了，只一味地呀呀亂叫，口裡噴著血，手指點著東南角，太祖愈憤他無禮，在駕前跳嚎，命侍衛截去雲奇的指頭，雲奇又伸出中指來指點著，太祖叫截去他右手的五指，雲奇卻用左手指點著，侍衛砍去他的左臂，並把金錘望雲奇的頭上亂擊，雲奇兀是不顧疼痛，只是狂跳叫嚎，把斷臂揮著東南，鮮血四濺開來，染在太祖的袍袖上，侍衛爪錘齊下，雲奇看看垂斃，還看著東南角大喊三聲。

太祖至此，方才有些詫異，望東南角看去，正是胡維庸的府第。太祖大疑，下旨迴鑾。登了皇城遙望維庸的宅中，隱隱伏著殺氣。太祖驚道：「維庸請朕臨幸，莫非有詐嗎？」侍駕官李賀當即俯伏奏道：

「維庸要想謀逆，已非一日，前此吳貞犯駕也是維庸主使。陛下方寵信維庸，群臣不敢入奏。「太祖大怒道：「朕未薄待維庸，他倒敢負聯嗎？」於是立命還駕，諭令殿前都尉俞英專同錦衣校五十名，禁軍一千名往抄胡維庸宅第。

俞英領了諭旨，飛也似地帶了校尉，點起禁軍馳出了東華門，將維庸宅第團團圍住。一千名禁軍在外把守著，俞英便領著五十名錦衣校尉，開啟了大門進內抄查。這時維庸的第中，方張燈結綵，大廳上設著筵宴，左右衣壁內，埋伏著二十名的甲士，準備太祖駕到，在飲酒的當兒甲士齊出，殺了太祖，不料事機顯露，被內使雲奇得悉，便舍著性命去阻攔御駕，把太祖生生地點醒，即命校尉禁軍來捕維庸，維庸不曾提防，俞英突入好似甕中捉鱉一般，把維庸一家老幼三百多口並二十名的甲士一古腦兒捆綁起來，由錦衣校尉擁著，械繫到了刑部，一面將維庸的宅第發了封，俞英便去復旨。

這裡刑部尚書張玉，見事關篡逆，案情重大，立時把維庸提訊，結果還用刑審，維庸受不住苦痛才老實招了供，又攀出尚書夏貴、校尉馬琪，都僉事毛紀、將軍俞通源、太傅宋景、都御史岑玉珍等。張玉不敢擅專，上達太祖。太祖命按名逮捕，盡行棄市，胡維庸還滅了九族。這次的黨獄，誅連的又是七千九百餘人，太祖悉令誅戮，西華門外河流為赤。當時的人民私下通稱朱太祖為屠手，殺戮的慘狀自不消說得了。事後，太祖才想到了雲奇，深讚他的忠誠，便追謚為忠節，封右都御史敬侯，子雲忠襲爵，封都指揮使，子孫食祿千石，賜褒忠匾額。

日月如梭，流光不住，這樣地一天天過去，朱太祖又納了淑妃、王妃。這時馬後所誕的太子標已十八歲了。寧妃也生了一子名棡為晉王，封在太原。惠妃生了兩子，一名樉為秦王，封西安；一名棣為燕王，封北平。瑜妃生一子名梓為潭王，封長沙。淑妃生一子名楨為楚王，封武昌。王妃生兩子，一名榑為齊王，封青州；一名檀為魯王，封兗州。吳美人生一子名橚為周王，封開封。太祖這九個兒子，太子標之外八子都分封各地，免得皇族勢力單薄。他那種用意原為子孫永保帝業的裝置。又怕後代繼統的不肖，被群小矇蔽，所以立祖訓的時候，有皇上如其昏瞀不明，權奸當國時，准許藩王起兵進京清君的左右。唯藩邸設護衛，兵不得過三千，甲不得逾百副，這是防藩王作亂的意思。可是在太祖籌畫的人，果然覺得盡善盡美，到了末後，卻弄出燕王篡位的一齣戲來，那叫做有利必有弊了。

在八個皇子裡面，要算四皇子燕王棣最是英武絕倫，太祖也最為喜歡他。還有八皇子王梓是瑜妃所生。瑜妃闍氏就是陳友諒的愛姬。當太祖納闍氏時，她已經懷孕的了。及聞得友諒已死，闍氏便暗祝道：「妾含垢從賊，如生子是男，他日必會報仇雪恨。」於是勉從了太祖。太祖登基，封闍氏做了瑜妃，不久便生下潭王梓來。這時太祖見諸皇子已都長大，恐他們互相猜忌，便下諭分封各地。

諸子領了聖旨，各自去攜同家眷起程赴封地。潭王梓也受命起身，並進宮來向他的母親瑜妃辭行，瑜妃問道：「你要到什麼地方去？」潭王答道：「父皇封兒在長沙，自然往長沙去。」瑜妃聽潭王呼著父皇，不禁撲簌簌地流下淚來。潭王只當是瑜妃愛子情深，不忍分離，以至垂淚，因忙安慰她道：「父皇有旨，准皇子春秋兩季進京定省，想見的日期很近，母親何必這樣悲傷。」瑜妃便屏去宮女，垂淚低聲說道：「你口口聲聲稱那父皇，不知你父皇在哪裡？」潭王詫異道：「當今的皇帝，不是兒的父親嗎？」瑜妃哭著道：「這是仇人，哪裡是你父皇呢！你的生父，是從前漢王陳友諒，被朱元璋迫得兵敗身亡，兒今身長七尺，不知替父報仇，反稱仇家作父皇，試問你將來有何顏面去見陳氏的祖宗？」瑜妃說罷放聲大哭，又說道：「你苦命的母親豈貪著富貴做仇人的皇妃，十餘年來，忍辱含羞地過著日子，無非希望你成人長大，有志竟成罷了。你若是忍心事仇的，終算你母親白白辛苦一場。以後你儘管去受仇人的封贈，也不必再來看你苦命的娘了。」

瑜妃一邊說，一邊哭，把個潭王氣得眼睛發黑，怒發衝冠，高聲大叫道：「罷了！罷了！俺如今去和仇人算帳去！」說著就壁上抽了寶劍，三腳兩步地往外便走。瑜妃大驚道：「你到哪裡去？」潭王氣憤地答道：「兒砍仇人的頭去。」瑜妃大喝道：「似你這般的鹵莽，不是要害我麼？」潭王說道：「兒替父親報仇，怎說害了母親？」瑜妃怒道：「現在他護從如雲，你單身前去，必然寡不敵眾，轉是打草驚蛇，畫虎不成類了犬，還不是害了我嗎？你若果真有心報仇，我們慢慢地計較不遲。」潭王見說，呆了半晌才回進宮中，把劍還了鞘，坐下來問道：「依母親的籌劃，怎樣去報得這怨仇呢？不幸元璋這逆賊死了，這仇恨的報復不是成了畫餅？」瑜妃微笑道：「痴兒子，他死了難道沒有子孫嗎？就我的意思講來，須設法把他的親子一個個地剪除了，那個高高的位置自然是你的了。到了那時，朱氏一門九族的生死都在我們掌握中了，這才好算得報仇呢！」潭王也笑道：「這樣地說來，我們宜先從繼統上著手了。」瑜妃笑道：「不是的嗎？那就叫擒賊要擒王。」潭王皺眉道：「這個謀劃似乎很不容易成功，你想他們東宮的名分已經冊定，我又排在第八個上，倘要把他們一一地收拾乾淨，那非有極大的勢力怕未必辦得到呢！」瑜妃向潭王啐了一口道：「傻子！誰叫你真的用實力去做。」說著便附了潭王的耳朵道只消如此如此，保管他們沒有噍類。

潭王聽了大喜，當下別了瑜妃，出了萬春宮，回到潭王邸中，只推說冒了風寒臥病在床，連夜上疏，要求暫緩遣赴封地。太祖為了舐犢之情，自然也含糊照准了。

再講那皇太子標，為人溫文有禮，純厚處很肖馬皇后。自冊立做了東宮，平日唯讀書修德，又和宋濂、葉琛等幾個文學前輩研究些經典。閒餘的光陰也不過是飲酒賦詩罷了。但詩詞歌賦中，他最嗜的唐人七律。一天，他題一幅山水畫軸道：

路險峰孤荒徑遙，寒風蕭瑟馬蹄驕。青山不改留今古，世事浮沉自暮朝。地瘠藏蕪剩鳥獸，村居貧士放漁樵。可憐裙履成陳跡，獨有空丘姓氏標。

這首詩兒，一時宮內傳講遍了，有幾個宮人沒事的當兒，就把它當作歌曲兒唱。那時傳到太祖的耳朵裡，聽得那詩是皇太子做的，不覺嘆道：「詩義薄而不純，恐標兒終非鶴算之人。宋濂等是當代的宿儒，不教東宮治國經綸，卻去學些婦女幽怨之詞，這豈是聖賢之道？」於是把宋濂等宣至謹身殿上，很嚴厲地訓斥一番。太子聞知宋濂、葉琛等見責，便拋去了韻文，從此不敢再談詩賦了。其時也會當有事，太子一天從文華樓經過，見潭王梓正伏在案上做詩。太子讀了他的詩句覺香豔綺麗，愛不忍釋，因觸起所好，不擴音筆和了一首。以後太子知道潭王也工吟詠，就將他引為知己，兩人一天親密一天，詩酒留連，竟無虛夕。太子還不時往潭王的府邸，高歌聯句，視為常事。有一次上，太子從潭王府邸中歸宮，忽然連呼著腹痛，竟倒在地上亂顛亂滾起來。等到太醫院太醫趕至，太子已是血流滿口，膚肉崩裂了。可憐一個溫文爾雅的太子，弄得眼珠突出，遍身青紫，死狀十分悽慘。

這時，太祖和馬皇后及六宮妃子，也都來探望，齊聲說是中的毒，那太醫院也是這般說，太祖忙追問內監，知道太子方自潭王邸來，立命系潭王問話。不知潭王怎樣回話，且聽下回分解。

夜走鐵騎棧道渡藍玉　魂化杜鵑香塚泣殘紅

卻說朱太祖見皇太子死得可慘，便傳集了東宮侍候太子的宮女內侍，追問太子中毒的緣故。宮人們回說，太子從潭王府回來，就喊著腹痛，不到一會就變成這個樣子了。這時馬皇后和六宮嬪妃們也都齊集在那裡，除了瑜妃之外，齊聲說是太子中了毒藥。太祖大怒道：「那分明是潭王下的毒手了。」正要傳旨出去，命錦衣尉系潭王回話。忽見那宮監，呈上一張籤紙來，屈著一膝稟道：「太子在病中說是留達皇上的。」太祖展開瞧時，雖是太子親筆，卻寫得字跡潦草，大約在臨絕的時候所書。上寫著寥寥幾個字道：「臣兒命該絕，不該八弟之事，父皇勿冤枉好人。標留……」後面還有歪歪斜斜的一行字，都是看不清楚，太子寫到這裡，想是寫不動了。太祖讀罷，不覺放聲大哭，馬皇后更哭得傷心，六宮妃也無不紛紛落淚。一時間宮中滿罩著愁雲，一片的痛哭聲，直達宮外，大家真哭得天昏地暗，馬皇后幾次昏過去，太祖也只有頓足嘆息。把傳詢潭王的事，因太子留有遺言，太祖知道他死後不忍有傷手足之情，所以也暫時擱起。但拿宮人內監們嚴鞫一番，也毫無頭緒，只得罷了。一方面把太子盛殮了，命宮內外及文武大臣掛孝一天。

馬皇后痛太子死得不明不白，又目睹他臨死時的慘狀，心裡越想越悲傷，竟鬱出一場病來。太祖再三地安慰她，又去召了天應寺的僧徒百人，追薦太子。凡喪葬的禮儀也特別從豐，太祖又親題謚號，叫做懿文太子。時太子的德配元妃，已生有兩子，長的夭殤，次的喚允炆，已是十幾歲了。太子既死，太祖想冊立燕王棣為東宮。當下對諸臣說道：「燕王英武毅斷，舉止酷肖朕青年之時，朕意欲立為太子，眾卿以為怎樣？」學士劉三吾奏道：「國家雖賴長君，但燕王行在第四，如果冊立，將置秦（二皇子樉）、晉（三皇子棡）兩王於何地？那不是蹈了廢長立幼的覆轍？」太祖嘆道：「這個朕豈不知，奈秦王與晉王，一個柔而無剛，一個剛而無斷，都不足付以大事，只有燕王智勇兼備，故朕想立為東宮，以便繼統有人。」左都御史王楨爭道：「燕王雖能，名分上似不當，現皇太子已有子，自應冊立皇孫，轉覺名正言順。」太祖聽了忍不住垂淚道：「朕也不忍有負東宮，准卿等所奏吧！」群臣領了聖諭，便往迎允炆，冊立為皇太孫。這時馬皇后卻見孫思子，愈覺傷感，那病便日重一日，到了臨終的當兒，握著太祖的左手，只說得望陛下親賢納諫，臣妾要去了。說畢就氣絕逝世。太祖又大哭了一場，下諭為皇後發喪。又傳旨自親王以下文武大臣，一概掛孝六月，一切庶民人等，也舉哀三天，三天之內，禁止肉食，一年中停止喜慶婚嫁。是年的九月，葬馬皇后於孝陵。

舉殯的時候，太祖親自執拂恭送。可是偏偏天公不做美，臨葬時大雨滂沱，太祖滿心的懊喪，又見地上水深盈尺，太祖一頭撩衣涉水，口裡說道：「皇后一生賢德，恩惠及人，老天倒不能見容嗎？」說著露出憤憤不平的顏色來。那應天寺的僧眾，各持著幡幢鐃鈸，隨後恭送皇后的靈輀。方丈慧性，見太祖不懌，便隨口誦著四句道：「雨灑天下淚，水流地亦哀。西天諸菩薩，來接馬如來。」太祖聽了，不禁化憤為喜，立命石工把這四句鐫在陵前，作為偈語。現在的明孝陵裡，這石碣還斑剝可見，這且不提。

再說那太祖喪了太子又喪賢后，心上愈覺得鬱鬱不樂。因馬皇后在日，賢淑知禮，諷諫太祖保全大臣的地方很多。胡維庸的黨案，宋濂的兒子宋遂，坐維庸黨獄被戮，宋濂也械繫入刑部。馬皇后聞知，忙來諫太祖道：「宋濂是皇太子的師傅，又是一代大儒，陛下宜施恩見宥。」太祖怒道：「宋濂既屬逆黨，應受國刑，你們婦女曉得甚事！」說著御厨進膳，馬皇后在旁侍食，不能下嚥。太祖說道：「卿嫌餚饌不精嗎？」馬皇后垂淚道：「妾與陛下起身布衣，當日饜粗糲尚甘，今日怎敢嫌餚饌不精呢！不過妾聞宋先生受刑，他曾做諸皇子的師傅，妾這時不覺替諸皇子傷心罷了。」太祖見說，很為感動，隨即傳諭，赦宋濂出獄。又江南的富翁沈萬山，綽號叫做活財神。太祖大兵取了應天（金陵），想築皇城，只是軍餉浩繁，倉庫又空虛，一時無力興工。聽得沈萬山有錢，便差人和萬山商量，借錢來築城。那沈萬山倒很是慷慨，情願擔任城工的一半作為捐助。太祖十分喜悅，就和沈萬山分半築城。到了結果，沈萬山的一半比太祖先完工三天。太祖面子上雖讚美萬山，心裡卻已生了嫉妒。恰巧沈萬山修築姑蘇的街道，採山石砌路，極其講究。太祖微服出行，聽得了這個訊息，便說他擅掘山脈，下旨處沈萬山死罪。馬皇后又諫道：「沈萬山捐資築城，於國家不為無功。總有死罪，應將功抵贖。」太祖說道：「沈萬山是個平民，富與國家相埒，他恃財作著威福，在地方是為民妖，歷任是為蠹吏，怎可不與誅戮。」馬皇后爭道：「妾只知民富乃國強，也正是國家之福。未聞有民富即為妖，須加以誅戮的。這樣說來，天下只有貧民，不許有富民了？民貧國家還能夠強盛嗎？怕國也要成貧國了。」太祖被馬後一駁，弄得無可回答，於是立命將沈萬山釋放。

又一天，太傅張君玉為諸王子講經，秦王嘻笑舞蹈，亂了講席，君玉大憤，把界尺擊傷秦王的額角，秦王哭訴太祖，太祖大怒道：「張君玉無禮。」令內侍傳旨，將張君玉系獄。其時縫工進御服，馬皇后持著御衣對太祖說道：「很好的綾錦，吃他剪得這個樣兒，宜把縫工治罪。」太祖笑道：「這是他奉命製衣，怎好無辜處罪呢？」馬皇后正色道：「那麼張君玉受上命教訓皇子，就使皇子受責，也只好由他，怎麼說把他治罪。」太祖恍然大悟，便赦了君玉。

又馬皇后居宮，很是檢樸，非大事不著新衣，太祖的羅襪都是皇后親手所制。又嘗繡女誡七章，賜給六宮和一班鄰婦。逢大兵出征的當兒，馬皇后終把戒妄殺的繡額，頒賜與統兵的將士。其他如規太祖修道，訓皇子學禮，優視六宮嬪妃，恩遇宮女內侍種種的美德，一時也記不盡許多。太祖憶唸著皇后，從此不忍冊立正宮，只令寧妃權攝六宮罷了。有時嬪妃們談起馬皇后的好處來，太祖聽了，不由地暗暗垂淚。一瞧見皇后的遺物，就是楚楚不歡。那時忽報藍玉班師回朝，太祖心裡很得著一個安慰，他思想馬皇后的念頭才漸漸地抛下。但太祖怎樣得著安慰呢？原來當元順帝末年，群雄紛起，徐壽輝被陳友諒殺死，部將明玉珍便逃到四川，招集了亡命，占據陝西諸省，在蜀西自稱為西蜀王。講到那明玉珍，生得面如滿月，紫中帶赤，雙目重瞳，兩手垂膝。元朝爭雄的幾個人當中，朱元璋做了天子外，要算明玉珍最得民心了。所以他在蜀南，也整整地做了幾年太平王。等到元璋削平群寇，逐了順帝，以玉珍地處邊僻，不欲動兵遠征。明玉珍也自己固守著土地，不出來爭什麼疆界，大家倒也相安無事。

後來，明玉珍死了，子明升接位，他是少年好動，又恃著部下的猛將張良臣、張弼兄弟兩個，居然橫行起來。初時，明升只在自己的界域中收伏些有名的盜寇作為羽翼，過不上幾時，漸漸占到明朝的疆土上來了。張良臣領了匪兵，取了陝西鳳城，警報到應天，朱太祖忿然道：「朕卻不去剿滅他，他轉來侵犯朕的土地了。」當時便拜藍玉做了征南將軍，領大兵十萬，進剿明升。大軍到了陝中，張良臣和兄弟良弼也率著傾國之兵，前來迎戰。藍玉的行軍敏捷，待良臣兵到，鳳城已給藍玉襲破了。

良臣率著三十萬軍馬，號稱五十萬，真是旌旗蔽天，刀槍耀目，軍威很是壯盛。藍玉測了陝地形勢，便同副將王貴商議道：「良臣兵勢方銳，更兼他兄弟良弼皆有萬夫之勇，他七個兒子，蜀中號為七虎，個個驍勇非凡，如和他力敵，恐不能取勝。」王貴說道：「將軍言甚有理，現下我們單就兵力論，也相去得甚遠。」藍玉搖頭道：「那倒不是這樣講，行軍兵不在多，全仗為將的能呼叫指揮。目下良臣傾國興兵，忘了後顧。他那巢穴之中必然空虛。明升雖王西蜀，不過恃著張良臣兄弟。我若一面和張良臣挑戰，一面分兵暗渡棧道，直搗他的內部，諒明升無謀，定少防備，那時前後夾攻，任良臣猛勇，也無術兩全了。」王貴很以為然，藍玉便分兵千名，親自去偷渡棧道。王貴阻攔道：「將軍冒險前去，怎麼只帶這一千人馬？」藍玉笑道：「我正為冒險的緣故，多帶人反驚動敵人，況且千人已足夠對付了。你在此和良臣對壘，能支援到半月，我就可以成功。萬一出兵不勝，只要堅守為上。」王貴受命，自去安排。

這裡藍玉領了一千鐵騎，悄悄地乘夜來渡棧道。那棧道在鳳縣東北，是個最險峻的地方，漢張子房燒斷棧道就是這個所在，又名連雲棧，兩面山巒重迭，峭壁千仞，真有一夫當關、萬夫莫入之概。藍玉偷襲那棧道，也是明知張良臣等系一勇之夫，決然想不到派兵鎮守。好似鄧艾偷渡陰平一般，僥倖被他成功。

藍玉既偷偷地渡過棧道，領著一千兵馬直撲褒城。那裡的守兵疑飛將軍從天而降，嚇得四散奔逃，有的身跪乞降。藍玉得了褒城，一路進兵勢如破竹。不到十天竟平了西蜀。明升果毫無準備，束手就縛。藍玉囚了明升，擄了他眷屬，遣人通知了王貴，帶了降兵三萬，並自己的一千兵馬，來攻張良臣的背後。雙方併力齊上，張良臣只顧著前面，不曾留神到背腹受敵。他正在奮勇御那王貴，不提防後軍發起喊來，一支明朝的生力兵直殺入陣中，為首一員大將，正是赤面長髯的藍玉。良臣忙分兵馬做了兩隊，令他兄弟良弼領著一隊來抵敵後軍，自己率同七子，便大呼陷陣。王貴把軍馬擺開，等張良臣殺入來，四下里一聲吶喊，變作了長蛇的陣勢，將良臣圍在中間。良臣和七個兒子左衝右突，王貴卻不和他廝殺，只令軍士一齊放箭。矢如飛蝗似地射來，不到一會功夫，張良臣和七個兒子都射死在陣中。那裡良弼和藍玉交鋒，藍玉一桿長槍似生龍活虎一樣。良弼也操著一口熟銅的大砍刀，使得像潑風般的，來敵住藍玉。兩人刀槍並舉，各顯英雄，真是棋逢著了敵手。正殺得難分難解的時候，不防王貴射死了良臣父子，割了頭顱，從斜刺裡殺出，良弼那把大刀敵住兩員勇將，毫不懼怯。鏖戰方酣，王貴忽的虛掩一槍，從馬上解下良臣的頭顱竟望著良弼的臉上打來，口裡還叫著看傢伙。良弼覷得親切，只當是什麼暗器，想閃避已來不及，順手把頭顱接著，待還要擲回去，再仔細一瞧，認得是良臣的首級，不覺鼻子裡一酸，心早有些慌了，忙左手架開藍玉的槍頭，撥馬轉身便走。藍玉怎肯放他，也便拍馬追趕。

那王貴把良臣的頭顱打良弼，本是一種最刻毒的手段。他見那良弼勇猛，料是不能力敵。便拿良臣的頭顱擲去，算是送個良臣已死的訊息與他，使他心慌無意戀戰。這時良弼果然奔逃。藍玉望後飛趕，王貴忙抄小路，越過陣地，暗令軍士設下了絆馬索，等到良弼馳到，王貴打起暗號，絆馬索向上一兜，良弼連人帶馬跌了個倒栽蔥。虧他身體靈敏，一翻身跳起，棄了大刀，拔出寶劍來砍斷那繩索，那拿鉤手早把良弼的絲甲搭住，良弼知道不得脫身，心兒上一橫，將寶劍向自己頸上抹去，鮮血直噴出來。王貴指揮軍士來捆綁時，只獲得一個死良弼了。這時藍玉也飛騎趕到，見良弼已死，便傳令敵兵有降者免誅，良臣、良弼部下的副將陳毅、張允、錢興英、雲史俊、王革、趙國柱、江天才等紛紛棄戈投誠，那些兵士見主將既死，副將又投誠了，自然也抛了器械，徒手請降。藍玉下令停刃，鳴金收兵。一面把降兵檢點，先後共是十七萬人，餘下的都逃往山中落草去了。所以蜀中的盜寇獨多，剿不勝剿，全是這些逃兵為患。他們恃著地勢險峻，官兵不敢深入，居然結黨設寨，專和地方上做對，後來終成大患，不過這是後話了。

當下藍玉編練降卒，列作三十大營，七十餘隊。命副將王貴統了十營，其他都歸自己直接指揮。又令都司張奇，領兵三千去平定了蜀中的小縣，自己卻統同大軍，繞道出了棧閣（鄧艾渡陰平，建十二閣，棧閣是其一）擇吉班師。

大軍將至應天，太祖派御史江秀出城遠接。藍玉親自押著明升的囚車及宮眷三千餘人，金銀珠寶三十餘輛，駝馬牛羊十萬頭，器械盔甲七萬幅，竟進京來見太祖，太祖讀了藍玉紀錄的冊籍，很為喜悅，最令他心慰的，是藍玉獻上那個千嬌百媚的美人。於是慰勞了藍玉一番，著把明升推上殿來，明升挺立不跪，侍衛用槍刺折他的腳骨，明升坐在地上大罵。太祖喝令推去砍了，首級號令示眾。所得的宮眷一例入宮，男充功臣家奴僕，女配給出征的將士做妾。金銀和器械存庫，馬駝牛羊統賜與兵士們作為犒賞。藍玉謝恩出來，第二天諭旨頒下，封藍玉為涼國公，王貴為靖南侯。餘下將士也封賞有差。又命藍玉代奠陣亡將士，撫卹殉國者的家屬。又封王貴為四川將軍，王晉為四川按察使，馬聚仁為陝西布政使，劉愎為陝西將軍，即日出京赴任。又諭川陝等郡，著設巡道各職，直隸於六部政務尚書，委撤悉聽諭旨，以除濫任的弊竇。太祖頒諭已畢，便往玉清宮來看那美人。

這玉清宮是洪武二十一年添建的，藍玉進獻那美人，太祖就令她居住。但那美人是何等樣人呢？便是西蜀王明升的愛妃香娘娘，這位香娘娘本姓黃，芳名喚作香菱，是四川的巴州人。那香菱的父親小名黃老五，在巴州地方開著一所豆腐坊子。老夫妻兩個年將半百，還不曾有過子女，黃老五倒也並不在意，天天磨著豆腐，度他安樂的光陰。誰知那黃老嫗在五十一歲上忽然生下女兒來，取名就叫做香菱。那香菱下地的時候，滿屋子裡都是香氣。似蘭似麝的連四鄰八舍也都聞見，齊說這女孩子將來一定非凡。黃老五因半百上得著一個女兒，終算聊勝於無，心上也很為鍾愛。又因她生的當兒，香氣四播，名兒便喚作香菱。說也奇怪，那香菱到了十二三歲，已出落得玉立亭亭，臉若芙蕖，眉同楊柳，秋水為神，冰肌其膚。桃腮念暈，笑靨承顴。單講她那容顏兒，的確是羞花閉月，落雁沉魚。一時附近的人見了她，誰不讚一聲好。尤其是一班青年的紈褲，個個為了香菱神魂顛倒，凡香菱立在櫃上，就是不要買什麼豆腐的，也要上去作成她幾文，乘勢好和她勾搭幾句。這樣的一來，黃老五的豆腐生涯，頓時應接不暇起來，老夫妻倆個日夜地磨出豆腐來，尤是不夠售賣，只好另顧夥計幫忙，不到半年，黃老五的豆腐鋪子居然開得比前像樣了。

流光如箭，轉眼春秋，香菱已是十六歲了，替她來作伐的人，幾乎戶檻也踏穿。偏偏這黃老五的脾氣古怪，他認為只有一女兒，非招贅在家不可，任你是公侯的門第，談到嫁出去三個字，黃老五便一口回絕。試想公侯人家的子弟，怎肯入贅到豆腐店裡來呢？有幾家肯入贅的，黃老五卻瞧不上眼，不是嫌他家貧，就說他人品太壞，高嫌低不就，把香菱的終身，慢慢耽擱下來。有一天上，一個遊方女僧走過，一瞧見了香菱，說她身有仙骨，有幾年王妃的福分。那香菱一歲歲地長大起來，自視也很尊貴，常常顧影自憐。那些狂蜂浪蝶，到店裡來和香菱勾引的人愈多。香菱雖桃李其容，卻冰霜其志，同她勾搭的人，兩三語後，臉上連霜也颳得下來了。人家近不得她，便取她一個綽號，叫做豆腐西施。又聞得那女僧的話，說她有王妃之分，大家又稱她作香娘娘。西蜀王明玉珍逝世，養子明升接位，他也聞得香菱的豔名，便立刻齎了三千聘金，要求香菱做她的妃子。黃老五見是西蜀王的命令，自己在他勢力之下，自然不敢不依。不到幾時，香菱便做了明升的王妃了。藍玉平西蜀，香菱也擄在裡面，藍玉幾次要犯她，香菱只懷刃自衛。藍玉見她不從，便進獻與太祖，太祖也幾次去臨幸她，都給香菱涕泣拒絕。太祖雖近不得她的身子，那顆愛她的心，卻一點也不曾更易。其時那東宮的皇太孫允炆倒是個少年風流的皇孫。他聽得那香菱不但豔麗，簡直是遍體皆香，得她一滴唾沫，那香氣可以三天不散。允炆不免動了好奇之心，便時時到玉清宮來，他對於香菱也很下一些工夫。香菱見皇孫一往情深，又兼他溫柔真摯，真是體貼到十二分。人非草木，孰能無情，香菱因而也漸漸墮入情網中去了。

一天香菱和允炆正在玉清宮的假山旁邊情話纏綿，兩心相印的當兒，恰巧被太祖瞧見，嚇得允炆拔步便逃，香菱也淚汪汪地進宮。太祖這時一言不發，只嘆口氣走了。第二天上，聖諭下來，把香菱用白綾賜死。死後草草地盛殮了，去葬在鐘山的山麓裡。皇孫允炆聽得香菱已死，不由得大哭了一場，親往香菱的墳前去祭奠，太祖聞知，便欲廢立。不知皇太孫廢立否，且聽下回分解。

傳白綾元妃賜縊　吞丹石潭王自焚

卻說那皇太孫允炆聞得香菱賜死，便放聲大哭道：「這是俺害了她。」於是打聽得香菱葬在鐘山，悄悄地帶了兩名內監，溜出了宮門，往鐘山祭奠香菱。他到了城外，僱起三匹快馬，加上兩鞭，飛奔地望鐘山前進。但允炆和內監都是久處深宮的人，大家不知鐘山在什麼地方。允炆十分心急，令內監敲門打戶地去問訊。有一家說鐘山是在鎮江，這樣東撞西碰地恰巧去問在御史王其淵的家裡。外面家人和皇孫說著話，王御史還不曾睡覺，聽得聲音，心上有些疑惑，忙出來一瞧，見果真是皇孫允炆，不覺大驚道：「殿下深夜出宮，到這裡來做什麼？」允炆見說，一時回答不來，只好支吾著道：「你且莫管它，俺此刻要往鐘山去，因不識路徑才到了這裡，你快令認得路的僕人領俺前去。」王御史諫道：「鐘山地近荒野，又在夜裡，殿下不宜冒險輕往。今天不如在臣家屈尊一宵，明日臣當親自奉陪殿下。」允炆聽了頓足道：「誰耐煩到明天呢？俺現在就要去了。」說罷，出門飛身上馬。慌得王御史忙阻攔道，「殿下既然一定要去，待臣派幾個得力家人護送。」當下由王御史喚起四個健僕，又備了四匹快馬，叮嚀他們護著三人到了鐘山，仍須護送回來。家人們領命，一路護著皇孫，七騎馬疾馳而去。

待到鐘山，約莫有三更天氣，但見四野無人，老樹似魔，空山啼猿，猶若鬼嘯。那鱗鱗青螢，從荒塚叢莽中飛出，馬皆噴沫人也毛戴，兩個內監已伏在鞍上，一味縮縮地發抖。皇孫允炆，自幼兒不曾到過這般荒僻所在，這時也有些膽寒起來。虧了四個健僕護衛著，又漸漸地膽壯了，只是不知香菱瘞在哪裡，允炆恐怕招搖，出宮既不曾帶燈，王御史家又被他回絕，這天晚上又沒有月光，大家唯在暗中亂尋。還是允炆敏慧，叫人們只須找那沒樹的新塚，認為新塚的碑石定是白的，在黑暗中容易辨別。不上一刻工夫，居然找到一座新塚。允炆下馬用手摸著碑文的字跡，上面整整的鑿著「黃香菱之墓」五個大字。允炆不待摸畢，早已噗的跪在地上放聲大哭了。兩個內監聽得皇孫的哭聲才從馬背上抬起頭來，慌忙下馬來相勸。允炆正哭得傷心，兩個內監哪裡勸得住。勸了一會，也只得陪著他垂淚了。還有那四個僕人卻不知皇孫是什麼緣故要如此傷感，又不曉得塚中是什麼樣人，深夜到荒山野地來哭她。弄得四個健僕丈二和尚摸不到頭腦，只呆呆地坐在馬上發怔。因為王御史不給僕人們說明，四個僕人還不知啼哭的就是當今皇太孫呢。允炆越哭越覺悲傷，直哭得力竭聲嘶，連喉音也啞了，這才收淚起身，又向塚前拜了幾拜道：「卿如香魂有靈，俺和你十五年後再見。」允炆說罷，滿眼含著淚，還留戀不忍離去。內監著急道：「殿下如捱到了天明，皇上知道了，奴輩的罪名可擔不起呢！」允炆沒法，便懶洋洋地上了馬，兀是一步三回頭地直等那碑的白石在黑暗中望不見了，方控馬快快地回去。

到了王御史的府第中，王御史卻眼巴巴地等待著，見皇孫回來，便請他在府中暫住，允炆不聽，竟辭了王御史匆匆地奔回宮來。三個人到了城門前，還了馬匹，要想進城，那城門已關上了。經內監叫起城門官，驗了進出的腰牌，便開城放三人進去。允炆和兩個內監偷進了皇城，潛歸宮中。幸喜得人不知鬼不覺，允炆方把心放下。

哪知第二天的早朝王御史突然地上本，說皇太孫黃夜微服出宮，私往鐘山祭墳。皇太孫身為儲君，似欠保重，萬一遇著危險，這罪誰人敢當？王御史又奏，皇孫曾經過臣家，所以不敢不言。太祖閱奏，勃然大怒道：「允炆這般輕狂，如何託得大事。」便提筆來欲擬廢立的草詔。這時大學士吳漢方出班奏道：「皇太孫自冊立以來，並無失德，不應為些微小事，遽爾廢立，令天下人惴惴不安，這可要請皇上聖裁。」一時群臣紛紛保奏，太祖因想起太子平日的德恭，不禁垂淚嘆道：「諸卿不言，朕亦意有不忍。但皇孫年輕，荒業好嬉，宜稍與警懲使其自知悛改。」當由太祖下諭，貶皇太孫入武英殿伴讀三月，無故不得擅離。這道旨意一下，眾臣知道不必再諫，於是各自退去。其時徐達和李文忠又病逝，太祖更增一番悲悼，即晉徐達子徐蒙為侯爵，追封徐達中山王，諡號武寧，配享太廟。李文忠追封護國公，諡文勤，子李義和襲爵。

這時朝中開國的功臣多半相繼死亡，或遭殺戮。後起的廷臣，要算涼國公藍玉威力最大了。他自出兵平了西蜀，接著又遠征沙漠，功成歸來，太祖便賜給他鐵券，以獎勵他的功績。藍玉經這樣一來，越覺比前專橫了，因藍玉的妻子是常遇春的妻妹，遇春的女兒便是太子的德配元妃。藍玉仗著這一點連帶關係的親戚，便依她做了靠山。那元妃自皇太子死後，仍退出了東宮，去住在太子的舊邸中。不幸皇太孫允炆又冊立為東宮，元妃自癒見孤淒了。況正當青春少艾，獨宿空衾，綿綿長夜，情自難堪。大凡一個女子，在十七八齡時守寡倒還可以忍耐得住，一到三十上下的年紀，是欲心最旺的時期，也是最不易守寡的關頭。這是什麼緣故呢？因男女到了三十左右，本來是血氣方盛的時候，陰陽交感又是一種天性，所以有許多做翁姑的強迫著兒媳守寡，或是困於禮教，恥為再醮婦，私底下卻去幹些曖昧的勾當，轉弄得聲名狼藉，這都是被寂滅的人道的舊禮制所束縛，結果釀出了不道德的事實來了。

至於婦女們守寡的為難，還有一個最可信的引證。那時元朝有個陸狀元的太夫人，她在十九歲上已做了寡鵠。據說陸狀元是個遺腹兒。那太夫人青年守寡，倒也自怨命薄，志矢柏舟。但她到了三十三四歲的一年，陸狀元已有十四五歲了，還請一個飽學的名士在家裡教讀。一天的晚上，陸太夫人忽然動起春心來，自念家中內外，沒有可奔的人，只有那個西席先生年齡相彷彿，面貌也清秀，又近在咫尺，於是便望著書齋裡走來。到了門前又不敢進去，只得縮了回去，嘆了口氣，要想去睡，翻來覆去地休想睡得著。勉強支援了一會，實在忍不住了，便悄悄地又往書齋中去，到了那裡，卻被恥心戰勝，又忍著氣回房。及至第三天上，覺得一縷慾火直透頂門，這時一刻也挨不住了，就把心一橫，咬著銀牙竟奔書齋中來。此時的陸太夫人仗著一鼓勇氣，直往書齋中來叩門。裡面的那個教讀先生倒是個端方的儒者，他聽得叩門，便問是誰，陸太夫人應道：「是我？」那先生聽出聲音是陸太夫人。卻朗聲問道：「夫人深夜到書房裡來做什麼？」陸太夫人一時回答不出，只得支吾道：「先生但開了門，我自有話說。」那先生一口拒絕道：「半夜更深，男女有嫌，夫人果然有事，何妨明天直談。」陸夫人老著臉低聲說道：「那不是白天可做的事，我實憐先生獨眠寂寞，特來相伴。」那先生聽了這句話，曉得陸太夫人不懷好意，就在隔窗正言厲色地說道：「夫人你錯了！想俺是個正人君子，怎肯幹這些苟且的事，況陸先生在日也是位堂堂太史，夫人似這般的行為，難道不顧先生的顏面嗎？現下令公子已十五歲了，讀書很能上進，將來正前程無限，夫人終不為陸先生留顏面，獨不給公子留些餘地嗎？夫人幸而遇著俺，萬一逢著不道德的人，竟汙辱了夫人，那時不但名節墮地，也貽羞祖宗。不過今天的事，只有天地知，你我知，俺明日也即離去此地了，然絕不把這事說給第三人知道，以保夫人的貞名，夫人盡可放心的。俺此後望夫人洗心，再不要和今天的生那妄念了！夫人好好地回房，也不必愧悔，人能知過即改，便是後福，且依舊來清去白，正是勒馬懸崖還不失足遺恨。俺言盡於此，夫人請回吧！」那先生侃侃的一席話，說得陸夫人似兜頭澆了一桶冷水，滿腔的慾念消滅得清淨，垂頭喪氣地回到房中，自己越想越慚愧，不由痛哭起來。陸太夫人哭了半夜，幾次要想自盡，覺掉不下十五齡的孤兒。又想這樣一死，未免不明不白，倒不如苟延殘喘，待兒子成人長大了，再死不遲。陸太夫人主意打定，這一夜便昏昏沉沉地睡去。

第二天的早晨，僕婦們傳話進來，說那教讀先生不別而行。陸太夫人心上情虛，也不說什麼，只叫另請一個西席來就是了。後來陸狀元大魁天下，陸太夫人年已半百多了，等到臨終的那天，陸太夫人沒有別樣吩咐，只拿出一百文大錢來，上面把一根紅絨線兒貫著。大家瞧那錢時，已摩弄得光滑如玉，並錢上的字也不大清楚了。其時兒孫滿堂都不識太夫人的用意。只見陸太夫人奮身坐起，高聲說道：「我已垂死的人了，卻有一件事如骨鯁在喉，使我不吐不快。」陸狀元也在一旁問是什麼事，陸太夫人道：「我有句最緊要的話你們需牢牢記著。我死之後，如子孫們有青年夭殤的，遺下寡婦，萬萬不可令其守節，宜於斷七之後，立刻給她再醮，誰若違我遺言，便是陸門的不肖子孫。」陸太夫人說著，就把自己守寡的難忍和私奔教書先生的事，細細地講了一遍。講完了這件事，又繼續說道：「我受了那教書先生的教訓，心上又氣又悔，把私奔兩字決意拋撇在腦後。但長夜孤眠，如何捱得過這滿室淒涼呢！當下想出一個法兒，挑選了一百文的大錢，在每夜睡不穩的時候，把一百個大錢一齊撒在地上，然後吹滅了燈火，去跪在地上一文一文地把錢摸起來，初撒下的當兒，地上錢多容易摸，摸到八九十上頭，錢也少了，又撒開在各處，就不容易摸得了。不過我咬定牙根，非把百文錢都摸起了絕不睡覺。有時摸得九十九個，為了一文錢東碰西撞的，弄得滿頭是疙瘩塊，我卻不以為苦。待到百文錢摸齊，我人也很睏倦了，自然倒頭便睡，再也想不著別樣念頭了。我似這般的工作，一年三百六十天，每天如此，足足的二十多個年頭，你們瞧這一分來厚的大錢，不是已摩撫得和紙一樣薄了嗎？守節有這種難受的日子，所以凡我子孫有寡婦速即使她再嫁，切勿強著她守節，致做出偷牆摸壁的事來，倒不如再嫁的堂皇冠冕了。」陸夫人說罷，又再三地叮嚀一番，方瞑目逝世。便由陸狀元把這段事跡著了一篇傳紀，勒在陸氏的宗祠裡。

以後有陸氏的子孫夭殄，無論有子無子，悉令改嫁。有幾個夫婦愛情深的，情願替丈夫守節時，須經族長出來勸她再醮。有的矢志撫孤，不忍有負前夫，族長強她不得，便由女子的翁姑親自慰勸。萬一勸不醒的，待過了一年半載後，又由女子的父母來勸她改嫁。如經過這幾度手續後，果然志操冰霜，不肯改易的，族中人公共出資，捐與節婦四十畝，房屋若干，錢若干，給她作為養老送終之用，和翁姑脫離了，自去獨居守貞。江南的陸氏，他們族中的規例，直傳到了現在，還是這個方法，幾百年來不曾改變過。我們就陸太夫人的一番經過看來，便可知道守節的為難了。

那皇太子的元妃也是個少年寡婦，天天度著隻影單形的光陰，怎能不把她叫做怨女呢？幸得那位涼國公藍玉常到太子邸中來走動，使元妃很得到一種安慰。兩人一天親密一天，京城中的謠言，也講得到處沸騰。把藍玉和元妃的醜事穢跡，當作一種閒談的數據。說藍玉系替元妃濯足，元妃還私往藍玉的府中游宴。藍玉的夫人聞知，便趕到太子邸中來捉她丈夫的奸。

一天藍玉推說出城閱矢，卻去躲在元妃的房中歡飲。藍玉的左右已得著了藍夫人的重賄，就私下去通了訊息。藍夫人聽了，立時帶同十幾個家將和二十多個勇健的侍女，飛也似的奔向太子邸中來。到了邸前，不問好歹，一群人蜂擁進去，邸中的衛士校尉，見他們來勢凶殘，諒自己人少，也不敢阻擋。藍夫人隨著眼線，路徑很是熟諳，一口氣直奔到了後院。到底太子的底邸，房屋深邃，藍夫人趕到元妃房裡，排闥直入，誰知那藍玉已聞風望後門溜走了。

藍夫人見並無她的丈夫在那裡，心裡早有些寒了。想自己帶了這許多的人，衝到太子邸中來吵鬧，這罪名可不小呢。元妃見藍夫人發怔，便嬌聲喝道：「你是何等樣人，擅敢到太子府來混鬧。現今太子雖已歸天，我也是一位殿下的妃子，卻輪到你們來欺侮嗎？校尉們還不給我抓了，明天到金殿上算帳去！」藍夫人被元妃這樣一說，弄得啞口無言。那外面如狼似虎的校尉便要上來拿捕，藍夫人驚慌失措，正在為難的當兒，一個宮女眼快，忽指著黃緞椅上一幅白綾問藍夫人說道：「這綾帶不是爵爺束裡衣的嗎？上面還有夫人親手刺的花朵呢！」藍夫人見說，忙取白綾來瞧看，果是藍玉的東西。元妃要待來奪時，藍夫人已塞在袖裡。這時她證據已得，膽也壯了，便指著元妃罵道：「你這個淫婦，現藏著人家的男子，還要這樣的嘴硬，我們正要找你到金殿上算帳去呢！」說著伸手來拖元妃，那幾個校尉見元妃已被人喝倒，自然不敢動手了。那時的元妃給藍夫人罵得面紅耳赤，默默地一聲不吱，任那藍夫人指天畫地罵個不休，直鬧到她自己也覺得乏力了，這才領著家人侍女們回去。

明天的早朝，都御史張賓受了藍夫人的委託，上本彈劾藍玉，說他玷辱宮眷，應加罪譴，又把那幅白綾作證。太祖看了奏疏雖覺憤怒，但一時卻未便譴責藍玉，只召藍玉入宮，當面訓斥了一頓。又在賜給他的鐵券上鐫了藍玉罪狀。太祖這種手段，不過想讓藍玉改悔罷了！偏偏藍玉不知自省，暗中仍和元妃往來，藍夫人又趕到太子邸中去大鬧，還拿著藍玉的那幅白綾和市招般地到處給人瞧看，逢著了官眷就將元妃同藍玉的醜史，原原本本講一個痛快。元妃吃她鬧得無地容身，到了晚上，懸起三尺白綾竟自縊而死。藍玉深恨藍夫人無情，乘她睡著的時候，悄悄地把藍夫人刺死。那訊息傳出去，廷臣大嘩，齊劾藍玉逼死皇妃刀刺髮妻，其他的罪案也不下幾十起。太祖雖愛藍玉英武，奈眾口同聲無法給他保全，只好下諭令藍玉自盡。藍玉接到了旨意，便端起整整半杯鴆酒一口飲下，竟追著元妃和藍夫人到陰間去大鬧去了。藍玉和元妃既死，一樁風流案也慢慢消沉了。

再說那潭王自毒斃太子後，見太祖並不深究，膽量漸漸地，大起來，要實行他陰謀的第二步了。其時，恰巧周王橚出遊雲夢，事被潭王聞知，說周王棄國越境結黨，太祖心疑，便將周王遷往沛城，死於道中。秦王樉私自進京探母，又吃潭王知道了，賄通諫臺，劾秦王擅離封地，無故進京，太祖下諭囚了秦王。潭王又百般地設計，把秦王生生地魔死在牢獄裡。還有魯王檀也逗留京師，不曾赴兗州封地。潭王一味地虛心下氣去結納魯王，再三地迎合，務使魯王歡心。魯王本有一種嗜好，喜歡締交術士，煉氣吐納，把金銀鉛石煉成了金丹，服了可以長生不死。其實這一類的邪術，只不過是御女壯陽的媚藥罷了。魯王卻自詡有仙骨，對於那煉丹是最相信也沒有了。潭王思投所好，親自薦一個方士給他。誰知魯王吞了那術士的金石丹，忽然兩眼發赤，心地糊塗起來。不到三四天，魯王竟成了瘋病，逢人就打，口口聲聲說是潭王謀害我的。潭王薦去的方士，見勢頭不妙已滑腳逃走了。這時合該潭王惡貫滿盈，卻惱了惠妃，說潭王藥死了皇太子，陷死了周王，謀斃秦王，現在又把魯王弄瘋了，這般的狠毒行為，不知他心存何意。於是由惠妃哭哭啼啼地來訴知太祖。

原來秦王是惠妃所出，她劾潭王，是替秦王報復。太祖聽了惠妃的話，一偵查潭王的舉動，確有幾分可信。這裡還未擬定罪名，潭王已得著了訊息，他自己心虛，怕太祖見譴，便乘夜放起一把火來，將姬妾王妃先行燒死，末了自己也投在火中。等到兵馬司起來救滅了餘火，那一座潭王府第，早燒得乾乾淨淨了。

太祖聽得潭王自焚，猛然想起了陳友諒的事來，不禁倒抽了一口冷氣，便到萬春宮來追究瑜妃。太祖進了內殿，方穿過長廊，忽見三四個宮女慌慌張張地奔出來，面色急得如土。她們一見太祖，忙一齊跪倒，連說不好了，請陛下定奪。不知宮女們說些什麼話，卻聽下回分解。

憶前塵高僧談禪理　傷往事允炆了宿緣

卻說那宮女們見了太祖，忙跪下稟道：「不好了！瑜娘娘在宮中自縊了，求陛下作主。」太祖聽說，止不住下淚道：「這真是何苦來。」說著便進宮來看瑜妃，只見她衣裳零亂，兩目瞪出，口鼻流著血，形狀十分可怕。太祖也不忍再瞧，吩咐內監傳出旨去，命用皇妃禮盛殮了瑜妃，從豐安葬。

這時，太祖因后妃迭亡，皇子夭折，情緒越覺得無聊起來。他每到無可消遣的當兒，終領著內監出宮去街市上閒逛。一天，太祖走過市梢，天色已是昏黑了，忽聽得書聲朗朗，順風吹來。太祖便循著書聲一路尋去，走不上百來步，早有一座荒寺列在眼前，那書聲是從寺中出來的。太祖跨進寺門，忘記看了門額，再轉身出來瞧看，原來那寺年久了，門額都已朽壞了。太祖沒法，只得和兩個內監慢慢地踱進寺裡，見東廂中燈光閃動，一個士人在燈下讀書。太祖令內監侍立在門外，自己便推進東廂去，那士忙拋了書卷，噗的跪下，俯伏著說道：「陛下駕到，臣民未曾遠迎，死罪！死罪！」太祖吃了一驚，不待那士說畢，便去扶起他道：「先生錯看了，俺不過是個商人，怎的當作了天子看待呢？」那士人聽了，不覺怔怔地看著太祖道：「我們這位老師是不會算差的，他說今天黃昏時分必有紫微星臨此，叫我在這裡等候的。大人既不是皇上，想是不曾到那個時候吧！」說時便邀太祖坐下。

兩人談談說說，那士人倒也應對敏捷。太祖見他案上燃著油燈，便指著那根燃火的燈蕊出一聯語，道：「白蛇渡江，頭頂一輪明月」，那士人想了想答道：「我就拿稱東西的秤來做對吧！叫做『烏龍掛壁，身披萬點金星』。」太祖讚道：「好對！」便又指著那盞燈道：「月照燈檯燈明亮」，那士人答道：「風吹書架書翻飛。」太祖正在點頭，猛聽窗外有人應道：「何不對『風吹旗杆旗動搖』？」話聲未絕，走進一個小沙彌來，口裡問那士人道：「皇帝來過沒有？」士人答道：「沒有。」那沙彌轉身便走道：「我們師傅說你福薄，你不要當面錯過了呢！」說完竟自去了。

太祖問道：「那沙彌是什麼人？」那士答道：「他是我老師的徒弟性明。」太祖問道：「俺正要問你，你的老師究是何等樣人？」那士答道：「我們那老師，本是個有道的高僧，他還是去年到這寺裡來掛搭，有時好替人談休咎，卻很為靈驗。這裡附近的人齊稱他作老師，所以我也這樣地稱呼他一聲。」太祖說道：「不識那位老師可以請出來想見嗎？」士人說道：「丈人來得無緣，他剛在今日出門去了。」太祖道：「大約幾時回來？」士人答道：「他是四方雲遊，歸期卻沒有一準的，怕連他自己也不能斷定。」太祖聽了，便問：「這寺是什麼名兒？」士人答道：「此寺為唐武后所建，原名護國禪寺。」太祖點點頭，起身和那士人作別。那士人忙阻攔道：「陛下不必匆忙，我們再談一會兒去。」太祖聽他呼著「陛下」不覺笑道：「你又弄差了，俺不是什麼皇帝，皇帝還在後呢！」那士人仰天大笑道：「陛下可曉得我們老師的名兒嗎？」太祖方要回答，那士人將頭上的方巾兒一脫，把手敲著光頭笑道：「老師便是咱，咱就是老師，陛下是皇帝，皇帝正是陛下；皇帝陛下就是和尚，和尚還是皇帝。」太祖被他這樣一說，驀然地回想到自己也是個和尚出身，從前在皇覺寺裡做和尚的情形立時映滿在腦海之中。怔了半晌，才徐徐地說道：「老師是和尚，和尚是老師；俺也是和尚，俺也就是老師。和尚是讀書計程車人，士人是諷經的和尚，和尚住在這寺裡，寺裡住了和尚。書裡也有和尚。和尚是讀書的，也是諷經的。經是書，書是經；經裡有書，書裡有經。結果是個讀書諷經的和尚，和尚便是皇帝，皇帝也就是和尚做的，那是和尚皇帝。」和尚聽了笑道：「什麼皇帝，什麼和尚，什麼是寺，寺裡沒有和尚，和尚不住在寺裡，皇帝也不是和尚了。高高山上的明燈，一陣大風吹來，燈也破了，火也滅了，燈桿也倒了。山上沒有明燈，明燈也不在山上了。風過去，燈又明瞭。那裡燈，那是明燈，若是沒風吹，便是不生不滅。」太祖說道：「吹燈的不是風，風吹的也不是燈。燈不怕風，風不吹燈。它依舊很光明地在那裡。燈是不滅的燈，風是無形的風。風無形，燈不滅，和尚卻圓寂了，只存著和尚的皇帝。」和尚益發大笑道：「和尚是圓寂了，和尚是皇帝，皇帝是和尚，還是和和尚一樣。」太祖聽了，轉身出了東廂，對一個內監附著耳朵說了幾句，那內監飛也似的去了。

太祖仍走進東廂，見適才的小沙彌笑嘻嘻地送進一杯茶來。太祖一頭喝茶，口裡說道：「一杯清水是江河湖海的來源，在杯中是這樣，下了肚裡還是這樣，這才是不生不滅。水是清清的，並沒一點兒渣滓，這才是不垢不淨。這是仙水，這是佛水，是甘露，是和尚的法水。和尚也飲的水，皇帝也飲的水。這水是皇帝的，是和尚的，天下是皇帝的天下，不是和尚的天下，和尚自和尚，皇帝自皇帝。和尚圓寂了，圓寂的不是皇帝，是和尚。」和尚正色說道：「水是地上的，水是清的，水是渾的。清的是山林草木，渾的是榮華富貴。山林草木是和尚住的所在，榮華富貴是皇帝享的福祿。山林草木，榮華富貴都浮在地面上。地沉了，天翻了，天地混沌了，和尚圓寂，皇帝圓寂；圓寂的是和尚，是皇帝，到底是皇帝圓寂，也是和尚圓寂。」說罷哈哈大笑。

這時太祖差去的內監已經來了，把兩個雞蛋遞給太祖。太祖授與和尚道：「和尚是茹素的，這是桃子，是皇帝送與和尚的，和尚就吃了吧！」和尚接了雞蛋，囫圇望口裡一丟，嘓嘓地嚥了下去，一邊唸著四句道：「陛下送雙桃，無骨又無毛。隨俺西方去，免得受一刀！」和尚唸完，太祖笑道：「和尚是茹素的，這是雞蛋，和尚錯吃了。」和尚答道：「這是桃子，是皇帝說錯了，不是和尚吃錯。」太祖說道：「這是桃子，是皇帝說錯了；這是雞蛋，是和尚吃錯了。」和尚應道：「和尚吃的桃子是雞蛋，在和尚肚裡了；和尚肚裡有桃子，有雞蛋，和尚把這桃子雞蛋取出來還了皇帝吧！」說著，一手一個蛋，仍還給太祖。太祖詫異道：「這是和尚的法術，是和尚預備下的。」和尚笑道：「正是和尚預備下的，也是鏡明預備下的。鏡明是老師，老師是讀書的相公，相公也就是和尚，和尚是預備下了，是和尚圓寂，和尚便預備的圓寂。」說罷，盤膝望椅上一坐，太祖忙拉他時，那鏡明和尚已跏趺圓寂了。太祖也不再說，只看著鏡明笑了笑，便和兩個內監悄悄地回宮。第二天傳旨，褒封護國寺，鏡明和尚為真寶大師，內務府撥銀三千兩，替鏡明和尚建塔，把他的遺蛻安葬在塔的下層，並頒諭重建護國禪寺。

從此以後，太祖極相信那禪理，不時召有道的高僧進宮談禪。又諸皇子中，燕王、楚王、晉王、齊王，並後納馬、郭兩妃所生的湘王柏、岷王楩、代王桂、蜀王椿等，每派高僧一人，做皇子的師傅。派往燕王府中的和尚，法名道衍，本姓姚名廣孝，習文王六王術，能知吉凶。又精風鑒，他一見燕王，便咬定是個太平天子。因此燕王起兵篡位，弄得同室操戈，這是後話，暫且按下不提。

再說那皇太孫允炆自那天私自出宮去哭奠香菱的青塚後，被太祖知道，幾乎翁孫拈酸，把皇太孫廢立。幸得眾大臣的保奏，算免了廢立，只將允炆貶入御書房伴讀三月。光陰很快，轉眼過了三個月，允炆仍去住在東宮。那時他對於香菱，依舊是念念不忘，常常書空咄咄，長吁短嘆。又親筆替香菱撰了墓銘，暗中令石工鐫在墓前的碑上。其詞道：

汝菊，汝梅，汝是水仙。芳兮，馥兮，永播千年。嗚乎香菱！不生不滅，萬世長眠。山兮水兮，相伴在此間。一腔碧血化為虹，悠悠魂魄其登天。蓮房兮墮粉，海棠兮垂紛。有榮必落，無盛不衰。維汝在地下，雖經風箱雨露未改顏。卿瘞乎是，香魂有靈兮，來伴吾參禪。

這首墓銘，又傳在太祖的耳中，說允炆的為人很有父風（指懿文太子），而且文辭間的山林氣很重，恐也不是福相。以是太祖心上愈是不喜歡允炆了。

講到那皇太孫允炆，的確有點出家人風味。往時住在宮裡，空下來便獨自一個人去坐在蒲團上諷經。侍候太祖的高僧等到下了講席出來，允炆便邀他們到自己的宮中，探求經典的奧妙。那些高僧們無意中和太祖說起，太祖聽了，越惡允炆的不長進，下諭將允炆宮內所有的經典禪書，一齊搜出來燒了。允炆卻對著被焚的禪書，竟放聲大哭起來。又有內侍去報給太祖，太祖只長嘆了一聲。以後不論允炆怎樣，再也不去干預他了。但允炆被太祖燒了他的禪書以後，滿心說不出的懊喪。又經藍玉的案件，元妃見迫自縊死了，允炆究屬情關母子，自然十分悲痛。又聞得元妃和藍玉有一種曖昧的關係，允炆以顏面問題，一肚的牢騷真是無處可所發洩了。他鬱勃無聊時，便來御花園裡走走，不是金水橋邊垂釣，就是去飄香亭上看舞禽。

有一天上，允炆正在魚亭裡觀遊魚，忽聽得嚦嚦鶯喉，一陣陣地順風吹來，只覺得非常的好聽。允炆不由起了一種好奇心，細聽那歌聲，卻從假山背後出來。允炆便提輕著腳步走到假山面前，從石隙中望去，只見一個婦人，淡妝高髻，素履羅裙，斜倚在石上，慢聲唱道：

春光三月是芳辰，脈脈含情情最真。為郎寬衣郎欲笑，並肩相對有情人。寒往暑來又一秋，深情一片為君留。滄桑易改人情變，荒草斜陽冷墓遊。

允炆聽了，這抑揚宛轉的歌聲，襯著那清脆的鶯喉，真有繞梁三日，餘音裊裊之概。便忍不住叫一聲：「好！」倒把那婦人吃了一驚，忙回過頭來，瞧不見什麼人，面上很是慌張。允炆乘間細看那婦人，原來是個半老徐娘。因此心裡大失所望，就有好無好地轉過假山去，那婦人見是皇孫，忙來叩見道：「臣妾放肆，汙了殿下的貴耳。」允炆微笑著道：「你是哪一宮的？進宮有幾年了？」那婦人低垂蝤蠐，淚盈盈答道：「賤妾是從前東宮的宮侍，屈指進宮已十五年了。昔日蒙太子不以蒲柳見棄，也嘗施雨露之沾，不幸太子暴崩了，賤妾從此冷處深宮，眨眨眼又是六年了，回首前塵，怎不令人傷心呢？」那婦人說罷，眼淚直和雨後瀑泉似的湧了出來。她那玉容，哀感中帶著嫵媚，淚汪汪的一雙秋水，越覺得流利動人，雖是佳人半老，風韻猶存，素服淡妝，卻不減粉黛顏色。允炆本是個情種，這時不免起了憐惜之心，便俯下身去親她的粉臉，那婦人也不峻拒，唯含淚說道：「賤妾已承恩太子，自悲命薄，不能再侍奉殿下的了。殿下卻這般多情，妾身非草木，寧不知感激，現在有個兩全的法子，但請殿下稍待片刻。」那婦人說著，盈盈立起身來，走向裡面去了。允炆不知她是什麼用意，只呆呆地坐在假山石邊等著。

過了好半晌，見安樂軒的角門呀地開了，一片格格的笑聲，笑聲過去，便有三四個小宮女一路追將出來。允炆深怕驚了她們，把身體隱在假山的石窟裡，回頭見兩個小宮女向一個宮女狂追，那前面的宮女被追得急了，飛也似的繞過香華亭，徑奔假山中來。到了假山面前，卻沒處躲藏，又轉入假山背後，慌慌忙忙地向那石窟裡一鑽。那宮女要緊避去她的同伴，不曾留神到有人在裡面。後頭追趕她的兩個宮女也走過了假山，一頭走一頭罵道：「這小蹄子的，不曉得她藏到哪裡去了，你不要給我們找著，那時小心你的骨頭。」她們說著，就坐在假山石上休息。那石窟裡躲著的宮女，連氣也不敢喘一喘。允炆縮在裡面，宮人卻瞧不見他，他從裡頭望出來，倒是十分清楚。見那宮人雲髻燕服，兩鬢低垂，額角掩齊眉，肩頭拖的旒鬟，臉上薄施脂粉，紅中透白，白裡顯紅。打量她的年紀，不過十三四歲，那嬌媚的姿態，已隱隱從眉宇間流露出來。允炆越看她越覺可愛，這時坐著的兩個宮女，口裡帶罵帶笑地走了。

躲著的宮人便悄悄走出石窟，四面望了望，微微一笑正要轉身走的當兒，不提防石窟裡一個人直竄出來把她的粉臂輕輕拖住。那宮女也大大地吃了一嚇，再看見是皇孫，才徐徐地拍著胸前道：「嚇死我了！」說著便賺脫要走，允炆這時細把那宮女一瞧，不禁怔了過去，再也說不出話來。因為那宮人的容貌舉動，竟似那縊死的香菱一般無二，所以把允炆看得呆了。那宮人要走時，走不脫，被允炆對著她痴看，弄得她那粉臉一陣陣地紅了起來，忍不住噗哧地一笑道：「殿下痴了嗎？只是看著我做甚？」允炆給她一說，不覺如夢初醒，便一手拉著她，同在假山石上坐下，一面笑著說道：「你是侍候誰的？今年幾歲了？」那宮女見問，低著頭答道：「臣妾是派在永壽宮的，自米耐娘娘（帖蘭）逝世後，便由王娘娘來居住，現在王娘娘處侍候，前後算著進宮還不到三個年頭，臣妾十二歲到這裡，今年已是十四歲了。」允炆聽了說道：「你是哪裡人？叫甚名兒？家中可有父母？」那宮女見提起了父母，眼圈便紅了，卻淚盈盈地答道：「臣妾本是淮揚人，小名喚作翠兒，父母都在淮揚，妾是由叔父強迫著送進宮來的，到如今家裡音息不通，不如道妾的父母怎樣了。」說罷垂下淚來。允炆忙安慰她道：「你且不要悲傷，將來我自替你設法，給你骨肉想見就是了。」翠兒見說，回嗔作喜道：「殿下不哄我的嗎？」允炆正色道：「誰來哄你呢！」翠兒才收了眼淚，兩人便說笑了一會，翠兒是個情竇初開的小女孩兒，被允炆一勾搭，二人就絮絮講起情話來了。看看天色晚下去，那個婦人仍沒有出來，允炆知道她是脫身之計，於是也不去等她了，竟手攜著翠兒一同回宮，兩人這夜的光陰，自然異常的甜蜜。

第二天上，允炆便令內監通知王妃，說翠兒是皇孫要她了，現留在東宮侍候。王妃聽了，也沒有什麼話說。但允炆雖有了翠兒，對於那天唱歌的婦人依舊不能忘情。明宮中的規例，每到了三月三日，宮人嬪妃們都在御花園裡拍球打鞦韆，這天的皇上便率領著六宮在那裡看宮人們遊戲。其時皇孫允炆也在旁邊侍駕，遠遠瞧見唱歌的婦人，方持著輕羅小扇在花叢裡撲蝶。允炆不由的心上一動，只推說身體不適，悄悄地抽空出來，到了花亭邊，一把拖了那婦人的衣袖望花亭裡便走。那婦方伺著蝶兒，不防允炆這一拖，幾乎失足傾跌，只得隨著允炆到了亭上，花容兀是失色，並嬌喘微微地說道：「殿下怎的專為嚇人？」允炆笑道：「你好乖刁，為什麼哄我等在那裡，你倒一去不來了，今天又被我候著，你還有什麼話說？」那婦人嘆口氣道：「妾蒙殿下的見愛，此恩恐今世不能報答的了。自念殘花敗柳，只可茹素參禪，妾心已如死灰，再不作意外的想念了。殿下倘能相諒，賜妾一所淨室，使妾得焚香禮佛，終老是鄉，便是妾的萬幸了。」允炆見說，也覺有些感動，當下欣然答道：「你既有這個心，我也不便強你。況人各有志，我就這樣地辦吧！」那婦人忙跪下叩謝。允炆問了她的宮名和名兒，才知那婦人姓汪氏，名叫秋雲，十九歲進宮的，現住在玉清宮裡。從前雖經太子臨幸過，卻不曾有封典，所以直到如今，還是一個老宮女。允炆問明之後，和汪秋雲走下花亭，送她到了玉清宮，允炆便也自回。

這天因宮人們多不在宮中，差喚的人很少，允炆卻不曾說出。明天的清晨，允炆一早起身，親督率著宮人們打掃起一間淨室來，室中的陳設極其精雅，正中的壁上，掛著觀音大士像，案上置著魚磬之類，把一座宮室，弄得和庵堂寺院一樣。翠兒見了，很是詫異，便來問允炆，允炆回說是供養高僧。於是布置妥當，由允炆暗暗地把汪秋雲接來住著。一面將宮門深扃了，飲食都從窗中遞給，無論何人，沒有允炆的手諭不准進去。翠兒也不知允炆搗什麼鬼，汪秋雲在裡面住了一年多，宮中大大小小一個也不曾知道的，大家只聽得宮中的魚磬聲，不曉得是僧是道，到底是什麼人。日子漸漸地久了，宮中都稱這所宮室作密室。那時允炆時常到密室裡去，一天正和汪秋雲廝纏著，忽聽打門聲如雷，外面內監大叫皇孫接旨。不知是什麼諭旨，且聽下回分解。

叛北平燕王舉白幟　入空門建文遁紅塵

卻說皇孫允炆在密室裡面，聽得內監大叫接旨，慌得三腳兩步地出來跪在地上，聽宣讀上諭，原來是皇帝病劇，召皇太孫速往仁和宮。允炆這時不敢怠慢，忙穿著冠服隨著那內監到仁和宮來了。到了那裡，大臣黃子澄、齊泰等已在榻前受了遺詔，那朱太祖早已駕崩了。允炆便大哭了一場，當下由黃子澄等依著遺詔，扶皇太孫允炆登了御座，朝臣也登殿叩賀新君，改這年洪武三十一年為建文元年。一面替太祖發喪，追謚為高皇帝，廟號太祖。又命文武百官一例掛孝。是年的八月，奉太祖的梓宮往葬在孝陵。朱太祖自濠城義，至此晏駕，在位凡三十一年。

允炆既登了帝位，便拜黃子澄為右丞相，齊泰為左丞相，李景隆為大將軍，大赦天下，文武官吏，均加品級有差。那時藩鎮的諸王，聽了太祖崩逝的訊息，都要回京奔喪，左丞相齊泰諫道：「諸王出封各地，難保不蓄異心，萬一令其進京，一朝有變，將如何收拾？」建文帝聽了，很以為然，便下諭各藩王，靜守封地，不必回京奔喪。

諸王接了諭旨，都覺怏怏不樂。尤其是燕王，以為建文帝有心離異骨肉，使自己不能盡父子之誼，心裡便十分氣憤。欽使到了那裡，燕王未免怨忿見於辭色。使者把燕王的情形，老實奏知建文帝。建文帝大驚道：「燕王是朕的叔父，他如心懷怨恨和朕為起難來，卻如何是好。」右丞相黃子澄奏道：「諸王之中，本要算燕王最強，而燕王與齊王又極要好。從前太祖在日，嘗謂燕王好武略，齊王善謀，兩人若合，必不易對付。如今之計，欲燕王不生異心，須先除去他的羽翼。」建文帝道：「卿有什麼良策？」黃子澄道：「依臣愚見，可暗令大將軍李景隆統領御林軍一千，揚言出巡，只要一聲暗號，兵士圍上把齊王擒住，星夜械繫進京，殺縱悉聽陛下聖裁就是了。齊王若除，燕王也就心寒，還怕他不斂跡嗎？」建文帝大喜道：「卿言有理，照准！這樣去辦吧！」當下傳下密諭，命李景隆率著御林軍出巡各地。又暗底下密囑李景隆依著黃子澄的計策小心行事。

李景隆又是李文忠的次子，為人很有謀略，他接了這道旨意，知道建文帝聽信了權臣的遊說，自相摧殘骨肉。欲待不奉詔，又恐獲罪譴，後來他在路上想了一個兩全的法子，即暗中遞訊息給齊王，令他在事前逃走。等那李景隆兵馬到了青州，齊王已不知躲往哪裡去了。誰知同時在這個當兒，建文帝已別遣將軍常泰領兵去捕了湘王，又把代王械繫進京。

這風聲傳到北平，燕王越覺得不自安了。於是私下和僧人道衍（姚廣孝），術士袁洪、金忠等密議自保的良策。道衍進言道：「目今皇上無主，妄聽臣下的濫言，擅意削奪藩封，先是致亂之道。殿下如要不為階下囚，非實自立不可。」燕王嘆道：「俺未嘗沒有此心，但力有不足，怕未必能成大事。」袁洪說道：「衍師的說話極是，而且事宜速圖。今殿下有猛將朱能、張玉、龐來興、丁勝等諸人，只令祕密招募壯士以防不測。」燕王聽了大喜，立召張玉、朱能進內，授了密諭，命招募兵士若干，編列隊伍，以備應用。朱能、張玉自去。一面又在王府後園，飭匠打造軍械。其時北平長史葛誠便把燕王不臣的行為上奏朝廷。建文帝讀了疏牘，忙召黃子澄議事。黃子澄奏道：「燕王雖心懷不臣，叛狀未露，陛下只派兵將四出守禦要隘，免倉卒不及，致為所乘。」建文帝點頭稱善，便令指揮張信、謝貴為北平都司，著都督耿防堵山海關。又命徐凱屯兵臨清，又命都督宋忠收燕王衛兵，入隸宋忠帳下。

這樣的一來，北平風聲也日緊，都說朝廷將捕燕王進京。燕王益自惴惴，還裝作瘋癲的樣兒去到街上，奪人民的食物，醉後睡在溪溝裡，高唱入雲。都司謝貴又把燕王瘋狂的情形，密報右丞相黃子澄。子澄來見建文帝，說燕王的瘋病必非真瘋，宜特別預防。建文帝便諭知指揮張昺，與都司謝貴暗中設法圖謀燕王。時燕邸使臣王景，齎疏進京，被左丞相齊泰執住，嚴刑拷問，王景熬刑不過，把燕王謀亂的計劃大半說了出來。齊泰錄了口供，即入奏建文帝。建文帝大驚，忙傳旨給謝貴、張昺，立縛燕王邸官進京。又命都司張信，逮捕燕王。

哪知張信的官職，本來是從前燕王保舉的，這時聽得命自己去捕燕王，如何肯受命呢？當下連夜來見燕王，將建文帝令他逮燕王的密旨呈上，燕王看了，半響說不出話來。張信說道：「殿下盡可放心，臣決無他意。」燕王起身謝道：「這事若不是足下，俺已身受梏桎了。」說著，急命傳道衍、袁洪、金忠等入府，燕王向道衍說道：「俺不負人，人將圖俺。事已火燒眉睫，老師可有妙計？」因把張信所繳諭旨給道衍看了，又拿張昺、謝貴來逮府中官屬的話略略講了一遍。道衍失驚道：「事既迫急，殿下委張玉、朱能的事怎樣了！」燕王命傳朱能、張玉進府。不一刻，朱能、張玉齊到。燕王問道：「你們奉令招募壯士，現共集得幾人了？」張玉稟道：「連日陸續招得，約九百餘人。」朱能回說八百餘人。燕王奮然道：「若並闔府中衛士，足有兩千多人，難道還不能抗拒嗎？」說罷，吩咐張玉、朱能各領了招得的壯士在府中左右埋伏，專等張昺、謝貴到來。

第二天的近午，忽探馬來報，欽使來提官屬了，現在離北平還有二里，快要到了。燕王即遣丁勝前往，偽說王府官屬一例就縛，請欽使親來府點名。張昺、謝貴聽說大喜，兩人並馬至王府，燕王出迎，想見禮罷，燕王故意問道：「不知皇上差二位到此做甚？」謝貴詫異道：「皇上命提官屬，適才王爺不是著人來說都已就逮了嗎？」燕王變色道：「俺府中的官屬究犯了何罪，卻要把他們逮解進京？這分明是你們一班奸臣在那裡矇蔽聖聰，令俺骨肉生嫌。左右何在，還不給將奸臣拿下！」燕王說猶未了，兩廂朱能、張玉各率著壯士一擁上前，把謝貴、張昺立時逮獲。燕王冷笑一聲，喝令捱出去砍了。又命朱能帶著部眾，去圍住張昺、謝貴的家中，殺了他們一門。一面又命張玉率壯士收服了衛兵。

北平指揮使彭謙聞得燕王殺了欽使，果然謀變，忙領了部眾入城救援，當頭正碰著朱能，兩人就在城邊大戰起來。不提防張玉、龐來興、丁勝等又引兵趕到，將彭謙困在當中。彭謙奮勇衝突不出，被朱能殺死。彭謙的餘眾，齊聲說是願降，朱能便令停刃，和張玉等收了彭謙的殘部，大獲全勝。竟來報知燕王，燕王慰勞張玉一番，令將士暫行退去休息。到了未牌時分，邸中忽然傳下諭來，命朱能、張玉、丁勝、龐來興等率同全體兵士在校場聽點。張玉等不敢怠慢，慌忙張號集隊，齊赴校場。

不一會燕王到來，上了將臺朗聲說道：「目今皇上懦弱，奸臣當道，志在削去朝廷羽翼，以便謀篡大位。所以他們第一和藩王作對，數月以來，代王、周王、齊王、湘王死的死了，逃的逃走，我們如不自衛，將來朱氏族中寧有噍類。況太祖慈訓，有『君不明，則藩王得起兵以清君側』，祖訓上既有這一條，俺為保障國家及安全諸王計，不得不興兵靖難，冀皇上省悟，永保大明的錦繡江山。」燕王說明，聲淚俱下，真是慷慨誓師，將士人人憤激，個個摩拳擦掌。燕王見士氣可用，便下令出兵，直薄通州。

這時守通州的指揮房勝，一聽燕王兵到，並不迎戰卻開門投誠。燕王得了通州，順流而下，又克了薊州，陷了遵化，北兵已抵居庸關，關上守將餘瑱、都指揮馬宣，棄關逃走。都督宋忠，聞北兵勢大，不敢交鋒，引兵退至懷來。北軍趕到，宋忠勉強出戰，大敗進城，北軍隨後擁入擒了宋忠，由朱能出示安民。次日燕王自領著大隊進了懷來。命朱能、張玉、丁勝、龐來興等分頭襲取龍門、開平、雲中、上谷諸州。不上半月，各處紛紛報捷。

警耗和雪片一般傳入京中，建文帝大驚，即時召集文武大臣，籌議討燕計劃。當下拜老將耿炳文為大元帥，統兵十萬，以寧凱、李堅為先鋒，星夜起兵，浩浩蕩蕩地殺奔北方而來。左丞相齊泰，恐兵力尚嫌不濟，又命江陰侯吳高、安陸侯吳成、都指揮盛庸、潘忠、徐貞、楊松、陳文安等領兵五萬，在後接應。又令王宇暉為運糧總管，專一接濟糧餉。燕王打聽得南兵眾多，不敢輕進。

那耿炳文領著十萬大兵，在滹沱河隔岸屯住，也不向北軍挑戰。在耿炳文的意思，欲暗遣鐵騎去抄襲燕王的背後，待北軍心慌退去再渡河追擊。耿炳文部下副將張達，原系北平人，便棄了炳文來投降燕王，把耿炳文的謀劃與軍中虛實一齊和盤托出。燕王見說，驚得面如土色，忙起謝張達道：「得將軍來此，是天助俺成功。倘耿炳文這般詭計，若非將軍見告，俺這裡必然全軍覆沒了。」於是立加張達為都指揮，又派了十幾個細作，趕往京中揑造流言，說耿炳文停軍不進，是得了燕王的賄賂，意在觀望，左丞相齊泰得了這個訊息，忙來奏知建文帝，下諭催耿炳文火速進兵。耿炳文接著上諭，不覺長嘆一聲道：「君主不明，權臣當國。將帥為人掣肘，吾輩恐沒葬身之地了。」說罷便下令，渡河進剿北軍。原來耿炳文字已派了先鋒李堅偷襲燕王的背後，這時也等不到雙方並進了，只得單獨渡河來和北軍交戰。

那燕王見南兵旗幟亂動，知道建文帝必信了流言，逼迫耿炳文出兵，諒來早晚要渡河了。便吩咐朱能領兵去埋伏河邊，張玉在後接應。又命龐來興領兵一千去上流埋伏了，只是擂鼓吶喊作為疑兵。又令丁勝引兵五百去守住滹沱河河沿，望見南兵渡過一半，就鼓譟起來奮力殺出，自有大兵來接應。丁勝、朱能、張玉、龐來興等都領兵去了。這裡燕王親率三軍準備交戰。

那耿炳文都著兵馬正在濟河，忽聽得上流人喊馬嘶，炳文猛然道：「我們渡河，須防北軍截擊。」先鋒寧凱道：「我兵多北軍十倍，諒北軍也沒有這般膽量。」耿炳文道：「素聞燕王好武，用兵如神，不可不預備。」說猶未了，上流鼓聲大震，喊殺連天。南軍忙整戈待戰，卻又不見一人，大家疑惑了一會，依然渡河。上流喊聲又起，鼓聲復鳴，南兵急來看時，連鬼也沒一個。寧凱大笑說：「這是北軍的詭計，他不敢和我對敵。只把疑兵來嚇人罷了。」兵士們聽了，也一齊笑起來，竟大著膽渡河，將至一半的當兒，河沿上吶喊聲大起，丁勝領著五百軍士望河沿上殺來，寧凱便分兵迎敵，一面繼續渡江，不提防河邊朱能殺出，上流龐來興殺來，後面張玉又殺到，南軍這時手足無措，耿炳文雖然老將，因誤信寧凱的話說，也失了指揮的能力，正在為難時，北軍陣後塵頭大起，燕王自領三軍前來接應。南軍其時早沒了紀律，只紛紛棄戈逃命。耿炳文獨立陣前，連斬牙將六員，仍是喝止不住。寧凱見不是勢頭，轉身便走，南軍大敗，落河死者無數，不及過河的便向北軍投誠。燕王領著兵馬，乘勢大殺一陣，真是屍橫遍野，流血河水為赤。北軍正在追殺，南軍的後軍，吳高、吳成等趕至，燕王見來了生力軍，恐眾寡不敵，隨即鳴金收兵。

這一場的大戰，殺得南軍魂喪膽落。敗兵的訊息傳到京中，建文帝十分憂懼，因召左丞相齊泰進宮，建文帝嘆道：「耿炳文隨高帝出征，也算一員名將，今天卻敗在北軍手裡，他們的兵力也可想而知了。」齊泰奏道：「耿炳文年衰昏憒，本已不足恃。臣薦一人，有文武全材，可以破得北軍。」建文帝問是誰，齊泰答道：「便是那李景隆。」建文帝說道：「卿既保薦，想無謬誤。」於是即拜李景隆為征北大將軍，領兵五萬去替耿炳文回來。

那時耿炳文在滹沱河敗後，駐兵楊樹堡猶未進兵，恰好李景隆到來，耿炳文以李景隆是後輩，心上很是不悅，即草草地交了印綬，帶了十幾個親兵匆匆回京。那李景隆接收了兵馬糧草，自準備和燕王開兵。燕王聞知耿炳文去職，卻調了李景隆來領兵，不禁大笑道：「老將耿炳文頗曉兵法，俺尚有三分畏懼他。今換了李景隆這小輩，俺卻不怕他了。」南軍自調了主將，軍士早已離心，況李景隆用兵，遠不如耿炳文，第一次出兵便被燕王殺得大敗，以後屢戰屢潰，二十萬大兵死傷過了半數，銳氣喪折殆盡。先鋒寧凱，死在亂軍之中。還有耿炳文差去暗襲燕王背後的李堅，也被燕王擒住了。江陰侯吳高，安陸侯吳成先後遭擒，不屈被殺。都指揮盛庸敗走，徐貞陣亡，陳文安投河自盡，楊松兵敗在逃，潘忠和顧盛兩人爭奪先鋒，自相殘殺。南軍的營中，將佐死亡，好好一座大營，弄得落花流水。李景隆也自覺無顏，看看兵敗將喪，便自刎而死。燕王乘勢長驅直入，各州郡多望風歸順，這話且不提。

再說建文帝自登極後，冊立德配馬氏為皇后，翠兒晉為真妃，追贈黃香菱為貞妃，把鐘山的墳墓重行修葺一番。又替她立祠塑像，春秋祀祭。還有那個汪秋雲，建文帝幾次要立她做個皇妃，秋雲只是不答應。有時追得她急了，她終是淚汪汪地說道：「陛下如果欲相逼，妾唯以一死報知遇罷了。」建文帝見她矢志不移，越覺得敬重她了。越是敬重也就越愛，那秋雲卻只是淡淡的，任建文帝怎樣用情，秋雲還是這般。而且她常常對建文帝說：「妾和陛下，算是神交，也是風塵的真知己。」建文帝聽了，面子上是很贊成她，心裡終不以為然。但秋雲的志不可奪，這也是椿最沒法想的事。那時節燕王率領著強兵猛將，一路破德州，陷大名，又詐入了大寧城，逐去寧王，命大將潭淵、房寬襲取了松亭關。又令都指揮邱福、張武去取了永平真定，一路行軍所至，勢如破竹。

不到半年工夫，北軍已取了鳳陽、淮安諸郡，徽州、寧波、蘇州、樂平、永清等地也相繼失守。警報飛達應天，偵騎絡繹道上。都是報北軍得勝，南兵敗績的訊息。南軍的寧統帥盛庸，副帥何福，連失各地，大敗回京，來建文帝面前請罪，建文帝嘆道：「這事不幹卿等，實朕不德所致。」說著不禁流下淚來。不多幾天，忽聞燕王大半渡江，統領陳植率兵相抗，被部下都司金成英殺了陳植，投奔燕王，燕王便破了江陰，陷了鎮江。朱能攻進蘭陵，張玉領著健卒，直抵應天。燕王自領大軍隨後也到。

這時應天的城下，大兵雲集，東門有張玉、朱能的兵馬，西門是燕王次子高煦的兵隊，南門是潭淵的軍馬，北門是張武、邱福的兵馬，正中是燕王的大營，左是龐來興、丁勝的禁軍，右是鄒祿，馮顴的騎兵營。建文帝登城瞭望，但見北軍營中，火光燭天，相照不下百里。兵士刁斗畫角之聲，震喧達於霄漢。建文帝不覺吃驚道：「燕軍勢大如此，怪不得南兵屢敗了。」編修方孝孺奏道：「目下北軍銳氣正盛，京城雖有大兵二十萬，似不可力敵。為今之計，直令城外百姓拆去房室，搬運木料入城，併力上城守禦，一面陛下即頒詔四方，舉兵勤王，等待各處義師會集，就不怕他了。」建文帝聽說，下諭百姓一例拆房，遷進城中。誰知一班百姓，大都不願搬遷，一聞到諭旨，便各自放火燒房，竟逃往別處去了。建文帝見了，又長嘆幾聲。還有那勤王的詔書，頒發下去，雖有幾處勤王師前來，都被燕王用計襲破。

建文帝沒法，命谷王、安王到燕王營中講和，願割地息兵。燕王不應，仍令兵馬攻城。看看外城已陷，內城人心惶惶，建文帝大哭道：「朕下曾負於燕王，他卻如此相逼，承祖宗託付之重，今日只有以身殉國吧！」說畢拔劍自刎，內學士宋景忙攔住道：「陛下且慢，臣憶高皇帝在日，嘗把一鐵櫃懸在謹身殿後，並囑咐內務總管保守，須等子孫患難迫急時開看。莫非中有妙計，陛下何不一試？」建文帝聽了，也想起這件事來，忙叫總管把鐵櫃取至，開啟來瞧時，卻是僧衣僧帽兩套，度牒兩張，白銀十錠，剃髮刀一把，朱書一紙，上寫著一行道：「遊僧兩名，應文應雲：白銀十錠，速出鬼門。」建文帝看了，嘆道：「朕年號建文，牒上名叫應文，是大數已定，明明叫朕出家了。只是不知應雲是誰？」其時汪秋雲已從密室中出來，聽得建文帝的話，忙跪下來說道：「妾名秋雲，正是應雲了，就陪著陛下出家吧！」建文帝呆了半晌，便命內監把自己和秋雲的發剃去，改了裝束，悄悄地逃出鬼門去了。要知後事怎樣，且聽下回分解。

使出島國奇珍異寶　頻創邪教牛鬼蛇神

卻說建文帝更名應文，汪秋雲改名應雲，立時命內侍剃去髮髻，改裝做了出家人，一僧一尼，收了度牒和銀錠，依了朱書所說，從鬼門裡出去。這個鬼門，在內城的太平門內，是修理御溝時所進出的，門高不過三尺，寬只得尺餘，人若經過，必傴僂著側著身而出。

這時眾臣之中，還有侍郎廖平、金焦、檢討稍亨，中書舍人梁忠節，欽天監正王芝臣，鎮撫牛景等十餘人，見建文帝要出走，便一齊伏地痛哭。建文帝也垂淚道：「你等也不必傷心，只將來好好地去侍候新君吧！」梁忠節聽了，大叫臣願捨生報國，說罷一頭撞在石柱上，腦漿迸裂而死。建文帝看他，點頭嘆息。忽然真妃來牽住衣袖大哭道：「陛下去了，遺下臣妾怎樣呢？萬祈指示。」建文帝憤憤地說道：「此刻還是顧你們的時候嗎？」說時指著宮後的眢井道：「你如無可依歸，這便是你歸宿的地方了。」真妃即翠兒聽說，忙跪下謝了恩，立起來奮身望著井裡一跳，可憐鮮花般的美人，霎時玉殞香消了。建文帝目睹著這種慘狀，又忍不住下淚。霎時眾臣無不放聲痛哭。建文帝方待轉身出門，忽內監報宮中火起，馬皇后自焚了。最可憐的是建文帝的長子文奎，其時只有七歲，也隨著他母親葬身火窟。建文帝聽了內監的話，反倒弄得不哭了，只說了兩聲：「好！好！這是帝皇家子孫的結果！」那相隨的諸臣，誰不是嗚咽欲絕。鎮撫牛景牽住建文帝的衣袂，叩頭流血道：「愚臣願隨陛下同去。」侍郎金焦也說要去，建文帝說道：「眾卿忠誠相隨，令我非常感激。但我已做了出家人，況在逃難的時候，人多了反覺不便，我此行若得安身之所，再來招你們前往就是了。」牛景和金焦抵死不捨，建文帝只得允許了。

於是建文帝在前先出了鬼門，秋雲跑在後面，最後是金焦和牛景，末後便是廖平等一干人在後相送。建文帝到了鬼門外，那裡便是御溝的河埠口，由王芝臣去找了一隻小舟來，建文帝上了小船，又扶秋雲下去，接著牛景、金焦也下了船，眾臣又在河埠口相對大哭了一場，那隻小般便慢慢地盪開埠頭，漸漸到了河的中央。不上一刻工夫，只見那煙波浩渺，那隻小舟已去得無影無蹤了。廖平等呆呆地望了半晌，始零涕自回。各人到家裡閉門不出，後來一個個被燕王假罪誅戮。

當下建文帝出鬼門時，燕王的北軍已攻破了皇城，朱能、張玉攻入東門，守城的安王和谷王見東門火起，正在驚疑，又見宮中也火光燭天，知道大勢已去，便開了南門迎接燕王進城。城中的百姓多半望西門逃走，恰巧張武、邱福的兵馬衝來，被北軍亂殺一陣，殺傷了人民無數。有的還紛紛閉門，算是拒絕的意思。燕王瞧在眼內，心上大怒，幾乎下令屠城，虧了朱能、邱福等力諫，才諭知將士把閉門的百姓，一齊捕來斬首號令。燕王同了安王、谷王並馬入城，到了五城兵馬司署中暫駐，又下令撲滅了東門及宮中的餘火，出了安民的手諭。那一班負恩忘義，熱心利祿的官吏，聽得燕王進城，便都冠帶來見。燕王首先問道：「少帝（建文）現在什麼地方？」兵部尚書袁鏡答道：「當宮中火起時，想少帝已自焚了。」燕王故意長嘆道：「俺此番興兵，原為救國靖難，清除奸臣起見，所以行軍終豎著白幟，此心可表天日。無如少帝不諒，竟爾身殉，教俺怎樣對得起祖宗呢？」說罷也流下幾點淚來。便令學士張肅撰起祭文，燕王親自帶同將士，到宮中來祭建文帝。由張肅朗讀祭文。讀畢，燕王伏地放聲大哭，諸將在旁也無不流涕。燕王祭罷，命就瓦礫場中尋那建文帝的屍骨，誰知骨殖很多，也分不出男女，更不識哪一副是建文帝的，只是胡亂找出兩副來，算是帝后的遺骨，葬以帝后的禮節，也葬在孝陵。但不曾追贈謚號，直至清代的乾隆年間，方追封為恭閔惠皇帝。燕王這時巡視了宮殿一周，見金碧輝煌的皇宮大半成了瓦礫焦土，只有那奉天殿、謹身殿、文武樓、武英殿、仁壽宮、萬春宮不曾毀去，好在高皇帝的諸妃也都逝世，各宮本來是空著的。燕王看了一遍，不禁也點頭嘆息，隨即率領著眾臣，仍回到兵馬司署中，一宿無話。

第二天的早晨，燕王升了軍帳，大犒軍士，又命設起慶功宴來，和有功的諸將開懷暢飲。正吃得興高采烈，尚書茹常首先俯伏叩頭勸進。諸臣也順水推船，齊齊地跪在地上，勸燕王即日登了大寶。燕王命諸臣起身，自己便執杯說道：「俺舉兵靖難，志在除奸，今少帝捐軀，俺已負罪祖宗，況天下之人，必將疑俺威逼少帝，使俺永蒙不臣之惡名，所以這個大位，俺絕不妄想，列位還是別選賢能吧！」茹常忙跪陳道：「殿下乃太祖嫡嗣，功德薄於海內，正宜應天順人，早登大寶，以副眾望。」茹常說猶未了，侍御王朗、刑部主事黎天民、御使欽宏、尚書江太玄、少監周忠、將軍馮翔等都跪下來奏道：「茹常之言，正合天心，望殿下勿再固辭。」燕王見眾口同聲，知道時機不可失，便也答應了。眾臣齊聲歡呼，便擁著燕王登奉天殿受賀，群臣三呼禮畢，分班侍立。

於是由燕王下諭，改是年建文四年為永樂元年，冊立德配徐氏為皇后，長子高熾為東宮。又大封功臣，晉朱能為成國公，張玉為韓國公、邱福為淇國公，張信為隆平侯，房寬為思恩侯，張武為成陽侯，丁勝、龐來興均晉伯爵。又封次子高煦為漢王，幼子高燧為趙王。又下諭即日祭告太廟，大赦天下。又封解縉為侍讀，楊士奇為編修，楊榮為修撰，入直機務，時定為內閣。又命編修黃淮，胡廣入直文淵閣。又捕齊泰、黃子澄等盡行殺戮，並誅九族。又傳諭復了安王、谷王等封地，下令洗宮三天。那時燕王即登了大位，心裡懷恨著建文帝，把他舊日的大臣統加重罪，有的還置之大辟。又疑建文帝不曾焚死，訊息傳來，說建文帝逃往海外去了。燕王想斬草除根，便下密諭，命各處的地方官認真偵緝，那建文帝卻隱名埋姓，始終沒有被他們獲住。直待燕王崩後，太子高熾即位，建文帝方才入京，不過這是後話了。

再說燕王篡位，便是歷史上的永樂帝，又稱為成祖，又稱太宗。當他初崩時，諡為太宗文皇帝，到了嘉靖年間，又改廟號為成祖。這太宗皇帝的為人，英明果斷，極似太祖。所以太宗在位，群臣不敢矇蔽。但他疑建文帝在世，心上自覺不安，又聽得他逃往海外，便差了宦官鄭和、王景等，假名出使海外，實是暗中探訪建文帝的蹤跡。

那鄭和、王景奉了上諭，督造起幾十隻大戰船，帶了五萬名健卒，沿海起程，經過了福建、浙江等諸海島，竟至南洋四處尋覓，並無建文帝的影蹤。鄭和和王景商議道：「這番我們尋不著建文帝，怎樣地去復旨呢？」王景答道：「俺瞧海外的島國很是不少，莫若藉著上諭，詔他們歸誠天朝，倒也未嘗不是功績。」鄭和大喜道：「這話有理！」於是領著五萬兵士揚帆望各海島出發。第一處到了三佛齊國，國王劉彰義，本是山西人。聽得天朝的使者前來，又見他帶著大兵，那三佛齊國只是一個小島，連軍民人等，一古腦兒還不滿三千人，當然不敢抗拒，國王劉彰義親來迎接，又大排筵宴，款待鄭和等。鄭和在三佛齊國中住了幾天，勸他入貢，劉彰義一口答應，臨行時還送了鄭和、王景等許多寶物。鄭和離了三佛齊國，又到巴拉望島。那裡的國王名叫亞尼，為人短小精悍，生得紫髯碧眼，十分的凶殘。他聞知有什麼天使領兵前來，亞尼大忿道：「俺和天朝從沒往來，又不曾有干犯他們，卻帶了兵來威嚇俺嗎？」登時就張號集隊，亞尼親督著兵士來御鄭和，鄭和也憤道：「我們所經的島國，誰不望風歸順，這裡小小的海島，倒敢來抗天兵嗎？」說著，便傳令戰船攏了岸，兵士排著隊一齊殺上岸來。亞尼也叫兵士擺開與鄭和對陣。島上的兵士雖然猛悍，到底寡不敵眾，被中國軍馬殺得落花流水。亞尼失足遭擒，鄭和命斬了亞尼，在島中別選了一個酋長，令他做了島主，定了歲歲入貢的條約。鄭和這才去了巴拉望島，又往尼拉島、尼科巴島、麻尼拉島，都給他收服了。其中有一個大島國，叫做蘇門答剌的，初時也出兵相拒，又被鄭和殺敗，廢了他的國主，另立一個新主，一般也定了朝貢的條約。這一場出使外邦，收服的島國不下七十多處。鄭和直到了小呂宋，適逢呂宋內亂，鄭和替他平定了，那呂宋國主很為感激，自願遣使入貢。鄭和見有了許多的成績，也就心滿意足，從呂宋解纜回國。

鄭和回到京中，覲見太宗，說沒有建文帝的蹤跡，又把勸諭各島國歸順的話細細講了一遍。太宗大喜，親加慰諭幾句，重賞了鄭和和王景。過不上半年，海外的島國果然紛紛入貢，真是奇珍異寶，羅列滿前。太宗看了，自然說不出的高興。單講那呂宋國王貢來的東西，珍珠寶石之外，有兩件寶貝，一樣是隻五色的靈鳥，能夠和人一般地說話，還能預知人的姓名。朝中文武官員，不論是什麼人，一到了面前，那靈鳥便叫得出他的名兒和官銜。太宗皇帝喜歡它不過，便打了一隻金絲籠兒，把它豢養著，賜名靈鳥。太宗臨朝時，就拿靈鳥放在御案上，登輦時掛在旒蘇上面，或命內監捧著它，可算得寸步不離了。

還有一樣，是幅八尺來長的畫兒。畫上也是一百隻五色的鳥兒，那鳥雖是畫的，卻畫得只只羽毛生動，形狀活潑，有在枝上的，有在草地上尋蟲蟻的，遠遠望去，要當它是一群真的鳥兒呢。只是正中一隻鳥兒，卻不曾畫眼珠。太宗看了，深嘆畫工的精妙，但不識其中的一隻鳥兒，為什麼不畫眼珠，據那呂宋的使臣說：「這畫不但畫精妙，而且那鳥還是活的，只要將畫懸掛起來，拿一把米撒在地下，畫兒上的鳥兒便會飛到地上來啄米吃的，確是一件無價之寶。」太宗聽了，似信非信的，掛起畫來試驗，都內監才把米撒去，畫上的鳥兒果然飛下來吃米了。太宗留神細瞧，那九十九隻都在地上吃米，只有一隻不曾畫眼珠的鳥兒，卻獨自棲在樹枝上動也不動。那九十九隻鳥兒吃完了米，仍飛到畫上去了。太宗不禁起了好奇心，說那沒眼珠的鳥兒不是太苦惱了，便令內侍取過墨筆來，替它在眼上點了兩點，沒眼鳥變了有眼鳥了。太宗又親自撒去米去，畫上的鳥兒齊齊飛下來吃米，看那隻沒眼珠的鳥兒已不在畫上，大約也雜在群中了。那一百隻鳥兒把米吃完之後，並不飛上畫去，卻東一隊西一群的，在殿上閒走起來，太宗叫內侍去捕捉幾隻，內侍趕來趕去地捉了半晌，半隻也不曾捉得。太宗笑著說道：「把它驅到畫上去吧！」內侍就找了一根竹枝去驅那鳥兒時，誰知呼的一聲響，百隻鳥齊飛出殿外，凌空飛去了。太宗只當它要飛回來，等了半天，影蹤全無，不覺詫異起來。再瞧那畫上，唯剩下樹木和碧草，鳥兒一隻沒有了。太宗忙差人去問那使臣，使臣驚道：「畫上一百隻鳥兒，只有九十九隻鳥兒是飛不遠的，就是飛走了，也自己會飛回來的。」那內侍把太宗畫眼珠的事對使臣說了，使臣頓足道：「鳥王一有了眼珠，自然領著那九十九隻飛去了，這樣說來，那鳥兒是逃走的了。」說罷連連嘆息。內侍見說，慌忙回報太宗，太宗聽了也懊悔不迭。

又有蘇門答剌進貢來的一隻紫檀的木盒，盒子裡面是一個高七寸方八寸的戲臺，只要把機栝一開，便叮叮地五音雜奏，打了一場鬧場鑼鼓，鑼鼓停止，卻奏起拉起管絃絲竹，臺上走出那唐明皇來，次是高力士、祿山、楊貴妃、李太白等。自唐明皇選霓裳起，到貴妃醉酒止。長生殿上，歌舞畢真，舉止狀貌，活潑無倫，就是不會開口罷了。一時目睹的人，宮裡宮外，無不嘆為觀止。

又有一樣是尼科巴進貢來的，是一口極大的漏鐘，鐘的前面，畫著更點的刻數，一到起更時候，那鐘便噹噹地打了三下，似乎報給人家知道一般。及至到了幾更幾點，那漏鐘自會開門，門內走出一個千嬌百媚的美人，手裡提著金鐘，執了金錘，叮叮地敲了更數，便走進去了。這時卻走出一個童兒來，頭上挽著雙髻，手中擊著鑼，報告是幾更幾點，就擊鑼幾下。末了是一個虬髯的丈夫，手握著大喇叭，從鐘門內直吹出來，約有幾分時光，隨後略停一停，再吹時便是報刻數了，幾刻就是吹幾下。鐘上又有一個汽管，管中灌著汽質，雨天汽往上騰，更漏敲著大鐘。天晴汽往下沉，漏聲擊的小鐘，種種的變化，一時也說不盡許多。

又有麻尼拉進貢來一盒翡翠的玫瑰花，那花內葉瓣兒純是翡翠綴成的，玫瑰花朵卻是紅玉琢成。放在案上，紅綠分明，非常地好看。更有一種異處，就是那紅玉的玫瑰花朵兒，每到了四五月裡，花朵兒自為開放出來，裡面的花心，是用五色的寶石綴成，燦爛奪目。太宗的吳妃最是愛它了，常常把這盆花放在妝臺上，當作是案頭的清玩。

又有一件，是個孔雀翎穿成扇兒，看看也不過是把尋常的扇兒，若在暑季用起來，只令一個宮女遠遠地把扇扇著，那涼風便裊裊滿室，真是胸襟為爽呢！

更有一種名叫返魂香。這個返魂香，大都出在海島裡的，但產生的地方，必是個鹹水的所在。因香的性質是不能近淡水的，以是攜帶的人非常為難，尤其是不能多帶，倘把香放在船上，船行到淡水的地方，須將香預運在岸上，人向離水遠的地方行走，至少須相距十丈方才無礙。不然便要連人飛在水裡，好似有什麼東西把他牽扯下去一樣。倘是放在船上，並船也要沉下水去呢！所以入貢的人也不敢多帶，唯海外都是鹹水，那香遇見鹹水是犯克的，一入了中國境地，淡水的河流多了，攜帶就不容易了。至於那香有什麼好處呢？凡在著夭，宮中嬪妃等患了急痧，或是昏去，只要把香燃著，將病人臥在塌上，垂下帳門，放一碗井水在枕邊，那香的煙兒好似一條白線，雖離開得很遠，那一縷煙氣象長虹般的，由爐中直射入帳中的水碗裡，久久不散。待工夫多了，帳內滿布著香菸，病人聞了香味，打幾個噴嚏，病就自然而然地好了。那時把爐中的香吹熄了，和水碗中接連的一縷白煙便漸漸淡了下去，終至自行消滅。據使臣說，無論什麼樣的重症，經那香菸一薰，立時可以起死回生，因此喚作返魂香。又有一樣用處，是婦女們的難產，小孩不能下地時，拿那返魂香燃起來，產婦聞到了香味，只打一個噴嚏，小孩就應聲而下，又可保母子的安全，那香的確是寶貝呢。總而言之，那進貢來的東西，沒一樣不是稀世奇珍。做書的一枝筆也不能一一描寫它，只將大略記了一點罷了。

再說那太宗本來是個好大喜功的人，他見海外歸心，越覺得雄心勃勃了。其時恰巧交趾國內亂，太宗令使臣責他朝貢反被殺死。太宗大憤，立諭平西侯沐晟出兵往討，卻吃了一個敗仗。太宗越發忿怒，便點起了大軍三十萬御駕親征，平了交趾，又回軍平了沙漠，還在斡難河邊勒碑紀功，大軍才行班師。從此以後，使四方來歸，天下清平，太宗居然做了安樂天子。

光陰在苒，這樣地過了十幾年，到了永樂十八年上，山東地方忽然釀出了大亂子來。那時山東有個農民叫做林山的，他的妻子唐賽兒，本是個煙花出身，也粗識幾個字。他自嫁了林山，常有彩鳳隨鴉之憾。後來林心一病死了，賽兒便和鄰村的秀士名賓鴻的，兩下里勾搭起來。那個賓鴻，初時是個落第舉子，不知在什麼地方弄著了一冊畫符唸咒的異書，裡面都是些撒豆成兵，剪紙做馬的邪術，無非是左道旁門罷了。賓鴻卻十分虔誠，一心習學，漸能替人治病，什麼驅鬼捉狐，很有靈驗。唐賽兒也隨著賓鴻習練，不到半年工夫，技術更比賓鴻精進。於是夫妻兩人定起一個名兒，喚作紅蓮聖教。並正式開堂收徒，凡是要入教的，須納銀三兩。當時一般愚夫，紛紛設誓入教。唐賽兒又能代人醫治奇症，用符篆做藥石，雖是沉痾，可以立起。因此鄉間遠近的人民，愈覺相信她了。賽兒又常常外出。一天，吩咐她的門徒道：「你去把門外的柳木砍一枝來，我有用處。」那門徒聽了賽兒的話，真個去砍了一枝柳木來，遞給唐賽兒。不知唐賽兒把柳木做什麼，再聽下回分解。

萬縷青絲報知己　兩行紅淚雪沉冤

卻說那唐賽兒令那門徒折了一條柳木來，賽兒取在手裡，削成二個人的形狀，輕輕去放在一隻錦盒裡面，又命盛了一碗清水，把一枝小柳枝架在碗口，將一片柳葉兒浮在水碗當中。布置已畢，向那門徒說道：「這錦盒和水碗，你須小心看守，不要離開。那錦盒也不許偷看，碗裡浮著的柳葉要時時留心，切莫被風吹動了碰著碗邊兒。」門徒一一答應，賽兒便匆匆出門去了。

那門徒還不過十五六歲，很有些孩子氣，他等賽兒走後，心想錦盒裡不知是什麼東西，非瞧他一下不可。看看天色晚下來了，那門徒燃著燭兒，在那裡守著水碗兒，忽然一陣風過去，把燭吹滅了，忙再點來瞧那柳葉兒，已碰在水碗的邊上，忙用手去撥開時，手指兒一帶，將碗上的柳枝又碰落碗中，那門徒慌忙從碗裡撈起來，仍照著原狀擺好。猛聽得打門聲甚急，外面守門的開了門，只見賓鴻滿身透溼，拖泥帶水地進來，對那水碗裡望了望，便去換過衣服，又往外去了。

那門徒獨坐著無聊，卻偷偷地取過錦盒，開了盒蓋瞧看，見賽兒削成的兩個木人，並坐在盒中的小屋裡，屋是白紙糊成的，什麼床帳器具，無不齊備。那門徒看了半晌，覺得這東西很好玩，害得他愛不忍釋起來。誰知燭上的火星迸開來，恰恰落在盒中，那紙糊房屋頓時燒了起來，門徒連連撲滅，早已燒去了一角。他才不敢再玩，蓋了錦盒，依舊在旁邊坐守著。到了四更天氣，賽兒和賓鴻回來了，向那門徒罵道：「叫你不要開盒子兒，為什麼私自偷看的？」那門徒掩飾道：「師走後，我一動也不曾動過。」賽兒憤憤地說道：「你沒有動過，我們住在路上的房子，怎麼會燒了起來呢？你又把水碗中的柳葉柳條，都去弄沉在碗裡，害得你師傅渡江時，船也沉了，橋也倒了，這不是你不留心嗎？似你這樣誤事的人，俺實在用你不著，快給俺滾出去吧！」那門徒只得忍氣吞聲，不敢做聲。

又過了幾天，那門徒在室中閒走，瞧見那酒甕蓋開著，恐怕師傅回來罵他不做事，就順手將甕頭蓋上，到了晚上，唐賽兒回家來，又罵那門徒道：「俺在官署裡探訊息，沒處藏身了，便去躲在酒甕裡，你卻把蓋蓋上，幾乎將俺悶死。以後家裡的對象，不准你亂動。」那門徒連聲答應了，心上很是詫異。諸凡這樣的奇事，也說不盡它。

那時投奔賽兒的人一天多似一天，不上半年工夫，她的門徒居然有了三四萬人，又有各郡的人千里來相從的，賽兒的聲勢便漸漸地大了起來。一班捕風捉影的胥役都得著了唐賽兒的賄賂，有的愛著唐兒的妖豔，大家眼開眼閉地過去。諸城的游擊馬如龍，聽得賓鴻和賽兒私下里買馬招兵，風聲很是不好，就派兵前去捕捉，卻被唐賽兒指揮著門徒一陣地亂殺，把三百個官兵殺得七零八落，四散逃命。賓鴻見禍已闖大了，索性張起白旗，領三四萬的門徒直殺入諸城，將縣尹仇緒擊死，逐走了游擊馬如龍，竟占了諸城，又接連陷了益都，威聲大震。

青州都指揮高鳳領著五千健卒，來剿滅唐賽兒，兵到益都，兩陣那圓，高鳳躍馬出陣，這邊唐賽兒部下董彥杲拒戰，不上三合，那董彥杲等無非是鄉村的流氓，又不懂什麼武藝的，如向敵得住高鳳，當下被高鳳手起刀落，劈董彥杲作了兩爿。高鳳便驅著兵丁，大殺過來，忽見唐賽兒披髮仗劍，飛馬直前，口裡不知念些什麼，只聽得一聲響亮，無數的青面獠牙的鬼怪也仗著利刀，望高鳳軍中殺來，兵丁們見了，嚇得轉身便走，唐賽兒乘勢掩殺，高鳳大敗而逃，退五十里下營。一面飛章入報。太宗看了奏牘，勃然大怒道：「妖民這樣的胡鬧，地方官難道任他舉癰為患的嗎？」於是下諭，令柳升為安遠侯，掌大將軍印，劉忠為副，督著大兵十萬，浩浩蕩蕩地殺奔山東。

大軍將至卸石柵，柳升吩咐立寨，誰知才得安營，柳升坐在帳中，忽覺地上大震，暴雷也似的一響，平地陷落了丈餘，二個丈餘長的神將，金盔銀甲，從地窟中直跳出來。帳下將士四散奔竄。柳升傳諭，兵士們莫慌，只把那些馬矢擲去，一霎時把兩個神將趕得走投沒路，似泰山般地倒下來，軍士亂刀齊上，剁了一會，再細瞧時，卻是兩個泥人，身體還不到一尺，穿著紙的衣甲，已給刀剁得粉碎了。兵士們見了，都笑了起來，柳升便對將士們說道：「這些妖術，原是一種左道邪術，可以用正氣破他。你們上陣，切不要膽寒。想漢代時黃巾賊作亂，比現在要厲害得多，尚且弄得一敗塗地，何況這小小的鼠輩，怕他則甚！」兵士們見說，知道妖術是假的，又目睹剛才的泥人，所以膽也不大了。

這夜的軍營中，幾次鬧著鬼怪，一會兒猛獅來了，虎狼來了，都被柳升破去。看看天色微明，兵士們方要安睡，忽聽得喊聲大震，唐賽兒和賓鴻親領著妖兵殺到。柳升叫軍士不許妄動，只把硬弓射出去。妖兵也不敢近前，遠遠地搖旗謾罵，柳升和副將劉忠，命兵丁備下了犬羊血及汙穢的東西在營中坐待。到了日中，賽兒的士卒漸漸地懈了，大半下馬休息。這時柳升便披甲上馬，和劉忠分兩面殺出。唐賽兒忙整軍來迎，官兵個個奮勇直前，賽兒大敗，賓鴻落馬受擒，又是想駕雲逃走，被劉忠把犬血潑去，賓鴻從半空中掉下來，跌得腦漿迸裂地死了。唐賽兒也施法術，兵丁用犬羊血灑去，鬼怪都變了紙人。賽兒見法不靈，只得回馬逃走。柳升揮兵追殺，可憐那一班徒眾本是些烏合，吃官兵殺得屍積如山，血濘道路。柳升乘勝克復了益都、諸城、營州等地，獲住賊酋三十餘人，一例軍前正法，只逃走了唐賽兒不曾捉住，後來被山東計程車人殺死，把頭來獻與柳升，柳升領著部眾班師回京。

太宗見山東平定，因蒙酋阿嚕臺恃著勇力，抗拒天使，擄掠邊地，太宗下諭御駕親征。是年的秋天，出師塞外，足鬧了三個多月才得安靜。明年是永樂十九年，太宗以蒙人狡詐，須就鎮懾，便傳旨遷都北京。那時北京宮殿已經落成，正殿仍名奉天，右順、左順門外又增建太廟，太社稷及社稷壇、先農壇等等，壯麗宏敞，遠勝南京。又添建清寧宮為太后奉居，皇城東南建皇太孫宮。乾清宮、坤寧宮後面又建了交泰殿。又建設景福、景和、仁和、萬春、永春，永壽，長春等宮，備六宮嬪妃的居住。那太宗的德配徐皇后，是中山王徐達的長女，貌很豔麗，性又賢淑。太宗在藩邸的時候，幾次獲罪太祖，多虧徐皇后從中設法調停，太宗得不受罪譴。太祖在日常說：「棣（太宗）有賢婦，終身享受不盡了。」太宗登極，便冊立徐氏做了皇后，平日非常的敬愛。徐皇后又著《內訓》二十篇，都是規誡婦女的格言。又拿古人的言行錄，編成書本頒行四海。徐皇后本識字知書，對於朝政，輔助太宗的地方很是不少。但偏偏又不假年。這時忽然一病不起，竟至逝世。太宗想起皇后的多才賢淑，心上很是悲傷，一面替皇後發喪，又命有道的高僧，建壇設醮超度皇后。七月中旬，太宗親送靈輿，葬在長陵，並諡號仁孝皇后。

那時徐達還有一個幼女，芳名喚作妙錦，便是徐皇后的妹子，年紀已二十一歲，不曾適人。太宗聞得妙錦的才貌更勝過徐皇后，便飭內臣，下幣致聘，要想立妙錦為皇后。妙錦的哥子徐祖輝見是上諭，不敢違拗，一口就應許下來。誰知那妙錦的性情倒十分古怪，她卻不願做皇后，堅持著不肯答應。徐祖輝設法，只好從實上聞。太宗聽了，又派了女官，來中山王府裡向妙錦勸駕，妙錦任她們說得口吐蓮花，她老是一個不答應。太宗又派內史來勸妙錦，見妙錦沒有轉意，便親自駕臨王府，由祖輝出來迎接進去。太宗坐定，便召妙錦面陳。不一會，妙錦盈盈地來見駕，禮畢侍立一旁。太宗細瞧她的容貌，果然不差，雖是淡妝素服，卻覺得豔光照人。太宗很和藹地問道：「朕欲立卿為皇后，為甚這樣的見拒？想徐皇后在日，和朕也很雍睦。卿是姊妹，難道不知道嗎？」妙錦低頭說道：「臣妾非故違陛下，自思質同蒲柳，不配做天下母，以是不敢應選，乞陛下洪恩，恕妾慢上。」太宗待要回答，妙錦又道：「臣妾福薄，既蒙陛下知遇，望賜寸地，妾得終身禮佛，就感激不盡了。」太宗知妙錦固執，諒來不能強做，不由的嘆息一聲，便命起駕回宮。祖輝和妙錦在後跪送，太宗心裡很為懊惱，但還希望妙錦迴心過來。回宮之後，不時令女官內侍們頒賜珠玉珍寶與妙錦，妙錦勉強受領，都用竹篋把所錫的東西一一封鎖起來。

這樣地過了半年，太宗又提起立后的事來，再派女官來勸妙錦，妙錦也嘆道：「皇上不能忘情於我，總算是我的知己。那麼我就把半生的幸福，報了知己吧！」妙錦說著，忽地將雲髻打散，提起金絞剪來，颼颼地幾下，把萬縷青絲剪在手裡，用黃袱裹好，遞給那女官道：「煩你上達皇帝，說我已削髮，從此遁入空門，不能再侍奉皇帝的了。」那女官呆了半晌，只得回奏太宗，太宗也無可如何，只得令馬妃暫掌六宮，誓不別立皇后，空著這個位置，算是報答妙錦的。後來妙錦死了，太宗命照皇后禮節也安葬在長陵。這是後話。

太宗自喪了徐皇后，妙錦又削髮為尼，弄得他兩頭脫空，正在滿心不樂的當兒，忽然高麗入貢，內有美女兩人，一個叫權英的，面貌豔冶，舉止嫵媚，太宗看了大喜，便立時進入後宮，當夜召幸。那權英不但美麗，又工媚術，太宗因此越發寵幸，就晉封她為玉妃。那玉妃的肌膚，膩滑瑩潔，伸出手來，真和羊脂一般，又白又嫩。不說別的，只就看她一身的玉膚，也要令人魂銷了。太宗笑問她為甚皮膚這樣嬌嫩，玉妃回說：「自幼兒便把玉當作食品，所以肌膚特別的細膩。」太宗驚道：「那玉是石質的，怎樣可以吃的？」玉妃微笑道：「高麗地方，原是產玉的所在。不過那種玉和市上做珍玩的又是不同，顏色有黃的也有白的，式樣也有大小和厚薄。這一類的玉，大都產在河中。高麗地方，有種人專在河中掏玉，掏著了便來賣給人家，黃的算為上品，白的略次一點。吃玉的人，把玉取來，滌洗乾淨，放在罐裡煮著，過了半晌，再將白草和玉煮，待玉煮軟了，再把白草取出，這時的玉已煮得和膏一般，又加上香料糖汁，吃起來味兒又鮮潔又香美，無論什麼東西，終比不上它的。」太宗聽說，很是詫異道：「那煮玉的白草又是哪裡來的？」玉妃答道：「這也是高麗的特產，出在產玉的河邊上，有了這草，河中必然有玉，那賣玉的人掏了玉來賣時，順便拔了那白草，算是買玉時附贈的。這白草和玉，性情極其相反，不管怎樣厚的玉，一經和草同煮，便柔軟如綿的了，大約也是一種相生剋的意思吧！」太宗笑著問道：「你幼時便這樣煮玉吃的嗎？」玉妃微笑道：「臣妾的老父，那時愛妾如掌上明珠，還特僱了一個老嫗，專一替妾煮玉，自三四歲上直吃到十八九歲。老父死後，家景漸漸中落，也沒有閒錢再去買玉吃了。今年高麗國王挑選美人進貢，見臣妾生得肌膚瑩潔，便也選在裡面，現得侍候陛下，不是妾的萬幸嗎？」太宗點頭道：「你既喜歡吃玉，朕就命那裡的官吏去採辦去。」於是傳諭，令宦官永祿專往高麗採玉。

那永祿領了旨意，開了一隻大船，上插著紅旗，大書「奉旨採玉」四個大字。一路上繡幟飄揚，錦帆滿張，直達高麗。那面的地方官吏，自忙著迎送，永祿也乘間勒索，高麗的人民不勝他的滋擾，暗中糾集了無賴惡黨，舉旗作亂，又戕了明朝守將，殺死永祿。太宗聞報大憤，立飭英國公張輔出師高麗。自永樂十九年三月往征，直到九月班師。太宗仍命內監赴高麗採玉，時人稱為取寶船。每一個月中往高麗採玉一次。玉妃得玉，便親自調煮，等到煮好，先進太宗。太宗嘗了玉的滋味，果和別的不同，從此和玉妃有了同癖。據內務的報告，只就採玉這一項，耗費報銷月支五十五萬餘兩。當時已這樣的奢靡，怪不得清廷要窮奢極欲了。

一天，太宗攜了玉妃往遊西苑。這個西苑是在河東，距御花園約半裡許。太宗遷都北京，便命建一個大花園在河東，賜名叫做西苑。那西苑裡面有無逸亭，有溫玉泉，有秋輝夕照，有漪漣池，有清芬盡在，有風月無邊樓，雪玉亭，明鏡湖，玉樹翡翠榭，放鶴亭，松竹梅三清軒，種種名勝，都是清幽壯麗，無美不俱的。當落成的第一日，承造西苑的是司禮監餘焜，便來請駕幸西苑。太宗見奏，帶了玉妃和幾個內侍宮女，竟往西苑中來。

這時正是三春的天氣，碧柳絲絲，紅花如錦，千花萬卉，共鬥芳菲。又加上苑中的畫棟雕梁，愈覺得景緻的幽美了。太宗一面遊看，只是讚不絕口，正在有興的當兒，忽聽得園外一陣的嚷聲，接著便是腳步聲雜亂，一個蓬頭散髮的女子，領著三個孩子、一個女兒望著園中直嚷進來。太宗很是不懂，方在怔愣著。那女子一見了太宗，便拖住衣袖大哭，還不住地把頭向太宗身上撞去，太宗吃了一驚，再仔細瞧時，卻是自己的妹子寧國公主。太宗忙說道：「你有什麼話，儘管可以好好地講，為什麼要弄成這個樣兒？」寧國公主又大哭道：「還講什麼話，你只把梅駙馬還俺就是了，否則情願撞死在你面前。」太宗見她說不明白，又有那三個孩子一個女兒，也來纏繞著太宗，啼哭著向他要爹爹。太宗這時十分為難，又不好變臉，正當無可奈何，恰巧楊士奇和楊榮因蒙裔阿嚕臺衛率領部眾又寇邊疆，守臣都指揮哈蜜飛章入奏，急求援兵。楊士奇、楊榮兩人方主持內閣，接到了奏疏不敢怠慢，便進西苑來見太宗。正好寧國公主在那裡和太宗拚命，楊士奇便上前相勸，寧國公主把梅駙馬失蹤事，對楊士奇略略說了一遍。士奇也心裡明白，只得勸寧國公主道：「木已成舟，公主也不必悲傷了。」楊榮也來安慰，經兩人說得舌敝唇焦，寧國公主才答應了，要求把殺駙馬的潭深、趙曦立時正法，三個兒子統賜爵祿，女兒照郡主例遣嫁。太宗見說，只得一一依允。並親書了諭旨，付給公主，命刑部立逮趙曦、潭深，即日棄京，又加贈梅駙馬為靖遠公，三子襲侯爵，女兒由奉旨配婚，寧國公主見事事如願，才領著三子一女，含淚自去。

這寧國公主是太祖的長女，嫁給駙馬梅殷。當日太宗舉白幟靖難，梅殷引兵抗拒，太宗連吃他幾個敗仗。太宗登基，下詔召梅殷進京，梅殷只守著兗州不肯奉詔，太宗越發恨他了。其時幾次要發兵去征他，都被徐皇后擋住。又太宗初入京城，命建文帝舊臣方孝孺草詔頒布天下，孝孺不但不肯動筆，反把太宗大罵一頓，說滿朝文武，駙馬梅殷之外，儘是賊臣。太宗大怒，殺了方孝孺，梅殷是孝孺同黨，殺梅殷的心也越切了，那潭深、趙曦，是梅殷部下的正副指揮。太宗密傳諭旨，令潭、趙暗圖梅殷。趙曦和潭深便私下議好了，借名操兵，請梅殷校閱。梅殷不知是計，竟和潭、趙兩人並馬出城，到了護城河邊，兩人一聲暗號，把梅殷推下河去，部下的衛兵慌忙下橋去救，潭深拔劍大喝道：「誰敢救援梅殷，俺就砍下他的腦袋。」衛兵們聽了，知道梅駙馬是他兩人謀死的，便吶喊了一聲，大家紛紛走散了。內中有幾個心腹的人，連夜去報給寧國公主，說了潭深、趙曦謀害的情形，公主聽了放聲大哭，就領著她三個兒子、一個女兒哭到宮裡來和太宗拚命。太宗做了這虧心的事，不覺也有些愧對公主，只好由她鬧著。幸得楊士奇和楊榮進來，才解了這場的圍。

公主領著上諭出宮，立刻捕了趙、潭兩人，親見他們把趙、潭斷頭，公主又命摘取了兩人的心肝，向梅駙馬的靈前致祭。這裡太宗和楊士奇等，議定出兵征阿嚕臺衛，太宗雄心勃勃，便下諭即日親征。楊士奇等再三阻諫，太宗不聽，第二天上，太宗命皇太子高熾監國，自己到御校場來，點起三十萬大軍，出塞北征去了。

這一次的親征直到了永樂二十二年，總算把阿嚕臺征服，太宗下諭班師，大兵到了白邙山，忽京中的警報到來，是玉妃逝世了。太宗聽說死了玉妃，不由得悲痛欲絕，因此哀毀太甚，聖躬也有些不豫起來。回到榆木川時，太宗的病越沉重了，便召楊榮、夏原吉、金幼孜三大學士及英國公張輔等到了榻前，太宗囑咐了後事，令太子高熾即位，楊榮等頓首涕泣受命。這天的晚上，太宗忽然睜眼問內侍海壽道：「到北京還有多少日路程？」海壽跪稟道：「須至七月中可到。」太宗長嘆一聲道：「看來等不得了。」說罷便閉目不說了。海壽見太宗形色不妙，忙去報知侍架的大臣。楊榮、張輔、金幼孜等慌忙進御帳來問安時，太宗早已駕崩了。楊榮等痛哭了一場，卻不給太宗發喪，只令內侍海壽星夜進京。要知後事怎樣，且聽下回分解。

明宮十六朝演義（從塞外獨尊至成祖親征）

作　　者：許嘯天
發 行 人：黃振庭
出 版 者：複刻文化事業有限公司
發 行 者：複刻文化事業有限公司
E-mail：sonbookservice@gmail.com
粉 絲 頁：https://www.facebook.com/sonbookss/
網　　址：https://sonbook.net/
地　　址：台北市中正區重慶南路一段六十一號八樓 815 室
Rm. 815, 8F., No.61, Sec. 1, Chongqing S. Rd., Zhongzheng Dist., Taipei City 100, Taiwan
電　　話：(02)2370-3310
傳　　真：(02)2388-1990
印　　刷：京峯數位服務有限公司
律師顧問：廣華律師事務所 張珮琦律師
定　　價：399 元
發行日期：2023 年 12 月第一版
◎本書以 POD 印製

國家圖書館出版品預行編目資料

明宮十六朝演義（從塞外獨尊至成祖親征）/ 許嘯天 著 . -- 第一版 . -- 臺北市：複刻文化事業有限公司, 2023.12
面；　公分
POD 版
ISBN 978-626-7403-61-7(平裝)
857.456　112020022

電子書購買

臉書

爽讀 APP